Knaur.

*Bei Knaur sind bereits folgende Bücher
des Autors erschienen:*
Engelspapst
Engelsfluch
Im Schatten von Notre Dame
Sonnenkreis
Die Farbe Blau

Über den Autor:
Jörg Kastner, geboren 1962 in Minden an der Weser, hat nach erfolgreichem Jurastudium aus der Liebe zum Schreiben einen Beruf gemacht. Genaue Recherche und die Kunst, unwiderstehlich spannend zu erzählen, zeichnen seine Erfolgsromane aus.
Jörg Kastner lebt mit seiner Frau in Hannover.
Besuchen Sie den Autor im Internet unter *www.kastners-welten.de*

Jörg Kastner
ENGELSFÜRST

Thriller

Knaur Taschenbuch Verlag

Besuchen Sie uns im Internet:
www.knaur.de

Originalausgabe März 2006
Copyright © 2006 by Knaur Taschenbuch.
Ein Unternehmen der Droemerschen Verlagsanstalt
Th. Knaur Nachf. GmbH & Co. KG, München
Alle Rechte vorbehalten. Das Werk darf – auch teilweise –
nur mit Genehmigung des Verlags wiedergegeben werden.
Redaktion: Susanne Wallbaum
Umschlaggestaltung: ZERO Werbeagentur, München
Umschlagabbildung: Picture Press
Satz: Ventura Publisher im Verlag
Druck und Bindung: Clausen & Bosse, Leck
Printed in Germany
ISBN-13: 978-3-426-63252-9
ISBN-10: 3-426-63252-7

2 4 5 3

Für meine Mutter

Und ich sah einen Engel vom Himmel fahren, der hatte den Schlüssel zum Abgrund und eine große Kette in seiner Hand. Und er griff den Drachen, die alte Schlange, das ist der Teufel und Satan, und band ihn tausend Jahre und warf ihn in den Abgrund und verschloß ihn und tat ein Siegel oben darauf, daß er nicht mehr verführen sollte die Völker, bis daß vollendet würden die tausend Jahre. Danach muß er los werden eine kleine Zeit.

Die Offenbarung des Johannes,
20.1-3

1. Tag
Mittwoch, 12. Oktober

I

Rom

Der mit plötzlicher Wucht einsetzende Regen ließ Elena Vida zusammenzucken, und unwillkürlich umklammerte sie das Lenkrad fester. Ein heftiger Windstoß rüttelte an dem Fiat 500. Nur mit Mühe konnte sie den Wagen, einen wahren Oldtimer, für den mancher Autonarr ein kleines Vermögen hingelegt hätte, auf dem glitschigen Pflaster der Via Appia halten. Das schwarze Gummi der Scheibenwischer kämpfte tapfer gegen den Regen an, und die gelblichen Lichtfinger der Scheinwerfer zerfaserten vor ihr in der Abenddämmerung. Die Häuser und Bäume zu beiden Seiten der alten Ausfallstraße verschwammen zu schemenhaften Gestalten wie aus einer anderen Welt.
Hinter ihr, keinen Kilometer entfernt, lag Rom, aber im Rückspiegel war von der Ewigen Stadt nichts mehr zu sehen. Die Welt löste sich auf, und Elena fühlte sich wie eine Schiffbrüchige in einem Meer aus Regen, Sturm und Finsternis.
»Reiß dich zusammen!« ermahnte sie sich. »Das ist nichts

weiter als ein Herbststurm, und du könntest diese Straße auch mit geschlossenen Augen fahren.«
Sie schüttelte unwillig den Kopf. Wenn sie anfing, Selbstgespräche zu führen, war das kein gutes Zeichen. So etwas taten Leute, die nicht ganz richtig im Kopf waren – oder sich einsam fühlten. Obwohl sie genau das vermeiden wollte, tauchte das Bild eines Mannes vor ihrem inneren Auge auf: feste Züge, ein markantes Kinn und ausdrucksvolle Augen, umrahmt von rotbraunem, leicht gelocktem Haar. Ein Gesicht, in das eine Frau sich leicht verlieben konnte; ein Mann, den man nur schwer vergaß. Aber wollte sie das überhaupt, ihn vergessen?
Sie zuckte erneut zusammen und fluchte lautlos, als der Sturm einen abgerissenen Ast gegen die Windschutzscheibe schleuderte. Um ein Haar hätte sie das Steuer verrissen und wäre dann wohl gegen eine der alten Pinien geprallt. Sie atmete tief durch und versuchte, sich ganz auf die Straße zu konzentrieren – und auf das, was an diesem Abend vor ihr lag.
Eine Frage stellte sie sich wieder und wieder: Was in Gottes Namen hatte Monsignore Picardi bewogen, diesen abgelegenen Treffpunkt vorzuschlagen? War es nur der Wunsch nach Geheimhaltung? Das angesichts seiner Position verständliche Verlangen, als Informant der bekannten Vatikanjournalistin Elena Vida unerkannt zu bleiben? Oder steckte noch mehr dahinter, Angst, Todesangst vielleicht?
Er hatte nervös geklungen am Telefon; sie hatte eher das Flüstern eines in die Enge getriebenen Verfolgten gehört als den selbstbewußten Ton, den sie vom Stellvertretenden Direktor der Vatikanbank gewohnt war. Noch zwei Tage zuvor hatte sie im Vatikan einem Rosario Picardi gegenüber-

gesessen, an dem all ihre Fragen zu möglichen Unregelmäßigkeiten in den Bilanzen der Vatikanbank einfach abgeprallt waren. Er hatte die Informationen, die ihr vorlagen, als haltlose Gerüchte abgetan und ihr zum Abschied auf fast gönnerhafte Weise geraten, ihre »zweifellos vorhandenen journalistischen Fähigkeiten«, wie er es mit einem kühlen Lächeln formulierte, an »lohnenswerteren Themen zu erproben«. Und Elena war kurz davor gewesen, dem selbstzufriedenen Monsignore eine Ohrfeige zu verpassen.

Um so überraschter war sie gewesen, als er sie am späten Abend noch anrief, und zwar nicht aus dem Vatikan. Jedenfalls hatte das Display ihres Telefons weder die Nummer der Vatikanbank noch eine andere angezeigt. Natürlich konnte Picardi die Rufnummernunterdrückung eingeschaltet haben, aber das erschien ihr widersinnig, hatte er sich doch mit seinem Namen gemeldet. Hastig hatte er um eine Unterredung noch am selben Abend gebeten – obwohl es schon auf Mitternacht zuging –, weil er wichtige Informationen für sie hätte. Er hatte ihr den seltsamen Treffpunkt genannt und beinahe flehend hinzugefügt: »Sagen Sie zu niemandem ein Wort darüber, Signorina Vida, und vergewissern Sie sich, daß Ihnen niemand folgt!« Bevor sie noch etwas erwidern und nach dem Grund für seine Erregung fragen konnte, hatte er das Gespräch unterbrochen.

Elena hatte in ihrem Job als Vatikanistin schon einiges erlebt, darunter etliche verängstigte Informanten, und doch fand sie es merkwürdig, daß ein so hohes Tier wie Picardi sich aufführte wie ein Kleinkrimineller auf der Flucht vor der Polizei. Sie nahm sein Verhalten als untrüglichen Hinweis darauf, daß der Stellvertretende Direktor des IOR, des *Instituto per le Opere di Religione* (Institut für die religiösen

Werke), wie die Vatikanbank offiziell hieß, einer brisanten Sache auf die Spur gekommen war.

Die Scheinwerfer eines entgegenkommenden Lastwagens blendeten Elena, und fast hätte sie die schmale Einfahrt zur Linken übersehen. Hastig trat sie aufs Bremspedal und riß das Lenkrad herum. Sie spürte, wie ihr kleines Auto bei dieser Gewaltaktion für einen Augenblick die Bodenhaftung verlor. Doch schließlich rumpelte der Fiat über eine schmale, mit Schlaglöchern übersäte Straße. Zunächst versperrten hohe Hecken die Sicht auf die Häuser, dann machten die Gebäude unbebautem Gelände Platz.

So wird es hier nicht mehr lange aussehen, schoß es Elena durch den Kopf. So nahe an Rom war jeder Bauplatz wertvoll, und im 21. Jahrhundert spielten alte Legenden keine große Rolle mehr. Diese Gegend galt seit Jahrhunderten als verflucht, und deshalb hatte bisher niemand gewagt, sich hier anzusiedeln.

Im Jahr 1527, als die kaiserlichen Landsknechte Rom plünderten, hatten sich viele Frauen, Alte und Kinder in das Urbanistinnenkloster Sant'Anna geflüchtet, das hier draußen lag. Aber die Klostermauern boten keinen wirksamen Schutz gegen die wilde Horde, die seit Wochen ohne Sold und ausreichende Verpflegung war und sich endlich an den Schätzen Roms schadlos halten wollte. Enttäuscht mußten die Plünderer feststellen, daß bei den Urbanistinnen, die einem strengen Armutsgebot folgten, nichts zu holen war – und ließen ihre Wut an den Menschen aus, folterten, mißbrauchten und mordeten, gleich, ob es sich um Frauen oder Kinder, um Flüchtlinge oder Nonnen handelte. Wenn man der Legende glauben konnte, hatte niemand im Kloster die Gewaltorgie überlebt. Nach dem Sacco di Roma, der Plünderung Roms,

hatte es verschiedene Versuche gegeben, das [...]
Umgegend neu zu besiedeln. Unfälle und [...]
in dieser Gegend häuften, hatten aber bald [...]
von einem Fluch gemunkelt wurde, von [...]
mordeten, die jeden heimsuchten, der sich dem [...]
nur näherte. So lag das Umland von Sant'Anna brac[...]
das Kloster selbst war nur noch eine Ruine, die zusehend[s]
verfiel.

Als das Scheinwerferlicht über die maroden Klostermauern glitt, kroch Elena ein Schauer über den Rücken. Sie war erst einmal hiergewesen, vor eineinhalb Jahren, als sie an einem Artikel über verfallene Klöster und Kirchen rund um Rom arbeitete. Das war im Sommer gewesen, da hatte die hoch am Himmel stehende Sonne dem Ort alles Unheilvolle genommen. In dieser Sturmnacht jedoch verwünschte sie Picardi und seine Idee, sie ausgerechnet bei Sant'Anna zu treffen.

Sie ließ den Fiat langsam über den unebenen, vom Regen aufgeweichten Boden auf das Kloster zurollen und versuchte auszumachen, ob Picardi schon da war. Als sie niemanden entdecken konnte, stellte sie den Motor ab und schaltete die Scheinwerfer aus. Zum Glück hatte sie einen Schirm mitgenommen, den sie aufspannte, sobald sie die Fahrertür aufgestoßen hatte.

Schirm oder nicht, der Sturm fegte ihr eine kleine Gischt ins Gesicht. Elena griff nach der großen Stablampe, die auf dem Beifahrersitz lag, stieg vollends aus, schloß die Tür und sah sich um. Mitternacht war längst vorbei, aber von Picardi keine Spur. Sie rief mehrmals laut nach ihm, ohne jedoch eine Antwort zu erhalten.

Um nicht restlos durchnäßt zu werden, schritt sie auf die Ruinen zu. Vielleicht wartete Picardi in ihrem Schutz und

Elenas Rufe wegen des lauten Regens nicht gehört. Sie ~~ha~~e das verwitterte Tor noch nicht ganz erreicht, als hinter ~~ih~~r ein Motor aufheulte. Fast gleichzeitig flammten Scheinwerfer durch die Nacht.

Ein Wagen, der im Schatten eines Pinienhains gestanden hatte und dessen Umrisse sie nur undeutlich ausmachen konnte, setzte sich in Bewegung. Offenbar hatte Picardi dort gewartet und sich zunächst vergewissert, ob sie auch wirklich allein gekommen war. Ein typischer Fall von Verfolgungswahn, dachte Elena – oder Picardi hatte schwerwiegende Gründe für seine Angst.

Der Wagen kam langsam näher und blieb neben Elenas Fiat stehen. Der Motor wurde abgestellt, die Scheinwerfer blendeten weiter. Als Fahrer- und Beifahrertür geöffnet wurden, fragte Elena sich, ob sie einen Fehler begangen hatte. Wenn Picardi so sehr auf Geheimhaltung bedacht war, weshalb brachte er dann jemanden mit?

Oder war das gar nicht Picardis Wagen?

Schlagartig machte sich Angst in Elena breit. Doch es war nicht das erste Mal, daß sie sich in einer brenzligen Situation befand, und es gelang ihr, die aufsteigende Panik unter Kontrolle zu halten.

»Wer sind Sie?« rief sie den Unbekannten entgegen und hoffte, daß das leichte Zittern ihrer Stimme nicht auffiel. »Nennen Sie bitte Ihre Namen!«

Keine Antwort. Statt dessen traten zwei nur schemenhaft erkennbare Gestalten auf sie zu, ohne jede Eile, wie Raubtiere, die sich ihrer Beute sicher sind.

Elena ließ den Schirm fallen, schaltete die Lampe aus, wandte sich in Richtung Kloster und lief los. Daß ihre Füße schnell durchnäßt und ihre Jeans bis zu den Knien mit Schlamm bespritzt waren, machte ihr am wenigsten Sorgen. Denn auch die beiden Unbekannten begannen zu laufen. Ihre Schritte verursachten häßliche Schmatzer auf dem schlammigen Boden.

Elena erreichte das Kloster zuerst und zwängte sich durch die Überreste des Portals. Ohne sich groß aufzuhalten, rannte sie quer über den Innenhof und tauchte in den Schatten eines größeren Gebäudes ein. Die dumpfe Luft jahrhundertelanger Verlassenheit umfing Elena, und ihre Schritte hallten in dem langen Gang wider. Sie kannte sich hier nicht aus, also lief sie einfach drauflos in der Hoffnung, ihre Verfolger in der Dunkelheit abschütteln zu können.

Eine Abzweigung und noch eine, schließlich gelangte sie in einen großen Raum voller Schutt. Sie stolperte, fiel hin und prallte mit dem rechten Knie gegen einen scharfkantigen Stein. Sie schluckte den Schmerzensschrei hinunter und widerstand der Versuchung, die Stablampe einzuschalten, um sich zu orientieren.

Der blasse, durch die Wolken getrübte Schimmer des Mondlichts, der durch die scheibenlose Fensteröffnung hereinfiel, reichte nicht aus, um die Umrisse des Raums auszuleuchten. Elena hockte auf dem Boden, starrte in die Finsternis und lauschte ihrem rasselnden Atem, der ihr verräterisch laut erschien. Draußen auf dem Gang war alles ruhig, und mit einer Spur von Erleichterung fragte sie sich, ob sie die beiden Unbekannten tatsächlich abgehängt hatte.

Kaum hatte sie das gedacht, hörte sie vorsichtige, leise Schritte. Ihre Rechte umkrampfte den metallenen Stab der schweren Lampe – ihre einzige Waffe. Sie spannte sämtliche Muskeln an, bereit, jeden Augenblick aufzuspringen und aus dem Raum zu stürmen. Das Problem war nur, daß die einzige

Türöffnung auf den Gang führte, durch den sie gekommen war und auf dem sich jetzt die Schritte näherten. Schon erschien eine schemenhafte Gestalt in der Türöffnung.
Elena hielt den Atem an und betete, daß der Unbekannte, dessen Gesicht im Dunkel verborgen war, sie nicht sehen konnte. Vielleicht verschmolz sie, so ihre vage Hoffnung, mit dem finsteren Raum.
Vergingen Sekunden oder Minuten? Elena konnte die Luft nicht länger anhalten. Also atmete sie so leise wie möglich, und wartete darauf, daß ihr Verfolger endlich weiterging, um woanders nach ihr zu suchen. Aber nein, er trat näher, kam geradewegs auf sie zu!
»Ich habe dich entdeckt«, ertönte zufrieden eine rauhe Stimme und rief dann laut: »Hier ist sie, am Ende des Gangs!«
Es konnte nicht lange dauern, bis er Verstärkung erhielt. Wenn Elena etwas unternehmen wollte, mußte sie es sofort tun. Sie schnellte hoch, dem Unbekannten entgegen, hieb mit der Stablampe nach seinem Kopf – und traf, begleitet von einem dumpfen Geräusch. Ein kehliges Aufstöhnen, und der Fremde taumelte zur Seite, stolperte über irgendwelchen Müll oder herausgebrochenes Mauerwerk und fiel zu Boden. Elena hastete hinaus auf den Gang – wo sie gegen jemanden prallte. Starke Hände packten sie und schleuderten sie gegen die Wand. Die Lampe entglitt ihr und fiel mit einem lauten Scheppern zu Boden.
Schnell bückte sie sich danach, aber noch bevor sie sich wieder aufrichten konnte, ging ein schwerer Schlag auf ihren Hinterkopf nieder. Ein stechender Schmerz durchfuhr sie, und mit dem Gefühl, in einen endlosen Schacht zu stürzen, versank sie in einer alles verschlingenden Dunkelheit.

2

ROM

Grauschwarze Wolken hingen über Rom, als Alexander Rosin in der Morgendämmerung seinen alten Peugeot den Quirinal hinauflenkte, den höchsten Hügel der Stadt, auf dem der Überlieferung zufolge die Sabiner gelebt hatten, bevor sie von den Römern unterworfen wurden. Ihrem Kriegsgott Quirinus, der dem römischen Gott Mars hatte weichen müssen, verdankte der Hügel seinen Namen, hieß es. Heute war der Quirinal Sitz des italienischen Staatspräsidenten – und der römischen Polizei.
Alexanders Unruhe wuchs, als das Polizeihauptquartier an der Via San Vitale vor ihm auftauchte. Es war erst eine halbe Stunde her, daß Stelvio Donatis Anruf ihn aus dem Schlaf geschreckt hatte.
Donati hatte aufgeregt geklungen, war aber nicht recht mit der Sprache herausgerückt. Alexander hatte nur erfahren, daß es um Elena ging, die in irgendwelchen Schwierigkeiten steckte. Er hatte sich nicht einmal die Zeit genommen, sich zu rasieren.

Als er nach dem Einparken vor dem wuchtigen Polizeigebäude kurz in den Rückspiegel schaute, blickte ihm ein müdes, besorgtes Gesicht entgegen. Die uniformierte Wache am Eingang hatte ihn dank Donati auf der Besucherliste, und so erhielt er nach kurzer Paßkontrolle einen Besucherausweis.
»Ich nehme an, ich finde Dirigente Donati in seinem Büro«, murmelte Alexander und wollte schon weitergehen.
»Nein, Signor Rosin«, erwiderte der Uniformierte. »Er erwartet Sie im Leichenkeller. Kennen Sie den Weg?«
Alexander nickte und spürte, wie er unter seinen Bartstoppeln blaß wurde.
Im Leichenkeller!
Stelvio Donati war kein einfacher Commissario mehr und beschäftigte sich nicht länger mit der Aufklärung von Mordfällen, jedenfalls nicht persönlich. Er hatte jetzt den Rang eines Dirigente Superior inne, eines übergeordneten Direktors, und leitete die Fahndungs- und Koordinationsstelle für Kapitalverbrechen, eine neue Einrichtung der EU zur grenzüberschreitenden Verbrechensbekämpfung.
Während Alexander ungeduldig auf den Lift wartete, versuchte er sich auszumalen, was ihn in der gerichtsmedizinischen Abteilung erwartete. Eine tote Elena?
Sobald dieser Gedanke auftauchte, verdrängte er ihn. Die Vorstellung, Elena könnte nicht mehr am Leben sein, verursachte ihm fast körperliche Schmerzen. Ein Teil von ihm hätte am liebsten auf dem Absatz kehrtgemacht und wäre davongelaufen. Der andere Teil hielt es vor beinahe panischer Erregung kaum aus, und Alexander hämmerte entnervt auf den kleinen Knopf, der die Liftkabine herbeirufen sollte.
Flackerndes Neonlicht empfing ihn im Keller des Polizei-

gebäudes. Alexander mußte sich regelrecht zwingen, einen Fuß vor den anderen zu setzen, so sehr fürchtete er, was Donati ihm mitzuteilen hatte.

Der Dirigent erwartete ihn vor der schweren Stahltür, dem eigentlichen Eingang zur Gerichtsmedizin. Auch Donati wirkte alles andere als ausgeschlafen. Sein allmählich schütter werdendes Haar war nur unzureichend gekämmt, und seine dunkelblaue Krawatte saß schief. In dem braunen Trenchcoat, den er wohl wegen des anhaltend schlechten Wetters trug, erinnerte er Alexander an diesen Fernsehinspektor, Columbo.

Noch bevor sie einander die Hand reichten, fragte Alexander: »Was ist mit Elena?« Er zeigte auf die Stahltür. »Liegt sie da drin?«

Als Donati den Kopf schüttelte, fühlte er sich erleichtert, jedenfalls ein wenig.

»Aber da liegt jemand anders auf dem Leichentisch, jemand, der dich auch interessieren dürfte«, sagte der Polizeidirektor und führte Alexander in einen gekachelten Raum, der trotz der allgegenwärtigen Ausdünstung von Desinfektionsmitteln nach Tod und Verwesung zu riechen schien.

Vor dem Leichentisch stand eine kleine, ältliche Frau im grünen Kittel, die an ihrem heruntergezogenen Mundschutz herumzupfte, offenbar unschlüssig, ob sie sich der Leiche oder den beiden Männern zuwenden sollte. Dr. Gearroni blickte Alexander an wie einen Fremden; sie schien sich nicht daran zu erinnern, daß sie einander bereits kennengelernt hatten. Zweieinhalb Jahre zuvor, als Alexander bei dem Versuch, den Mord an seinem Onkel Heinrich aufzuklären, dem damaligen Kommandanten der päpstlichen Schweizergarde, selbst unter Mordverdacht geraten war.

Als Alexander sie darauf ansprach, erwiderte die Pathologin in einem Ton, der jede Spur von Humor vermissen ließ: »Ich kann mich nicht um die Toten kümmern und mir gleichzeitig die Gesichter der Lebenden merken. Wenn Sie einmal hier vor mir auf dem Tisch liegen sollten, Signore, dürfen Sie meiner ungeteilten Aufmerksamkeit gewiß sein.«

»Was können Sie uns über den Toten sagen, Dottoressa?« schaltete Donati sich ein.

»Noch nicht viel. Ich komme ja kaum dazu, ihn mir richtig anzusehen.«

»Können Sie bestätigen, daß er gewaltsam zu Tode gekommen ist?«

»Hm, ja, vermutlich.«

»Geht es etwas genauer?«

Dr. Gearroni deutete auf eine große Wunde am Kopf der Leiche. »Heftiger Schlag auf den Schädel, mit einer Wahrscheinlichkeit von fünfundneunzig Prozent die Todesursache. Genau kann ich es aber erst sagen, wenn ich den Schädel geöffnet habe.«

»Also ist er erschlagen worden?« hakte Donati nach.

»Die Kopfwunde allein beweist das nicht. Er könnte ebensogut gestürzt sein.«

»Ein Unfall?«

»Könnte man meinen, wenn es nur die Kopfwunde gäbe. Aber sehen Sie hier, Druckspuren an den Oberarmen, was darauf schließen läßt, daß er gegen seinen Willen festgehalten wurde. Die Druckspuren sind noch nicht alt, müssen ungefähr zum Todeszeitpunkt entstanden sein.«

»Und der war wann?«

Die Pathologin reckte in einer Geste, die angesichts ihres sonst zur Schau gestellten Phlegmas geradezu theatralisch wirkte, die Arme in die Luft. »Dio mio, Dirigente, soll ich hellsehen?«

Donati bleckte die Zähne zu einem breiten, nicht ganz glaubwürdigen Lächeln. »Das wäre natürlich optimal, Dottoressa. Aber solange das nicht möglich ist, nehme ich mit Ihren diesseitigen Fähigkeiten vorlieb, die allseits zu Recht geschätzt werden.«

Einer so geballten Schmeichelei konnte sich selbst Dr. Gearroni nicht entziehen. Sie gestattete sich ein Zucken der Mundwinkel, das man mit einigem guten Willen als Lächeln auslegen konnte, und wandte sich wieder der Leiche zu.

»Der Mann ist in der vergangenen Nacht zu Tode gekommen, eher nach Mitternacht als davor.«

»Lange nach Mitternacht?«

Mit einem gedehnten Seufzer deutete Dr. Gearroni an, daß ihre Geduld allmählich erschöpft war. »Vielleicht war es ziemlich genau Mitternacht, vielleicht eine halbe Stunde später, so genau kann ich das zu diesem Zeitpunkt unmöglich sagen.«

»Aber, aber, Dottoressa«, flötete Donati. »Sie haben bereits sehr viel gesagt.«

Währenddessen war Alexander an den Untersuchungstisch aus rostfreiem Edelstahl getreten und starrte ungläubig auf den Leichnam, der außergewöhnlich bleich wirkte. Der Mann, der bald für immer unter der Erde sein würde, schien sich auch zu Lebzeiten nur selten der Sonne ausgesetzt zu haben. Etwa fünfzig Jahre alt, dünnes graues Haar, Hohlkreuz und kaum Muskeln, ein typischer Schreibtischhengst. Alexander wußte auch, an welchem Schreibtisch er gesessen hatte. Allerdings hatte er ihn nicht sofort erkannt, so vollkommen nackt. Bislang hatte er ihn immer nur im dunklen

Anzug und mit dem weißen Römerkragen eines Geistlichen gesehen.
»Das ist doch ...«
»Rosario Picardi, Stellvertretender Direktor der Vatikanbank«, beendete Donati den Satz. »Vergangene Nacht tot aufgefunden in den Ruinen des Klosters Sant'Anna.«
»Sant'Anna bei der Via Appia?« vergewisserte Alexander sich. »Im Kloster der Verdammten?«
»Genau dort. Ein interessanter Ort für einen hohen Geistlichen aus dem Vatikan, um sich ermorden zu lassen.«
»Ist denn der Fundort der Leiche mit dem Tatort identisch?« fragte Alexander.
Dr. Gearroni ergriff das Wort: »Zumindest der Augenschein läßt darauf schließen. Nichts deutet darauf hin, daß der Tote noch transportiert worden ist.«
In Alexanders Kopf überschlugen sich die Gedanken. Er dachte an Picardi, den er vor etwa einem Jahr in seiner Funktion als Vatikanjournalist gemeinsam mit Elena interviewt hatte. Picardi war in der Tat ein Schreibtischhengst gewesen, ebenso humorlos wie Dr. Gearroni und, zumindest dem Anschein nach, mit nichts anderem beschäftigt als seiner Arbeit. Und Alexander dachte an Elena, die Frau, mit der er mehr als zwei Jahre lang glücklich gewesen war.
Er wandte sich wieder an Donati: »Du hast gesagt, Elena steckt in Schwierigkeiten. Hat das mit Picardi zu tun?«
»Allerdings«, antwortete Donati, und seine Züge verdüsterten sich.
»Was ist mit ihr? Sag's mir endlich, Stelvio!«
»Elena wird verdächtigt«, sagte Donati leise und schien sich nicht überwinden zu können, mit der ganzen Wahrheit herauszurücken.

Alexander fixierte den Polizisten. »Wessen wird sie verdächtigt?«
Donati wich dem Blick aus und starrte auf den glänzenden Untersuchungstisch mit dem bleichen Leichnam.
»Es sieht so aus, als hätte Elena Monsignore Picardi ermordet.«

3

San Gervasio

Blasses Licht fiel durch die schmale Fensteröffnung und tauchte die winzige Zelle in eine diffuse Helligkeit. Enrico Schreiber lag auf der schmalen Pritsche und fühlte sich wie gerädert. In dem alten Gemäuer war es kalt, er aber war vom Kopf bis zu den Füßen naß. Schweißnaß. Gepeinigt von einem Traum, den er als erschreckend real empfunden hatte. Er wollte sich aufsetzen, die Panik abschütteln, die der Traum in ihm entfacht hatte, aber er blieb, vollkommen erschöpft, lang ausgestreckt liegen.
Es war, als hätte die Nacht ihm nicht die geringste Erholung gebracht.
Die Traumbilder drängten sich in sein Bewußtsein zurück, schon nicht mehr ganz deutlich, aber noch immer mit dem Unterton der Bedrohung. Er sah die altertümliche Stadt vor sich, fremd und zugleich seltsam vertraut wie die Menschen, die sie bewohnten. Er hörte sie in einer ihm unbekannten Sprache reden. Im Traum hatte er die Sprache nicht nur verstanden, sondern auch benutzt wie seine Muttersprache.

Nein, nicht *wie,* im Traum war es seine Muttersprache gewesen.

Er schloß die müden Augen und sah sich wieder inmitten des Gedränges von Menschen, die einander anschrien und handgreiflich wurden. Hände, zu Fäusten geballt, reckten sich in die Luft, und lautstark forderten etliche Stimmen den Krieg. Andere versuchten, ihre Argumente dagegen vorzubringen, und mußten lauter und lauter werden, um nicht niedergebrüllt zu werden.

Eine junge Frau, die im Vergleich zu den übrigen ungewöhnlich helles Haar hatte, geriet zwischen die Fronten, wollte vermitteln, wurde aber von beiden Seiten angegriffen. Jemand stieß sie zur Seite, ein anderer griff nach ihrem Haar und zog daran, bis sie vor Schmerz aufschrie und in die Knie ging. Die aufgebrachte Menge drohte über sie herzufallen und sie in Stücke zu reißen.

Todesangst stieg in Enrico auf, Angst um die Frau, die er liebte. Mit Fäusten und Ellbogen bahnte er sich einen Weg, wobei er Mühe hatte, auf den Beinen zu bleiben. Nur der Umstand, daß in der zornigen Menge ein heilloses Durcheinander herrschte, gab ihm überhaupt die Möglichkeit, gegen sie zu bestehen.

Ein Hieb traf ihn am Kopf, ein anderer ließ seine Unterlippe aufplatzen, und er spürte das warme Blut an seinem Kinn hinunterrinnen. Aber er kämpfte sich voran, bis er endlich bei der hellhaarigen Frau war und sie vom Boden hochziehen konnte. Er begegnete ihrem Blick und sah Sorge darin – um ihn, nicht um sich selbst.

Eine Gruppe mit Knüppeln bewaffneter Männer trieb den wütenden Mob zurück. Ihr Anführer hatte ebenso helles Haar wie die Frau. Er sah ihr ähnlich, war ihr Bruder. Mit seinen Gefolgsleuten bildete er einen schützenden Schild um Enrico und die Frau, so daß sie den Platz, auf dem nach wie vor lauthals und handgreiflich über Krieg oder Frieden gestritten wurde, unbehelligt verlassen konnten.

Die Bilder verblaßten, aber die Angst blieb. Vielleicht weil schon einmal – im richtigen Leben – die Frau, die er liebte, vor Enricos Augen in den Tod gegangen war. Damals im Innern des Monte Cervialto, als Vanessa Falk sich mit Kardinal Lavagnino in den unterirdischen See gestürzt hatte, um die Welt vor der bösen Macht der gefallenen Engel zu bewahren. Die Erinnerung lastete schwer auf Enrico, auch jetzt noch, zwei Jahre danach. Er gab sich einen Ruck und stemmte sich hoch. Dabei durchfuhr ein kurzer, scharfer Schmerz seinen Kopf, als wollten die düsteren Erinnerungen ihm bewußt machen, daß er sie nicht so einfach abschütteln konnte.

Ein zaghaftes Klopfen an der alten Holzbohlentür holte ihn in die Wirklichkeit zurück.

»Ja?« Seine Stimme klang wie ein heiseres Krächzen.

»Bruder Enrico, das Frühstück wird aufgetischt. Hast du das Läuten nicht gehört?«

Das war Bruder Francesco, der Jüngste in dem kleinen Konvent, in dem Enrico Zuflucht gesucht hatte, um innere Einkehr zu halten und sich darüber klar zu werden, wie er sein künftiges Leben gestalten wollte.

»Komm rein, Francesco«, sagte Enrico. »Es wird mir guttun, das Gesicht eines lebendigen Menschen zu sehen.«

Die schlanke Gestalt des jungen Mönchs steckte in einer viel zu weit geschnittenen Kutte. Er wirkte geradezu verloren darin. In seinem schmalen Gesicht spiegelte sich Besorgnis, als er Enrico betrachtete.

»Du hast wieder geträumt.«

Das war keine Frage, sondern eine Feststellung. »Diesmal war es wohl besonders schlimm?«

»Sagen wir, es war ein sehr eindringlicher Traum. So als hätte ich das alles selbst erlebt.«

Francesco trat an die Pritsche und legte Enrico eine Hand auf die Schulter. »Vielleicht solltest du dich nicht gegen die Träume wehren. Wenn Gott sie dir schickt, haben sie etwas zu bedeuten.«

»So wird es wohl sein«, seufzte Enrico. »Ich frage mich nur, was.«

Fünf Minuten später betrat er den Speisesaal, der für die wenigen Mönche eindeutig zu groß war. Früher, bevor Francesco und seine Brüder hergekommen waren, hatten wohl um die fünfzig Mönche in dem abgelegenen Bergkloster gelebt. Jetzt war es nur noch ein Dutzend. Die meisten Plätze an der langen Tafel blieben leer, die Mönche von San Gervasio hatten sich an der Stirnseite versammelt.

Tommasio, der Abt, nickte ihm zu und deutete auf den Platz neben Francesco. Enrico setzte sich neben den Mönch, der ihm von allen am vertrautesten war, und der Abt sprach das Tischgebet. Anschließend trug Bruder Ambrosio Brot, etwas Käse und Hirsebrei auf. Zu trinken gab es Wasser und Ziegenmilch. Wenn Enrico hier etwas vermißte, dann war es ein heißer, starker Kaffee.

Das Frühstück wurde, wie alle Mahlzeiten, schweigend eingenommen. Enrico fühlte sich unbehaglich, nicht wegen seines Traums, sondern weil er sich von Tommasio beobachtet glaubte. Wiederholt warf der Abt ihm Blicke zu, die er einfach nicht zu deuten wußte.

Nach dem Frühstück begab Enrico sich in das kleine Büro, in dem Tommasio alle Unterlagen über das Kloster aufbe-

wahrte. Als studierter Jurist, der bis vor zwei Jahren Rechtsanwalt gewesen war, hatte Enrico sich bereit erklärt, die rechtlichen und finanziellen Belange des Konvents zu ordnen. Quasi als Gegenleistung dafür, daß die Mönche ihn bei sich aufgenommen hatten. Kaum hatte er sich hinter den engen Schreibtisch gezwängt, klopfte es, und der Abt stand in der Tür.
»Darf ich eintreten?«
Enrico machte eine einladende Geste. »Das müssen Sie nicht fragen, Vater. Schließlich ist es Ihr Büro.«
Tommasio kam herein und ließ sich auf dem hölzernen Besucherstuhl nieder. Er legte die Ellbogen auf die Schreibtischplatte, stützte das markante Kinn auf seine gefalteten Hände und sah Enrico nachdenklich an. Es war derselbe Blick, der Enrico schon im Speisesaal aufgefallen war.
»Ist es wegen Francesco?« fragte Enrico, einer Eingebung folgend. »Hat er Ihnen von meinen Träumen erzählt, Vater?«
Tommasio nickte kaum merklich. »Sie dürfen Francesco deshalb nicht böse sein, Enrico, oder das gar als Vertrauensbruch sehen. Ich weiß, daß zwischen Bruder Francesco und Ihnen so etwas wie Freundschaft besteht. Gerade deshalb hat er sich mir anvertraut. Er macht sich ernsthaft Sorgen um Sie, und er wußte sich nicht anders zu helfen. Gibt es etwas, über das Sie mit mir sprechen möchten?«
»Ich weiß nicht«, erwiderte Enrico. »Wahrscheinlich muß ich allein damit fertig werden. Gerade deshalb war ich froh, mich in die Einsamkeit von San Gervasio zurückziehen zu können.«
Seine Gedanken wanderten zurück zu den Ereignissen am Engelssee, zu Vanessas Opfertod und der Wiedervereinigung der katholischen Kirche, die sich aufgrund der refor-

merischen Bestrebungen von Papst Custos, den viele den Engelspapst nannten, gespalten hatte. Seit der Wiedervereinigung standen zwei Päpste an der Spitze der Kirche, Custos und Lucius, der eigentlich Tomás Salvati hieß und Enricos leiblicher Vater war – und ein Nachkomme des Erzengels Uriel.

Es waren verrückte, aufregende und schicksalsträchtige Tage gewesen, nicht nur für die katholische Christenheit, sondern auch für Enrico. Er brauchte Zeit, viel Zeit, um all das zu verarbeiten. Deshalb hatte er die Stelle in der neuen, von Stelvio Donati geleiteten EU-Polizeibehörde, die Donati selbst ihm angeboten hatte, abgelehnt.

Er hatte in seiner Zeit als Rechtsanwalt genug verdient, um sich eine Auszeit nehmen zu können. So hatte er angefangen, in Rom Vorlesungen über Theologie und alte Geschichte zu hören, und sich in einer Unmenge von Büchern vergraben. Er hatte über die Bibel gelesen, über die Geschichte des Christentums und über das geheimnisvolle Volk der Etrusker, mit dem sich jene uralten Wesen, die man gemeinhin als Engel bezeichnete, verbrüdert hatten. Die Suche nach Spuren der Etrusker hatte ihn auch hierher geführt, nach Umbrien. Er hatte Francesco, der im Vatikan ein paar Verwaltungsangelegenheiten für den Konvent geregelt hatte, schon in Rom kennengelernt, und sie waren einander sofort sympathisch gewesen. Deshalb hatte Enrico seine Einladung, im Kloster San Gervasio zu wohnen, gern angenommen.

»Viel Aufregung und viel Leid. Vielleicht zu viel für einen Menschen allein.«

»Wie?« fragte Enrico verwirrt, denn die Worte des Abts drangen wie aus weiter Ferne zu ihm, so sehr war er in Gedanken versunken gewesen. »Was sagen Sie, Vater?«

»Sie haben viel durchgemacht, und es fällt Ihnen schwer, das alles einzuordnen, dem Ganzen einen Sinn zu geben, der Sie mit Gott versöhnen könnte.«
»Wieso glauben Sie das?«
»Ihr Blick spricht Bände, Enrico.«
Enrico hatte sich in den vier Wochen, die er mittlerweile hier war, niemandem im Kloster offenbart, auch nicht Tommasio oder Francesco, und keiner hatte so etwas auch nur ansatzweise von ihm verlangt. Alle, die hier in der Abgeschiedenheit der Berge lebten, hatten ein persönliches Schicksal, das sie zu Gott oder doch zumindest auf die Suche nach ihm gebracht hatte. Das hatte Enrico Andeutungen entnommen, die Francesco einmal gemacht hatte. Jeder versuchte, auf seine Weise seinen Frieden mit Gott zu finden. Aber vielleicht hatte der Abt recht, und nicht alle Menschen waren in der Lage, diesen Weg ohne Hilfe zu gehen. Zumal Enrico kein Mönch war, kein Kleriker, sondern ein Mann, der sich bis vor zwei Jahren nur für die weltlichen Dinge interessiert hatte.
»Wenn Sie mit mir reden möchten, können Sie das jederzeit tun«, fuhr Tommasio fort. »Ich kann Ihnen nicht versprechen, daß ich den richtigen Rat für Sie weiß, aber manchmal hilft es schon, die Last, die auf einem liegt, zu teilen.«
Enrico sah den Abt lange an. Schwer zu sagen, wie alt er war, vielleicht fünfzig, vielleicht auch sechzig. Er konnte nicht sein ganzes Leben hinter Klostermauern verbracht haben, das gebräunte, wettergegerbte Gesicht zeugte von etwas anderem. Ein Mann, der viel von der Welt gesehen und so manche Erfahrung mit den Menschen gemacht hat, bevor er sich entschloß, die Mönchskutte überzustreifen, dachte Enrico; vielleicht der richtige Mann, um ihm weiterzuhelfen.

»Was wissen Sie über Träume, Vater Tommasio? Ich meine Träume, die immer wiederkehren und einem manchmal wirklicher vorkommen als die Wirklichkeit.«
»Das ist ein großes Thema«, murmelte der Abt und lehnte sich zurück, so daß sein Stuhl gefährlich knarrte. »Haben Sie einen bestimmten Traum, der Sie plagt?«
»Ich hatte schon früher seltsame Träume, aber seit ich hier in den Bergen bin, ist es ein neuer, der mich heimsucht, wieder und wieder. Die Abstände werden kürzer, und der Traum wird eindringlicher, als würde er mich immer mehr in seine Welt hineinziehen.«
Tommasio bat ihn, den Traum zu erzählen, und Enrico berichtete in allen Einzelheiten von der antiken Stadt, von der Bedrohung durch einen Krieg, die über ihr schwebte, von der wütenden Menge und der hellhaarigen Frau, die in Gefahr geriet und um die er solche Angst ausstand.
»Dabei weiß ich nicht einmal, wer diese Frau ist«, schloß er. »Im Traum rufe ich laut ihren Namen, aber wenn ich aufwache, kann ich mich nicht erinnern. Er scheint mir auf der Zunge zu liegen, und doch will er mir nicht einfallen. Ich habe schon etliche Stunden gegrübelt, ohne Erfolg.«
Mit größter Aufmerksamkeit hatte der Abt ihm zugehört, ohne ihn auch nur einmal zu unterbrechen. Zu Enricos Verwunderung erhob er sich nun unvermittelt und bat Enrico, ihm zu folgen. Sie verließen das Hauptgebäude des Konvents und traten nach draußen, in die frische Morgenluft. Ein scharfer Wind wehte um die verwitterten Klostermauern, und bei besonders heftigen Böen erklang ein leises Heulen wie ein Klagelied. Enrico atmete tief durch, und das tat ihm gut.
Das Kloster stand auf dem höchsten Berg weit und breit;

Enrico war von der grandiosen Aussicht stets aufs neue beeindruckt. In der Ferne zeichneten sich, teilweise noch vom Morgendunst umhüllt, einige kleine Orte ab, aber in der näheren Umgebung von San Gervasio gab es nur Wälder und zerklüftete Hügel, die sich trotzig aus dem Grün emporreckten, als strebten sie danach, die Höhe des Klosterbergs zu erreichen.
Tommasio führte ihn zu dem großen Tor, das die Abtei von der schmalen, gewundenen Bergstraße abgrenzte. Das Tor, nur angelehnt, protestierte mit einem langgezogenen Quietschen, als der Abt es aufzog. Enrico wunderte sich, denn außerhalb des Klosters gab es seines Wissens kilometerweit nichts als Felsen und Bäume. Dennoch folgte er dem Abt, der die Straße ein kurzes Stück hinunterging und dann am linken Rand stehenblieb, als wolle er sich in den Abgrund stürzen.
»Sind Sie schwindelfrei, Enrico?«
»Ich glaube schon«, lautete Enricos irritierte Antwort.
»Gut, dann folgen Sie mir, aber vorsichtig, bitte!«
Jetzt erst bemerkte Enrico die verwitterten Stufen, die irgend jemand vor langer, langer Zeit in den Fels gehauen hatte, vermutlich schon vor Jahrhunderten. Regen und Wind hatten an der schmalen Treppe genagt, ihre Kanten geglättet, und für einen unachtsamen Betrachter konnte sie leicht mit dem Berg verschmelzen.
Tommasio bewegte sich sicher auf der Treppe, während Enrico sorgsam darauf achtete, nicht durch einen falschen Schritt abzurutschen und in den Abgrund zu stürzen. Hier zerrte der Wind noch stärker an ihnen, und Enrico schätzte sich glücklich, normale Kleidung zu tragen. Die Kutte des Abts flatterte so wild im Wind, daß Enrico befürchtete,

Tommasio könne der Naturgewalt nicht widerstehen. Aber der Abt gelangte unbehelligt auf ein winziges Plateau, von dem aus eine dunkle Öffnung in den Berg hineinzuführen schien.
»Eine Höhle?« fragte Enrico, als auch er das Plateau erreichte.
»Ja«, sagte Tommasio nur und trat in das finstere Loch.
Enrico folgte ihm und fragte sich, was der Abt hier wollte, wo doch keiner von ihnen eine Lampe dabeihatte.
Daß das allerdings kein Problem darstellte, erkannte er schon nach wenigen Schritten. Nach einer Biegung bemerkte er einen Lichtschein, der mit jedem Schritt heller wurde. In der Decke der Höhle klaffte eine große Öffnung, durch die das Licht des erwachenden Tages fiel. Es schien auf das Ende der Höhle, eine fast glatte Wand, auf die ein mannshohes Bild gemalt war. Ein altes Bild, sehr verblaßt, aber noch immer deutlich zu erkennen. Enrico stockte der Atem. Es war eine antike Straßenszene, ein Menschenauflauf. Inmitten einer aufgebrachten Menge erwehrte sich eine auffällig hellhaarige Frau ihrer Haut.
Enrico war schockiert. Niemals zuvor war er in dieser Höhle gewesen, er hatte das Bild noch nie gesehen, und doch ...
Leise sagte er: »Diese Szene stammt aus meinem Traum!«

4

ROM

Auf dem kleinen Gang der Polizeikrankenstation saß eine junge Beamtin in Uniform auf einem Stuhl und starrte Löcher in die Luft. Als sie Alexander und Donati bemerkte, zuckte sie zusammen, ihre Haltung straffte sich, und sie blickte Donati schüchtern an.

Der Dirigente blieb vor ihr stehen und deutete auf die Tür, neben der sie saß. »Liegt hier die Inhaftierte Vida?«

Während die Polizistin noch eifrig nickte, spürte Alexander ein ungutes Gefühl in sich aufsteigen. Es gefiel ihm nicht, daß Donati von der *Inhaftierten Vida* sprach. Verzweifelt fragte er sich, was in der vergangenen Nacht vorgefallen sein mochte. Aber wenn er ehrlich war, mußte er sich eingestehen, daß sein Unwohlsein auch aus der Vorstellung resultierte, Elena gleich gegenüberzustehen.

Laute, erregte Stimmen drangen auf den Gang, ein Mann und eine Frau. Alexander mußte an seinen zwei Monate zurückliegenden Streit mit Elena denken.

»Wer ist noch da drin?« fragte Donati.

»Commissario Bazzini.«
Bevor die Polizistin noch ganz ausgesprochen hatte, riß Donati schon die Tür auf.
Alexanders Blick fiel auf das Krankenbett, in dem Elena lag, einen Verband um den Kopf. Er las Verwirrung in Elenas Augen und, so glaubte er, Wut. Bazzini, der mit verschränkten Armen neben dem Bett stand, wirkte ebenfalls verwirrt und wütend.
Seine Verwirrung hatte mit Donatis Erscheinen zu tun – und seine Wut vielleicht ebenso. Auch er hatte sich Hoffnungen auf den Posten eines Dirigente Superior der neuen Dienststelle gemacht und war noch nicht darüber hinweg, daß Donati ihm vorgezogen worden war. Donati selbst hatte Alexander davon erzählt.
»Buon giorno, Signor Dirigente«, sagte Bazzini förmlich. »Was führt Sie in die Krankenstation?«
»Die Kranke«, erwiderte Donati knapp und wandte sich Elena zu. »Wie fühlst du dich?«
Alexander und Elena waren mit Donati befreundet; daß sie sich nun in Polizeihaft befand, brachte ihn in eine seltsame Lage.
Elena legte eine Hand an ihren verbundenen Kopf. »Da drin wütet noch ein Hornissenschwarm und will einfach keine Ruhe geben. Sonst ginge es mir ganz gut, wenn Commissario Bazzini mir nicht auf Teufel komm raus einen Mord anhängen wollte.«
»Ich will Ihnen nichts anhängen und muß das auch gar nicht, denn Ihre Täterschaft steht für mich außer Frage«, knurrte Bazzini. »Je eher Sie gestehen, desto milder wird Ihre Strafe ausfallen.«
»Aber warum sollte ich Monsignore Picardi ermorden?«

»Ja, warum?« wiederholte Bazzini. »Sagen Sie es mir, Signorina Vida!«
Als sie schwieg, fragte Donati: »Was hat sich in der vergangenen Nacht zugetragen, Elena?«
»Picardi hat mich spätabends angerufen und zu einem Treffen am alten Annenkloster bestellt. Ich bin also hin durch das verfluchte Unwetter, aber bei Sant'Anna fand sich weit und breit keine Spur von Picardi. Zwei andere Typen waren da, die haben offensichtlich in ihrem Wagen auf mich gewartet. Sie sind auf mich los, und ich wollte mich im Kloster verstecken. Das war leider ein Schlag ins Wasser – beziehungsweise auf meinen Hinterkopf, als die beiden mich entdeckten. Mehr weiß ich nicht. Als ich wieder zu mir kam, waren die Carabinieri schon da.«
Donati sah Bazzini an. »Wer hat die Kollegen alarmiert?«
»Ein anonymer Anrufer, der verdächtige Gestalten am Kloster gesehen haben wollte. Daraufhin ist eine Streife ausgerückt und hat beide einträchtig nebeneinander gefunden, die Täterin und ihr Opfer.«
Elena funkelte den Commissario zornig an. »Glauben Sie, ich hätte erst den Monsignore umgebracht und dann mich selbst niedergeschlagen?«
Bazzini zuckte mit den Achseln. »Sie können in der Dunkelheit gestürzt sein und sich dabei verletzt haben. Oder Monsignore Picardi hat Ihnen die Kopfwunde kurz vor seinem Tod im Handgemenge zugefügt.«
Zum ersten Mal, seit er die Krankenstation betreten hatte, ergriff Alexander das Wort: »Wenn es so ein Handgemenge tatsächlich gegeben hat, könnte ebensogut Picardi der Angreifer gewesen sein. Dann hätte Elena in Notwehr gehandelt.«

»Ein berechtigter Einwand«, sagte Donati.
»Unsinn!« raunzte Bazzini. »Warum sollte ein hoher Kleriker aus dem Vatikan eine Journalistin tätlich angreifen?«
»Und warum sollte eine Journalistin einen hohen Kleriker aus dem Vatikan tätlich angreifen?« entgegnete Alexander.
Bazzini riß die Arme in die Luft. »Was weiß ich? Solange Ihre Freundin die Tat nicht gesteht, wird sie uns auch nichts über das Motiv verraten.«
»Ich bin nicht mehr seine Freundin!« sagte Elena kühl.
Donati räusperte sich, was gekünstelt klang, und fragte: »Was wollte Picardi von dir, Elena?«
»Das hat er mir am Telefon nicht gesagt. Es muß schon etwas Wichtiges gewesen sein, sonst hätte er mich nicht an einen derart abgelegenen Ort bestellt. Ich habe auf heiße Insiderinformationen aus dem Vatikan gehofft. Tja, und jetzt sieht es so aus, als sei ich selbst die Schlagzeile.«
»Noch halten wir den Deckel auf der Geschichte«, sagte Bazzini und zeigte mit dem Daumen zur Decke. »Anweisung von ganz oben. Man will sich erst mit dem Vatikan besprechen.«
Donati versuchte es noch einmal: »Weißt du wirklich nicht, was Picardi von dir gewollt haben könnte? Hast du vielleicht in letzter Zeit mit ihm zu tun gehabt?«
»Nein.«
Bazzini musterte Donati mit unverhohlener Antipathie. »Wer führt die Vernehmung, Sie oder ich? Haben Sie den Fall etwa übernommen, Signor Dirigente?«
»Nein, Bazzini, es ist Ihr Fall. Aber ich habe, wie Sie wissen, ein persönliches Interesse an Elena.«
»Und ich habe ein ziemlich großes Interesse daran, dem Polizeigewahrsam endlich zu entkommen«, sagte Elena.

»Haben Sie denn keine Spuren von den beiden Männern gefunden, die mir aufgelauert haben? Sie sind es doch wahrscheinlich, die Picardi ermordet haben.«
Bazzini fuhr sich gelangweilt über sein grobporiges Gesicht. »Jaja, die großen Unbekannten, sie sterben niemals aus.«
»Gab es keine Spuren von diesen Männern?« hakte Donati nach.
»Alle Spuren werden derzeit untersucht«, antwortete der Commissario.
»Es muß Reifenspuren von dem Wagen geben«, rief Elena. »Der Boden war ja total aufgeweicht vom Regen.«
»Das schon«, erwiderte Bazzini. »Aber später in der Nacht hat es so heftige Wolkenbrüche gegeben, daß vermutlich sämtliche Reifenspuren weggeschwemmt worden sind.«
Mutlos ließ Elena sich in ihr Kissen zurücksinken und schloß die Augen. Sie schien am Ende ihrer Kraft.
Alexander wandte sich an Donati: »Könnte ich mit Elena unter vier Augen sprechen?«
»Auf keinen Fall!« fuhr Bazzini dazwischen. »Das ist gegen jede Vorschrift, wie übrigens überhaupt Ihre Anwesenheit hier, Signor Rosin.«
»Dann kommt es auf einen weiteren Verstoß gegen die Vorschriften doch nicht an, Commissario«, sagte Donati betont jovial. »Ich habe vollstes Vertrauen zu Signor Rosin.«
Bazzini mußte an sich halten, um nicht aus der Haut zu fahren. Nur äußerst widerwillig fügte er sich dem ranghöheren Donati und verließ mit ihm den Raum.
Alexanders Blick ruhte auf Elenas schönem Gesicht mit den hohen Wangenknochen und den grünen Augen. Das altvertraute Gefühl der Zuneigung stieg in ihm auf. Seine Beine wurden wacklig, und er wußte nicht, wo er beginnen sollte.

Elena machte es ihm leicht und fragte ungerührt: »Was willst du?«
»Dir helfen.«
»Warum?«
»Weil du mir immer noch viel bedeutest. Ich habe keine Sekunde geglaubt, daß du Picardi ermordet hast. Aber ich denke, daß du der Polizei etwas verschweigst. Ich kenne dich. Wenn du bei dem Unwetter zu Sant'Anna rausgefahren bist, mußt du einen guten Grund gehabt haben, mehr als nur einen vagen Anruf. Um was geht es in dieser Sache, Elena?«
»Du irrst dich«, sagte sie ruhig. »Ich habe nichts verschwiegen.«
Er schüttelte den Kopf. »Das nehme ich dir nicht ab. Sag mir bitte die Wahrheit! Ich will dir doch helfen, vertrau mir!«
»Dir vertrauen? Kommst du dir nicht selbst komisch vor, wenn du so etwas sagst?«
Jetzt schwang Verbitterung in Elenas Stimme mit.
Alexander konnte sie verstehen. Daß ausgerechnet er sie aufforderte, ihm zu vertrauen, mußte ihr nicht nur seltsam, sondern wie Hohn vorkommen. Wortlos wandte er sich ab und verließ den Raum.

5

San Gervasio

»Es sieht alt aus«, sagte Enrico andächtig, nachdem er das Felsbild wohl minutenlang angestarrt hatte. »Könnte es womöglich etruskischen Ursprungs sein?«
»Es *ist* etruskisch«, bestätigte Tommasio. »Mit hoher Wahrscheinlichkeit ist es zu Lebzeiten der abgebildeten Personen entstanden. Oder aber nur kurze Zeit später.«
»Zu Lebzeiten der abgebildeten Personen«, wiederholte Enrico so langsam, daß jede Silbe ein eigenes Wort zu bilden schien. »Das heißt – wann?«
»Vor mehr als zweitausend Jahren. Um das Jahr neunzig vor Christus, wenn man genau sein möchte.«
»So genau läßt sich das sagen?«
»Die dargestellte Szene gibt uns den Hinweis. Sie ist dem Bundesgenossenkrieg zuzuordnen. Haben Sie schon einmal davon gehört, Enrico?«
Natürlich hatte er das, schließlich hatte er mehrere Bücher über die Geschichte des etruskischen Volkes gelesen, und der Bundesgenossenkrieg war Teil dieser Geschichte.

»Im Jahre 91 vor Christus kam es zum Aufstand einiger bis dahin mit Rom verbündeter italischer Völker oder, sagen wir besser, von Rom unterworfener Völker, die zwar Truppen für die römischen Kriege und zur Grenzsicherung des Römischen Reiches stellen mußten, deren Angehörige aber nicht das römische Bürgerrecht besaßen. Dadurch waren sie der Willkür der Obrigkeit ausgesetzt, und das wollten sie nicht länger hinnehmen. Eine Vielzahl von Stämmen erhob sich gegen Rom. Letztlich endete der Aufstand für die Rebellen in einer militärischen Niederlage, aber die Italiker hatten sich das Bürgerrecht erkämpft.«
Der Abt nickte anerkennend. »Dafür, daß Sie aus Deutschland stammen, kennen Sie sich in unserer Geschichte erstaunlich gut aus.«
»Habe ich nicht erwähnt, daß meine Mutter Italienerin war?«
»Doch, das haben Sie. Sie stammte aus Rom, nicht wahr?«
»Nein, aus der Toskana«, berichtete Enrico, machte jedoch keine Anstalten, nähere Auskünfte über seine Familie zu erteilen.
Dann hätte er erzählen müssen, daß seine Mutter von ihrer Familie nach Deutschland geschickt worden war, nachdem ein Geistlicher, in den sie sich verliebt hatte, sie geschwängert hatte. Dieser Geistliche hatte später Karriere gemacht, und es wäre Enrico alles andere als lieb gewesen, als Sohn von Papst Lucius erkannt zu werden.
»Der Bundesgenossenkrieg war eine blutige Angelegenheit«, sagte Tommasio. »Zwar wurde den Aufständischen damals das ersehnte Bürgerrecht zuerkannt, aber längst nicht alle haben das noch erlebt. In vielen Städten, die sich dem Aufstand angeschlossen hatten, hielten die Römer ein blutiges Straf-

gericht. Einigermaßen glimpflich davongekommen sind allerdings die Umbrer und die Etrusker, die auf der Seite Roms geblieben waren, vor allem deshalb, weil ihre mächtigen Großgrundbesitzer romtreu waren oder – wie manche schon damals sagten – romhörig. Natürlich gab es auch unter Umbrern und Etruskern Stimmen, die sich für den Krieg gegen Rom aussprachen. Das sorgte in vielen Städten für Aufruhr, und nicht selten standen Bruder und Bruder einander feindselig gegenüber.«
Was Tommasio erzählte, schien Enricos wiederkehrenden Traum erklären zu können. Endlich verstand er die wüsten Auseinandersetzungen um Frieden oder Krieg.
»Wenn das Bild tatsächlich so alt ist«, fragte er, »warum ist es dann so gut erhalten? Durch das Loch im Felsen dringen Wind, Sonnenlicht und Regen hier herein. Hätte das Bild dadurch im Lauf von über zweitausend Jahren nicht weggewaschen oder zumindest beschädigt werden müssen?«
»Vielleicht könnte eine wissenschaftliche Untersuchung der benutzten Farben und des Untergrunds darüber Aufschluß geben. Vielleicht ist diese Stelle aber auch nur mit großer Sorgfalt ausgewählt worden. Es fällt zwar Tageslicht herein, aber selbst bei grellem Sonnenschein wird das Bild nicht direkt angestrahlt. Ich weiß das, weil ich schon mehrmals hiergewesen bin, und zwar zu unterschiedlichen Tageszeiten. Und noch etwas: Draußen tobt ein heftiger Wind. Merken Sie hier etwas davon?«
»Nein«, antwortete Enrico, dem das erst jetzt auffiel. »Hier ist es völlig windstill.«
»Ähnliches läßt sich über den Regen sagen. Ich habe hier drinnen noch nie eine Pfütze gesehen.«
Enrico legte den Kopf in den Nacken und blickte zu der

Öffnung hinauf. »Ist dieses Loch, oder wie man es bezeichnen soll, mutwillig in den Fels gehauen worden?«
»Das weiß ich nicht. Möglicherweise schon. Vielleicht haben die Etrusker die Höhle aber auch so vorgefunden und hielten sie für besonders geeignet für ihr heiliges Bild.«
»Wie haben Sie sie entdeckt, Vater Tommasio?«
»Das ist nicht mein Verdienst. Zwischen den Weltkriegen, als San Gervasio ein – jedenfalls im Vergleich zu heute – großes Kloster war, hat der damalige Abt das Bild, sagen wir, wiederentdeckt. Er hatte Hinweise aus dem Ort erhalten, die Leute erzählten sich alte Geschichten über das sogenannte heilige Bild. Und da der Abt einen Hang zum Bergsteigen hatte, kletterte er so lange hier oben herum, bis er an diese Stelle kam. Ironischerweise hatte er das Bild erst weiter unten gesucht – er war sehr erstaunt, es so nahe beim Kloster zu finden und dann auch noch festzustellen, daß eine Treppe hierherführt. Die war damals allerdings teilweise verschüttet und von der Straße aus nicht zu sehen. Der Abt hat sie freilegen lassen. Das alles weiß ich aus den Aufzeichnungen meines Vorgängers, die ich in der Abtei gefunden habe.«
»Verzeihen Sie, Vater, wenn ich Ihnen so viele Fragen stelle, aber dieses Bild beschäftigt mich sehr.«
Tommasio breitete seine kräftigen Hände aus. »Fragen Sie nur, deshalb habe ich Sie ja hergeführt. Was Sie von Ihrem Traum erzählten, hat mich sofort an das Bild denken lassen.«
»Sie haben es *heilig* genannt. Warum?«
»Die einfachen Menschen hier in der Gegend haben das Bild, über dessen wahren Ursprung sie nichts wußten, früher als christliches Werk verehrt. Die Frau in der Mitte hielten sie für jene Ehebrecherin, die durch Jesus vor der Steinigung bewahrt wurde. Aber bei genauem Hinsehen zeigt sich, daß

niemand einen Stein in der Hand hat. Die Leute haben es eben nicht besser gewußt, und vielleicht gab es auch einen überfrommen Gottesmann, der das Bild für seine Predigten genutzt und so den Grundstein für den Irrglauben gelegt hat.«

»Aber Sie haben es ein heiliges Bild der Etrusker genannt, also muß es auch für seine Schöpfer eine besondere Bedeutung gehabt haben.«

Der Abt trat näher an das Bild heran und betrachtete es mit einer Andacht, die Enrico befremdlich erschien, handelte es sich doch um ein heidnisches Werk. Tommasio verlor sich regelrecht in den Anblick, und es dauerte eine kleine Ewigkeit, bis er zu sprechen begann.

»Wir kennen die Überlieferungen der Etrusker nur höchst lückenhaft, weil wir ihre Sprache bisher erst ansatzweise entschlüsseln konnten. Aber es gibt einen lateinischen Text, leider nur in Bruchstücken erhalten, der uns die Geschichte dieser Frau erzählt, der Tochter der Weißen Göttin.«

»Von der Weißen Göttin habe ich gelesen«, erinnerte Enrico sich. »Sie nahm bei den ansonsten eher patriarchalisch ausgerichteten Etruskern einen hohen Rang ein. Bei ihnen hieß sie ...«

»Leukothea«, sagte der Abt, während Enrico noch nach dem Namen suchte. »Was übersetzt nichts anderes heißt als Weiße Göttin. Sie war die etruskische Muttergöttin, wohl ein Sinnbild für die lebenspendende Erde. Verehrt und gefürchtet zugleich, weil sie den Menschen reiche Ernten oder verdorrte Felder und große Hungersnöte brachte. Es gibt Hinweise darauf, daß die Etrusker Frauen mit ungewöhnlich heller Haut und hellem Haar als Nachfahrinnen der Weißen Göttin verehrten. Obwohl das politische Leben der Etrusker von den Männern bestimmt wurde, hörte man in wichtigen Fragen auf den Rat jener Frauen, die man Leukotheas Töchter nannte – wohl in der Hoffnung, sich das Wohlwollen der mächtigen Göttin zu sichern.«

»Und was ist mit dieser Frau?« fragte Enrico ungeduldig und zeigte auf das Wandbild.

»Hier in der Gegend befand sich eine der nördlichsten Etruskerstädte; es ist kaum etwas von ihr überliefert, wir kennen nicht einmal den Namen. Vielleicht ist dies die einzige erhaltene bildliche Darstellung jener Stadt, und der eben erwähnte lateinische Text erzählt einen kleinen Teil ihrer Geschichte. Während des Bundesgenossenkriegs kam es auch in dieser Stadt zu heftigen Auseinandersetzungen darüber, ob man Rom treu bleiben oder in den Kampf eintreten sollte. Schließlich wurde die in der Stadt verehrte Tochter der Weißen Göttin angerufen, den Streit zu schlichten und im Namen der Muttergöttin zu entscheiden. Am Ende war die Partei, die nach ihrer Entscheidung klein beigeben mußte, so erbost, daß die *helle Frau,* wie sie in der Überlieferung auch genannt wird, beinahe totgeschlagen worden wäre. Im letzten Augenblick konnten Freunde und Verwandte sie retten.«

»Wie hatte sie sich entschieden?«

»Da fragen Sie mich zuviel. Genau der Teil des Textes ist nicht erhalten.«

»Die helle Frau«, sagte Enrico leise und fügte lauter hinzu: »Ich nehme an, ihr richtiger Name ist nicht überliefert.«

»Doch«, erwiderte der Abt. »Sie hieß Larthi.«

Enrico war plötzlich, als schwanke der Boden unter ihm. Er mußte sich an der Felswand abstützen, um nicht das Gleichgewicht zu verlieren. Hitzewellen überfluteten ihn, und er

preßte die Stirn gegen die kühle Felswand. Der Name hatte die unsichtbare Tür geöffnet, die seine Träume von der Wirklichkeit trennte. Jetzt mußte er dagegen ankämpfen, daß der Traum in die Wirklichkeit überging, daß er den Namen laut und verzweifelt hinausschrie.
»Was ist mit Ihnen?« fragte der Abt und legte ihm die Hände auf die Schultern.
»Ich habe mich erinnert«, flüsterte Enrico, die Stirn noch immer gegen den Fels gepreßt. »Larthi – so heißt die Frau aus meinem Traum!«

6

Rom

»Was ist eigentlich zwischen Elena und dir vorgefallen?« fragte Stelvio Donati, der auf dem Beifahrersitz saß, während Alexander seinen Peugeot über das ruckelige Pflaster der Via Appia lenkte.
Leichter Regen hatte eingesetzt, harmlos gegen die Wolkenbrüche der vergangenen Nacht, und die Scheibenwischer, die sich in immer gleichen Abständen in Bewegung setzten, schoben die Tropfen mühelos von der Windschutzscheibe.
Alexander hatte nicht richtig hingehört. Seine Gedanken kreisten um die Geschehnisse der Nacht, und er machte sich Vorwürfe, weil er nicht an Elenas Seite gewesen war. Wären sie noch ein Paar gewesen, privat wie beruflich, hätte er sie vielleicht davor bewahren können, unter Mordverdacht zu geraten und im Polizeigewahrsam zu landen.
Donati, der Alexanders Schweigen anders deutete, sagte: »Wir müssen nicht darüber reden. Du sollst nur wissen, daß ich jederzeit für ein Gespräch da bin. Ich hätte mich wohl früher um euch beide kümmern sollen, aber mein neuer Po-

sten ist ein echter Zeitfresser. Im Vergleich dazu habe ich eine ruhige Kugel geschoben, als ich noch ein einfacher Commissario war.«

Diesmal hatte Alexander zugehört und erwiderte: »So ruhig waren die Zeiten damals auch nicht, Stelvio. Jedenfalls nicht, seit wir uns kennen.«

»Das ist wahr«, räumte der Polizeidirektor grinsend ein und klopfte gegen seine Beinprothese. »Gerade als ich dachte, wegen meines Beins sei die Zeit der Aufregungen vorbei und der Innendienst fortan meine Berufung, seid ihr in mein Leben getreten, du und Elena.«

»Tja, und jetzt willst du wissen, was aus der großen Liebe geworden ist.«

»Ihr beide liegt mir am Herzen, Alex. Ich möchte es gern verstehen.«

»Es war der Alltag«, sagte Alexander, als könne das alles erklären.

Donati schnaubte halb mißbilligend, halb spöttisch. »Willst du mir erzählen, ihr hättet euch einfach so auseinandergelebt? Wie ein altes Ehepaar, das sich irgendwann nichts mehr zu sagen hat, weil jeder sein eigenes Leben führt und seine eigenen Gedanken und unerfüllten Träume hat? Das kaufe ich dir nicht ab, Alex, nicht ihr beide! Vergiß nicht, neben dir sitzt ein altgedienter Bulle, dem du nicht jede Geschichte auftischen kannst.«

»Bei uns war es eher das Gegenteil, wir haben zuviel zusammengehockt. Wir waren nicht nur privat zusammen, sondern auch im Job, rund um die Uhr quasi. Da fängt man an, den Streß mit nach Hause zu nehmen. Es kommen ungute Emotionen auf, nenn es Minderwertigkeitsgefühle, wenn du willst.«

Donati bedachte ihn mit einem zweifelnden Blick. »Du und Minderwertigkeitsgefühle? Seit wann das?«
»Seit ich nicht mehr Schweizergardist war, sondern ein unerfahrener Vatikanjournalist, der mit der sehr erfahrenen und allseits anerkannten Vatikanistin Elena Vida ein Team bildete. Wenn man ständig nur die Nummer zwei ist, kann einen das auf die Dauer ganz schön runterziehen.«
»Willst du damit sagen, Elena hätte dir gegenüber die Ich-bin-dir-in-allem-überlegen-Nummer durchgezogen?«
»Verdammt noch mal, nein, Elena war sehr fair und hat sich alle Mühe gegeben, aus mir einen guten Journalisten zu machen. Ich selbst habe mir den Versager-Hut aufgesetzt, weil ich es nicht ertragen konnte, ständig von ihr gesagt zu bekommen, was ich zu tun und zu lassen habe, jedenfalls soweit es den Job betrifft. Wie willst du vor deiner Frau selbstbewußt dastehen, wenn sie dir bei der Arbeit Tag für Tag über ist?«
»Hm.« Donati klang nicht recht überzeugt. »Und wie ging es weiter?«
»Mit Streit – mit ungerechtfertigten Vorwürfen meinerseits und schon eher gerechtfertigten Vorwürfen von Elenas Seite. Irgendwann haben wir kaum noch miteinander gesprochen, und wenn doch, dann haben wir uns angegiftet.« Alexander legte eine kurze Pause ein und holte tief Luft. »Und dann war da diese blonde Redaktionsassistentin, sehr hübsch und verständnisvoll. Keine Vorwürfe mehr, sondern liebevolle Umarmungen von einer Frau, die dich auffängt, wenn du mal nicht die Kraft hast, aufrecht zu stehen.«
»Wenn ein Mann nicht mehr die Kraft hat, aufrecht zu stehen, ist er entweder von fremder Hand umgestoßen worden oder er hat sich selbst fallen lassen. Ich weiß, wovon ich

rede.« Donati klopfte abermals gegen seine Prothese. »Wie auch immer, du hast dich also auf eine Affäre eingelassen. Und? Hat es sich gelohnt?«
»Es gab neun oder zehn Tage der Euphorie, dann haben wir festgestellt, daß wir einfach nicht zueinander passen.«
»Zu wenig, um lohnend genannt zu werden.«
»Aber genug, um das Vertrauen und die Beziehung zwischen Elena und mir vollends zu zerstören«, sagte Alexander bitter.
»Das klingt, als würdest du es bereuen.«
»Ja.«
»Wie ist es jetzt, wenn ihr euch im Job begegnet; wie geht ihr miteinander um?«
»Wir begegnen uns nicht mehr. Ich habe beim *Messagero* gekündigt.«
»Und wovon lebst du?«
»Zur Zeit versuche ich mich als journalistischer Freelancer. Das ist ja gerade der Mist: Wäre ich noch mit Elena zusammen, hätte ich letzte Nacht auf sie aufpassen können!«
»Oder Bazzini würde jetzt euch beide als mutmaßliche Mörder verhören.«
»Danke für die Blumen«, knurrte Alexander. »Dein Vertrauen in mich scheint wirklich grenzenlos.«
»Zumindest was Elena betrifft, hast du dich nicht gerade mit Ruhm bekleckert.«
Alexander warf ihm einen zornigen Blick zu, bevor er wieder auf die Straße sah.
»Meinst du, das weiß ich nicht, Stelvio? Wenn du den glühenden Spieß in meiner Wunde rumdrehst, machst du es mir nicht leichter.«
»Ich will es dir auch nicht leichter machen, du Blödmann.

Wer eine Frau wie Elena wegwirft, hat es verdient zu leiden!«

Zur Linken tauchte die Abzweigung auf, die zu den Ruinen von Sant'Anna führte, ihrem Ziel, und Alexander war froh darüber. Die Unterhaltung mit Donati hatte ihm seine Sünden, derer er sich ohnehin bewußt war, einmal mehr schmerzlich vor Augen geführt.

Sie verließen die Via Appia, und der Peugeot rumpelte durch ein paar tiefe Schlaglöcher, in denen nach den Regengüssen der Nacht das Wasser stand. Es spritzte nach allen Seiten, und Donati ermahnte Alexander, die Geschwindigkeit zu drosseln.

»Ich habe in meinem langen Polizistendasein nicht Bomben und Kugeln überlebt, um mich jetzt von dir zu Tode schaukeln zu lassen.«

Polizeifahrzeuge säumten das letzte Wegstück, und nach einer Biegung tauchte das verfallene Kloster vor ihnen auf. Alexander kam es vor wie ein verwunschener Ort aus einem Märchen.

Carabinieri, deren sonst so blankgeputzte Stiefel mit Schlammspritzern übersät waren, hatten das Gelände weiträumig abgesperrt. Einer kam ihnen mit grimmigem Gesicht entgegen und wedelte abweisend mit der Hand. Alexander hielt an und ließ sein Fenster herunter.

»Kehren Sie um!« bellte der Uniformierte. »Sehen Sie nicht, daß dieses Gelände gesperrt ist?«

Donati beugte sich zum Fenster und fragte ein wenig zu süß: »Aber doch nicht für uns, oder, Brigadiere?«

Für einen Moment schien der Carabiniere verwirrt, doch dann erkannte er den Mann auf dem Beifahrersitz und salutierte unwillkürlich.

»Dirigente Donati, ich wußte nicht, daß Sie diesen Fall persönlich ...«
»Schon gut«, beendete Donati das unbeholfene Gestammel. »Sie müssen meine Anwesenheit hier auch nicht an die große Glocke hängen, wenn Sie verstehen, was ich meine, Brigadiere.«
»Jawohl, zu Befehl«, antwortete der Carabiniere wie auf Knopfdruck.
Alexander bezweifelte, daß der Polizist Donati wirklich verstanden hatte. Doch er wischte den Gedanken beiseite und ließ den Peugeot über das Gelände rollen, bis die im Wind flatternden Absperrbänder eine Weiterfahrt unmöglich machten.
Sie stiegen aus, und augenblicklich stand Alexander mit dem linken Fuß bis zum Knöchel in einer Pfütze. Schmatzend floß das unangenehm kalte Schlammwasser in seinen Schuh, und er stieß einen Fluch aus.
»Man muß aufpassen, wo man hintritt«, erscholl eine weibliche Stimme aus der Richtung des Klosters. »Hier gibt es mehr Pfützen als trockene Stellen.«
Hinter den Absperrbändern stand unter einem bunten Schirm eine junge Frau mit hübschem Gesicht und kurzen blonden Haaren.
Mit ihrer weitgeschnittenen Lederjacke, den schwarzen Jeans und kniehohen Gummistiefeln war sie für diese Witterungsverhältnisse bestens gerüstet. Nur kurz mußte Alexander überlegen, woher er sie kannte. Sie war bei der römischen Polizei und hieß Micaela Mancori. Donati hatte sie einmal als sehr talentiert bezeichnet.
»Micaela!« rief Donati ehrlich erfreut, während Alexander und er durch eine Lücke in der Absperrung traten. »Schön,

Sie hier zu sehen. Ich wußte gar nicht, daß Sie an dem Fall dran sind.«

»Zusammen mit Bazzini«, erwiderte die junge Polizistin. »Aber der hatte keine Lust, hier im Regen herumzustehen. Und da er Commissario ist, ich aber nur Vice Commissario bin, habe ich keinen Einspruch erhoben. Was führt Sie zu mir, Dirigente Donati?«

»Stelvio, bitte! So haben Sie mich auch genannt, als wir noch gemeinsam böse Buben gejagt haben.«

»Da waren Sie auch noch kein Dirigente Superiore, Stelvio«, antwortete sie mit einem Lächeln. »Was führt Sie her, der ermordete Geistliche oder die Frau, die Kollege Bazzini für die Mörderin hält?«

»Das eine hängt doch mit dem anderen zusammen«, sagte Donati. »Sie teilen Bazzinis Einschätzung, was Elena Vida angeht, nicht?«

»Ich kann mir, ehrlich gesagt, nicht vorstellen, daß eine Vatikanjournalistin mitten in stürmischer Nacht hier herauskommt, um den stellvertretenden Leiter der Vatikanbank zu ermorden. Signor Rosin wird das besser wissen, aber meiner Vorstellung nach lebt ein Vatikanjournalist davon, daß er über Männer wie Monsignore Picardi schreibt oder ihnen Informationen abluchst, nicht aber davon, daß er sie umbringt.«

»Das sehe ich auch so«, sagte Donati. »Aber könnte es sich nicht um eine Tat handeln, die Elena Vida im Affekt oder vielleicht gar in Notwehr begangen hat?«

»Zum jetzigen Zeitpunkt läßt sich nur sagen, daß es sich um alles mögliche handeln kann. Wir wissen noch zu wenig.«

»Wir haben vorhin mit Elena gesprochen«, ergriff Alexander das Wort. »Sie sagte etwas von zwei Unbekannten, die ihr

hier aufgelauert und sie verfolgt haben. Gibt es keine Spuren von diesen Männern?«
Mit einer ausladenden Bewegung wies Micaela Mancori auf die Polizisten, die das Klostergelände absuchten. »Bis jetzt suchen wir noch erfolglos danach. Die Sintflut der vergangenen Nacht hat leider nicht viel übriggelassen.«
Sie führte Alexander und Donati in das alte Gemäuer, zu jenem Raum, in dem der tote Picardi und die bewußtlose Elena gefunden worden waren.
Auch dort suchten Spezialisten der Spurensicherung, in weiße Plastikanzüge gekleidet, emsig nach möglichen Hinweisen.
»Wie sieht's aus, Kollegen, schon etwas gefunden?« fragte Donati.
Einer der Weißgekleideten blickte auf. »Ein paar Blutspuren und zwei, drei Kleiderfasern. Die Untersuchung im Labor wird hoffentlich Genaueres ergeben.«
Alexander sah sich in dem Raum um und blickte dann den langen Gang hinunter, durch den sie gekommen waren. »Was auch immer hier passiert ist, ein von Elena planvoll ausgeführter Mord war es nicht.«
»Da sind wir einer Meinung«, sagte Micaela. »Aber worauf wollen Sie hinaus?«
»Diese Klosterruine ist – noch dazu nachts und bei dem Unwetter gestern – abgelegen genug, um jemanden unbemerkt zu töten. Da muß man sein Opfer nicht noch durch die halbe Abtei in diesen finsteren Raum locken. Plausibler erscheint mir da Elenas Erklärung, daß sie vor ihren Verfolgern hierher geflohen ist. Sie wollte sich verstecken und ahnte nicht, daß dieser Gebäudetrakt für sie zur Sackgasse werden würde.«

»Und dann kamen die Unbekannten, um Picardi zu töten und Elena niederzuschlagen?« hakte die Polizistin nach.
Alexander nickte. »So oder so ähnlich muß es sich abgespielt haben.«
»Warum ist Signorina Vida nicht auch getötet worden?«
»Vielleicht mußte Picardi sterben, weil er ihr etwas verraten wollte. Wenn die Mörder wußten, daß Elena noch nicht im Besitz der Information war, hatten sie keinen Grund, sie zu töten. Außerdem konnten sie der Polizei mit Elena eine Verdächtige präsentieren, die von ihnen ablenkt. Wer anders als die wahren Mörder soll die Carabinieri verständigt haben?«
»Ah«, machte Donati. »Du spielst auf den anonymen Anrufer an.«
»Ja. Eine dämliche Geschichte, wenn man genauer darüber nachdenkt. Verdächtige Gestalten hier beim Kloster, das will ich ja vielleicht noch glauben. Aber wer will die mitten in der Nacht bei dem Unwetter bemerkt haben? Jemand, der das ganze Stück von Rom hier herausgefahren ist, um seinen Hund Gassi zu führen? Lächerlich!«
»Warum haben die mysteriösen Unbekannten Elena überhaupt verfolgt?« fragte Micaela weiter.
Alexander dachte kurz nach. »Möglicherweise war sie vor Picardi hier. Die Mörder haben auf den Monsignore gewartet und mußten Elena außer Gefecht setzen, um nicht von ihr bemerkt und verraten zu werden.«
»So könnte es gewesen sein«, sagte Donati. »Aber wie wir von Dr. Gearroni erfahren haben, ist der Fundort der Leiche mit hoher Wahrscheinlichkeit auch der Tatort. Wie paßt das in deine Geschichte, Alex?«
»Die Mörder könnten draußen auf Picardi gewartet, ihn dort

überwältigt und dann ins Kloster geschleppt haben, um ihn hier zu töten. Das würde die Blutergüsse erklären.«
Donati wirkte zufrieden. »Deine Theorie gefällt mir. Sie bringt alle bekannten Fakten in Einklang.«
Micaela sah die beiden Männer abwechselnd an und wiegte unschlüssig den Kopf. »Das schon, aber solange die Fakten so spärlich sind, ist es leider bloße Theorie.«
Alexanders Handy meldete sich mit einer quäkigen Version von *Three Coins in a Fountain.* Er zog es aus einer Innentasche seiner Allwetterjacke und stellte, als er aufs Display sah, zu seinem Erstaunen fest, daß der Anruf aus dem Vatikan kam. Er entfernte sich ein paar Schritte von den anderen und meldete sich mit einem kurzen »Ja?«
»Signor Rosin, gut, daß ich Sie erreiche«, sagte eine Stimme, die ihm bekannt vorkam. »Könnten Sie heute noch in den Vatikan kommen, möglichst bald?«
»Wer spricht da, bitte?«
»Oh, Verzeihung, hier ist Henri Luu.«
Der franko-vietnamesische Privatsekretär von Papst Custos. Alexander erinnerte sich gut an den drahtigen Mann, der nie nervös zu werden schien und seinem Papst so manche schwere Last abnahm. Aber er hatte Luu seit mindestens einem Jahr nicht mehr gesprochen und deshalb seine Stimme nicht gleich erkannt.
»Was gibt es Dringendes, Don Luu?«
»Das möchte ich ungern am Telefon besprechen. Haben Sie etwas Zeit für Seine Heiligkeit?«
»Immer«, sagte Alexander, obwohl er sich lieber um den Mordfall gekümmert hätte und darum, Elena von dem Tatverdacht zu befreien. »Ich bin so gut wie unterwegs.«
Als er das Gespräch beendet hatte, trat Donati zu ihm.

Offenbar hatte er einen Teil der Unterhaltung mitgehört, denn er fragte: »War das Don Luu?«
»Ja, Papst Custos möchte mich sehen. Und um deine nächste Frage vorwegzunehmen, den Grund hat Luu mir nicht genannt. Aber wer weiß, vielleicht bringe ich im Vatikan etwas über Picardi in Erfahrung, das uns in dieser Sache weiterhilft. Willst du mitkommen?«
»Nein, ich sehe mich hier noch etwas um und fahre später mit Micaela zurück in die Stadt. Laß von dir hören, wenn es Neuigkeiten gibt.«
Alexander versprach es und lief durch den Regen, der stärker geworden war, zu seinem Wagen. Beim Wenden mußte er aufpassen, daß er nicht im Morast steckenblieb. Schließlich hatte er es geschafft, und bald waren die Ruinen von Sant'Anna nur noch ein kleiner werdender Fleck im Rückspiegel.
Er verspürte darüber eine Erleichterung, die er sich selbst nicht recht erklären konnte. Vielleicht lag es an der Vorstellung, was Elena in dem alten Gemäuer Schreckliches erlebt hatte und daß es sie um ein Haar das Leben gekostet hätte. Vielleicht war es aber auch nur sein schlechtes Gewissen, das ihm ständig sagte, daß er Elena in Stich gelassen hatte.
Auf der Via Appia beschleunigte er unwillkürlich, weil er neugierig war zu erfahren, was Papst Custos von ihm wollte. Der Wagen hinter ihm, den er aufgrund des Regens nur sehr undeutlich im Rückspiegel sah, wurde ebenfalls schneller. Offenbar ein dunkler Fiat älteren Baujahrs.
Ein vager Verdacht stieg in Alexander auf, und er nahm den Fuß vom Gaspedal, bis sein Peugeot so langsam über das altrömische Basaltpflaster rollte, daß es schon an Verkehrsbehinderung grenzte.

Aber der Fahrer des dunklen Fiats traf keinerlei Anstalten, ihn zu überholen.

Im Gegenteil, fast zeitgleich mit Alexander drosselte auch er die Geschwindigkeit, immer darauf bedacht, einen gewissen Abstand zu wahren.

Aus Alexanders Verdacht wurde Gewißheit: Er wurde verfolgt!

7

San Gervasio

Enrico und Tommasio waren ins Kloster zurückgekehrt, aber das zweitausend Jahre alte Wandbild aus der eigenartigen Felshöhle stand Enrico noch deutlich vor Augen. Er sah die hellhaarige Frau vor sich, und ihr Name hallte unaufhörlich in ihm wider.
Larthi – Larthi – Larthi …
Der Name klang so vertraut, daß es ihm ein Rätsel war, geradezu unheimlich. Konnte sein wiederkehrender Traum allein diese Vertrautheit erklären? Er bezweifelte das. Wieso träumte er überhaupt von dieser Larthi? Und weshalb fühlte er sich ihr so verbunden, daß der Gedanke, über zweitausend Jahre von ihr getrennt zu sein, ihn schmerzte?
Ambrosio betrat das kleine Büro und brachte den Tee, den Tommasio bei ihrer Rückkehr bestellt hatte. Bruder Ambrosio war ein hagerer Mann mit eingefallenem Gesicht, dem die ausdruckslosen Augen etwas Stoisches verliehen. Auch jetzt schien es ihn nicht im geringsten zu interessieren, was sein Abt und Enrico Wichtiges zu besprechen hatten. In beinahe

gleichgültigem Ton erkundigte er sich, ob er noch etwas bringen solle. Tommasio verneinte das, und Ambrosio zog sich ohne ein weiteres Wort zurück.
Tommasio nahm einen großen Schluck von dem Tee und sah Enrico über den Rand des Bechers hinweg an. »Möchten Sie mit mir über das Bild und Ihren Traum sprechen, oder wollen Sie erst einmal in Ruhe allein über alles nachdenken?«
»Das Grübeln scheint mich nicht weiterzubringen. Also reden wir ruhig.«
Auch Enrico trank und konnte beim besten Willen nicht ausmachen, um was für einen Tee es sich handelte. Er schmeckte leicht bitter, aber er war heiß, und die Wärme, die ihn bei jedem kleinen Schluck durchströmte, tat ihm gut. Inzwischen tobte ein heftiger Wind um den Klosterberg, und bei ihrer Rückkehr waren Tommasio und er von einem Regenschauer überrascht worden. Er dachte an die trotz der Öffnung windgeschützte Höhle, die für sich allein schon ein kleines Wunder war. Und dann noch das Bild!
Der Abt stellte seinen Becher ab, zog die oberste Schublade eines schmalen Schranks auf, der gleich neben der Tür stand, kramte in der Lade herum und zog ein paar fotokopierte Blätter heraus, die er vor Enrico auf den Schreibtisch legte.
Die Kopien waren von miserabler Qualität, die Buchstaben gerade so noch zu lesen. Aber es reichte aus, um zu erkennen, daß es sich um einen lateinischen Text handelte, der von Auslassungen durchsetzt war. Die Schule und auch das Jurastudium, wo er sein Latein hin und wieder gebraucht hatte, lagen schon eine Weile zurück, und Enrico mußte sich anstrengen, um in den ersten Sätzen wenigstens halbwegs einen Sinn zu erkennen. Es war die Rede vom Bundesgenossenkrieg und von einer etruskischen Stadt weit im Norden, wo

der Kampf gegen Rom fast zu einem Krieg unter den Bewohnern geführt hätte.

»Das ist also der Text, von dem Sie sprachen, Vater Tommasio. Wer hat ihn verfaßt?«

»Das ist nicht bekannt. Man fand das Fragment in den Resten einer Abtei unweit von Salerno, die im Zweiten Weltkrieg durch Bombenangriffe weitgehend zerstört wurde. Als ich davon hörte, habe ich mir eine Kopie schicken lassen.«

»Warum?«

»Die Geschichte und die Kultur der Etrusker haben mich schon immer fasziniert. Als ich von dem Text erfuhr, der mit der Geschichte dieses Ortes zu tun haben sollte, war ich, das muß ich gestehen, wie elektrisiert. Sie können das gewiß nachvollziehen, Enrico, schließlich interessieren Sie sich auch für die Etrusker.«

»Wie kommen Sie darauf?«

»Ich habe Sie kürzlich in dem Etruskerbuch von D. H. Lawrence lesen sehen. Oder war das purer Zeitvertreib?«

»Nein, Vater, ich interessiere mich tatsächlich für die Etrusker. Und weil ich von einer verschollenen Etrusker-Stadt hier in der Gegend gelesen habe, bin ich überhaupt nur hergekommen.«

»Dann haben Sie, wie es aussieht, gefunden, was Sie gesucht haben. Oder sollte ich besser sagen: Das, was Sie suchten, hat Sie gefunden?«

»Wie meinen Sie das?«

»Der Traum von Larthi, der Tochter der Weißen Göttin, scheint Sie zu quälen, seit Sie bei uns sind. Als hätte hier etwas auf Sie gewartet, das stärker und tiefer ist als ein bloßer Traum. Was verbindet Sie mit den Etruskern, Enrico?«

Enrico schwieg. Er wußte nicht, was er sagen sollte, ohne

zuviel über die Geschehnisse am Engelssee zu verraten. Tommasio war ein gebildeter Mann und dafür, daß er Abt eines derart abgelegenen Konvents war, geradezu aufgeschlossen. Dennoch konnte Enrico ihm schlecht von den gefallenen Engeln erzählen, die sich gegen Gottes Willen mit den Etruskern verbrüdert und mit ihnen Kinder gezeugt hatten. Und noch absurder mußte es in Tommasios Ohren klingen, wenn Enrico behauptete, ein Nachfahre des Erzengels Uriel zu sein.

»Ich will Sie nicht kränken, Vater«, sagte er schließlich vorsichtig. »Aber um die Frage zu beantworten, müßte ich Ihnen ein Geheimnis offenbaren, das nicht nur mich betrifft und über das zu reden ich nicht befugt bin.«

Enrico war, als blitze in den grauen Augen des Abts Enttäuschung auf. Für einen Sekundenbruchteil nur, dann lag in Tommasios Blick wieder die gewohnte unaufdringliche Teilnahme.

Auch sein Ton war weder enttäuscht noch verärgert, als er erwiderte: »Ich will Ihnen keine Geheimnisse entreißen, Enrico, ich will Ihnen nur helfen. Über eins sollten Sie sich im klaren sein: Wenn Sie länger hierbleiben, werden Sie kaum zur Ruhe kommen – es sei denn, Sie stellen sich dem, was Sie in Ihrem Traum heimsucht. Mir scheint, nach Ihnen greift eine Macht, die sich mit dem Instrumentarium des sogenannten modernen, aufgeklärten Menschen nicht erklären läßt. In Ihren Träumen wird die Vergangenheit lebendig, und Sie scheinen ein Teil davon zu sein. Wenn Sie das wünschen, kann ich versuchen, Sie mit Ihrer Vergangenheit zu vereinen, jedenfalls für einen kurzen Zeitraum, lang genug vielleicht, um Ihnen etwas Klarheit zu verschaffen.«

»Sprechen Sie von einer Rückführung?«

»So etwas in der Art. Ich bin mit einer – nennen wir es hypnotischen – Begabung ausgestattet, mit der ich schon einige bescheidene Erfolge erzielt habe.«
Enrico sah sein Gegenüber mit großen Augen an. »Jetzt überraschen Sie mich wirklich, Vater. Glauben Sie, daß ich schon einmal gelebt habe? Daß ich die Reinkarnation eines Menschen aus der Zeit des Bundesgenossenkriegs bin?«
»Glauben Sie das nicht, Enrico? So fände der Traum, der Sie so umtreibt, doch eine Erklärung.«
»Aber Sie sind der Abt eines katholischen Konvents! Wie können Sie esoterischem Gedankengut nachhängen?«
Ein schüchternes, entschuldigendes Lächeln schlich sich auf Tommasios Gesicht.
»Sie werden mich hoffentlich nicht an den Vatikan verpetzen, Enrico. Haben wir nicht jeder unsere ganz eigene Vorstellung von dem, was uns nach dem Tod erwartet? Als Abt bin ich an die Lehren der katholischen Kirche gebunden, aber als Privatmensch bin ich von der Vorstellung, daß unsere Seele mehr als nur eine Chance erhält, den rechten Weg – Gottes Weg – zu finden, durchaus angetan.«
Enrico nickte nur; zu sehr war er damit beschäftigt, das Bild, das er sich von dem Abt gemacht hatte, zu korrigieren.
Tommasio erhob sich, wandte sich zur Tür und sagte, bevor er das Büro verließ: »Überlegen Sie sich meinen Vorschlag ganz in Ruhe.«
Als der Abt gegangen war, nahm Enrico den lateinischen Text noch einmal zur Hand. Erneut überflog er die Zeilen, von denen er einige halbwegs übersetzen konnte, während andere ihm rätselhaft blieben – bis er an einer Stelle verharrte. Dort, wo der magische Name stand: *Larthi.*

8

Rom

Alexander gab Gas. Der Motor heulte protestierend auf, und der Peugeot machte einen Satz nach vorn. Der Gewaltakt brachte das Fahrzeug auf dem nassen Pflaster ins Rutschen, aber Alexander hatte es schnell wieder unter Kontrolle. Als er im Rückspiegel sah, daß auch der dunkle Fiat beschleunigte, lächelte er grimmig, fest entschlossen, dem Fahrer eine unangenehme Überraschung zu bereiten.

Hinter der nächsten Kurve lag die Zufahrt zur Benedetto-Nekropole, einer der zahlreichen alten Begräbnisstätten an der Via Appia Antica. Da im alten Rom die Toten nicht innerhalb der Stadtmauern bestattet werden durften, hatten die vornehmen Patrizierfamilien hier draußen ihre nicht minder vornehmen Gräber erbaut, aus denen im Laufe der Zeit regelrechte Totenstädte entstanden waren. Die Benedetto-Nekropole war erst kürzlich entdeckt worden, auf dem Gelände einer längst geschlossenen Möbelfabrik. Ihr Eigentümer, ein gewisser Luigi Benedetto, hatte es verstanden, der Obrigkeit für das Grundstück eine Stange Geld abzuluchsen, und prompt hatten die Medien die Totenstadt nach ihm benannt. Bevor die Archäologen ihre Arbeit aufnehmen konnten, mußten zunächst die Gebäude abgerissen werden, womit erst wenige Tage zuvor begonnen worden war.

Alexander wußte das so genau und kannte sich auf dem Gelände aus, weil er vor kurzem hier gewesen war, um für einen Artikel über die Nekropolen an der Via Appia zu recherchieren.

Er bremste abrupt, glich das Schlingern des Wagens durch geschicktes Gegenlenken aus und bog in die Zufahrt zum Gelände der einstigen Möbelfabrik ein. Erwartungsgemäß arbeitete am Samstag niemand hier. Die teilweise bereits eingerissenen Gebäude blickten traurig auf die Maschinen des Abbruchkommandos. Die Anlage wirkte um vieles trostloser als die Ruinen von Sant'Anna, vielleicht weil den Fabrikgebäuden jene architektonische Schönheit fehlte, die dem Kloster selbst in seinem verfallenen Zustand noch anhaftete.

Ein erneuter Blick in den Rückspiegel zeigte Alexander, daß der Fiat immer noch hinter ihm war. Er konzentrierte sich auf die schmale Straße, die in einen weitläufigen Platz mündete. Mit gedrosselter Geschwindigkeit fuhr er um die großen Abrißmaschinen herum, dann hielt er hinter einem langgestreckten Gebäude, das wohl als nächstes an der Reihe war. Er stieß die Fahrertür auf, sprang nach draußen und hastete das letzte Wegstück zurück.

In das beständige Trommeln des Regens mischte sich das Motorengeräusch des dunkelblauen Fiats, der fast gegen einen Sattelschlepper mit aufgeladenem Schaufelbagger geprallt wäre, als der Fahrer abbremste. Alexander, der hinter

einem Schutthaufen kauerte, versuchte vergeblich, das Gesicht hinter der Windschutzscheibe zu erkennen.
Zweifel an der Klugheit seines Handelns stiegen in ihm auf. Wenn das die Männer waren, die in der vergangenen Nacht Elena aufgelauert hatten, mochten sie bewaffnet sein. Alexander trug keine Waffe bei sich, und das bereute er jetzt. Aber seine Erregung und der Wunsch, Licht in den Mord an Rosario Picardi zu bringen, besiegten seine Zweifel. Er wollte Elena helfen, weil er sie liebte – und weil auch sie ihn damals, als sie einander kennenlernten, aus dem Polizeigewahrsam befreit hatte.
Er duckte sich tiefer, als der Fahrer des Fiats ausstieg, vermutlich um sich zu orientieren.
Der Mann schien allein zu sein. Er näherte sich Alexanders Versteck. Alexander widerstand der Versuchung, hinter dem Schutthaufen hervorzulugen, um mehr von seinem Verfolger zu sehen. Nur Geduld, gleich würde der Bursche ohnehin in sein Blickfeld kommen.
Das erste, was er von dem anderen sah, waren von Regen und Schmutz verdreckte Schuhe, Bluejeans und eine abgewetzte schwarze Lederjacke, die bis über die Hüften reichte.
Alexander schnellte hoch, sprang den anderen an und riß ihn zu Boden. Eng ineinander verschlungen, wälzten sie sich durch den Matsch. Dicht vor sich sah Alexander ein bärtiges Gesicht, das ihm zwar bekannt vorkam, das er aber so schnell nicht einordnen konnte.
Der Bärtige konnte sich aus der Umklammerung lösen und erhob sich schwankend. Bevor er aber Abstand gewinnen konnte, packte Alexander ein Bein des Mannes und brachte ihn erneut zu Fall. Alexander schwang sich rittlings auf ihn und ballte die Rechte, um ihm einen Schlag zu versetzen.

»Hör auf, Rosin!« krächzte der Mann unter ihm, und die Stimme erschien ihm noch vertrauter als das Gesicht. »Ich will dir nichts tun, verdammt!«
Die Faust schon zum Schlag erhoben, hielt Alexander inne. Jetzt wußte er, wer sein Verfolger war.
»Emilio!«
Emilio Petti, den er noch nie mit Bart gesehen hatte, setzte eine vorwurfsvolle Miene auf. »Eine nette Art hast du, einen alten Kumpel zu begrüßen!«
»Ich habe im Rückspiegel keinen alten Kumpel gesehen, sondern jemanden, der mich verfolgte«, erwiderte Alexander und ließ die Faust sinken.
»Ich wollte nur mit dir sprechen, Mann.«
»Hast du meine Telefonnummer nicht?«
Unter dem Bart zeigte sich ein verlegenes Grinsen. »Na schön, erst mal wollte ich sehen, wohin dein Weg dich führt.«
»Schau dich um.«
»Spaßvogel! Mal ehrlich, wohin wolltest du? Du schienst es eilig zu haben.«
»Vergiß nicht, daß du unter mir im Dreck liegst, Emilio! Wenn hier einer Fragen stellt, dann ich.«
»Na ja, als ich durch alte Beziehungen von dem Mord an Picardi erfuhr, dachte ich, ich halte mich mal an dich. Wo Alexander Rosin und Elena Vida ihre Hände im Spiel haben, da steckt meist eine fette Story drin.«
Das mochte sogar stimmen. Bis vor einem knappen Jahr war Emilio Petti ein Kollege von Alexander und Elena beim *Messagero di Roma* gewesen. Eine getürkte Story über ein angebliches Wunder in einer kleinen Kapelle in Genzano hatte ihn die Reputation und den Job gekostet. Die blutigen

Tränen, die dort angeblich von der Madonna geweint worden waren, hatten sich als Ochsenblut herausgestellt. Und der Halbwüchsige, den Emilio bestochen hatte, damit er die Madonna in regelmäßigen Abständen Ochsenblut weinen ließ, hatte den reuigen Sünder gespielt und seine Geschichte für mehr Geld an die Konkurrenz verkauft, als Emilio ihm geboten hatte.

Ein schwerer Schlag für den *Messagero*. Laura Monicini, die Chefredakteurin, hatte Emilio fristlos gefeuert, und seitdem hatte er nicht mehr so recht Fuß gefaßt.

Das letzte, was Alexander von ihm gelesen hatte, war ein Bericht über Ufos gewesen, die nachts angeblich über dem Vatikan schwebten, um die dort beerdigten Päpste zu neuem Leben zu erwecken und auf einen fremden Planeten zu bringen. In einem Schmierblatt voller absurder Geschichten über Aliens, Mutationen und übernatürliche Erscheinungen. Emilios Story mit dem Titel *Päpste im Weltall* war in Anbetracht der übrigen Ergüsse noch geradezu lesbar gewesen. Einer aus dem Kollegenkreis hatte das Blatt in die Redaktion gebracht, und es hatte an allen Schreibtischen Gekicher ausgelöst.

Alexander hatte die Sache eher traurig gefunden und das Geschmiere in den Papierkorb geworfen. Gut möglich, daß Emilio auf eine Gelegenheit hoffte, seine journalistische Reputation wiederherzustellen.

»Die Polizei hat über Picardis Tod noch nichts öffentlich verlauten lassen«, sagte Alexander, der gleichwohl mißtrauisch blieb. »Von wem hast du die Information?«

»Von einem Informanten bei der Polizei natürlich. Woher sonst? Hat mich zwei große Scheine gekostet, und ich hab's zur Zeit echt nicht dicke.«

»Der Name?«

»Spinnst du, Alexander? Welcher gute Journalist gibt schon den Namen eines Informanten preis?«

»Ein *guter* Journalist nicht, stimmt.«

Alexander hatte noch nicht ganz ausgesprochen, da wurde ihm klar, wie sehr er Petti kränkte, und es tat ihm augenblicklich leid. Mit der Ochsenblutgeschichte hatte Petti einen bösen Fehler gemacht, und dafür war er schwer bestraft worden. Damit sollte es eigentlich gut sein. Alexander wußte aus eigener Erfahrung, wie leicht man einen Fehler beging und wie schwer es war, ihn wieder auszubügeln.

Er erhob sich und sagte: »Laß uns ins Trockene gehen, Emilio, da läßt es sich besser reden.«

Er reichte Petti die Hand und half ihm auf die Füße. Sie gingen zu dem Gebäude, hinter dem Alexanders Peugeot stand, und gelangten durch eine halboffene Tür ins Innere. Hier gab es nichts mehr zu stehlen, also hatte sich niemand die Mühe gemacht, die Tür zu verschließen. Der muffig riechende Lagerraum war so gut wie leer. Drei Holzkisten standen in der hintersten Ecke, und auf einer von ihnen nahmen die beiden Männer Platz. Petti zog mit noch zitternden Fingern eine Packung Camel und ein billiges Plastikfeuerzeug aus einer Tasche seiner Lederjacke und bot Alexander eine Zigarette an.

»Ich bin immer noch Nichtraucher«, sagte er und sah zu, wie Petti sich einen Glimmstengel ansteckte und so gierig inhalierte, daß ihn gleich darauf ein Hustenanfall schüttelte.

»Wie geht es Elena?« fragte Petti, als er sich wieder in der Gewalt hatte.

»Als Donati und ich das Präsidium verließen, stand sie noch

unter Mordverdacht, und Bazzini gab sich alle Mühe, ein Geständnis aus ihr herauszupressen.«
»Bazzini ist ein Wadenbeißer, der läßt so schnell nicht los. Pech für Elena, daß er den Fall bearbeitet. Aber ich denke, über kurz oder lang wird sie freikommen.«
Alexander sah ihn überrascht an. »Was macht dich da so sicher?«
»Na, ich meine, wir beide kennen doch Elena«, stotterte Petti. »Du traust ihr doch keinen Mord zu, oder?«
»Nein, aber dir traue ich zu, daß du mich anlügst!«
»Was meinst du?«
»Du weißt mehr, als du sagst. Und jetzt hast du die Wahl, mir reinen Wein einzuschenken oder in einer Stunde dem Wadenbeißer Bazzini gegenüberzusitzen!«
»Warum so unfreundlich, Alexander? Was habe ich dir getan?«
»Elena steckt ernsthaft in Schwierigkeiten, das genügt.«
Petti grinste. »Ich dachte, du hättest dich inzwischen anders orientiert. Wie hieß doch gleich die blonde Maus aus der Lokalredaktion, Gina, Pina oder ...«
Alexander sprang auf und versetzte Petti einen Kinnhaken. Es war ein grotesker Anblick, als Petti nach hinten und die Zigarette, die eben noch zwischen seinen Lippen geklebt hatte, nach vorn fiel.
»Ihr Name ist Liana, und zwischen uns ist es längst aus.«
Petti lag, zwischen Kiste und Wand eingeklemmt, auf dem Boden und sah aus wie ein riesiger Maikäfer, der auf den Rücken gefallen ist und aus eigener Kraft nicht wieder auf die Beine kommt. Blut rann ihm aus dem linken Mundwinkel.
»Scheißkerl!« stieß er mit rauher Stimme hervor und spuckte

Blut. »Ich kann doch nichts dafür, daß du dich mit der Ziege eingelassen hast. Ich fand schon immer, daß sie einen viel zu kleinen Arsch hat.«

»Es ging nicht um ihren Arsch«, sagte Alexander leise, während er sich vergebens bemühte, ein Gefühl der Beschämung zu unterdrücken. Petti hatte recht: Nicht er war der Übeltäter, sondern Alexander. »Tut mir leid, Emilio. Hier, nimm meine Hand und steh endlich auf! Sieht ziemlich ungemütlich aus, wie du daliegst.«

Als er wieder neben Alexander auf der Kiste saß und mit einem schmutzigen Taschentuch das Blut von seinem Kinn wischte, knurrte Petti: »Jetzt laß es mal gut sein! Zweimal an einem Tag vor dir im Schmutz zu liegen, reicht mir.«

»Ja, ja, ich reiße mich zusammen«, versprach Alexander und warf einen Blick auf die Uhr. Er hatte Henri Luu versprochen, sofort in den Vatikan zu kommen, und jetzt saß er hier mit Petti, dem doch nichts zu entlocken war.

Petti war sein Blick nicht entgangen. »Du hast es wohl eilig.«

»Wenn ich ja sage, fragst du mich, wohin ich will. Aber warum sollte ich dir das sagen, wo du dein Maul auch nicht aufkriegst?«

»Tja, sieht aus wie die klassische Pattsituation«, sagte Petti. »Ich mache dir einen Vorschlag: Wir treffen uns heute abend um neun bei Federico zu Pasta und Rotwein und tauschen Zug um Zug unsere Informationen aus.« Er legte eine Hand auf Alexanders Unterarm. »Aber eins mußt du mir versprechen, alter Freund: Du nimmst mich mit ins Boot, ja? Wir schreiben die große Story gemeinsam, damit ich endlich aus dem Loch rauskomme, in dem ich seit dieser verdammten Madonnengeschichte stecke!«

Alexander überlegte und fragte sich, ob Petti ihn angelogen

hatte, was den Informanten bei der Polizei anging. Vielleicht war er schon länger an der Story dran.
Er sah Petti durchdringend an. »Hast du diesen Deal auch mit Elena gemacht?«
»Heute abend bei Federico«, wiederholte Petti, der seinem Blick auswich. »Um neun.«

9

Rom

Alexander war in Gedanken noch bei dem seltsamen Zusammentreffen mit Emilio Petti, als vor ihm die mächtige Stadtmauer des Kaisers Aurelian auftauchte, die mit ihren steinernen Türmen und Zinnen dem Regen trotzte. Mit Petti war ganz unerwartet eine neue Figur in das undurchsichtige Spiel getreten, vielleicht ein Joker. Hoffentlich einer, den Alexander ausspielen konnte, um Elena von dem Mordverdacht zu befreien.
Er fuhr durch die Porta San Sebastiano, und innerhalb der alten Stadtmauer nahm der Verkehr schlagartig zu. Früher war das Stadttor unter dem Namen Porta Appia das Haupteinfallstor zum Herzen des Römischen Reiches gewesen. Heute mochte es nur noch eine Zufahrt unter vielen sein, aber die Blechschlangen, die sich vom frühen Morgen bis zum späten Abend hindurchwanden, stellten vermutlich alles in den Schatten, was die Porta Appia in alten Zeiten je an Händlern, Bauern und Legionären gesehen hatte.
Über die Via di Porta San Sebastiano, vorbei an den Cara-

callathermen und am Circus Maximus, ging es in Richtung Tiber.

Als er an der Kirche Santa Maria in Cosmedin vorbeifuhr, stiegen schmerzliche Erinnerungen in ihm auf. Selbst bei dem Regenwetter hielten Touristenbusse vor dem romanischen Gotteshaus mit dem schlanken Glockenturm, und die Menschen standen Schlange, um die rechte Hand in die berühmte Bocca della Verità zu legen, den Mund der Wahrheit. Auch er hatte einmal vor der großen Steinmaske gestanden, mit Elena, doch das war unendlich weit entfernt. Ganz Rom erschien ihm wie eine einzige Erinnerung an eine glückliche, aber für immer verlorene Zeit, und plötzlich kam ihm der Gedanke, daß er der Stadt vielleicht den Rücken kehren sollte, sobald diese Sache erledigt war.

Am Tiberufer wurde der Verkehr noch dichter. Alexander nahm es trotz seiner Neugier, was Papst Custos von ihm wollte, mit Gleichmut hin. Dem Straßenverkehr Roms mit einer anderen Haltung zu begegnen wäre töricht gewesen, das hatte er im Laufe seiner Jahre hier gelernt. Dank seiner Ortskenntnis gelang es ihm, das größte Verkehrschaos rund um die Tiberbrücken zwischen San Giovanni dei Fiorentini und der Engelsburg zu umfahren und durch Nebenstraßen relativ zügig zum Vatikan zu gelangen.

An der Porta Sant'Anna händigten ihm die Schweizergardisten den außerordentlichen Passierschein aus, den Henri Luu für ihn hinterlegt hatte. Sie trugen nicht die bunte Uniform in den Medici-Farben, mit der sie üblicherweise in Zeitungen oder im Fernsehen zu sehen waren, sondern die blaue Alltagsuniform, die bequemer und leichter zu pflegen war. Den Befehl führte ein junger Adjutant, den Alexander noch aus seiner Zeit bei der Garde kannte und den er als aufrech-

ten Mann ebenso schätzte wie als tapferen Soldaten: Roland Kübler aus dem Musikgeschwader.
Der trat an den Wagen und beugte sich zu Alexander herunter.
»Grüß Gott, Rosin. Ich wußte gar nicht, daß wir im Vatikan dicke Luft haben. Verrätst du mir mehr?«
»Was meinst du, Kübler?«
Der Gardeadjutant mit dem jungenhaften Gesicht grinste breit. »Spiel nicht das Unschuldslamm, Rosin! Immer wenn du auftauchst, geht es über kurz oder lang hoch her im Vatikan. Sag mir Bescheid, wenn es gefährlich wird, dann halte ich die Augen auf!«
»Du irrst dich, ich habe lediglich eine Verabredung.«
»Ja, mit niemand Geringerem als dem Privatsekretär von Papst Custos.«
»Das weißt du?«
»Don Luu hat mich beauftragt, ihn sofort zu verständigen, sobald du auftauchst. Und genau das werde ich jetzt tun.«
Kübler verabschiedete sich mit einer freundschaftlichen Geste und betrat das kleine Wachhaus, in dem auch Alexander früher so manche Dienststunde verbracht hatte.
Während Kübler Henri Luu anrief, lenkte Alexander den Peugeot durch die vertrauten Straßen des Vatikanstaats, wobei er penibel die hier geltende Höchstgeschwindigkeit von 30 Stundenkilometern einhielt. Die Gendarmen der Vigilanza waren schnell mit einem Strafzettel zur Stelle, besonders wenn sie damit einem Schweizergardisten – und sei es ein ehemaliger – eins auswischen konnten. Seit die Schweizergarde und die Vigilanza die beiden einzigen Wachtruppen des Vatikans waren, herrschte zwischen ihnen eine glühende Rivalität.

Kaum hatte er auf dem Damasushof geparkt, eilte ihm der Vertraute von Papst Custos auch schon im Schutze eines glockenförmigen Schirms entgegen, um ihn vor dem Regen zu bewahren.

Alexander konnte sich ein Schmunzeln nicht verkneifen.

»Ein hübscher Schirm, Don Luu. Die Form hat unleugbar etwas Klerikales.«

»Wir verkaufen ihn in den vatikanischen Touristenshops«, erklärte Luu. »Übrigens mit großem Erfolg.«

»Bei dem Wetter kann ich mir das gut vorstellen. Ist Petrus an den Einnahmen beteiligt?«

Als sie den Apostolischen Palast erreichten, schüttelte Luu den Schirm aus und stellte ihn neben dem Eingang ab. Dabei musterte er Alexander, der, naß und verschmutzt, einen erbärmlichen Anblick bot.

»Wenn Sie uns verlassen, sollten Sie den Schirm mitnehmen, Signor Rosin.«

»Ich hatte einen etwas bewegteren Vormittag. Aber wenn ich mich erst noch umgezogen hätte, hätte Seine Heiligkeit zu lange warten müssen.«

»Es ist gut, daß Sie gleich gekommen sind«, sagte Luu, der sehr ernst wirkte. »Wenn Sie mir bitte folgen wollen!«

Sie nahmen den Lift hinauf in den dritten Stock, und dort ging es über einen schmalen Gang in einen Raum, den Alexander bereits von früheren Besuchen kannte.

Drei Männer warteten hier auf ihn und Luu, darunter die beiden wichtigsten Personen des Vatikans. Papst Custos und Papst Lucius.

Obwohl Alexander zwei Jahre zuvor die Ereignisse um die Spaltung der Kirche und ihre Wiedervereinigung aus nächster Nähe miterlebt hatte, war die Tatsache, daß jetzt zwei

Päpste an der Spitze der katholischen Kirche standen, in seinen Augen noch immer befremdlich.

Den dritten Anwesenden hatte Alexander bislang nur von Fotos gekannt, da er erst seit wenigen Wochen im Amt war. Der schlanke, braungebrannte Mann mit den ergrauenden Schläfen hieß Bruno Spadone und war bis vor kurzem stellvertretender Polizeichef von Florenz gewesen. Jetzt diente er nicht mehr dem italienischen Staat, sondern dem kleinsten Staat der Welt, dem Vatikan; er war zum neuen Leiter der Vigilanza und gleichzeitig zum Leiter des Sicherheitskomitees berufen worden, das über alle Sicherheitsfragen des Vatikans zu wachen hatte.

Papst Custos nahm Alexander beiseite und begrüßte ihn wie einen alten Freund. Hätte Alexander ihm zweieinhalb Jahre zuvor nicht beigestanden, wäre Custos nicht mehr am Leben gewesen; seitdem gab es eine besondere Verbundenheit zwischen ihnen.

Custos umfaßte seine Rechte mit beiden Händen und sagte leise, aber eindringlich: »Alexander, ich möchte Ihnen versichern, daß ich Elena für unschuldig halte, ganz gleich, was im Polizeibericht stehen mag.«

Eine Ordensschwester, deren Augen hinter der gewaltigen Brille kaum zu erkennen waren, servierte Kaffee und Schokoladenkekse und zog sich gleich wieder zurück. Als Luu ihn aufforderte zuzugreifen, ließ Alexander sich das nicht zweimal sagen. Er hatte den ganzen Tag noch nichts gegessen.

»Sie haben anstrengende Stunden hinter sich, Signor Rosin«, sagte Spadone. »Man muß kein Polizist sein, um das zu erkennen. Ich vermute mal, Sie waren draußen beim alten Urbanistinnenkloster.«

Alexander nickte nur, weil er gerade mit Kauen beschäftigt war.

»Gibt es neue Erkenntnisse über den Mord an Monsignore Picardi?«

»Als ich von dort wegfuhr, gab es noch keine«, antwortete Alexander und spülte ein paar widerspenstige Krümel, die ihn im Hals kratzten, mit einem ordentlichen Schluck Kaffee hinunter. »Der verdammte« – sein Blick fiel auf die beiden Päpste –, »Verzeihung, der starke Regen letzte Nacht hat kaum Spuren übriggelassen.«

Custos lächelte. »Sie haben völlig recht, es war ein *verdammter* Regen. Ich konnte kaum schlafen, so heftig prasselte er gegen mein Fenster. Übrigens glaubt niemand hier, daß Elena die Schuld an Picardis Tod trägt.«

Als Custos das, was er ihm eben unter vier Augen gesagt hatte, vor versammelter Runde wiederholte, horchte Alexander auf.

»Heiliger Vater, wissen Sie etwas, das die römische Polizei noch nicht weiß?«

»Nicht direkt«, antwortete Custos. »Aber es gab da einen Vorfall, der vielleicht mit Picardis Tod im Zusammenhang steht, auch wenn wir keinen Beweis dafür haben.«

Alexander beugte sich vor. »Was für einen Vorfall, Eure Heiligkeit?«

Luu mischte sich ein: »Wir hoffen auf Ihre Verschwiegenheit, Signor Rosin.«

Alexander bedachte ihn mit einem leicht verärgerten Blick. »Habe ich Sie in dieser Hinsicht jemals enttäuscht, Don Luu?«

Papst Lucius ergriff das Wort: »Ich denke, was das angeht, können wir Signor Rosin vertrauen. Ist das nicht der Grund, weshalb wir ihn überhaupt zu Rate ziehen? Er war der Kirche schon mehrmals nützlich als ein Mann, der sich innerhalb wie außerhalb des Vatikans auskennt.«

Lucius wechselte einen kurzen Blick mit seinem Amtsbruder; die beiden Männer in Weiß schienen sich einig. Ein kleiner Wink von Custos, und Luu förderte aus einem Schrankfach ein silbernes Gefäß zutage, das er mitten auf den Tisch stellte.

Gleichzeitig sagte Spadone: »Sie werden sich noch an den Tod von Kardinal Mandume erinnern, Signor Rosin?«

»Natürlich, die Sache liegt ja erst drei Wochen zurück. Er leitete die Präfektur für die wirtschaftlichen Angelegenheiten des Heiligen Stuhls.« Alexander hatte das Bild des afrikanischen Kardinals deutlich vor Augen: ein kräftiger, absolut gesund wirkender Endfünfziger, der überraschend einem Herzschlag erlegen war. »Moment, jetzt klingelt es bei mir. Kardinal Mandume oblag die Prüfung aller finanziellen Angelegenheiten des Vatikans, und letzte Nacht starb der Stellvertretende Direktor der Vatikanbank!«

Spadone nickte. »Da könnte man einen Zusammenhang vermuten, nicht wahr?«

»Aber Picardi wurde brutal ermordet, und Mandume erlag einem Herzschlag. Oder stimmt das gar nicht?«

Spadone schob das silberne Gefäß vor Alexander hin und nahm den Deckel ab. Alexander blickte hinein, es war zur Hälfte mit einem grauschwarzen Pulver gefüllt. Allmählich dämmerte ihm, daß vor ihm eine Urne stand.

»Kardinal Mandume ist also eingeäschert worden. Und?«

»Der Kardinal ist nicht *nach* seinem Tod eingeäschert worden«, sagte Spadone.

»Wie?« fragte Alexander verwirrt.

»Es gab keine Leiche, die man hätte einäschern können«, fuhr Spadone fort. »Als man Mandume fand, war dies alles, was von ihm übrig war.«

»Er ist verbrannt? Warum war dann von einem Herzschlag die Rede?«

»Weil wir nicht die Öffentlichkeit beunruhigen und dadurch unsere Ermittlungen gefährden wollten.« Spadone seufzte kurz. »Leider muß ich gestehen, daß wir bis heute keine weiterführenden Erkenntnisse über Mandumes Tod gewinnen konnten.«

Mit gerunzelter Stirn betrachtete Alexander den unscheinbaren Aschehaufen.

»Was genau ist geschehen?«

»Mandume saß spätabends noch in seinem Büro, so spät, daß er irgendwann seinen Sekretär ins Bett schickte. Als der am nächsten Morgen zurückkam, fand er alles unverändert vor. Der Gebäudetrakt war nicht abgeschlossen, und im Büro des Kardinals brannte noch Licht. Der Sektretär dachte zunächst, sein Chef hätte die Nacht durchgearbeitet und säße noch am Schreibtisch. Als auf sein Klopfen und seine Rufe hin alles still blieb, betrat der Sekretär das Büro. Statt Mandume fand er vor dessen Schreibtisch nur diesen Haufen Asche. Wir haben die Asche sofort analysieren lassen, es handelt sich zweifelsfrei um die Überreste von Kardinal Mandume.«

Alexander, der Spadones Ausführungen mit wachsendem Erstaunen gelauscht hatte, fragte: »Und niemand hier im Vatikan hat das nächtliche Feuer bemerkt? Wer hat den Brand gelöscht?«

»Sie verstehen nicht, Signor Rosin. Es hat keinen Brand gegeben. In Mandumes Büro fand sich nicht der geringste

Hinweis auf ein Feuer, nicht einmal ein winziger Brandfleck im Teppich.«
Alexander schüttelte den Kopf. »Warum sollte jemand Kardinal Mandume aus seinem Büro verschleppen, ihn irgendwo – wo auch immer – verbrennen und dann die Asche zurück in das Büro bringen? Das ergibt doch überhaupt keinen Sinn und wäre – rein logistisch gesehen – kaum zu bewerkstelligen!«
Spadone klatschte in die Hände. »Ganz recht, Signor Rosin, deshalb glaube ich auch nicht, daß es so gewesen ist. Die ganze Aktion wäre sehr aufwendig gewesen und die Gefahr für den Täter, dabei entdeckt zu werden, extrem groß. Meiner Meinung nach ist Kardinal Mandume in seinem Büro verbrannt, ob durch Fremdeinwirkung oder nicht, das bleibt noch zu klären.«
»Sprechen wir jetzt über Selbstentzündung?« fragte Alexander zweifelnd.
»Selbstentzündung oder Selbstverbrennung, ganz recht.« Spadone schlug eine rote Plastikmappe auf, die vor ihm auf dem Tisch lag, und sein Blick glitt über die Unterlagen. »Schon seit Jahrhunderten sind Vorfälle dieser Art bekannt. Ein gewisser Dr. Cat veröffentlichte bereits 1731 in Frankreich ein ganzes Buch zum Thema. Sechs Jahre vorher war er mit dem Fall eines Gastwirts aus Reims befaßt gewesen, der wegen Mordes an seiner Frau angeklagt war. Man hatte die Frau gänzlich verbrannt aufgefunden. Dr. Cat konnte das Gericht davon überzeugen, daß die Frau sich selbst verbrannt hatte. 1888 gab es in Großbritannien den Fall eines alten Soldaten, festgehalten im *British Medical Journal*, den man zu Asche verbrannt in seiner Scheune auffand. Von ihm waren immerhin noch die Knochen übrig.« Spadone blätter-

te weiter. »Oder hier. 1966 verbrannte ein über neunzigjähriger Arzt in dem nordamerikanischen Ort Coudersport. Man fand von ihm nur die Asche und einen Hausschuh, aber es gab keine weitergehenden Spuren eines Feuers. Letzteres trifft auf fast alle Fälle der Selbstverbrennung zu. Es gab höchstens mal eine angekokelte Stelle auf dem Fußboden, aber nichts, was mit den enormen Temperaturen in Einklang zu bringen wäre, die für die Verbrennung eines Menschen erforderlich sind.«

»Ehrlich gesagt kenne ich mich mit den diesbezüglichen physikalischen Voraussetzungen nicht so gut aus«, sagte Alexander, und es war deutlich zu hören, wie zweifelhaft ihm die Geschichte vorkam.

Spadone warf einen kurzen Blick auf einen der Zettel und erläuterte: »In einem Krematorium benötigt man eine Durchschnittstemperatur von eintausendvierhundert Grad Celsius, um einen Menschen in einen Haufen Asche zu verwandeln. Selbst dann kann es mehrere Stunden dauern. Bei den überlieferten Fällen der sogenannten Selbstverbrennung lassen die Aussagen von Zeugen oft nur einen Zeitraum von wenigen Minuten zu.«

»Was folgern Sie daraus, Signor Spadone?« fragte Alexander mit leisem Unwillen. »Geht seit Jahrhunderten etwas um, das Menschen in Flammen setzt und jetzt hier, mitten im Vatikan, zugeschlagen hat?«

»Ich habe Ihnen nur die Fakten dargelegt«, erwiderte Spadone ruhig. »Für Gruselgeschichten bin ich nicht zuständig.«

Papst Lucius mischte sich in beschwichtigendem Ton ein: »Nicht alle überlieferten Fälle von Selbstverbrennung müssen sich tatsächlich ereignet haben. Aber selbst wenn man einen gewissen Prozentsatz als übertrieben oder erfunden streicht, bleiben doch etliche Fälle übrig, die sich nicht wegdiskutieren lassen. Sie müssen, denke ich, durchaus nicht auf ein und dieselbe Ursache zurückgehen. Vielleicht ist dem Menschen die Fähigkeit zur Selbstverbrennung immanent, und es gibt dafür verschiedene Auslöser, vielleicht auch externe, dann wäre es im engeren Sinne keine Selbstentzündung.«

»Nein«, pflichtete Spadone bei. »Dann wäre es Mord.«

»Also wären innerhalb von drei Wochen zwei hochrangige Kleriker ermordet worden, die beide mit den Finanzen des Vatikans zu tun hatten«, zog Alexander das Resümee. »Damit hätten wir einen Berührungspunkt bei den Opfern, aber nicht beim Vorgehen der Täter. Eine Verbrennung und ein Schlag auf den Schädel sind doch sehr unterschiedliche Arten, einen Menschen umzubringen.«

»Im Fall von Kardinal Mandume muß es kein Mord gewesen sein«, schränkte Spadone ein. »Ehrlich gesagt erschien mir diese Möglichkeit eher abwegig – bis ich vom Tod Picardis hörte. Das Geschehen der vergangenen Nacht könnte ein ganz neues Licht auf den Fall Mandume werfen.«

»Könnte, ja«, sagte Alexander nachdenklich. »Unterstellen wir also einen Zusammenhang, dann haben wir die Vatikanfinanzen als Berührungspunkt. Aber wenn ich mich recht entsinne, ist die Präfektur für die wirtschaftlichen Angelegenheiten gar nicht für die Vatikanbank zuständig. Hat der Vatikan das IOR nicht als eigenständiges und vor allem unabhängiges Institut organisiert?«

»Das war bis vor kurzem der Fall, ja«, antwortete Papst Lucius. »Leider ist die Vatikanbank in der Vergangenheit immer wieder in die Kritik geraten; da war von angeblichen

Mafiakontakten bis hin zu Spekulationsgeschäften die Rede. Deshalb haben mein Amtsbruder Custos und ich uns kürzlich entschlossen, die Kontrollfunktion der Präfektur auch auf das IOR auszuweiten.«
»Was heißt das, vor kurzem?«
»Vor ziemlich genau einem Monat.«
»Und eine Woche später war Mandume tot, das ist wirklich interessant«, überlegte Alexander laut. »An welchen Transaktionen waren sowohl Mandume als auch Picardi beteiligt?«
»Das sollte man am besten Kardinal Scheffler fragen«, sagte Lucius. »Schließlich leitet er die Vatikanbank.«
Alexander hob abwehrend die Hände. »Halt, das geht mir alles etwas zu schnell. Ich weiß gar nicht, in welcher Funktion ich hier bin. Als Vatikanjournalist? Als ehemaliger Schweizergardist? Oder als was sonst?«
»Als unsere Vertrauensperson, Alexander«, sagte Custos. »Sie haben der Kirche mehr als einmal aus einer bedrohlichen Situation geholfen. Und Sie haben ein gewisses persönliches Interesse daran, die Sache aufzuklären. Deshalb bitten wir Sie und Dirigente Donati, mit Generalinspektor Spadone zusammenzuarbeiten.«
»Donati?«
Luu nickte. »Wir haben ihn gebeten herzukommen. Er ist bereits auf dem Weg.«
»Hätten Sie mir das am Telefon gesagt, hätte ich ihn gleich mitgebracht. Jetzt kann Signor Spadone seinen hübschen Vortrag über Selbstverbrennung gleich noch einmal halten.«
Fast hätte Alexander gesagt, seinen *unglaublichen* Vortrag, aber er riß sich gerade noch am Riemen.

Wenn die beiden Päpste, Don Luu und der Sicherheitschef des Vatikans die Geschichte ernst nahmen, stand es ihm kaum zu, sich darüber lustig zu machen. Außerdem thronte vor ihm auf dem Tisch die silberne Urne mit dem, was von Kardinal Mandume übriggeblieben war: nur ein Häufchen Asche.

10

San Gervasio

Lassen Sie sich fallen, Enrico. Das Hier und Jetzt zählt nicht mehr. Sie gehen zweitausend Jahre zurück in die Vergangenheit, zur Zeit des Bundesgenossenkriegs. Die Stadt, in der Sie leben, ist in Aufruhr. Viele wollen sich dem Aufstand gegen Rom anschließen, andere rufen dazu auf, den Frieden unter allen Umständen zu wahren. Sehen Sie die aufgebrachte Menge, Enrico, hören Sie die Schreie?«
Die Stimme des Abts, die seit vielleicht zwanzig Minuten im immer gleichen ruhigen und doch eindringlichen Ton auf ihn einredete, drang nur noch fern und gedämpft an Enricos Ohren, wie durch Watte. Er vergaß das Kloster San Gervasio und die Zelle, in der er mit geschlossenen Augen auf der schmalen Pritsche lag. Auch daß er nach einigem Zögern eingewilligt hatte, sich von Tommasio rückführen zu lassen, verlor an Bedeutung, verschwand aus seiner Erinnerung. Es gab kein Kloster mehr, keinen Abt und keinen Enrico Schreiber.
Tommasios Stimme wurde zu einem leisen, langsam vereb-

benden Echo: »... hören Sie die Schreie ... die Schreie ... Schreie ...«

Das Geschrei der Menge wahr ohrenbetäubend, und er begann gleichfalls zu schreien, als er sah, wie Larthi in Gefahr geriet. Er rief ihr zu, sie solle sich in acht nehmen, aber sein Ruf ging im allgemeinen Lärm unter. Larthi konnte ihn nicht hören, sie schien ihn nicht einmal gesehen zu haben. Sie war viel zu beschäftigt mit dem, was in ihrer unmittelbaren Umgebung geschah.
Der Kreis, der sich um die Tochter der Weißen Göttin gebildet hatte, wurde immer enger, seit Larthi sich für den Frieden ausgesprochen hatte.
Die Parteigänger der Kriegstreiber waren erbost; ihr Versprechen, Larthis Ratschlag zu achten, galt von einem Augenblick auf den nächsten nichts mehr. Larthi wurde eine falsche Schlange genannt, eine böse Hexe, eine römische Hure und noch mehr, noch Schlimmeres.
Er setzte sich in Bewegung und versuchte, sich zu der Geliebten durchzukämpfen. Aber die Menge stand wie eine Wand, es gab kaum ein Durchkommen, selbst dann nicht, als er hemmungslos von Fäusten und Ellbogen Gebrauch machte.
Schon griffen die aufgebrachten Kriegstreiber nach Larthi, zerrten an ihr, rissen ihr helles Gewand in Fetzen und bedrängten sie derart, daß er ihren Tod zu fürchten begann. Da tauchte plötzlich Larth mit einigen Getreuen auf. Larthis Bruder und seine Männer waren mit Knüppeln bewaffnet, die sie bedenkenlos einsetzten. Mehrere der Kriegstreiber gingen mit blutenden Wunden zu Boden, und Larths Begleiter scharten sich schützend um Larthi.

Als er das sah, beseelte ihn neuer Mut. Er stieß wild um sich und kämpfte sich voran, bis er die Geschwister und ihre Helfer endlich erreichte.

Larthi, die aus mehreren kleinen, aber offenbar nicht bedrohlichen Wunden blutete, fiel ihm um den Hals. »Vel, endlich bist du bei mir!«

Vel – der Name kam ihm seltsamerweise fremd vor. Aber dieser Gedanke wurde sogleich verdrängt von dem Glück, Larthi in die Arme schließen zu können. Er drückte sie an sich und hielt sie einfach nur fest.

»Freut euch daheim weiter!« sagte Larth, der immer noch seinen Knüppel schwang, um den Pöbel fernzuhalten. »Wir sollten sehen, daß wir hier wegkommen.«

Sie setzten sich in Bewegung und achteten darauf, daß Larthi in ihrer Mitte blieb. Hier auf dem Forum herrschte das größte Getümmel. Je weiter sie sich von dem Platz entfernten, desto schneller kamen sie voran. Bald lag die Stadt hinter ihnen, und endlich tauchte das große Anwesen, das auf einem bewaldeten Hügel lag, vor ihnen auf. Der grauhaarige Laris, der Vater von Larth und Larthi, erwartete sie am Tor. Beim Anblick seiner Tochter schlug seine Besorgnis in Entsetzen um.

»Was bei allen Göttern ist geschehen?«

»Frag nicht alle Götter, Vater, frag nur die weise Leukothea!« sagte Larth mit unüberhörbarem Sarkasmus und sah seine Zwillingsschwester an. »Ihre *Tochter* hat den Menschen zum Frieden mit Rom geraten. Das war nicht das, was die meisten hören wollten. Wären meine Freunde und ich nicht in der Nähe gewesen, wäre es für Larthi wohl übel ausgegangen.«

Laris musterte die Männer, die bei seinem Sohn waren. Vel

sah dem alten Mann an, daß sie nicht nach seinem Geschmack waren.
Trotzdem machte Laris eine einladende Geste und sagte zu ihnen: »Ich bin euch zu tiefem Dank verpflichtet. Mein Haus ist euer Haus, Freunde. Tretet ein, und laßt euch mit allem bewirten, was unsere Vorratsräume zu bieten haben.«
Die Truppe zögerte nicht lange, sondern zog sogleich, angeführt von Larth, fröhlich in Richtung des langgestreckten Hauses.
Nur Laris, Larthi und Vel blieben zurück.
»Sie gefallen mir nicht wirklich«, sagte Laris, während er der lärmenden Schar nachsah. »Aber in der augenblicklichen Lage ist es nicht verkehrt, ein paar kräftige Männer im Haus zu haben. Womöglich kommen die Kriegstreiber noch hier heraus, um ihre Wut an Larthi auszulassen.«
»Wir könnten die Soldaten rufen«, schlug Vel vor.
Laris machte eine wegwerfende Handbewegung. »Könnten wir, sollten wir aber nicht. In der gegenwärtigen politischen Lage würden römische Soldaten die Stimmung nur aufheizen und unsere Familie in der Gunst der Kriegstreiber gewiß nicht steigen lassen. Kommt ins Haus, meine Kinder, und reinigt euch von dem Schmutz!«
Sie gingen hinein und wuschen sich mit der Hilfe eilfertiger Sklaven, die ihnen auch frische Kleider brachten.
Beim Essen lag Vel neben Larthi und war einfach nur glücklich, daß es ihr gutging und daß er in ihrer Nähe sein konnte. Sie sprachen nicht viel und hätten dazu auch keine Gelegenheit gehabt. Larth und seine Freunde hatten eine lautstarke Unterhaltung begonnen, die in wilden Schimpftiraden wider die römischen Herrscher gipfelte.
Irgendwann fragte Vel: »Wenn ihr so entschieden gegen die

Römer seid, warum bist du dann deiner Schwester zu Hilfe gekommen, Larth?«

»Dumme Frage!« raunzte Larth. »Weil sie meine Schwester ist, natürlich. Wenn einer sie für ihre Engstirnigkeit bestraft, bin ich es.«

Laris, der das mitangehört hatte, warf dem Sohn einen finsteren Blick zu, sagte aber nichts. Die politischen Ansichten von Vater und Sohn hätten unterschiedlicher nicht sein können.

Und ebenso unterschiedlich waren die Charaktere von Larthi und Larth. Die Schwester war ruhig, bedächtig, von sanftem Wesen, dabei aber nicht einfältig, sondern im Gegenteil sehr klug. Der Bruder dagegen war ein lauter, leicht aufbrausender, rücksichtsloser Kerl, der mit ihr kaum mehr gemeinsam hatte als das helle Haar und die Klugheit, die sich dank seines Naturells nicht selten als Verschlagenheit bemerkbar machte.

»Du hältst es für engstirnig, wenn man versucht, den Frieden zu bewahren?« wunderte sich Larthi.

Larth leerte seinen Weinbecher und erwiderte etwas zu laut: »Natürlich ist es das, jedenfalls in der gegenwärtigen Lage. So eine Gelegenheit, das römische Joch abzuschütteln, kehrt vielleicht nie wieder! Die Marser, die Samniten, die Lukaner und andere haben sich gegen die römische Herrschaft erhoben. Wenn wir uns ihnen anschließen, können wir das mächtige Rom hinwegfegen wie ein Sturmwind die wacklige Hütte eines Ziegenhirten!«

»Die Legionen Roms lassen sich nicht einfach so hinwegfegen«, entgegnete Larthi, sichtlich um Gelassenheit bemüht, wohl, weil sie nicht in den hitzig-erregten Ton ihres Bruders einfallen wollte. »Selbst dann nicht, wenn sie einer Über-

macht gegenüberstehen. Schon viele Völker und Stämme haben das schmerzlich erfahren müssen. Wer sich gegen Rom und seine erprobten Soldaten stellt, erntet in der Regel nichts als Tod und Unfreiheit!«
Ihr Vater nickte, aber Larth nahm das nicht zur Kenntnis. Ein schmallippiges, gefährlich wirkendes Lächeln trat auf sein Gesicht. »Die Unfreiheit haben wir doch schon, seit die Römer unser Land besetzt haben. O ja, wir leben gut und müssen uns nicht beklagen. Aber letztlich sind wir für die Römer nichts anderes, als es die Sklaven in unserem Haus für uns sind. Rom befiehlt, und wir gehorchen! Doch ich will dir nicht in allen Punkten widersprechen, Schwester. Vielleicht können wir die Römer nicht mit dem Schwert besiegen, aber gerade du solltest wissen, daß unserer Familie – genauso wie Vel – auch andere Möglichkeiten zur Verfügung stehen.«
Er hatte kaum ausgesprochen, da sprang sein Vater derart abrupt auf, daß er eine Schale mit Weintrauben umstieß. Die Früchte fielen zu Boden und rollten in alle Richtungen davon. Sofort bückten sich die Sklaven und bemühten sich, alles wieder einzusammeln.
»Davon solltest du nicht sprechen, Larth!« sagte Laris erzürnt. »Nicht hier, vor aller Ohren!«
Larth reckte sein Kinn vor und sah seinen Vater herausfordernd an. »Ich halte es für einen Fehler, unsere besondere Kraft weiterhin zu verheimlichen. Meinetwegen laß uns woanders reden, aber wir sollten das jetzt klären, Vater!«
Nach kurzem Überlegen nickte Laris. »Gut, Sohn, komm mit mir.«
Vater und Sohn erhoben sich von den gepolsterten Liegen und verließen den Speisesaal. Zahlreiche neugierige Blicke folgten ihnen.

Larthi gab dem griechischen Musiker, der sein Flötenspiel unterbrochen hatte, als der Hausherr aufsprang, ein Zeichen. Augenblicklich hob eine neue lustige Melodie an, und Larths Freunde, von den Sklaven überreichlich mit Wein und Leckereien versorgt, fanden schnell zu ihrer ausgelassenen Stimmung zurück.

Larthi aber wirkte besorgt, und ihre Sorge wuchs, je länger ihr Vater und ihr Bruder fortblieben. Auf Vels Bemühungen, sie in ein Gespräch zu verwickeln und dadurch auf andere, heitere Gedanken zu bringen, reagierte sie mit einsilbigen Bemerkungen. Immer wieder wanderte ihr Blick hinüber zu dem Durchgang, durch den Laris und Larth den Speisesaal verlassen hatten.

»Laß uns nachsehen, wo sie bleiben, Vel!« bat sie schließlich. »Ich habe ein ungutes Gefühl.«

Er nickte und nahm sie bei der Hand. Sie traten hinaus in den säulenbestandenen Garten. Nach dem weingeschwängerten Dunst im Speisesaal empfand Vel die frische Luft als Wohltat.

»Ich höre ihre Stimmen, sie müssen in Vaters Zimmer sein«, sagte Larthi und zog Vel mit sich.

Jetzt hörte auch er Laris und Larthi, die offenbar miteinander stritten und immer lauter wurden. Plötzlich brach der Wortwechsel ab. Ein kurzer, spitzer Schrei, dann herrschte Stille. Vel spürte, wie Larthis Hand sich um seine krampfte.

»Warte hier!« sagte er und ließ, wenn auch widerstrebend, ihre Hand los. »Ich sehe nach.«

Er lief über den Rasen, sprang über einen niedrigen Busch und riß den schweren Vorhang am Eingang zu Larths Zimmer zur Seite. Verblüfft starrte er ins Innere. Obwohl es keinen anderen Ausgang gab, stand Larth allein in dem Raum.

Er war sichtlich aufgebracht, und ein abweisender, wenn nicht gar feindseliger Blick traf Vel.
Vel nahm einen stechenden Geruch wahr, der ihm Übelkeit verursachte. Es war der Geruch von verbranntem Fleisch! Als er genauer hinsah, bemerkte er einen Aschehaufen auf dem Boden, nicht weit von der Stelle, an der Larth stand.
Obwohl er begriff, was sich ereignet hatte, wollte er es nicht glauben. Sie waren doch Vater und Sohn!
Entsetzt starrte er Larth an und stammelte: »Was ... hast du getan?«

11

Vatikanstadt

Nachdem Stelvio Donati im Vatikan eingetroffen war und Bruno Spadone seinen Vortrag über die Selbstverbrennung wiederholt hatte, ging Alexander mit den beiden zum Niccolo-Turm. Das an eine mittelalterliche Festung erinnernde Gebäude, das im Schatten des Apostolischen Palastes lag, war Sitz des Instituts für die religiösen Werke des Herrn, der Vatikanbank.

Ein junger Mann namens Fabio Pallottino, der in seinem modernen Anzug und mit seiner gestylten Frisur kein bißchen religiös wirkte und sich als Sekretär des Generaldirektors vorstellte, erwartete sie in der Eingangshalle und begleitete sie in den fünften Stock, wo Rodrigo Kardinal Scheffler sein Büro hatte.

Tatsächlich fühlte Alexander sich hier nicht wie im Vatikan, sondern wie in einer x-beliebigen Privatbank. Nur die wenigsten Mitarbeiter trugen den schwarzen Anzug und den weißen Römerkragen eines Geistlichen. Lange Zeit war das Institut auch nicht von Geistlichen geleitet worden. Erst mit

Scheffler und Picardi waren wieder zwei Geistliche an die Spitze des IOR gerückt, aber auch nur, weil sie zugleich Finanzfachleute waren.

Scheffler, ein massiger Mittsechziger mit schütterem, weißem Haar, saß in seinem Büro hinter einem wuchtigen Schreibtisch und war damit beschäftigt, einen großen Stapel Akten abzuarbeiten. Als Pallottino die Besucher meldete, bedachte Scheffler sie über den Rand seiner altmodischen Hornbrille hinweg mit einem strengen Blick, der zu sagen schien: »Stören Sie mich nicht lange, denn ich habe keine Zeit!«

Laut aber sagte der argentinische Kardinal: »Nehmen Sie doch Platz, und sagen Sie mir, was ich für Sie tun kann. Don Luu hat mich angerufen und mich gebeten, Ihnen alle erwünschten Auskünfte zu erteilen. Es geht um den traurigen Tod von Rosario Picardi, wenn ich mich nicht irre.«

»Sie irren sich nicht, Eure Eminenz«, antwortete Spadone. »Können Sie sich einen Grund für diese Tat vorstellen, ein Mordmotiv?«

Scheffler legte die hohe Stirn in Falten. »Ein Mordmotiv? Danach fragen Sie mich? Picardi und ich haben in der Leitung des IOR vertrauensvoll zusammengearbeitet, aber über sein Privatleben weiß ich so gut wie nichts.«

Donati räusperte sich vernehmlich. »Das Motiv muß nicht unbedingt in seinem privaten Umfeld zu suchen sein. Ich denke, ein Institut wie das Ihre hat häufig Geldsummen zu bewegen, die manch einen zu einem Mord verführen könnten. Oder täusche ich mich?«

»Natürlich bewegen wir viel Geld, aber das trifft auch auf jede andere Bank dieser Welt zu. Dann wäre ja jeder Bankdirektor ein potentielles Mordopfer.«

»Dem würde ich nicht widersprechen«, sagte Donati mit einem dünnen Lächeln.

»Aha«, bemerkte der Kardinal, dem jeder Sinn für Ironie abzugehen schien.

»Also haben Sie keine Hinweise auf ein mögliches Mordmotiv?« hakte Donati nach. »Keine Drohung seitens eines unzufriedenen Kunden und auch keine Bemerkung Picardis, die vielleicht darauf schließen läßt, daß er sich in Gefahr wähnte?«

»Nichts dergleichen«, beschied Scheffler. »Außerdem erlaube ich mir den Hinweis, daß wir nur zufriedene Kunden haben. Überhaupt, was soll die Fragerei? Ich dachte, die Mörderin sei bereits verhaftet. War es nicht diese Journalistin, die neulich hier war, um Picardi zu interviewen?«

Alexander und Donati verständigten sich mit einem kurzen Blick; beide waren über Schefflers Bemerkung nicht gerade erfreut. Elena hatte behauptet, vor dem nächtlichen Treffen keinen Kontakt zu Picardi gehabt zu haben. Schefflers Worte straften sie Lügen, und dieser Umstand war alles andere als geeignet, um den Mordverdacht zu entkräften.

»Elena war hier?« fragte Alexander.

»Wer?«

»Elena Vida. Die Journalistin, von der Sie gerade sprachen, Eure Eminenz.«

»Ja, so hieß sie wohl.«

»Wann war sie hier?«

»Vor zwei Tagen, glaube ich, so genau weiß ich das nicht mehr. Fragen Sie in Picardis Sekretariat nach, die können es Ihnen genau sagen.«

»Wissen Sie, weshalb Elena Monsignore Picardi sprechen wollte?« fragte Alexander weiter.

»Nein, wirklich nicht. Ich nehme an, sie wollte einen Artikel über die Vatikanbank schreiben. Das wollen mehr oder weniger alle Journalisten, die uns besuchen.« Unvermittelt beugte Scheffler sich vor und fragte mit einem verschwörerischen Unterton: »Gab es zwischen den beiden, hm, eine private Beziehung?«
Alexander spürte, wie Wut in ihm hochstieg.
Aber bevor er etwas sagen konnte, ergriff Donati wieder das Wort: »Darauf haben wir keine Hinweise, Eure Eminenz.«
»Ich dachte nur, weil sie sich quasi bei Nacht und Nebel so weit draußen getroffen haben. Irgendwo an der Via Appia, wie ich hörte.«
»Die Ruinen von Sant'Anna sind kaum der geeignete Ort für ein romantisches Rendezvous, schon gar nicht bei solchem Unwetter«, sagte Donati.
Alexander, der das leidige Thema beenden wollte, fragte: »Was können Sie uns über den Tod von Kardinal Mandume sagen, Eure Eminenz?«
Scheffler wirkte ehrlich überrascht. »Wieso fragen Sie mich das? Ich war nicht dabei. Außerdem hat Mandume nicht für das IOR gearbeitet.«
»Aber war er nicht damit beschäftigt, die in ihrem Institut vorgenommenen Transaktionen zu überprüfen?«
»Das gehörte zu seinen Aufgaben, ja. Als Leiter der Präfektur für die wirtschaftlichen Angelegenheiten des Heiligen Stuhls überprüfte er alle Finanzgeschäfte unseres kleinen Staates.«
»Aber für das IOR war er erst seit kurzem zuständig, wie wir hörten«, faßte Alexander nach.
»Das stimmt.«

Alexander beugte sich vor und fixierte Scheffler. »Gab es dafür einen konkreten Anlaß, Eure Eminenz?«

Für einen Augenblick schien es so, als würde der Kardinal seine Zurückhaltung aufgeben. Ein Schatten der Empörung huschte über sein längliches Gesicht, aber er hatte sich schnell wieder in der Gewalt.

»Ich weiß von keinem konkreten Anlaß. Unsere Geschäfte laufen alle normal und – das muß ich wohl nicht betonen – in legalen Bahnen. Das IOR gehörte, wie Sie selbst festgestellt haben, noch nicht lange in Mandumes Zuständigkeitsbereich. Ich nehme an, er wollte sich einfach einen ersten Überblick verschaffen. Genaueres kann ich Ihnen dazu leider nicht sagen, denn ich habe Mandumes Anfragen nicht bearbeitet.«

»Und wer hat sie bearbeitet?« fragte Alexander.

Kardinal Scheffler seufzte leise. »Rosario Picardi.«

»Ein seltsames Zusammentreffen«, sagte Alexander, als Donati und er eine halbe Stunde später in einer Pizzeria an der Via Leone IV saßen, nicht weit vom Vatikan entfernt. »Kaum wird Kardinal Mandume mit der Überprüfung des IOR beauftragt, verwandelt er sich auf rätselhafte Weise in ein Häufchen Asche. Und der Mann, der darüber Aufschluß geben könnte, was Mandume an den Geschäften der Vatikanbank besonders interessiert hat, wird drei Wochen später ermordet – zu einem Zeitpunkt, als er zu Elena, einer bekannten Vatikanjournalistin, Kontakt aufgenommen hat. Das stinkt doch zum Himmel!«

»Wie der Tiber im Hochsommer«, pflichtete Donati ihm bei, nachdem er einen Bissen Schinken-Ruccola-Pizza hinuntergeschluckt hatte. »Du scheinst Kardinal Scheffler nicht gerade ins Herz geschlossen zu haben, so wie du ihn angesehen hast.«

»Er war für meinen Geschmack ein bißchen zu korrekt.«

»Über einen Bankdirektor ließe sich Schlechteres sagen.«

»Du weißt schon, wie ich das meine, Stelvio. Einerseits gibt er den Korrekten, andererseits will er von nichts gewußt haben. Alles, was mit Mandume zu tun hatte, war Picardis Angelegenheit, und der ist jetzt tot. Wie passend und wie bequem!«

Donati griff nach seinem Glas und trank genüßlich einen Schluck Rotwein, bevor er sagte: »Aber es macht Scheffler nicht automatisch zum Verdächtigen. Wenn Picardi wirklich derjenige gewesen ist, der hinsichtlich der Überprüfung der Vatikanbank mit Mandume zusammengearbeitet hat, und wenn beider Tod mit dieser Überprüfung in Zusammenhang steht, ist es nur logisch, daß Picardi ermordet wurde. Das sagt aber nichts gegen Scheffler aus.«

»So kann man es natürlich auch sehen«, knurrte Alexander und stocherte lustlos in seiner Thunfischpizza herum.

»Ich glaube, was dich gegen ihn aufgebracht hat, war seine Bemerkung über Picardi und Elena. Aber viel schlimmer – schlimm für Elena – ist etwas ganz anderes.«

»Hm«, machte Alexander nur, weil er wußte, welches unerfreuliche Thema jetzt kam.

»Elena hat uns belogen«, fuhr Donati fort. »Picardis Sekretär hat Schefflers Aussage bestätigt, sie *hat* Picardi interviewt. Am Montagnachmittag, um genau zu sein. Und zwar hat sie um das Interview gebeten. Es ist nur logisch anzunehmen, daß ihr Treffen mit Picardi vergangene Nacht mit dem Interview in Zusammenhang steht. Elena aber hat ausgesagt, sie wisse nicht, was Picardi von ihr wollte.«

»Vielleicht war es doch etwas anderes, nichts, was mit dem Interview zu tun hatte.«
Alexander suchte nach einem Ausweg für Elena.
»Immerhin konnte uns Picardis Sekretär nicht sagen, worüber die beiden am Montag gesprochen haben.«
Donati lächelte grimmig. »Aber Elena hätte es uns sagen können, wenn sie gewollt hätte. Ich kann das Bazzini nicht verschweigen. Dieses Verhalten wird Elena auf jeden Fall zum Nachteil ausgelegt werden.«
Alexander schlug so heftig mit der Faust auf den Tisch, daß die Gläser und Teller zu tanzen begannen.
»Spiel doch nicht den Moralapostel, Stelvio! Du hast mir auch nicht alles gesagt, was du weißt!«
»Wie bitte?«
»Ich habe dich beobachtet, als Spadone dir von Madumes sogenannter Selbstverbrennung berichtet hat. Das schien dich überhaupt nicht zu beeindrucken. Und ich kann mir auch denken, warum: Du kanntest die Geschichte schon.«
»Touché«, sagte Donati mit einem breiten Grinsen, das ihn wie einen großen Schuljungen nach einem gelungenen Streich aussehen ließ, und rückte mit seinem Stuhl ein Stück nach hinten, um mehr Platz für seine Beinprothese zu haben. »Kurz nach Mandumes Tod hat Papst Custos mich eingeweiht, was Spadone aber nicht weiß. Offiziell ist die römische Polizei nicht mit der Sache befaßt, offiziell gilt der Tod Mandumes nicht als Mord. Aber Custos hat mich gebeten, Mandumes Kontakte in Rom zu überprüfen.«
Daß Papst Custos sich an Donati gewandt hatte, war für Alexander nachvollziehbar. Der Polizeidirektor gehörte zu jenen Menschen, die die Auserwählten unterstützten. So nannten sich die Nachfahren Jesu, zu denen Custos gehörte.

Und dann gab es da noch die Engelssöhne wie Lucius und Enrico, die Nachfahren der Wesen, die man Engel nannte. Beide Gruppen verfügten über ähnliche Fähigkeiten – sie konnten Dinge tun, die in der Bibel als Wunder bezeichnet wurden – und arbeiteten hinter den Kulissen des Vatikans eng zusammen. Alexander hatte nie ganz durchschaut, wie Auserwählte und Engelssöhne tatsächlich zueinander standen. Er selbst war nur ein Außenstehender, und das Geheimnis dieser besonderen Menschen lag zu weit in der Vergangenheit, Jahrtausende zurück.
Seine Gedanken beschäftigten sich wieder mit der Gegenwart, und er fragte Donati: »Was hat deine Überprüfung ergeben?«
»Nicht viel. Mandume ging mehr oder weniger in seiner Arbeit auf, war meistens der erste, der morgens ins Büro kam, und der letzte, der abends ging. Insofern bestand für seine Mitarbeiter auch in jener Nacht, als er auf noch ungeklärte Weise verbrannte, kein Grund, sich über ihren Chef, der allein im Büro zurückblieb, zu wundern.«
Alexander strich sich über die Stirn, als könne ihm das helfen, seine Überlegungen zu ordnen. »Mandume hatte einen sehr hohen Posten im Vatikan, gut, und er ist auf äußerst ungewöhnliche Weise gestorben. Aber das ist in meinen Augen noch keine ausreichende Begründung dafür, daß Papst Custos ausgerechnet dich eingeschaltet hat, Stelvio. Du bist ein Vertrauter der Auserwählten. Custos muß doch einen bestimmten Verdacht haben.«
Donatis eben noch gelassener Gesichtsausdruck wich einer angespannten, besorgten Miene. »Keinen Verdacht, aber eine Befürchtung. Und wenn die sich bewahrheitet, dann ist der Kampf zwischen Gut und Böse, den wir vor zwei Jahren für beendet hielten, neu entfacht.«

Alexander dachte an die dramatischen Ereignisse am Engelssee, den unterirdischen See im Monte Cervialto, der das Verlies der gefallenen Engel gewesen war.
Damals hatte eine Gruppe fehlgeleiteter Kleriker versucht, die Engelsmacht zum Leben zu erwecken. Aber der Berg war eingestürzt und hatte den Engelssee – und damit auch die dunkle Macht der gefallenen Engel, wie Alexander und seine Freunde gehofft hatten – unter sich begraben. Donatis Eröffnung, daß dies alles möglicherweise noch nicht vorbei war, schockierte ihn.
»Soll das heißen, daß Mandume ein …«
»… ein Engelssohn gewesen ist?« Donati nickte. »Genau das hat Papst Custos mir eröffnet. Weshalb erstaunt dich das so? Weil Mandume Schwarzafrikaner war? Da haben die Engel, die sich mit den Menschen verbrüderten, vielleicht weniger Unterschiede gemacht als wir heute.«
»Nein, das ist es nicht«, erwiderte Alexander. »Ich hatte nur gehofft, daß das alles endlich einmal vorbei ist, und jetzt scheint sich das Gegenteil herauszustellen!«
Sie schwiegen eine Weile. Vermutlich dachte auch Donati an die zwei Jahre zurückliegenden Geschehnisse. Alexander kam das alles vor wie ein Fluch, der an ihm und an allen, die ihm nahestanden, haftete.
Begonnen hatte es vor zweieinhalb Jahren, als Custos zum Oberhaupt der katholischen Kirche gewählt worden war und aufgrund seiner Fähigkeit, Menschen zu heilen, bald als »Engelspapst« von sich reden machte. Seitdem fand Alexander sich in Ereignisse verstrickt, die er, wäre er nicht selbst daran beteiligt gewesen, allenfalls der überspannten Phantasie eines Romanschriftstellers zugeordnet hätte, aber niemals der Realität. Erneut spürte er jene Müdigkeit, die ihn schon

früher am Tag heimgesucht hatte, und er wünschte sich, weit fort zu sein von Rom und den Aufregungen um wunderheilende Päpste und verbrannte Kardinäle.

Donatis Stimme durchschnitt seine frustrierenden Gedanken: »Mandumes – nennen wir es – übernatürliche Fähigkeiten waren nicht besonders ausgeprägt, jedenfalls hat Papst Custos mir das so gesagt. Und nicht wegen seiner Zugehörigkeit zu den Engelssöhnen haben Custos und Lucius ihn in den Vatikan geholt, sondern weil sie ihm vertrauten. Übrigens hat Spadone dir nicht alles über Selbstverbrennungen berichtet, weil seine Kenntnisse nur lückenhaft sind. Nach allem, was die Auserwählten wissen, sind in der Vergangenheit einige der ihren durch ein unerklärliches Feuer quasi von innen verbrannt. Custos vermutet, daß es mit den besonderen Kräften zu tun hat, die ihnen innewohnen. Diese übernatürliche Energie kann den, in dem sie steckt, auch vernichten.«

Alexander blickte sich um, weil er befürchtete, jemand könnte etwas von ihrer Unterhaltung mitbekommen und ihnen gleich die freundlichen Herren mit den Zwangsjacken vorbeischicken. Aber in der Pizzeria war es leer wie überall in den Straßen rings um den Vatikan. Das schlechte Wetter schreckte viele der Touristen ab, die sonst in Scharen durch die Straßen der Ewigen Stadt flanierten.

»Dann ist Mandume vielleicht doch durch einen Unfall zu Tode gekommen«, überlegte er laut. »Möglicherweise konnte er seine Kräfte nicht mehr bändigen.«

Donati wiegte zweifelnd den Kopf. »Vielleicht war es so, aber nach dem Mord an Picardi mag ich daran nicht mehr so recht glauben.«

Düstere, fast schwarze Wolken zogen über dem Vatikan her-

auf, und in der Pizzeria wurde es, obwohl erst früher Nachmittag, immer dunkler. Ein Kellner stellte eine Kerze auf ihren Tisch und zündete sie an.
Als die Flamme sich zitternd erhob, versuchte Alexander sich vorzustellen, wie es aussehen mochte, wenn ein ganzer Mensch zu Asche verbrannte.

12

San Gervasio

»Die Asche«, sagte die sanfte, aber eindringliche Stimme, die aus einer anderen, fernen Zeit kam und doch dicht an seinem Ohr erklang. »Die Asche am Boden und der Geruch von verbranntem Fleisch. Was geschah dann? Was?«

Vels Blick wanderte von dem Aschehaufen zurück zu Larths wütendem Gesicht, und er mußte gegen eine Übelkeit ankämpfen, die weniger von dem entsetzlichen Gestank herrührte als von der Vorstellung, was mit Laris geschehen war.
»Was hast du getan?« fragte Vel noch einmal.
»Er hat es herausgefordert, es ist ganz allein seine Schuld«, sagte Larth mit einer Stimme, deren Ruhe im Widerspruch zu seiner unübersehbaren Erregung stand, und das machte Vel angst. »Ich kann nichts dafür, er hat es nicht anders gewollt.«
Vels Körper straffte sich. »Natürlich kannst du etwas dafür, es ist nicht die Schuld deines Vaters, sondern deine! Du hältst die Kraft der Väter, die dir anvertraut ist, nicht im Zaum. Du

bist nicht würdig, ein Abkömmling der Väter zu sein, Larth!«

Er sah in die zusammengekniffenen Augen seines Gegenübers und horchte gleichzeitig in sich hinein, ob auch er jene Kraft zu spüren bekam, mit der Larth eben seinen Vater getötet hatte. Aber da war nichts, und das erstaunte ihn auch nicht. Larth konnte die Kraft der Väter nicht zweimal so kurz hintereinander einsetzen.

Statt dessen stürzte Larth sich auf ihn und riß ihn mit sich zu Boden. Sie rangen miteinander, wobei sie sich wieder und wieder durch die Asche wälzten. Larth gewann in seiner Raserei die Oberhand, kniete sich auf Vel, preßte ihm ein Knie gegen den Kehlkopf und drückte ihm die Luft ab.

Vel hustete und keuchte, dicht vor sich Larths zornverzerrte Fratze. Darin stand deutlich zu lesen, daß keine Gnade zu erwarten war. Vielleicht verhalf diese Erkenntnis Vel zu neuen Kräften. Ruckartig zog er beide Knie an und schleuderte Larth über sich hinweg. Larth prallte mit dem Kopf gegen eine Wand und blieb wie betäubt liegen. Er atmete noch, aber es war nicht zu erkennen, ob er bei Bewußtsein war.

»Vel!« Larthi stand im Eingang zum Zimmer ihres Vaters und blickte verwirrt auf die beiden Kontrahenten. »Was ist geschehen? Wo ist Vater?« Da erst fiel ihr Blick auf die verstreute Asche. Sie erriet, was sich ereignet hatte. Ihr Gesicht wurde blaß, und sie schrie: »Vater, neeeiiin!«

Ihr Schrei hallte derart in Vels Ohren wider, daß er meinte, den verzweifelten Klang nie wieder loswerden zu können. Er zog sie an sich, nahm sie in die Arme, strich ihr übers Haar und drückte sanft ihren Kopf gegen seine Schulter, damit sie den kläglichen Ascherest nicht länger anstarrte. Überrascht stellte er fest, daß er an seiner Schulter keine Tränen spürte.

Es mußte Larthi so sehr getroffen haben, daß ihr sogar zum Weinen die Kraft fehlte.
»Ein rührendes Paar seid ihr beide, zum Herzerweichen!«
Larth hatte sich aufgerichtet und stand plötzlich, leicht schwankend, vor ihnen. Rechts an seiner Stirn klaffte eine Wunde, und Blut besudelte seine helle Toga, die bei der Auseinandersetzung mit Vel verrutscht war. Nur kurz trafen sich ihre Blicke, dann lief Larth nach draußen und rief aus Leibeskräften nach seinen Freunden.
»Wir müssen fort von hier, augenblicklich!« drängte Vel.
Larthi sah zweifelnd zu ihm auf. »Warum? Wir haben nichts Böses getan. Es war Larth!«
»Das wissen wir beide, Larthi, aber wem werden die Freunde deines Bruders wohl glauben, uns oder ihm?«
Jetzt verstand Larthi, und sie liefen hinaus in den Garten. An eine Säule mit dem Bildnis des Kriegsgottes Laran gelehnt, des Ahnherrn seiner Familie, stand Larth und blickte ihnen haßerfüllt entgegen. Gleichzeitig erschienen die ersten seiner Freunde im Garten.
Larth streckte den Arm aus und zeigte auf Vel: »Ergreift ihn! Er hat meinen Vater getötet!«
Vel und Larthi liefen, so schnell sie konnten, aber Larths Freunde schnitten ihnen den Weg ab, kesselten sie ein und fielen über Vel her. Gegen ihre Übermacht kam er nicht an, und bald lag er, von mehreren kräftigen Händen gehalten, rücklings auf dem Boden.
»Laßt ihn los!« verlangte Larthi. »Nicht er hat meinen Vater getötet, Larth hat es getan!«
Larth trat näher und warf seiner Schwester einen verächtlichen Blick zu.
»Sie lügt, um ihren Liebsten zu retten.«

Larthi schüttelte den Kopf. »Du bist der Lügner! Vel hätte gar keinen Grund gehabt, Vater zu töten!«
»Vel hatte sehr wohl einen Grund, sogar einen sehr guten«, tönte Larth und wandte sich an seine Gefährten. »Gerade hatte ich meinen Vater überzeugt, sich auf unsere Seite zu schlagen und den Krieg gegen Rom zu befürworten, da stürmte Vel herein und wollte ihn umstimmen. Als Laris nicht auf ihn hören wollte, hat Vel ihn mit der Kraft der Ahnen getötet. Macht ihn unschädlich, damit er nicht noch mehr Unheil anrichtet!«
Vel sah, daß die Männer Larth glaubten. Einer schwang seinen Knüppel, und das harte Holz krachte gegen seinen Kopf. Das letzte, was er wahrnahm, war Larthis entsetzter Blick.

»Geht es wieder? Ich habe mir schon ernsthaft Sorgen gemacht.«
Er spürte ein feuchtes, kühles Tuch auf der Stirn und empfand das als reine Wohltat. Als er die Augen aufschlug, suchte er vergeblich nach Larthi, Larth und seinen Kumpanen. Nur ein Mann war bei ihm und verschaffte ihm mit dem kühlen Tuch, das er in eine Wasserschale tauchte, auswrang und wieder auf seine Stirn legte, Linderung. Aus einem ledrigen Gesicht blickten ihn graue Augen forschend an.
»Wie fühlen Sie sich, Enrico?«
Enrico!
Erst als er den Namen hörte, wurde ihm klar, daß sich das Fenster, durch das er in die ferne Vergangenheit geschaut hatte, geschlossen hatte.
»Was ist passiert?«
Tommasio sah ihn schuldbewußt an. »Ich war unvorsichtig,

die Dinge sind mir entglitten. Die Erinnerung wurde für Sie schneller zur schmerzhaften Wirklichkeit, als ich Sie aus der Trance, in die ich Sie versetzt habe, erwecken konnte.«

Enrico schloß die Augen und sah wieder die antike Stadt vor sich, Laris' großes Anwesen und Larthi. Es war so real gewesen, und jetzt vermißte er Larthi, als sei er eben noch bei ihr gewesen und nicht vor mehr als zweitausend Jahren.

»Ist das wirklich geschehen«, fragte er, »oder war es ein Traum?«

»Das kann ich nicht mit Sicherheit sagen«, antwortete der Abt zu seiner Überraschung.

»Aber, Vater, Sie haben mich doch in diesen Zustand versetzt!«

»Ganz recht, aber ich habe keinen Einfluß darauf, ob Sie sich in der Trance an tatsächliche Ereignisse erinnern oder an etwas, von dem Sie glauben, Sie hätten es erlebt, oder das Sie einfach nur gern erlebt hätten. Es gibt Menschen, die wünschen sich so sehr, Kleopatra, Julius Caesar, die Jungfrau von Orleans oder Napoleon Bonaparte zu sein, daß sie bei einer Rückführung ganz sicher in deren Haut schlüpfen werden. Aber oft ist das nur Einbildung, eine Art Selbsthypnose.«

»Also das, was ich eben – oder war es vor zwei Jahrtausenden? – durchgemacht habe, hätte ich wirklich nicht gern erlebt«, seufzte Enrico und griff dankbar nach dem Wasserbecher, den Tommasio ihm hinhielt. Er trank in großen Schlucken, und das Wasser half ihm, die bleierne Schwere abzuschütteln, die ihn befallen hatte.

»Man kann sich im Zustand der Rückführung auch Dinge einbilden, vor denen man sich fürchtet. Häufiger kommt es allerdings vor, daß der Wunsch Vater der sogenannten Erinnerung ist.«

»Wie kann ich feststellen, ob ich die Wahrheit gesehen habe oder nicht?«
»Indem Sie sich selbst prüfen und natürlich auch, indem Sie die objektiven Umstände in Betracht ziehen. Wenn Sie vorher noch nie etwas von Larthi und ihrer Familie gehört haben, ist es wenig wahrscheinlich, daß alles nur Einbildung gewesen ist. Wenn Sie mich fragen, so haben Sie uns eben einen sehr interessanten Einblick in die Zeit des Bundesgenossenkriegs geboten. Worüber ich gern mehr wüßte, ist diese Kraft der Ahnen, die einen Menschen binnen weniger Augenblicke in Asche verwandeln kann.«
»Das geht mir genauso, aber im Augenblick bin ich zu erschöpft. Ich möchte einfach nur schlafen.«
»Natürlich, verzeihen Sie«, sagte Tommasio mit einem entschuldigenden Lächeln und zog sich sofort zurück.
Enrico blieb auf der Pritsche in seiner Zelle liegen und entspannte sich, so gut er konnte. Er mußte sich über einiges klar werden. Wenn dieser Vel weder eine Traumgestalt noch ein Produkt seiner überreizten Phantasie war, dann hatte er – Enrico – zweitausend Jahre zuvor in dieser Gegend gelebt. Und wenn er tatsächlich Vel gewesen war, dann gab es nur eine Erklärung für die geheimnisvolle *Kraft der Ahnen*.

13

ROM

Federicos Trattoria lag mitten in Rom und doch etwas abseits des allgemeinen Trubels, direkt am linken Tiberufer. Alexander parkte drei Gehminuten entfernt in der zweiten Reihe, wie es abends auch viele andere taten, und ging auf die schmale Treppe zu, die hinunter zum Fluß führte. Ein Blick auf die Leuchtziffern seiner Uhr verriet ihm, daß es kurz vor neun war. Er würde pünktlich sein.
Ein wenig plagte ihn das schlechte Gewissen, daß er Donati nichts von Petti gesagt hatte. Aber hier ging es weder um Stelvio Donati noch um Alexanders freundschaftliche Gefühle für ihn, es ging ausschließlich um Elena. Erst mußte er sich anhören, was Petti ihm mitzuteilen hatte, dann würde er sich überlegen, wie er weiter vorgehen wollte.
Es regnete noch immer oder schon wieder, das blieb sich fast gleich. Alexander spannte den glockenförmigen Schirm auf, den Don Luu ihm geschenkt hatte, und stieg die Treppe hinab. Vom anderen Flußufer leuchtete die mit Flutlicht angestrahlte Engelsburg herüber. Vor der Trattoria standen ein

paar Tische unter einem halbrunden Dach, aber niemand war so wetterfest gewesen, hier draußen Platz zu nehmen. Drinnen war etwa die Hälfte der Tische besetzt, wie Alexander schon durch die großen Fenster erkannte.

Er schüttelte den Schirm ab, trat ein und sah sich suchend um, konnte Emilio Petti aber nirgends entdecken. Der Gedanke, daß Petti ihn versetzen könnte und ihm das abendliche Treffen vielleicht nur vorgeschlagen hatte, um ihn zu besänftigen, behagte Alexander ganz und gar nicht.

Federico, ein bulliger Mann mit stattlichem Bauch und fleischigen Wangen, stand persönlich hinter dem Tresen und war mit seiner altertümlichen Registrierkasse beschäftigt, die ebensoviel Patina hatte wie die gesamte Einrichtung. Alexander trat zu ihm und erkundigte sich nach Petti, den er umständlich beschrieb.

Der Wirt zeigte, ohne lange zu überlegen, auf einen Ecktisch.

»Da sitzt der Mann, den Sie suchen. Er ist vor zehn Minuten gekommen.«

»Aber an dem Tisch sitzt niemand«, stellte Alexander nach einem kurzen Blick fest.

»Natürlich nicht. Der Herr ist vor fünf Minuten mit dem anderen vor die Tür gegangen. Er sagte noch, er käme gleich zurück, und ich solle ihm den Tisch freihalten.«

»Mit welchem anderen?«

»Den habe ich mir nicht so genau ansehen können. Ich weiß nur, daß er ziemlich groß war und kurz nach Ihrem Freund hereinkam. Er hat kurz mit ihm gesprochen, und dann sind beide hinausgegangen.«

In Alexander schrillten die Alarmglocken, und er eilte ohne ein weiteres Wort nach draußen. Vor der Trattoria war kein Mensch zu sehen. Die in regelmäßigen Abständen aufgestellten Laternen beleuchteten den ebenen Betonboden bis hin zur Treppe. Links führte ein schmaler Weg hinter das Gebäude, und Alexander folgte ihm, bemüht, möglichst leise zu sein. Der Platz hinter der Trattoria war mit Müllcontainern und irgendwelchen Kisten zugestellt, und von den Laternen oben an der Straße drang nur ein matter Schein herunter. Mehr Schatten als Licht, dachte Alexander, während er sich langsam zwischen einem Müllcontainer und einem Kistenstapel hindurchschob.

Ein Geräusch wie ein leises Röcheln ließ ihn aufhorchen, und dann sah er etwas ganz nah am Fluß liegen. Auf den ersten Blick hätte es ein Lumpenbündel sein können. Doch es bewegte sich, streckte eine Hand aus, wie um Alexander etwas zu zeigen.

Die Hand wies zu einem zweiten Müllcontainer, aber das bemerkte Alexander fast zu spät. Aus dem Schatten des Containers löste sich eine Gestalt und sprang auf ihn zu. Ein ungewöhnlich großer Mann, in der rechten Hand ein Messer mit langer, gezackter Klinge.

Alexander duckte sich zur Seite weg und schlug gleichzeitig mit dem Schirm, seiner einzigen Waffe, nach der rechten Hand des Angreifers. Bei der Schweizergarde war er Ausbilder für den Kampf mit Blankwaffen gewesen, und das kam ihm jetzt zugute. Er traf, und das Messer landete klirrend irgendwo in der Dunkelheit auf dem Beton.

Doch sein Gegner erholte sich von der Überraschung und warf sich so schnell auf ihn, daß Alexander nicht mehr ausweichen konnte. Er fiel rücklings auf den harten Boden, und für eine lange Sekunde fehlte ihm die Luft zum Atmen. Der Angreifer setzte sich auf ihn und holte mit der geballten Rechten zum Schlag aus.

Alexander hielt noch immer den Schirm in der Hand und stieß ihn nun mit der Spitze nach oben, einfach nur, um den Gegner abzulenken.

Der Unbekannte heulte auf, und Alexander blieb wundersamerweise von dem erwarteten Fausthieb verschont. Sein Gegner hatte keuchend beide Hände vors Gesicht geschlagen, als hätte ihn die Schirmspitze ernsthaft verletzt.

Alexander nutzte das aus, um ihn von sich wegzustoßen. Der andere war ein wahrer Koloß, setzte sich aber kaum zur Wehr. Alexander verpaßte ihm einen Faustschlag gegen die Schläfe. Der Koloß kippte zur Seite und versuchte noch, den Sturz mit beiden Händen abzufangen. Als er zu Boden ging, konnte Alexander im schwachen Licht endlich sein Gesicht sehen.

Ein kantiges, fast knochiges Gesicht, anhand dessen er den Mann auf etwa fünfunddreißig bis vierzig Jahre schätzte. Aber das ging ihm nur nebenbei durch den Kopf. Ungläubig starrte er auf das, was seine Schirmspitze angerichtet hatte: Wo das rechte Auge gewesen war, klaffte jetzt eine Höhle, aus der eine Flüssigkeit lief, die in der Dunkelheit aussah wie eine Mischung aus Blut und Eiter.

Aber Alexander sparte sich jedes Mitleid und kümmerte sich lieber um den Mann, der mit zitternder Hand versucht hatte, ihn zu warnen. Emilio Petti.

Der lag in gekrümmter Haltung neben dem Fluß und preßte beide Hände gegen seine heftig blutende Brust. Das Messer des Unbekannten hatte eine tiefe Wunde gerissen, und Petti lag in einer größer werdenden Blutlache.

Seine Lippen bebten. Schließlich brachte er ein Wort hervor, doch Alexander war nicht klar ob er ihn oder sich selbst meinte: »Leichtsinnig ...«

»Nicht sprechen!« sagte Alexander und suchte in seiner Jacke nach dem Handy. »Ich rufe Hilfe.«
»Zu spät«, brachte Petti keuchend hervor und spuckte Blut. Eine zitternde, blutüberströmte Hand umfaßte Alexanders Rechte, die das Handy hielt, als wollte der Verletzte ihn näher zu sich heranziehen.
»In den Bergen«, murmelte Petti kaum noch hörbar. »Bischof …«
Seine Stimme erstarb, und sein Kopf fiel zur Seite. Der gebrochene Blick sagte Alexander, daß der Mann tot war. Trauer erfüllte ihn, auch wenn Petti nie ein enger Freund gewesen war. Nach dem tiefen Sturz, den der Journalist erlebt hatte, hätte Alexander ihm die zweite Chance gegönnt.
Geräusche in seinem Rücken ließen ihn herumfahren. Der verletzte Angreifer kauerte nach wie vor am Boden, aber neben ihm stand nun ein zweiter Mann und zeigte mit ausgestrecktem Arm auf Alexander. Der begriff, wie dumm er gewesen war, sich nicht nach einem zweiten Gegner umzusehen, hatte Elena doch von zwei Männern erzählt, die sie bei Sant'Anna verfolgt hatten!
In der ausgestreckten Rechten des zweiten Mannes lag etwas Großes, Dunkles – eine Automatik mit aufgesetztem Schalldämpfer. Als er das erkannte, wollte Alexander sich zur Seite werfen. Doch da hatte der Mann schon abgedrückt, und Alexander spürte den Schlag an der Stirn.

14

San Gervasio

Überrascht fuhr Enrico zusammen, als es leise an der Tür seiner Zelle klopfte. Draußen war es dunkel, und längst hatten die Mönche in der kleinen Kapelle ihre letzte Andacht für diesen Tag gehalten. Jetzt war Schlafenszeit, und für gewöhnlich achtete der Abt darauf, daß sie eingehalten wurde. Es klopfte erneut, und Enrico entspannte sich.
»Herein mit dir, Francesco«, rief er halblaut, damit die Mönche in den anderen Zellen es nicht hörten.
Mit leisem Knarren wurde die Tür aufgeschoben; Francesco schlüpfte eilig herein und schloß die Tür wieder. Er hielt einen Kerzenstummel in der Hand, und das flackernde Licht enthüllte die Überraschung auf seinem Gesicht.
»Woher wußtest du, daß ich es bin?«
»Keiner hier kann so zurückhaltend anklopfen wie du«, sagte Enrico und richtete sich auf seiner Pritsche auf. »Da steht ein Stuhl, setz dich. Schön, daß du gekommen bist. Ich kann ohnehin nicht schlafen. Ein bißchen mit dir zu plaudern wird mir guttun.«

Zögernd nahm der jüngste der Mönche von San Gervasio Platz.

»Eigentlich bin ich ja gekommen, um mich bei dir zu entschuldigen, Enrico. Es hat mir keine Ruhe gelassen, und ich konnte nicht einschlafen.«

»Wofür willst du dich entschuldigen?«

»Dafür, daß ich mit Vater Tommasio über deine Träume gesprochen habe. Vielleicht hätte ich das nicht tun sollen, aber ich habe mir Sorgen um dich gemacht. Wir sind doch – Freunde, oder?«

»Ja«, sagte Enrico.

»Aber darf man über einen Freund hinter dessen Rücken sprechen?«

»Wenn es einem um das Wohlergehen des Freundes geht, dann ja«, beruhigte Enrico seinen Besucher. »Ich bin dir wirklich nicht böse.«

»Das ist gut«, seufzte Francesco erleichtert. »Vater Tommasio war heute lange bei dir. Ich hoffe, er konnte dir helfen.«

Enrico dachte an die Rückführung oder was immer das gewesen war. Den ganzen Nachmittag über hatte er sich mit dem Erlebnis beschäftigt und versucht, sich darüber klarzuwerden, warum er in jüngster Zeit wieder und wieder von Larthi geträumt hatte. Bis vor kurzem hatte er nicht einmal gewußt, daß es sie gab – oder vor zweitausend Jahren gegeben hatte, um genau zu sein. Jetzt wünschte er sich nichts sehnlicher, als bei ihr zu sein, obwohl das natürlich unmöglich war. Fast wäre er am späten Nachmittag zu Tommasio gegangen und hätte ihn um eine weitere Rückführung gebeten. Er brannte darauf, mehr über Larthi und ihr Schicksal zu erfahren. Dann aber hatte er sich besonnen. Schon die erste Rückführung hatte ihn sehr mitgenommen. Außerdem konnte es gut sein, daß ihm das, was die Vergangenheit für ihn bereithielt, gar nicht gefiel.

»Enrico?«

Er hatte Francescos Frage noch nicht beantwortet. »Das Gespräch mit Vater Tommasio war sehr aufschlußreich und hat einige meiner Fragen beantwortet. Leider hat es auch eine Menge neuer aufgeworfen.«

Francesco musterte ihn. »Ich verstehe dich nicht, aber eins sehe ich ganz deutlich: Im Vergleich zu heute morgen siehst du kein bißchen erleichtert aus.«

»Ich sagte ja, es sind eine Menge neue Fragen aufgetaucht.«

»Wenn es dir hilft, laß uns darüber sprechen«, bot Francesco an. »Vielleicht kann ich dir helfen, Antworten auf deine Fragen zu finden.«

»Ich fürchte, das kannst du nicht, aber ich bin dankbar für dein Angebot. Auch Vater Tommasio wird mir letztlich nicht helfen können. Es gibt wohl nur einen, der das kann.«

»Wer ist dieser Mann?«

»Mein Vater.«

»Ah.« Francesco wirkte erstaunt. »Dein Vater lebt also noch.«

»Wieso sollte er nicht?«

»Ich weiß auch nicht. Irgendwie hatte ich dich immer für eine Waise gehalten.« Leise fügte Francesco hinzu: »Ich bin eine.«

»Meine Mutter ist tot, aber mein Vater lebt. Ich denke, ich werde zu ihm fahren, gleich morgen.«

Francescos Miene verdüsterte sich. »Du willst uns verlassen? Du … bist der erste richtige Freund, den ich habe.«

»Wir werden uns wiedersehen, Francesco. Mein Gefühl sagt mir, daß ich zurückkehren werde. Es gibt hier in San Ger-

vasio nämlich vieles, das auf mich wartet, und zwar seit mindestens zweitausend Jahren.«
Der junge Mönch schüttelte bedächtig den Kopf. »Ich verstehe nicht alles, was du sagst, aber ich hoffe von ganzem Herzen, daß du zurückkommst! Mußt du weit reisen?«
»Nach Rom.«
»Dann bist du bei deinem Vater gewesen, als wir uns in Rom kennengelernt haben?«
»Sagen wir, mein Vater und ich haben uns in derselben Stadt aufgehalten. Wir hatten uns zu dem Zeitpunkt aber schon eine ganze Weile nicht gesehen.«
»Wieder etwas, das ich nicht verstehe. Wenn ich einen Vater hätte, noch dazu einen, der in derselben Stadt lebt wie ich, würde ich versuchen, ihn so oft wie möglich zu sehen, ich würde bei ihm sein und mit ihm sprechen wollen.«
»Bei meinem Vater ist das nicht so einfach, Francesco.«
»Wieso nicht?«
»Auch das wirst du nicht verstehen. Mein Vater ist in gewisser Hinsicht der Vater vieler Menschen, die mit ihm sprechen möchten. Da bleibt für den eigenen Sohn nicht viel Zeit.«
»Der Vater vieler Menschen?« wiederholte Francesco. »Ungefähr so wie Vater Tommasio?«
»Das ist ein guter Vergleich, wirklich.«
Francesco erhob sich. »Wenn du morgen schon reisen willst, solltest du jetzt schlafen. Ich hoffe, wir haben noch etwas Zeit miteinander, bevor du uns verläßt.«
»Die werden wir haben«, versprach Enrico und wünschte Francesco eine gute Nacht.

Der Gang war lang und der Kerzendocht klein. Die im Luftzug tanzende Flamme entriß nur einen kleinen Teil des Kor-

ridors der Finsternis. Vorsichtig setzte er einen Fuß vor den anderen, ganz darauf bedacht, nirgendwo anzustoßen und kein Geräusch zu machen.
Er fürchtete sich vor Vater Tommasio. Der Abt achtete streng auf die Einhaltung der Nachtruhe, die andauerte, bis die Brüder von San Gervasio sich eine Stunde nach Mitternacht zur ersten Morgenandacht in der Kapelle versammelten. Er atmete auf, als das Ende des Gangs und damit auch die Tür zu seiner Schlafzelle in Sicht kamen.
Vorsichtig, Zentimeter für Zentimeter, schob er die Tür auf, gerade weit genug, um in die Zelle zu gelangen. Genauso sorgsam, mit angehaltenem Atem und klopfendem Herzen, schloß er die Tür wieder. Als das erledigt war, drehte er sich erleichtert um und wollte den Kerzenstummel auf das niedrige Schränkchen stellen, das Tisch und Aufbewahrungsort für seine wenigen Habseligkeiten zugleich war.
Mitten in der Bewegung erstarrte er. Sein Blick fiel auf eine schemenhafte Gestalt, die sich vor dem blassen Mondlicht, das durch das winzige Fenster hereinfiel, kaum abhob. Still und aufrecht stand sie vor ihm. Wie eine Statue.
Zitternd hob er die Hand mit dem Kerzenstummel. Der Lichtschein fiel auf die einfache Kutte eines Mönchs, auf ein kleines Holzkruzifix, das an einer Lederschnur um den Hals des Mannes hing, und endlich auf dessen Gesicht. Ein erfahrenes, vom Leben gezeichnetes Gesicht mit grauen Augen, die von innen zu brennen schienen. Er fürchtete das Gesicht und den strengen Blick, und doch konnte er sich ein Leben ohne diesen Mann nicht vorstellen.
»Woher kommst du, Francesco?« fragte Tommasio leise, aber streng.
»Ich ... konnte nicht schlafen, Vater.«

»Woher kommst du?« wiederholte der Abt.
Francesco hielt dem flammenden Blick, der bis auf den Grund seiner Seele vorzudringen schien, nicht länger stand und schlug die Augen nieder. »Ich war bei unserem Gast, Vater.«
»Zu dieser Stunde? Du weißt, daß du die Zelle bis zur ersten Morgenandacht nicht verlassen darfst.«
»Ich habe nicht in den Schlaf gefunden ... und er auch nicht.«
»So hast du dich mit ihm unterhalten?«
»Ja«, gestand Francesco zögernd.
»Worüber?«
»Über das, was ihn bedrückt.«
»Und was bedrückt ihn?«
Francesco war erstaunt, vergaß darüber seine Scheu und blickte dem Abt in die Augen. »Aber das mußt du doch besser wissen, Vater, du hast den halben Tag mit ihm verbracht.«
»Was er mir gesagt hat, weiß ich, nicht aber, worüber ihr gesprochen habt.«
»Er hat nur Andeutungen gemacht über das, was ihn bedrückt. Ich habe ihn nicht wirklich verstanden. Ich glaube...«
»Was?«
»Ich glaube«, setzte Francesco erneut an, »er weiß das selbst nicht. Deshalb will er sich Rat holen bei seinem Vater.«
Zum ersten Mal seit Francesco seine Zelle betreten hatte, bewegte Tommasio sich; er machte einen Schritt nach vorn. »Hat er das gesagt – daß er bei seinem Vater Rat suchen will?«
Nun fühlte Francesco sich einmal mehr wie ein Verräter. Aber was konnte schon Schlimmes daran sein, wenn er Vater Tommasio von dem Gespräch mit Enrico berichtete?

»Er will morgen aufbrechen«, sagte er. »Nach Rom, um seinen Vater zu sprechen.«
»Weiter!« verlangte Tommasio. »Was noch?«
»Mehr hat er mir nicht erzählt.«
»Damit hast du mir geholfen, Francesco. Aber du hast auch gesündigt, indem du gegen die Klosterordnung verstoßen und deine Zelle zur Zeit der Nachtruhe verlassen hast. Ich werde dir Gelegenheit geben, deine Verfehlung zu büßen. Folge mir!«
Francesco wußte, was jetzt kam. Er hatte es schon oft erlebt, hier in San Gervasio und früher. Während er Vater Tommasio durch das nachtdunkle Kloster folgte, bemächtigten sich widerstreitende Gefühle seiner. Da war die Angst vor dem Schmerz, die ihn daran denken ließ, auf der Stelle kehrtzumachen und davonzulaufen. Aber da war auch die Furcht, Vater Tommasios Wohlwollen zu verlieren, und diese Sorge wog schwerer. Er würde sich also der Buße unterziehen und damit den Vater besänftigen.
Sie traten nach draußen in die kalte Nachtluft, die augenblicklich unter ihre Kutten kroch. Francesco fror und zitterte, aber das lag nicht nur an der Kälte. Zielstrebig führte Tommasio ihn zu dem alten Glockenturm am Rande der Bergkuppe, der als baufällig galt und von niemandem betreten werden durfte. So hieß es jedenfalls. Aber Francesco war schon mehrmals hiergewesen. Immer dann, wenn er gesündigt hatte.
Tommasio nahm den rostigen Schlüssel von der Kordel, mit der er seine Kutte zusammenhielt, und öffnete die Tür zum Turm. Im Schein des Kerzenstummels stiegen sie eine gewundene Treppe hinauf, bis sie den Raum unterhalb des Glockenstuhls erreichten. Er war klein, und in seiner Mitte

stand ein winziger Altar, auf den Francesco die Kerze stellte. Dabei bemühte er sich, das Wandmosaik, das einen von Flammen umzüngelten Engel zeigte, nicht anzusehen. Der Engel blickte streng drein, strafend, genau wie Vater Tommasio, wenn er Francesco bei einer Sünde ertappt hatte.
Wortlos löste Francesco die Kordel, streifte Kutte und Unterhemd ab. Kniete sich nackt vor den Altar und griff nach der Geißel, die darauf lag. Ihre Lederstreifen mündeten in kleine, rotgefärbte Knoten.
Unter den zufriedenen Blicken von Vater Tommasio schwang Francesco die Geißel und riß die vielen Wunden, die seinen Rücken verunzierten, wieder auf, während er unablässig murmelte: »*Totus tuus, Domine. Hic iacet pulvis, cinis et nihil. Mea culpa, mea culpa, mea maxima culpa.* – Vollkommen der Deine, Herr. Hier liegen Staub, Asche und nichts. Durch meine Schuld, durch meine Schuld, durch meine übergroße Schuld.«

15

Rom

Er fühlte sich wie in Watte gepackt, Bilder und Geräusche drangen nur undeutlich zu ihm durch.
Ebenso verschwommen und bruchstückhaft waren seine Erinnerungen.
Menschen waren gekommen und hatten aufgeregt durcheinandergeschrien. Andere waren hastig davongelaufen. Jemand hatte zu ihm gesprochen und seinen Kopf vorsichtig auf etwas Weiches gebettet, ein Kissen oder eine zusammengelegte Jacke. Etwas Wärmendes war über ihn gebreitet worden, vielleicht eine Decke oder auch ein Mantel. Er hatte einfach nur dagelegen, unfähig, sich zu bewegen.
Die Stimmen hatten sich mit dem steten, nahen Rauschen des Flusses vermischt. Er hatte Sirenen gehört, aufblitzendes Licht gesehen, das die Nacht und den verschwommenen Dämmerschein um ihn her zu durchstoßen suchte, leuchtenden Lanzen gleich. Man hatte ihn untersucht, ihn angehoben, auf eine Art Brett gelegt und in einen Verschlag geschoben – nein, in ein Auto. Türen waren zugeworfen worden, wieder

hatten Sirenen aufgeheult. Er erinnerte sich nicht, wie lange die Fahrt gedauert hatte und was danach mit ihm geschehen war. Und jetzt lag er – ja, wo eigentlich?
»Wo bin ich?«
Ein Gesicht erschien dicht vor ihm, eine Frau, jung und hübsch, mit dunkler Haut, die einen deutlichen Kontrast zu ihrer hellen Kleidung bildete.
»Wie geht es Ihnen, Signor Rosin?«
»Wo bin ich?« wiederholte er und spürte, wie der Nebel um ihn her – die Watte – wieder dicker wurde.
Das fremde Gesicht verschwamm. Als es wieder feste Konturen annahm, hatte es sich verändert, war heller geworden und gealtert, von Falten durchzogen und gekrönt von ergrauendem Haar.
»Häßlich«, sagte Alexander.
Stelvio Donati runzelte die Stirn. »Wie bitte?«
»Das Gesicht der Schwester eben war ein angenehmer Anblick«, sagte Alexander, und mit jedem Wort fiel ihm das Sprechen leichter. »Dagegen bist du ein Ausbund an Häßlichkeit.«
Donati lachte. »Da solltest du dich mal sehen, mein Lieber! Auf deiner Stirn klebt das größte Pflaster, das die Welt je gesehen hat. Und darüber kannst du noch froh sein. Einen Zentimeter weiter, und die Kugel hätte deine Stirn nicht nur geschrammt, sondern glatt wegrasiert. Du solltest deinem Schutzengel mindestens ein Dutzend Kerzen anzünden.«
Eine hagere Frau im weißen Kittel, schon viel stärker ergraut als Donati, trat an Alexanders Bett. »Ich bin Dr. Boccia. Wie fühlen Sie sich?«
»Noch nicht ganz so gut wie vor dem Schuß«, sagte Alexander mit einem gequälten Lächeln. »Simmt es, was mein

Freund sagt, daß ich mit einer Schramme davongekommen bin?«

»Ja, aber mit einer ordentlichen Schramme. Hoffentlich steht Ihre Freundin auf Männer mit Narben, denn Sie werden eine große, sehr gut sichtbare zurückbehalten.« Dabei zeigte sie auf Alexanders Stirn. »Als die Kugel Sie streifte, hat der Schock Sie fast gelähmt, und Sie haben vermutlich eine Gehirnerschütterung davongetragen. Die Untersuchungen morgen werden das genauer zeigen. Bis dahin ruhen Sie sich aus!«

Sie verließ das schmale Krankenzimmer, und Alexander sah ihr mißmutig nach. Die Erwähnung seiner »Freundin« hatte ihm unangenehme Assoziationen beschert. Er richtete den Blick auf Donati.

»Wie geht es Elena?«

»Sie schläft hoffentlich. Jedenfalls kann sie das brauchen. Bazzini hat ihr gehörig zugesetzt. Aber jetzt sollten wir mal über dich reden, mein Freund! Was hat sich bei Federicos Trattoria abgespielt?«

»Ich war dort um neun mit Emilio Petti verabredet. Wie lange ist das jetzt her?«

Donati brauchte nicht auf die Uhr zu sehen. »Es ist kurz vor Mitternacht, also knapp drei Stunden.«

»Petti ist tot, nicht?«

»Toter geht's nicht.«

»Und die Mörder?«

»Konnten entkommen. Es waren zwei, oder?«

»Ja, zwei«, bestätigte Alexander. »Mehr habe ich jedenfalls nicht gesehen.«

»Die Zeugen aus der Trattoria, die die Flucht beobachten konnten, haben auch nur von zwei Männern berichtet.«

»Zeugen?« Alexander horchte auf. »Dann gibt es eine Beschreibung der Männer?«
»Ja, von hinten. Der eine war sehr groß, der andere etwas kleiner.«
»Und dem großen fehlt jetzt ein Auge.«
»Das haben wir gefunden. Oder sagen wir, das, was von dem Auge übrig ist. Und jetzt bitte alles hübsch der Reihe nach!«
Alexander begann seinen Bericht mit der Fahrt vom Kloster Sant'Anna in die Stadt und dem unerwarteten Zusammentreffen mit Petti, und er endete mit dem nächtlichen Kampf, der einen der Mörder ein Auge, Petti aber das Leben gekostet hatte.
Donati ersparte sich eine Standpauke wegen Alexanders Geheimniskrämerei; sein vorwurfsvoller Blick sagte genug. Er fragte nur: »Kann es sein, daß dir jemand zu Federicos Trattoria gefolgt ist?«
»Das glaube ich nicht. Bemerkt habe ich jedenfalls nichts. Aber die Mörder kann ich unmöglich zu Petti geführt haben, sie waren vor mir bei Federico!«
»Stimmt, ja.«
»Ob es sich um dieselben Männer handelt, die auch Picardi auf dem Gewissen haben?«
»Ich vermute es, Alexander, aber ich würde keine Wette darauf abschließen. Vielleicht kommen wir da mit der kriminaltechnischen Untersuchung der bei den Tatorten gefundenen Spuren weiter. Hat Petti vielleicht noch irgend etwas erwähnt, das uns weiterhelfen könnte?«
Alexander wollte den Kopf schütteln, aber ein stechender Schmerz, der von seiner Stirn ausging und quer durch den Schädel schoß, ließ ihn mitten in der Bewegung innehalten.
»Er war heute nachmittag sehr zugeknöpft. Bei Federico

wollte er mir mehr erzählen, hat er jedenfalls behauptet.« Zu dem Schmerz in seinem Kopf gesellte sich plötzlich eine schwache Erinnerung. »Warte, Stelvio, da war noch etwas. Vorhin am Tiber, kurz bevor er starb, wollte Emilio mir noch etwas sagen. Er war schon sehr schwach und konnte den Satz nicht beenden. Er sprach von den Bergen und von einem Bischof.«
»Welcher Bischof in welchen Bergen?«
»Das kann ich nicht sagen. Emilio war tot, ehe er mir Näheres mitteilen konnte.«
»Hat er nicht vielleicht doch noch etwas gesagt?«
Alexander dachte angestrengt nach und spürte augenblicklich, wie der Kopfschmerz heftiger wurde. Er trank einen Schluck Wasser und drückte das kühle Glas gegen den Teil der Stirn, auf dem kein Pflaster klebte.
»Ich glaube, das war alles, was er noch sagen konnte. Oder ich kann mich nicht an mehr erinnern.«
»Tja, es gibt eine Menge Berge auf diesem Planeten und davon bestimmt einige mit einem Bischof. Auf den ersten Blick hilft uns das nicht sonderlich.«
»Mit mehr kann ich nicht dienen«, sagte Alexander zerknirscht.
Donati erhob sich von dem Besucherstuhl. »Schlaf jetzt, mein Freund. Morgen ist dein Kopf bestimmt klarer, vielleicht fällt dir dann noch etwas ein. Das war wirklich ein langer Tag. Ich merke auch, daß ich mich kaum noch konzentrieren kann. Hoffen wir, daß der morgige Tag uns neue Erkenntnisse bringt.«
Alexander nickte matt und ließ sich erschöpft ins Kissen sinken. Donatis Gesicht verblaßte ebenso wie das Krankenzimmer um ihn herum.

Er träumte von einem warmen Sommertag am Meer und von Elena, die mit ihm ins Wasser lief. Sie schwamm hinaus auf die offene See, und er, der er eigentlich ein guter Schwimmer war, konnte sie beim besten Willen nicht einholen. Sie entfernte sich immer weiter von ihm, und irgendwann war sie verschwunden. Panik erfüllte ihn. Er rief nach Elena, so laut er konnte, und sah sich nach allen Seiten um. Aber weder Elena noch sonst jemand war da. Er war allein.

2. Tag
Donnerstag, 13. Oktober

16

San Gervasio

Es hatte aufgehört zu regnen, jedenfalls vorübergehend, und die aufgehende Sonne bemühte sich wacker, die Wolken zu zerreißen. Enrico stand vor dem Kloster und nahm Abschied von dem Ort, an dem er fast einen Monat lang gelebt hatte. Der Wind zauste sein Haar, und er schlang die Arme um seinen Oberkörper, was aber gegen die Morgenkälte nur unzureichenden Schutz bot.
Er war dankbar für seine Zeit bei den Mönchen. Es war eine Zeit der Ruhe und Einkehr gewesen, ganz so, wie er es sich vorgestellt hatte. Er hatte viel über sein bisheriges Leben nachgedacht – und darüber, was er in Zukunft anfangen würde, wenn er auch noch nicht zu einer endgültigen Entscheidung gelangt war.
Der Traum, der ihn in den letzten Nächten gequält hatte, war dazwischengekommen und hatte ihm klargemacht, daß er mit seiner Vergangenheit noch nicht abschließen konnte. Es war etwas Besonderes, ein Engelssohn zu sein. Nichts, was man einfach so beiseite schieben konnte, wie man einen Be-

ruf, der einem nicht mehr gefiel, an den Nagel hängte, um etwas Neues anzufangen. Der Verdacht, den der Traum in ihm geweckt hatte, war durch die Rückführung zur Gewißheit geworden: Es gab für ihn noch etwas Wichtiges zu erledigen, etwas, das mit seiner Abstammung zusammenhing.
Er hörte Schritte hinter sich, drehte sich um und sah eine schlanke Gestalt, die sich aus dem Schatten des Klosters löste. Es war Franceso, der mit zögernden Schritten auf ihn zukam, und Enrico wünschte ihm einen guten Morgen.
»Guten Morgen, Enrico«, sagte der junge Mönch leise.
Sein Gesicht, das stets ein wenig bekümmert wirkte, kam Enrico an diesem Morgen besonders traurig vor. Und er ließ die Schultern hängen, als koste es ihn zuviel Kraft, aufrecht zu stehen.
»Was ist mit dir, Francesco? Gegen dich muß Napoleon nach der Schlacht bei Waterloo ein Ausbund an Lebensfreude gewesen sein. Hast du schlecht geschlafen?«
»Das habe ich, immerhin nimmt heute ein Freund Abschied.« Francesco hob den Kopf, und jetzt war seine Miene vorwurfsvoll. »Du bist nicht einmal beim Frühstück gewesen!«
»Ich hatte keinen Hunger. Vielleicht liegt das am Reisefieber.«
Der Vorwurf in Francescos Zügen wich einem flehenden Ausdruck.
»Willst du nicht doch lieber hierbleiben, Enrico? Du hast Freunde hier. Wir alle sind deine Freunde. Wir helfen dir, deine Probleme zu lösen. Deshalb haben wir uns zusammengefunden – um einander beizustehen und zu stärken, damit wir nicht an uns verzweifeln, sondern unseren Frieden mit Gott machen!«

Francesco sprach voller Leidenschaft; halb klang es wie eine Predigt, halb wie eine Beschwörung, als wolle der junge Mönch ihn vor einem schweren Fehler bewahren.
Enricos Gewissen regte sich. Er mochte Francesco und hatte, wann immer es ging, das Gespräch mit ihm gesucht. Doch jetzt wurde ihm dessen Anhänglichkeit fast unheimlich. Bis eben war ihm nicht bewußt gewesen, wie sehr Francesco sich an ihn gebunden hatte.
Er legte beide Hände auf die Schultern des anderen. Seltsamerweise zuckte Francesco zusammen, als empfinde er körperlichen Schmerz.
»Du kennst meine Probleme nicht, Francesco.«
»Weil du nicht mit mir darüber sprichst! Freunde sind doch dazu da, daß man ihnen seine Sorgen anvertraut. Oder etwa nicht?«
»Stimmt schon, aber in meinem Fall ist das ein bißchen anders. Ich kann es dir wirklich nicht genauer erklären. Es gibt nur einen Menschen, der mir jetzt weiterhelfen kann, und das ist mein Vater.«
»Wenn das so ist, dann wünsche ich dir eine gute Reise«, sagte Francesco traurig. »Ich hoffe, wir sehen uns wieder.«
Damit wandte er sich ab und schritt auf das Kloster zu. Auf halbem Weg blieb er stehen und drehte sich noch einmal um.
»Paß gut auf dich auf!«
Enrico fluchte leise und war froh, daß ihn keiner der Mönche hörte. Francesco hatte erreicht, daß er das Kloster mit gemischten Gefühlen verließ. Wut auf den jungen Mönch stieg in ihm hoch. Francesco hatte doch nicht ernsthaft glauben können, daß er den Rest seines Lebens in der Abgeschiedenheit von San Gervasio verbringen würde! Aber die Wut verrauchte schnell. Was blieb, war das schlechte Gewissen.

Als ein Mann in Mönchskutte auf ihn zukam, dachte er erst, es sei noch einmal Francesco, doch dann erkannte er das zerfurchte Gesicht des Abts.
»Sie wollen uns also wirklich verlassen?« fragte Tommasio.
Enrico nickte. »Ich will mit dem alten Maurizio runter nach Fiera fahren. Es macht ihm sicher nichts aus, mich mitzunehmen.«
Fiera war der nächstgelegene Ort am Fuße des Berges. Maurizio führte dort einen Gemischtwarenladen. Einmal die Woche, immer donnerstags, kam er mit seinem Lieferwagen zum Kloster hochgefahren, um Lebensmittel und alles, was man sonst zum Leben brauchte, anzuliefern.
»Ich bedaure, daß Sie uns verlassen, Enrico. Die Rückführung hat doch einiges herausgebracht. Vielleicht sollten Sie den Weg weiter beschreiten, um sich über Ihren Traum – Ihre Vergangenheit – klarzuwerden.«
»Ja, vielleicht, aber zu einem späteren Zeitpunkt. Falls Sie dann noch bereit sind, mir zu helfen, Vater Tommasio.«
»Jederzeit. Sie waren uns ein willkommener Gast und werden es wieder sein, da bin ich sicher. Übrigens, da Sie nicht zum Frühstück gekommen sind, habe ich Ihnen etwas Brot und Käse einpacken lassen. Ah, da kommt Ambrosio schon.«
Der hagere Koch trat neben den Abt und reichte Enrico wortlos einen Brotbeutel. Sein Gesicht, ausdruckslos wie immer, verriet nicht, ob auch er Enricos Abreise bedauerte.
Ein asthmatisches Hupen, in das sich das unregelmäßige Brummen eines Motors mischte, tönte durch die Morgenstille. Sekunden später sahen sie Maurizios altersschwachen Lieferwagen sich die letzten paar hundert Meter zum Kloster heraufquälen.

Auf Enricos Frage, ob er ihn mit nach Fiera nehmen könne, antwortete Maurizio, wortkarg wie stets, mit einem knappen Nicken. Enrico half beim Ausladen der Waren, stellte seine abgewetzte Reisetasche in den Laderaum und schwang sich auf den Beifahrersitz, der unter seinem Gewicht ungesund quietschte.
Tommasio machte mit der rechten Hand das Kreuzzeichen.
»Gott mit Ihnen, mein Sohn!«
Maurizio ließ den Motor an; das laute, unrunde Geräusch klang in Enricos Ohren wie das Knattern eines alten Mopeds. Sie verließen San Gervasio, und als das Kloster nach der ersten Biegung der engen Bergstraße nicht mehr zu sehen war, stieg leise Wehmut in Enrico hoch. Er war hier freundlich aufgenommen worden, aber wenn er seinen inneren Frieden endgültig finden wollte, mußte er wohl oder übel zurück nach Rom.
Das notorische Schweigen des alten Kaufmanns machte es Enrico nicht schwer, seinen Gedanken nachzuhängen. In der Nacht hatte er lange wach gelegen und sich gefragt, ob sein Traum wohl wiederkehren würde.
Halb hatte er sich davor gefürchtet zu erfahren, wie es mit Vel und Larthi weitergegangen war. Larth war zweifellos ein unangenehmer Zeitgenosse gewesen und hatte über erschreckende Kräfte verfügt. Auf der anderen Seite war Enrico begierig auf den Fortgang der Geschichte. Und so enttäuschte es ihn ein wenig, daß er keinen jener intensiven Träume erlebt hatte.
Beim Erwachen hatte er sich nur an das Gesicht von Larthi erinnert, daran, wie ihr Tränen über die Wangen liefen. Hatte sie um ihren Vater getrauert? Oder war ihr, zweitausend Jahre in der Vergangenheit zurück, auf seltsame Weise

bewußt gewesen, daß Vel/Enrico abreisen und damit auch sie verlassen wollte?
Bei diesem Gedanken lief ihm ein eisiger Schauer über den Rücken. Er war geradezu dankbar für die Ablenkung, als Maurizio irgendwann ein Geräusch von sich gab, ein Brummen, das sich anhörte wie ein Laut der Verwunderung.
Diese ungewohnte Mitteilsamkeit ließ Enrico aufhorchen. Er blickte den Mann neben sich an und fragte, was los sei.
»Was Seltsames«, knurrte Maurizio und strich mit der Linken über seinen grauen Walroßschnauzbart. »Was ich hier noch nie erlebt habe. Hinter uns ist ein Wagen.«
»Und?«
»Oben auf dem Berg gibt's nur das Kloster, und die Mönche haben doch keinen Wagen.«
Enrico drehte den Kopf und sah einen schweren Geländewagen schnell näher kommen. Die Scheiben des Fahrzeugs waren getönt, so daß man den oder die Insassen nicht erkennen konnte.
»Vielleicht Touristen«, überlegte er laut.
»Touristen, hm.«
Maurizio hörte sich eher ablehnend an, ließ aber nicht erkennen, ob er Touristen generell nicht mochte oder aber Enricos Überlegung für abwegig hielt.
Der Fahrer des Geländewagens mußte es eilig haben, so schnell, wie das Fahrzeug sich an den Lieferwagen heranschob. Maurizio machte keine Anstalten, ebenfalls schneller zu werden. Überholen war unmöglich. Rechts ragte steil die Felswand des Monte Gervasio auf, während der Wald zur Linken so stark abfiel, daß Maurizio dort unmöglich halten konnte.
Enrico zeigte mit dem Daumen über die Schulter. »Sie soll-

ten den da hinten bei nächster Gelegenheit vorbeilassen, Maurizio. Da hat es jemand wirklich eilig.«

»Soll sich gedulden«, raunzte Maurizio in dem Augenblick, als ein heftiger Schlag sein Fahrzeug erschütterte.

Der Fahrer des Geländewagens hatte Gas gegeben und seine schwere Stoßstange ins Heck des Lieferwagens gerammt.

Nach dem ersten Schreck griff Enrico nach dem Gurt, den er beim Einsteigen ignoriert hatte, und befestigte ihn mit fliegenden Fingern. Auch Maurizio war nicht angeschnallt, aber er scherte sich nicht darum. Mit beiden Händen umklammerte er das Lenkrad und gab endlich Gas. Das betagte Auto machte einen erschrockenen Satz nach vorn und ließ den Geländewagen zehn, zwölf Meter zurückfallen. Der fremde Motor heulte auf, und der Verfolger beschleunigte.

»Der will nicht warten, bis er Platz zum Überholen hat«, sagte Enrico. »Geben sie Gas, Maurizio!«

Der Alte brummte etwas wie »Bin doch nicht lebensmüde!« und fuhr nur unerheblich schneller als zuvor, wohl auch aus Angst vor der scharfen Kurve, die sich vor ihnen auftat.

Noch in der Kurve wurden sie ein zweites Mal und noch heftiger gerammt. Ihr Wagen schlingerte und schrammte mit der rechten Seite am Felsgestein entlang. Enrico hörte ein häßliches Ratschen und sah Funken fliegen. Maurizio riß wie ein Wahnsinniger am Lenkrad und brachte den Wagen wieder unter Kontrolle.

»Jetzt aber schneller!« forderte Enrico, als sie aus der Kurve herauskamen.

»Geht nicht«, schnaufte Maurizio. »Da vorn ist die Straße schlecht.«

Da sah Enrico es auch schon. In dem ohnehin mehr als mangelhaften Schotterbelag klafften große, tiefe Löcher, wahr-

scheinlich durch Steinschlag verursacht. Maurizio trat auf die Bremse und versuchte, die ärgsten Krater zu umfahren. Trotzdem wurden Enrico und er heftig durchgeschüttelt.
Enrico blickte nach hinten und erschrak. Der Geländewagen schoß mit unverminderter Geschwindigkeit heran, und wer dieses Fahrzeug lenkte, brauchte unebenen Untergrund nicht zu fürchten. Der Lieferwagen wurde erneut gerammt, mit solcher Wucht, daß Maurizio die Kontrolle verlor.
Der Wagen drehte sich nach links, kam von der Straße ab und rutschte den bewaldeten Abhang hinunter. Enrico krallte sich an der Verkleidung des Handschuhfachs fest, während Maurizio sich alle Mühe gab, den Baumstämmen auszuweichen. Einmal, zweimal, dreimal gelang es, aber dann sah Enrico direkt vor ihnen einen gewaltigen Baumstumpf aufragen.
Er wollte Maurizio noch warnen, doch es war zu spät. Nach dem Aufprall wurde der Wagen in die Luft geschleudert, landete auf der Fahrerseite und überschlug sich noch einmal seitlich. Dann herrschte Stille, der Motor war abgesoffen.
Enrico war schlecht, um ihn herum drehte sich alles. Er schloß die Augen und atmete tief durch, bis es ihm etwas besserging. Als er die Augen wieder öffnete, stellte er fest, daß der Wagen auf der Fahrerseite lag, gestoppt von einem mächtigen Baumstamm.
Maurizio, der nicht angeschnallt gewesen war, lag in seltsam verrenkter Haltung unter ihm. Enrico sprach ihn an, aber der Kaufmann reagierte nicht. Enrico versuchte, seinen Puls zu fühlen. Nichts. Als Enrico sich weiter zu ihm herumdrehte, bemerkte er die vollkommen unnatürliche Kopfhaltung. Kein Zweifel, der alte Mann hatte sich das Genick gebrochen.

Enrico löste seinen Gurt und versuchte, die Beifahrertür, die jetzt über ihm war, zu öffnen. Die ganze Karosserie hatte sich bei dem Unfall verzogen, und die Tür klemmte. Mit aller Kraft stemmte er sich dagegen. Schweiß trat ihm auf die Stirn.
Beim fünften oder sechsten Versuch gab die Tür endlich nach, und er kletterte aus dem Wrack.
Seine Glieder schmerzten, aber wenn er an Maurizio dachte, konnte er sich noch glücklich schätzen.
Schritte und Stimmen ließen ihn aufhorchen. Sein erster Impuls war, laut zu rufen.
Aber dann sagte er sich, daß dort keine Helfer kamen, sondern die Insassen des Geländewagens – Maurizios Mörder. Das eben war kein Unfall gewesen.
Enrico begann zu laufen, den Abhang hinunter, fort von den Unbekannten, aber sie hatten ihn bereits entdeckt.
»Dort läuft er!« hörte er eine helle Stimme, die ihm seltsam vertraut vorkam. »Hinterher, er darf uns nicht entwischen!«

17

Rom

»Sie ist draußen!« rief ein aufgekratzter Stelvio Donati, als er Alexanders Krankenzimmer betrat. »Jedenfalls so gut wie.«
Alexander stellte das Frühstückstablett auf den kleinen Tisch neben seinem Bett und warf seinem Besucher einen überraschten Blick zu.
»Daß man im Krankenhaus zu nachtschlafender Zeit geweckt wird, ist ja normal, aber was hat dich so zeitig aus dem Bett geworfen?«
»Ich habe nicht viel geschlafen.« Donati lachte leise. »Aber andere hatten noch weniger Schlaf. Ich rede jetzt von den Kollegen der Kriminaltechnik und der Gerichtsmedizin. Ich habe ihnen zu einer Nachtschicht verholfen, die sie mir vielleicht nicht so schnell verzeihen werden, die aber nicht ganz erfolglos war, um es mal bescheiden zu formulieren.«
»Formulier es mal weniger bescheiden«, forderte Alexander den Freund auf. »Was hast du für aufregende Neuigkeiten?«

Donati zog sich den Besucherstuhl heran und setzte sich. »Also zum einen haben wir Blutspuren an Rosario Picardis Leiche gefunden, die weder zu ihm noch zu Elena gehören.«
»Dann ist ihre Unschuld erwiesen?«
»Zumindest ist der Schuldvorwurf in Frage gestellt. Die Blutspuren beweisen, daß wenigstens eine weitere Person an Picardis Tötung beteiligt war, womit Elenas Version der Ereignisse an Glaubhaftigkeit gewinnt. Natürlich könnte man unterstellen, daß Elena und die Person, von der die Blutspuren stammen, Komplizen sind, aber hätte ein Komplize sie bei der Leiche zurückgelassen? Das ergibt keinen Sinn. Also sieht es für Elena ziemlich gut aus.«
»In der Tat.« Alexander war darüber so glücklich, daß er seine Kopfschmerzen vollkommen vergaß. »Jetzt müßte man nur noch herausfinden, von wem das Blut stammt.«
Donati grinste verschmitzt. »Den Namen der Person wissen wir noch nicht, aber wir können sagen, wo sie sich gestern abend gegen neun aufgehalten hat. Nämlich am Tiberufer, bei Federicos Trattoria. Und das verdanken wir dir, Alexander.«
»Emilio Petti kann es nicht gewesen sein, wenn ihr den Namen der Person nicht kennt«, überlegte Alexander.
»Es handelt sich um einen großen, einäugigen Mann.«
»Wieso ...«
»Wir wissen, daß er nur ein Auge hat, weil du ihm gestern abend das andere ausgestochen hast! Dankenswerterweise, denn die Untersuchung des Auges – oder dessen, was davon übrig war – hat eine genetische Übereinstimmung mit dem an Picardis Leiche gefundenen Blut ergeben. Was sagst du jetzt?«
»Ich sage, der Vatikan sollte diese Schirme nur noch an Tou-

risten mit Waffenschein verkaufen.« Beide lachten, dann fragte Alexander: »Weiß Elena es schon?«
»Sie wird es bald erfahren. Ich bin auf dem Weg ins Präsidium, um ihre Freilassung in die Wege zu leiten.«
Alexander stieg aus dem Bett. »Ich komme mit.«
»Halt, mein Freund, du bist krank gemeldet! Mit einer Gehirnerschütterung ist nicht zu spaßen.«
»So schlimm ist es nicht. Ich bin gerade entlassen worden.«
»Von wem?«
»Von der einzigen Person, die über mich zu bestimmen hat«, sagte Alexander und tippte gegen seine Brust. »Und wenn du mich nicht mitnimmst, fahre ich eben mit dem Taxi zum Präsidium.«
»Na schön«, seufzte Donati. »Vielleicht ist es ganz gut, wenn du mitkommst.«
»Wie meinst du das jetzt?« fragte Alexander, während er das weiße Krankenhausnachthemd abstreifte und seine Kleider aus dem kleinen Spind nahm.
»Es kann nicht schaden, wenn Elena mal eine gute Nachricht von dir hört. Daß du sie noch immer liebst, sieht doch ein Blinder mit Krückstock.«
Eilig schlüpfte Alexander in Hose und Hemd, froh, Donati nicht ansehen zu müssen.
»Was tut das zur Sache, wenn es nicht auf Gegenseitigkeit beruht?«
»Weißt du das so genau, Alex?«
»Sie behandelt mich jedenfalls wie ein Stück Scheiße.«
»Was natürlich daran liegen könnte, daß du dich ihr gegenüber wie ein Stück Scheiße benommen hast.«
»Ich dachte, du bist mein Freund, Stelvio! Auf welcher Seite stehst du eigentlich?«

»Ich dachte, ich bin mit euch beiden befreundet«, erwiderte Donati und ahmte Alexanders leicht pikierten Tonfall nach. »Jedenfalls wirst du nicht herausfinden, wie Elena zu dir steht, wenn du nicht mit ihr sprichst.«
Alexander, der inzwischen fertig war, sah Donati skeptisch an. »Für eine Unterhaltung braucht es immer noch zwei.«
»Ich habe nicht behauptet, daß es leicht wird.«
Als sie das Zimmer verließen, wären sie fast mit einer älteren Frau im Arztkittel zusammengeprallt. Dr. Boccia musterte Alexander wie einen Marsmenschen.
»Wo wollen Sie hin, Signore?«
»Ich räume das Feld beziehungsweise das Bett«, antwortete Alexander. »Mein bescheidener Beitrag zur Kostensenkung im Gesundheitswesen.«
»Kosten hin, Kosten her, Sie müssen liegen! Ihre Gehirnerschütterung ist nicht weltbewegend, aber ein paar Tage Ruhe sind jetzt das Beste für Sie.«
»Mag schon sein, aber Ruhe werde ich jetzt bestimmt nicht finden.«
Alexander warf der Ärztin eine Kußhand zu. »Vielen Dank für alles und auf ein nicht so baldiges Wiedersehen, Dottoressa!«
Als sie die Station verließen, mußte Alexander sich Beschimpfungen anhören, die aus dem Mund einer Akademikerin älteren Semesters doch sehr befremdlich klangen.

Eine halbe Stunde später, im Polizeipräsidium auf dem Quirinal, trafen sie auf einen aufgebrachten Commissario Bazzini, der Donati anstarrte wie einen Schwerverbrecher.
»Stimmt es, daß sie gerade Elena Vidas Freilassung veranlaßt haben?«

»Das ist korrekt, Kollege«, erwiderte Donati überaus gelassen.

»Wie kommen Sie dazu?«

»Die Untersuchungsergebnisse sind eindeutig«, sagte Donati und erwähnte die Blutspuren des unbekannten Killers. »Damit ist eine Täterschaft Elena Vidas mehr als unwahrscheinlich. Also besteht kein Grund, sie länger in Haft zu behalten. Bedenken Sie, daß Signorina Vida für die Presse arbeitet.«

»Das ist mir doch egal! Sie ist meine Gefangene, und ich dulde es nicht, daß Sie mich einfach übergehen, Donati! Nicht Sie sind mit dem Fall betraut, sondern ich. Ich werde mich an höchster Stelle über Sie beschweren.«

»Oh, Verzeihung, das wissen Sie ja noch nicht.« Donati lächelte und täuschte Verlegenheit vor. »Der Fall ist mir übertragen worden, von *höchster Stelle* übrigens.«

»Wer hat das veranlaßt?«

»Fragen Sie im Innenministerium nach.«

Bazzini schluckte, fing sich aber schnell wieder. »Und mit welcher Begründung sind Sie jetzt an dem Fall dran?«

»Mord ist ein Kapitalverbrechen, und ich leite, wie Sie wissen, die europäische Fahndungs- und Koordinationsstelle für Kapitalverbrechen. Der Vatikan ist ein selbständiger Staat, also ist meine Behörde mit der Leitung der Untersuchung beauftragt worden.«

Donati und Alexander ließen, als sie sich auf den Weg zum Zellentrakt machten, einen ebenso wütenden wie verblüfften Bazzini zurück.

Sie hatten das Ende des Gangs fast erreicht, da rief er: »Aber der Vatikan ist nicht in der EU!«

Donati blieb stehen und drehte sich zu ihm um. »Ich weiß

das, Commissario Bazzini. Das müssen Sie dem Innenminister erzählen, falls Sie dazu Lust verspüren.«
Bazzini war nicht ganz zu Unrecht verwirrt, wie Alexander fand.
Auch er hatte, als er damals nach Rom gekommen war, um seinen Dienst in der Schweizergarde anzutreten, einige Zeit gebraucht, um die Strukturen und Zuständigkeiten innerhalb des Vatikans zu durchschauen.
Der Vatikan war der Hauptsitz der katholischen Kirche, aber zugleich war er ein eigener Staat mit eigener Armee – wohl mit Abstand der kleinsten der Welt –, mit Polizei, Post und Finanzwesen. Dabei verstand der Vatikan es auf beeindruckende Weise, seine politische Unabhängigkeit zu bewahren und sich doch den sich verändernden Verhältnissen der Weltpolitik anzupassen. Früher hatte er sich eng an Italien angelehnt und dessen Währung mit eigenen Lire kopiert. Heute gab der Vatikan, obwohl nicht Mitglied der Europäischen Union, eigene Euro-Münzen heraus, die aufgrund ihrer geringen Stückzahl schnell zu begehrten Sammelobjekten avanciert waren.
Auch was die polizeiliche Zusammenarbeit anging, zeigte der Vatikan eine ambivalente Haltung. Einerseits hatte er die eigene Polizei und Justiz und achtete streng auf seine diesbezügliche Unabhängigkeit, andererseits zog er die italienische Polizei immer dann hinzu, wenn er mit seinen bescheidenen Mitteln nicht weiterkam oder ein Fall innerhalb der engen vatikanischen Staatsgrenzen nicht zu lösen war.
In diesem Zusammenhang war die Zuständigkeit von Donatis neuer Behörde in einem nicht öffentlich bekanntgegebenen Abkommen zwischen dem Vatikan und der Europäischen Union für all jene Fälle, in denen der Vatikan die EU

um Amtshilfe bat, ausgedehnt worden, wie Alexander jetzt erfuhr.

Außerdem war Donati als Freund jener besonderen Menschen, die sich Auserwählte oder Engelssöhne nannten und zu denen auch die beiden Päpste zählten, der bevorzugte Ansprechpartner des Vatikans in allen polizeilichen Angelegenheiten, die der Kirchenstaat nicht allein regeln konnte. Aber nur wenige Leute wußten, wie eng Donati mit dem Heiligen Stuhl verbunden war, und Bazzini gehörte nicht zu ihnen.

Elena lag in ihrem Krankenbett und starrte, die Hände unter dem Kopf verschränkt, die Decke an. Alexander kannte diese Haltung; die nahm sie häufig ein, wenn sie über ein Problem nachdachte. Sie sah ihre morgendlichen Besucher erstaunt an, aber ihr Gesicht blieb ernst.

»Du könntest ruhig ein bißchen freundlicher dreinschauen«, sagte Donati. »Schließlich bin ich nicht Commissario Bazzini.«

»Hoffentlich quälst du mich auch nicht mit solch idiotischen Fragen, wie Bazzini sie mir dauernd stellt!« seufzte Elena. »Ob ich ein Verhältnis mit Picardi gehabt hätte, ob es ein Mord aus Eifersucht gewesen sei. Oder ob ich ihn, um an Informationen aus dem Vatikan zu kommen, bestochen und dann bei einem Streit ums Geld ermordet hätte. Und so weiter und so fort.«

»Keine Sorge, Bazzini wird dich so bald nicht wieder behelligen.«

»Wieso? Ist er versetzt worden?«

»Das leider nicht«, sagte Donati. »Aber die Nachrichten für dich sind viel besser: Du bist frei, Elena!«

Sie schien ihm nicht recht zu glauben und legte den Kopf schief, während etwas Bohrendes in ihren Blick trat.
»Frei? So wie frei dahinzugehen, wohin ich will?«
Donati grinste. »Damit hast du die Bedeutung des Wortes ›frei‹ exakt umschrieben.«
»Woher dieser Sinneswandel?«
»In der letzten Nacht ist einiges passiert, und Alexander war darin verwickelt.«
Elena bedachte Alexander mit einem knappen Nicken. »Auf deiner Stirn klebt ja ein Quadratmeter Pflaster.«
»Da hat er noch Glück gehabt.« Donati zeigte auf Alexanders Kopf. »Ein Stückchen weiter hier, und die Kugel hätte statt einer Schramme auf der Stirn ein Loch in diesem Dickschädel hinterlassen. Das kommt davon, wenn man den Enthüllungsjournalisten spielen will und nicht mal die eigenen Freunde bei der Polizei einweiht.«
Elenas Gesicht nahm einen bestürzten Ausdruck an, und in diesem speziellen Fall sah Alexander das nicht ungern.
Er erzählte Elena von seinem Zusammentreffen mit Emilio Petti, von der Verabredung bei Federico und davon, was sich am nächtlichen Tiberufer abgespielt hatte.
»Dann ist Petti tot?« fragte Elena ungläubig.
»Ja«, antwortete Alexander. »Leider, ich konnte es nicht verhindern.«
Donati sah Elena forschend an. »Pettis Schicksal scheint dir nahezugehen.«
»Ich kannte ihn halt, als er noch für den *Messagero* gearbeitet hat.«
Donati schüttelte den Kopf. »Das ist nicht alles, Elena, erzähl mir nicht so was! Ich habe Himmel und Hölle in Bewegung gesetzt, um dich freizukriegen, und du verheimlichst

mir etwas. Das ist nicht fair! Es ist doch kein Zufall, daß erst du an diese Killer gerätst und dann Petti.«
Elena überlegte und sagte schließlich: »Es gibt noch eine Person, die in diese Angelegenheit involviert ist. Ohne sie spiele ich ungern die Plaudertasche.«
»Um wen handelt es sich?«
»Laura Monicini.«
»Ah, deine Chefin«, sagte Donati. »Na gut, folgender Vorschlag: Da wichtige Angelegenheiten sich am besten in aller Ruhe besprechen lassen und da ich noch nichts im Magen habe, treffen wir uns alle in zwei Stunden bei mir, frühstücken ausgiebig und reden über diesen Fall. Meinst du, du kannst deine Chefin mitbringen?«
Zum ersten Mal an diesem Morgen lächelte Elena. »Ganz bestimmt.«
»Bist du überhaupt schon wieder fit genug, um draußen herumzulaufen?« fragte Alexander.
»Klar«, sagte Elena. »Es geht mir ganz gut. Aber ich habe den Ärzten ein bißchen was vorgestöhnt. Hier in der Krankenabteilung ist es angenehmer als in einer Zelle.«
»Dann lassen wir dich jetzt allein«, sagte Donati.
»Ich komme gleich nach, Stelvio«, wandte Alexander sich an seinen Freund.
»Verstehe«, sagte Donati und ging hinaus.
Alexander drehte sich wieder zu Elena um. In ihrem Gesicht war nicht das geringste Entgegenkommen zu lesen. Sie traf keine Anstalten, das Gespräch zu eröffnen, blickte ihn nur abwartend an. »Es geht um uns beide, Elena. Ich finde, wir sollten uns endlich aussprechen.«
»Das haben wir doch an dem Tag erledigt, als wir uns getrennt haben.«

Er trat näher und blieb dicht vor ihrem Bett stehen. »Ich bereue das, Elena. Was ich dir angetan habe, tut mir leid. Wenn das ginge, würde ich es ungeschehen machen!«
Elena lächelte, aber es war ein kaltes Lächeln. »Jammern steht dir nicht, Alex. Laß es lieber! Unsere Wege sind für eine Zeit, die ich als schön empfunden habe, gemeinsam verlaufen, jetzt haben sie sich getrennt. Dabei sollten wir es belassen. Wenn man zerschlagenes Porzellan auch zusammenklebt, es wird nie wieder so wie zuvor.«
Das nahm ihm jeden Wind aus den Segeln. Ihm war plötzlich, als stehe er auf schwankendem Boden, und in seinem Hals saß ein dicker Kloß. Er fühlte sich unfähig, auch nur ein weiteres Wort herauszubringen. Also machte er einfach nur kehrt und verließ das Zimmer.
Donati hatte auf ihn gewartet und ging eine Weile schweigend neben ihm her, bis er fragte: »Wie ist es gelaufen?«
»Überhaupt nicht. Zu behaupten, ich sei Luft für Elena, wäre noch geschmeichelt.«
»Vermutlich. Luft braucht man zum Atmen.«
Alexander blieb stehen und sah Donati scharf an. »Das finde ich nicht witzig, Stelvio!«
»Entschuldige.« Jetzt klang Donati mitfühlend. »Ich zerbreche mir ja auch den Kopf, wie man die Sache mit euch beiden kitten kann. Aber ich glaube, einen Mafia-Clan hinter Gitter zu bringen, ist einfacher. Du solltest Elena Zeit lassen. Gerade in ihrem augenblicklichen Zustand muß sie sich über einiges klarwerden.«
»In ihrem augenblicklichen Zustand, was heißt das?«
Donati biß sich auf die Lippe. »Das hätte ich nicht sagen sollen. Ich weiß es auch nur, weil ich den Bericht über die ärztliche Untersuchung bei Elenas Festnahme gelesen habe.«

»Willst du etwa sagen, daß Elena ...«
»... schwanger ist«, beendete Donati den Satz. »Aber das hast du nie von mir gehört, verstanden?«
Mit offenem Mund starrte Alexander den Freund an, und es dauerte eine kleine Ewigkeit, bis er stotterte: »Schwanger, von wem?«
»Das steht nicht im Krankenbericht. Aber es steht drin, daß sie im dritten Monat ist. Und wenn ihr euch vor zwei Monaten getrennt habt, wer ist dann wohl der Vater, Einstein? Außerdem hast, soweit ich weiß, du Elena betrogen und nicht umgekehrt, du Hornochse!«

18

San Gervasio

Enrico rannte den Abhang hinunter und geriet mehr als einmal ins Stolpern. Er wich Felsen, Bäumen und Büschen aus, übersah aber eine bogenförmig aus dem Boden ragende Baumwurzel, die ihn zu Fall brachte. Durch seinen linken Fuß schoß ein stechender Schmerz. Den Sturz konnte Enrico mit der rechten Schulter halbwegs abfangen, aber der Schmerz im Fuß blieb, als steckten glühende Nadeln darin.
Irgendwo hinter sich hörte er die Schritte seiner Verfolger, die sich hin und wieder durch kurze Rufe verständigten. Er sah sich um und stellte schnell fest, daß er hier leicht entdeckt werden konnte. Das Gelände war offen, gut einsehbar. Er mußte weiter!
Aber als er versuchte aufzustehen, verschärfte sich das Stechen in seinem Fuß. Er biß die Zähne zusammen, um nicht laut aufzuschreien.
Er blickte sich nach Hilfe um und entdeckte in vier, fünf Metern Entfernung einen krummen Ast. Enrico kroch hinüber und erhob sich erneut, wobei er sich auf den Ast stützte.

Der Schmerz war noch immer heftig, ließ sich aber aushalten. So humpelte Enrico mit seiner Astkrücke weiter den Berg hinab.

Das Gefälle wurde steiler, und er mußte bald erkennen, daß es mit dem verletzten Fuß so nicht weiterging. Er sah sich nach einem Versteck um und konnte nichts Besseres finden als einen Felsvorsprung etwa zwanzig Meter zur Rechten. Mehr schlecht als recht schleppte er sich über den geröllhaltigen Boden und drückte sich unter die überstehende Felsplatte, von der er nur hoffen konnte, daß sie ihn vor den Blicken der Verfolger schützte.

Still lag er in seinem Versteck und horchte auf die Schritte, die ihm mal näher zu kommen, mal sich zu entfernen schienen. Unentwegt sah er den toten Maurizio vor sich und sagte sich, daß die Männer, die ihn jagten, buchstäblich über Leichen gingen.

Nicht lange, und die Schritte wurden eindeutig lauter. Enrico sah ein Paar Füße, die in schweren Stiefeln steckten, auf sich zukommen. Mehr konnte er aus seinem Versteck heraus nicht erkennen.

Er lag auf abschüssigem Grund und drohte jeden Augenblick ins Freie zu rutschen, direkt vor die Augen des Mannes mit den Stiefeln. Als er versuchte, festeren Halt zu finden, löste sich ein Stein, nicht größer als ein Taubenei, und kullerte den Abhang hinunter. Das reichte, um die Aufmerksamkeit des anderen zu wecken. Der Mann blieb stehen. Wahrscheinlich suchte er das Gelände jetzt Meter für Meter mit Blicken ab.

Schließlich setzte er sich wieder in Bewegung und kam auf Enricos Versteck zu. Mit angehaltenem Atem, die Muskeln zum Zerreißen gespannt, starrte Enrico auf die näher kom-

menden Stiefel, die unterhalb der Knie in dunkle, grobe Hosenbeine übergingen.
Der Fremde kniete sich hin. Enrico bekam seine Hände und die Mündung eines Kleinkalibergewehrs zu sehen, die auf sein Versteck gerichtet war.
Jetzt oder nie!
Enrico schleuderte mit der linken Hand ein paar kleine Steine nach draußen, um den Verfolger abzulenken. Fast gleichzeitig rollte er aus seinem Versteck, mit der Rechten den Ast umklammernd, der ihm zuvor als Krücke gedient hatte. Sobald er unter dem Felsvorsprung hervorgekommen war, hieb er dem anderen den Ast auf den Kopf.
Der wich zurück und zog den Abzug durch. Die Kugel pfiff an Enrico vorbei und klatschte irgendwo hinter ihm in einen Baumstamm.
Enrico hatte sich schon wieder in Bewegung gesetzt und rollte, wie ein herrenloses Faß, den Abhang hinunter. Das war mit dem verletzten Fuß seine einzige Möglichkeit, rasch voranzukommen. Das Ganze war so schnell gegangen, daß er nicht einmal das Gesicht seines Feindes gesehen hatte.
Der sprang auf und setzte ihm mit schnellen Sprüngen nach.
Enrico rollte weiter über den rauhen Untergrund und riß sich Kleider und Haut auf, ohne es recht wahrzunehmen. Das alles schien bedeutungslos im Vergleich zu der Gefahr, die von dem Mann mit dem Gewehr ausging.
Dann aber hatte er für einen Augenblick das Gefühl zu schweben!
Er war über eine Klippe gerollt, stürzte, doch nur ein kurzes Stück, schlug hart auf und rollte weiter, bis dichtes Buschwerk ihn festhielt.
Bei dem Sturz war er mit dem Kopf gegen einen Stein ge-

schlagen. Er war benommen und hatte Mühe, bei Bewußtsein zu bleiben. Die Büsche, Bäume und Felsen um ihn her schienen merkwürdig konturlos, weil vor seinen Augen alles zu verschwimmen drohte. Er übergab sich. Danach fühlte er sich etwas besser, und sein Blick wurde klarer. Aber was er sah, gefiel ihm nicht.
Sein Verfolger, das Gewehr in beiden Händen, kam halb laufend, halb rutschend den Abhang herunter, direkt auf ihn zu. Enrico griff nach seinem Ast und wollte aufstehen, aber da war der andere nur noch zehn Meter von ihm entfernt und brachte das Gewehr in Anschlag.
»Stehenbleiben und nicht bewegen!« rief er. »Sonst drücke ich ab!«
Enrico sah ein, daß er verloren hatte, und gehorchte. Mit seinem lädierten Fuß war er ohnehin bewegungsunfähig. Vielleicht lähmte ihn auch die Überraschung, denn der ihn da mit der Waffe bedrohte, war Bruder Ambrosio!
Statt des Mönchsgewands und der Sandalen trug er ein kariertes Hemd, eine Outdoorweste sowie die festen Hosen und die Stiefel, die Enrico schon vorher gesehen hatte. Ambrosio hielt das Gewehr so sicher auf Enrico gerichtet, als sei es ihm ebenso vertraut wie die Bibel. Auch jetzt war sein hageres Gesicht völlig ausdruckslos. Allerdings wirkte das in dieser Situation nicht wie Teilnahmslosigkeit, sondern wie die Gelassenheit eines Mannes, der genau weiß, was er tut, und der sich nicht scheut, andere Menschen zu töten.
Ein zweiter Mann kam den Abhang herunter, auch er ein Mönch in ungewohnter Zivilkleidung. Bruder Giuseppe, der im Kloster für Reparaturen aller Art zuständig war, hatte aufgrund seiner gedrungenen Gestalt und seines Vollmondgesichts auf Enrico immer einen behäbigen Eindruck ge-

macht. Davon war nichts mehr zu spüren, als er sich nun neben Ambrosio aufbaute und einen kurzläufigen Revolver auf Enrico richtete.
Endlich fand der Gejagte seine Sprache wieder. »Was soll das alles? Warum verfolgt ihr mich?«
»Du hättest das Kloster nicht verlassen sollen«, sagte Giuseppe mit seiner eigentümlich hohen Stimme, die so gar nicht zu der gefährlichen Waffe in seiner Hand passen wollte. »Hättest du auf Vater Tommasio und Bruder Francesco gehört, wäre das alles nicht passiert!«
»Wie konnte ich denn wissen, daß ...« Ihm fehlten die Worte, als er an den toten Maurizio dachte.
»Schluß mit dem Gerede!« befahl Giuseppe. »Ihr habt uns schon genug Ärger gemacht, Maurizio und du. Statt anzuhalten, rast er mit seiner alten Kiste in den Wald! Ich hatte schon Angst, es könnte euch beide erwischt haben. Aber nun haben wir dich, und du kannst mit uns kommen.«
»Wohin?«
»Erst zur Straße und dann zum Kloster. Was dachtest du?«
Enrico deutete auf seinen linken Fuß. »Den habe ich mir verstaucht, wie es aussieht. Ich kann kaum gehen.«
Giuseppe gab sich unbeeindruckt. »Dafür bist du eben ganz schön flink davongelaufen. Du wirst es schon bis zur Straße schaffen, auch wenn's ein bißchen weh tut.«
Angesichts der auf ihn gerichteten Waffen blieb Enrico nichts anderes übrig, als den Schmerz, der seinen Fuß bei jedem Schritt durchfuhr, irgendwie zu ertragen. Ohne den Ast, auf den er sich wieder stützte, hätte er aufgegeben. Mehrmals stürzte er und zog sich leichtere Blessuren zu, ohne daß Giuseppe und Ambrosio ihm zu Hilfe kamen.
Als sie das Wrack des Lieferwagens erreichten, durfte er sich

ausruhen. Die Mönche wechselten leise ein paar Worte, bevor Ambrosio Enricos Reisetasche aus dem Wrack nahm und allein weiter in Richtung Straße ging. Giuseppe blieb, noch immer den Revolver in der Rechten, ein paar Schritte vor Enrico stehen und sah zu, wie dieser sich auf einem Baumstumpf niederließ.

Erst als er saß, wurde Enrico bewußt, daß es der Baumstumpf war, der letztlich den Unfall verursacht hatte. Trotzdem blieb er sitzen; sein Fuß war für jede Schonung dankbar. Allerdings vermied er es, zu dem Wrack hinüberzuschauen, wo hinter den größtenteils kaputten Scheiben die Leiche Maurizios zu sehen war.

Ambrosio kehrte, das Gewehr jetzt über den Rücken gehängt, mit einem Metallkanister zurück, öffnete ihn und schüttete den Inhalt über den zerstörten Lieferwagen. Der unangenehme Geruch von Benzin kroch Enrico in die Nase, und er beobachtete Ambrosios Treiben mit wachsendem Abscheu. Ihm konnte egal sein, was die Mönche mit dem Autowrack taten, aber es war ihm zuwider, daß sie offenbar auch den Leichnam des alten Kaufmanns verbrennen wollten. Sie hatten Maurizio schon das Leben genommen, jetzt brachten sie ihn und seine Hinterbliebenen auch noch um eine würdige Beisetzung.

Von plötzlichem Zorn übermannt, sprang er auf und rief: »Ihr seid keine Diener des Herrn! Ihr verstoßt gegen seine Gebote, tötet einen Unschuldigen und mißachtet dann auch noch die Würde des Toten!«

Giuseppe warf ihm einen tadelnden Blick zu. »Was weißt du schon über uns? Wir verrichten das Werk des Herrn auf unsere Weise und handeln damit mehr in seinem Sinne, als würden wir oberflächlich an den Geboten kleben.«

»Das sind doch Ausflüchte! Welche Mission könnte so etwas rechtfertigen?«
»Das wirst du erfahren, wenn es an der Zeit ist«, erwiderte Giuseppe, der offenbar nicht gewillt war, sich von Enricos Erregung anstecken zu lassen. Ein Wink mit dem Revolver folgte. »In den Wald, los! Gleich wird es hier richtig heiß.«
Widerstrebend leistete Enrico der Aufforderung Folge. Giuseppe hielt sich, den Revolver immer in der Hand, hinter ihm. Auf einer kleinen Lichtung blieben sie stehen und warteten auf Ambrosio, der im Laufschritt zu ihnen stieß.
Noch bevor er die Lichtung ganz erreicht hatte, explodierte das Wrack mit einem solchen Knall, daß Enricos Trommelfelle schmerzten. Eine Hitzewelle erfaßte die drei Männer und nahm ihnen für ein paar Sekunden den Atem.
Giuseppe blickte in Richtung des brennenden Wracks, wechselte den Revolver in die Linke, machte mit der Rechten das Kreuzzeichen und sagte leise: »Herr, erbarme Dich dieser armen Seele!«
Auch Ambrosio schlug das Kreuz vor seiner Brust und murmelte: »Amen!«

19

Rom

Das Forum Romanum, an diesem frühen Morgen noch nicht von Touristen überschwemmt, lag ruhig unter dem wolkigen Himmel. Eingebettet in das moderne Rom, wirkten die Überreste antiker Tempel und Hallen zeitlich nur noch entrückter. Alexander stand hinter einem der riesigen Fenster von Donatis Penthouse und blickte auf den Platz hinab, wo jahrhundertelang über die Geschicke Roms und damit ganz Europas entschieden worden war. Vor seinem geistigen Auge nahmen die Ruinen ihre ursprüngliche Form an, und er sah römische Senatoren in ihren sauberen Togen aufrecht zwischen den marmornen Säulen wandeln und mit Gleichgesinnten – oder politischen Kontrahenten – wichtige Gespräche führen.
Rom war immer etwas Besonderes gewesen, über die Jahrhunderte, die Jahrtausende hinweg. Vor zweitausend Jahren hatten die römischen Kaiser über das geherrscht, was man die zivilisierte Welt nannte. Ihre Macht und der Glanz des antiken Roms waren untergegangen, die bruchstückhaft er-

haltenen Gebäude und die umgestürzten Säulen auf dem Forum Romanum legten ein nur unzureichendes Zeugnis der alten Herrlichkeit ab. Aber inmitten der Überreste der einstigen weltlichen Macht hatte die katholische Kirche das Zentrum ihrer geistlichen Macht errichtet, und so war aus Rom wieder eine Hauptstadt der Welt geworden.
Alexander spürte die Kraft, die der Stadt innewohnte, und die vielen Geheimnisse, die sie barg. Und er ahnte, daß eins dieser Geheimnisse einen dunklen Schatten über Rom und seine Menschen warf, viel bedrohlicher als die Wolken, die sich über ihm zusammenballten.
Ein melodisches Läuten riß ihn aus seinen Betrachtungen, und Donati rief aus der Küche: »Ich presse gerade die Orangen. Machst du bitte auf?«
»Ja«, antwortete Alexander, ging durch das große Wohnzimmer in den Flur, öffnete per Tastendruck die Haustür und zog die Wohnungstür auf.
Zwei Minuten später hielt der Lift an seiner obersten Station, um Elena und Laura Monicini zu entlassen.
Elena trug eine kurze schwarze Jacke, darunter ein weißes Shirt und schwarze, mit modischem Lederbesatz versehene Jeans, die ihre schlanken Beine betonten. Vergebens suchte Alexander nach Anzeichen einer Schwangerschaft, aber dafür war es im dritten Monat wohl zu früh. Elena war attraktiv wie eh und je. Mit ihrem dezenten Make-up und in den frischen Kleidern sah sie nicht so aus, als hätte sie noch zwei Stunden zuvor auf der Krankenstation des Polizeipräsidiums gelegen, zumal sie den Kopfverband nicht mehr trug. Erst als sie dicht vor ihm stand, bemerkte Alexander ein Pflaster an ihrem Hinterkopf.
Laura Monicini, etwa fünfzehn Jahre älter als Elena, war

ebenfalls eine attraktive Erscheinung. Auch sie trug ihr kupferfarbenes Haar kurz, und ihr eher längliches Gesicht hatte sich trotz einiger nicht mehr wegzuschminkender Falten seine Schönheit bewahrt. Vielleicht war sie etwas zu üppig, aber das kaschierte sie geschickt durch einen gutsitzenden Nadelstreifen-Gehrock.
Als Alexander die beiden begrüßte, trat Donati, die Hemdsärmel noch hochgekrempelt, hinzu und bat sie herein. Laura drückte ihm eine Tüte mit frischen Hörnchen in die Hand und sah sich bewundernd in dem geräumigen und stilvoll eingerichteten Penthouse um. Am meisten beeindruckt zeigte sie sich von dem Ausblick, den eben auch Alexander genossen hatte.
»Was muß man tun, um an so eine Wohnung zu kommen, Signor Donati, Bestechung oder Mord?« fragte sie.
»Sagen Sie bitte Stelvio zu mir, dann komme ich mir fünf Jahre jünger vor. Was die Wohnung betrifft, so ist es mir fast peinlich, aber es ist eine Dienstwohnung für Staatsdiener in leitenden Positionen. Sie wurde mir quasi aufgedrängt, als ich die Leitung der neuen Fahndungs- und Koordinationsstelle übernommen habe. Groß dagegen gewehrt habe ich mich allerdings auch nicht. Ich zahle eine normale Miete – normal für meine Verhältnisse, aber dieser Lage natürlich nicht angemessen. Auf dem freien Wohnungsmarkt wäre das wohl nur etwas für Filmproduzenten und andere Millionäre.«
»So geht der Staat also mit unseren Steuergeldern um«, seufzte Laura.
Donati erhob drohend den Zeigefinger und sagte grinsend: »Wehe, ich lese demnächst etwas darüber im *Messagero*! Dann streite ich alles ab und behaupte das Gegenteil.«

Laura lachte. »Was meinen Sie, wie viele Faxe, E-Mails und Anrufe mit solchen Drohungen ich jeden Tag kriege, Stelvio? Ohne eine satte Bestechung können Sie mich nicht erweichen.«

»Hm, eine Bestechung also. Und an was hatten Sie da gedacht?«

Die Chefredakteurin des *Messagero di Roma* ließ ihren Blick über den gedeckten Tisch und die Fensterfront mit dem Blick aufs Forum Romanum schweifen. »Ein gelegentliches Frühstück oder auch ein Abendessen in diesem Ambiente wären kein schlechter Anfang.«

»Darüber läßt sich reden«, sagte Donati und bat seine Gäste zu Tisch.

Auch während des Frühstücks gingen Donati und Laura in einer Weise miteinander um, die keinen Zweifel daran zuließ, daß da zwei Menschen Gefallen aneinander gefunden hatten. Wenigstens zwei, dachte Alexander und sah zu Elena hinüber, die ihn die meiste Zeit ignorierte.

Als der Hunger allseits gestillt war, lenkte Donati das Gespräch auf den Grund ihres Treffens und erkundigte sich nach Emilio Petti.

Lauras eben noch fröhliche Stimme nahm einen sachlichen Tonfall an. »Bevor wir über Petti reden, sollten wir noch ein paar Punkte klären. Der *Messagero* ist kein Hilfsorgan der Polizei, sondern eine Zeitung, die darauf angewiesen ist, Auflage zu machen. Wie sieht es mit einer Gegenleistung aus, wenn wir hier Informationen liefern sollen?«

»Was immer wir in dieser Sache herausfinden, Sie kriegen es vorab«, sagte Donati. »Vor jedem anderen Blatt und jedem Sender. Dafür müssen Sie versprechen, sich mit allen Veröffentlichungen zurückzuhalten, bis ich sie freigegeben habe.«

»Und wenn ich das nicht verspreche?« fragte Laura.
Donati setzte ein Pokerface auf. »In dem Fall wäre der berufliche Teil unserer Unterhaltung jetzt beendet.«
»Also gut, einverstanden, Stelvio. Schließlich will ich mich nicht um den Vorzug bringen, mal wieder hierher eingeladen zu werden.«
»Das hätten Sie in keinem Fall getan.« Donati schenkte allen Orangensaft nach. »Nun, wie geht die Geschichte von Emilio Petti?«
»Es ist die Geschichte eines Mannes, der einen großen Fehler begangen hat und dafür büßen mußte«, sagte Elena, und Alexander zuckte zusammen. »Du kennst vermutlich die traurige Story, die als sogenanntes Wunder von Genzano durch die Medien gegangen ist und den *Messagero* dem öffentlichen Spott ausgesetzt hat.«
Donati nickte. »Ist mir bekannt.«
»Eine Dummheit von Emilio Petti, eine schwerwiegende«, fuhr Elena fort. »Er kann noch von Glück sagen, daß Laura ihn nur vor die Tür gesetzt und nicht verklagt hat.«
Laura winkte ab. »Das hätte uns nichts gebracht außer noch mehr negativen Schlagzeilen.«
»Mag sein«, sagte Elena leise und wandte sich wieder Donati zu. »Bei seriösen Redaktionen war Pettis Name daraufhin so verschrien wie vor über hundert Jahren der von Jack the Ripper bei Londons Prostituierten. Er konnte Geschichten nur noch an Schmierblätter verkaufen, die in die unterste journalistische Kategorie gehören, falls man da überhaupt von Journalismus sprechen kann. Nichts, womit man einen ramponierten Ruf jemals aufbessern könnte. Und auch nichts, um großartig Geld zu verdienen. Das Angebot an schlechten Texten ist einfach zu groß. Um so überraschter war ich, als

Petti vor fünf Tagen bei mir anrief und mich unbedingt sprechen wollte. Ich hatte ehrlich gesagt die Nase voll von ihm und habe, als er sich nicht abwimmeln ließ, einfach den Hörer aufgelegt. Aber er hat immer wieder angerufen, und schließlich habe ich mich auf ein Treffen mit ihm eingelassen, nur um meine Ruhe zu haben. Was Petti mir an dem Abend in Federicos Trattoria erzählt hat, machte mich allerdings neugierig. Es ging um Unterschlagungen im großen Stil, an denen angeblich das IOR beteiligt war. Petti meinte, er verfüge über diesbezügliche Insiderinformationen.«
»Er hatte einen Informanten in der Vatikanbank?« hakte Donati nach.
»Entweder das, oder sein Informant hat sehr gute Beziehungen zum IOR.«
»Also hat Petti dir nicht gesagt, wer der Informant ist?«
Elena schüttelte den Kopf. »Leider nicht. Petti mag auf den Hund gekommen sein, aber er war noch immer Journalist genug, um zu wissen, daß man seine Quelle niemals preisgibt, will man sie nicht zum Versiegen bringen. Außerdem hatte er wohl Angst, ich könnte die Sache ohne ihn weiterverfolgen. Er wollte die Story mit mir zusammen schreiben, und zwar für den *Messagero*.«
»Obwohl er dort im hohen Bogen rausgeflogen war?« wunderte sich Donati.
»Da komme ich ins Spiel«, sagte Laura. »Die Story sollte Pettis Rückfahrkarte in den seriösen Journalismus sein. Er verlangte kein Geld dafür, sondern die Rückkehr in die Redaktion des *Messagero*.«
»Das konnte ich natürlich nicht entscheiden«, ergänzte Elena. »Deshalb habe ich Laura informiert.«
Donati sah Laura an. »Und Sie haben zugestimmt?«

»Anfangs nicht. Im Gegenteil, ich habe Petti verflucht und Elena gesagt, sie solle den Kerl zum Teufel schicken.«

»Was ich nicht getan habe«, fuhr Elena fort. »Petti trat sehr bestimmt auf, und was er sagte, klang glaubwürdig. Ich habe gespürt, daß an seiner Geschichte etwas dran war, und Laura beschworen, mich der Sache nachgehen zu lassen.«

»Womit ich mich schweren Herzens einverstanden erklärt habe«, teilte Laura mit. »Eine weitere Ente von Petti, und der *Messagero* wäre erledigt gewesen. Aber Elena ist eine verflucht gute Journalistin, und sie kann sehr überzeugend sein. Daher gab ich mein Okay, allerdings mit der Maßgabe, sie solle sehr vorsichtig vorgehen.«

Alexander, der bis jetzt schweigend zugehört hatte, sagte: »Was ich noch nicht ganz verstehe, Elena: Weshalb hat Petti dich mit ins Boot geholt? Wenn er den Artikel allein geschrieben hätte, wäre das doch viel effektiver gewesen, um seinen Namen reinzuwaschen.«

»Nicht zwangsläufig«, wandte Laura ein. »Elena hat sich in den letzten Jahren als Vatikanistin einen Ruf erworben, der seinesgleichen sucht. Zusammen mit ihr als Verfasser einer großen Enthüllungsstory über die Vatikanbank genannt zu werden ist allein schon eine Auszeichnung. Außerdem dürfte Petti klargewesen sein, daß er bei mir Persona non grata war. Als ich ihn rauswarf, habe ich Klartext mit ihm gesprochen.«

Donati trommelte ungeduldig mit den Fingerkuppen auf der Tischplatte herum. »Kommen wir doch auf die angebliche Unterschlagung im IOR zurück. Was hat Petti darüber gewußt?«

Nachdem sie einen kurzen Blick mit Laura gewechselt hatte, sagte Elena: »Er hat mir eine wilde Geschichte über Kar-

dinal Mandume erzählt, der vom Heiligen Stuhl beauftragt worden war, die Geschäfte des IOR zu überprüfen. Mandume ist vor wenigen Wochen gestorben, an einem Herzschlag, wie der Vatikan verlauten ließ. Petti aber sprach von Mord; er behauptete, Mandume sei in seinem Büro verbrannt worden.«
Laura schnippte mit den Fingern und sah die beiden Männer an. »Ihr habt das schon gewußt, nicht wahr? So teilnahmslos, wie ihr die Sache aufnehmt, müßt ihr es gewußt haben!«
Donati lächelte verhalten. »Sie sind eine gute Beobachterin, Laura. Stimmt, wir haben gestern im Vatikan erfahren, daß Kardinal Mandume eines – sagen wir – ungewöhnlichen Todes gestorben ist.«
Laura horchte auf. »Wer hat Ihnen das erzählt?«
Als Donati verlegen schwieg, sprang Alexander ein: »Du weißt doch, daß ein guter Journalist seine Quelle niemals preisgibt.«
»Gut pariert, d'Artagnan«, sagte Laura. »Lassen wir also die Quelle außer acht und sprechen über das, was sie hervorgebracht hat. Wie ist deinen« – sie blickte Donati an – »beziehungsweise Ihren Informationen nach der Kardinal gestorben?«
Donati beugte sich zu Laura vor. »Der Fall an sich ist schon kompliziert genug, meinetwegen können wir in dieser Runde das allgemeine Du einführen.«
»Einverstanden, aber Brüderschaft trinken wir später.«
»Ganz in Ruhe«, versprach Donati und berichtete in kurzen Worten, was er und Alexander über Mandumes sogenannte Selbstverbrennung erfahren hatten. Allerdings ließ er unerwähnt, daß Mandume ein Engelssohn gewesen war.
»Das wird ja immer phantastischer!« rief Laura. »Selbstver-

brennung eines Kardinals! Wie sollen die Leute uns das nach dem Wunder von Genzano abkaufen?«

»Erst mal gar nicht«, sagte Donati. »Vergiß unsere Abmachung nicht!«

Donati und Laura lieferten sich ein stilles Blick-Duell, doch dann lächelten sie einander an.

»Schlagen wir einmal den Bogen von Mandume zu Monsignore Picardi, unserem zweiten Toten innerhalb weniger Wochen, der eine hochrangige Position im Vatikan bekleidet hat«, brachte Alexander das Gespräch aufs eigentliche Thema zurück. »Hat Petti eine Verbindung zwischen den beiden gesehen?«

»Indirekt«, antwortete Elena. »Petti wußte, wie ich auch, daß Picardi bei der Überprüfung der IOR-Geschäfte mit Mandume zusammengearbeitet hat. Nach diesem Gespräch mit Petti und nachdem Laura grünes Licht gegeben hatte, habe ich beim IOR um ein Interview mit Picardi nachgesucht.«

»Und es bekommen«, grollte Donati. »Was du uns nicht hättest verschweigen sollen!«

»Das war dumm von mir, ich weiß«, seufzte Elena.

»Schon gut, was hat Picardi dir erzählt?«

»Viel und nichts. Es war das allgemeine Geschwafel über die wichtige Funktion der Vatikanbank zur Absicherung der Finanzgeschäfte des Vatikans und anderer religiöser Organisationen. Ich hatte allerdings bei meiner Interview-Anfrage nicht erwähnt, daß es mir um ein spezielles Thema ging, weil ich sonst das Interview vielleicht nie bekommen hätte. Als ich während unseres Gesprächs Kardinal Mandumes Tod erwähnte, wirkte Picardi überrascht und pikiert. Aber er fing sich schnell und tat die Vermutung, Mandume könne keines natürlichen Todes gestorben sein, als Gerücht ab, hervorgebracht von einer skrupellosen Sensationspresse, wie er sich ausdrückte. Als ich dann auch noch nach unterschlagenen Geldern im IOR gefragt habe, war das Gespräch schnell beendet.«

»Hattest du den Eindruck, daß Picardi dir Fakten vorenthält?« fragte Alexander.

»Er hat gemauert, aber ich hätte nicht sagen können, ob aus konkretem Anlaß oder rein gewohnheitsmäßig. Der Vatikan und seine Institutionen sind nun mal nicht für eine offensive Informationspolitik bekannt, was die Sache für uns Vatikanisten andererseits erst reizvoll macht. Ich konnte Picardi nicht so recht einordnen, bis er mich vorgestern abend anrief. Er klang am Telefon sehr erregt, um nicht zu sagen verängstigt. Der seltsame Treffpunkt draußen bei Sant'Anna hat mich vollends davon überzeugt, daß er wichtige Informationen hatte – aber auch gewichtige Gründe, Vorsicht walten zu lassen.«

»Zumindest letzteres hat sein Tod bewiesen«, meinte Laura.

»Und da jetzt auch noch Petti tot ist und wir seine Quelle im Vatikan vielleicht niemals finden werden, ist die ganze Enthüllungsstory so wacklig wie ein Kartenhaus im Herbststurm. Wenn ich das richtig sehe, haben wir keinen einzigen vernünftigen Hinweis.«

Jetzt war es an Alexander, einen schnellen Blick mit Donati zu wechseln und sich dessen Einverständnisses zu vergewissern.

»Einen Hinweis haben wir, wenn auch einen recht vagen. Bevor Petti starb, hat er etwas von einem Bischof in den Bergen gesagt.«

»Welcher Bischof in welchen Bergen?« fragte Elena.

»Wenn ich das wüßte, hätte ich nicht von einem *recht vagen* Hinweis gesprochen.«
Laura sah Elena und Alexander an. »Gute Journalisten sind dazu da, aus einem vagen Hinweis einen konkreten zu machen. Könntet ihr beiden euch zusammenraufen, um dieser Sache nachzugehen? Als Team seid ihr, wie ich weiß, unschlagbar.«
»Ich bin dabei«, sagte Alexander mit durchaus gemischten Gefühlen.
Elena nahe zu sein konnte eine zweite Chance bedeuten, aber es konnte auch sehr qualvoll werden.
Elena schien ähnlich zu denken, denn erst nach geraumer Zeit murmelte sie ein verhaltenes »Meinetwegen«.
»Schön!« Laura klatschte erfreut in die Hände und drehte sich zu Donati um. »Und was tun wir beide währenddessen?«
Donatis Mundwinkel zuckten spitzbübisch, bevor er antwortete: »Da wird uns schon was einfallen.«

20

San Gervasio

Um ihn her war Dunkelheit. Und Stille, die nur hin und wieder von einem leisen Plitschen unterbrochen wurde. Irgendwo an der Decke seines unterirdischen Kerkers sammelte sich Wasser, und in regelmäßigen Abständen von ziemlich genau hundert Sekunden lösten sich einzelne Tropfen. Enrico hatte die Sekunden mehrfach gezählt. Ein sinnloses Unterfangen, aber was sollte er anderes tun?
Giuseppe und Ambrosio hatten ihn, die Hände auf den Rücken gefesselt, mit dem Geländewagen zurück zum Kloster gefahren. Dort hatten sie ihn in den Glockenturm am Rande der Bergkuppe gebracht, vor dem er immer gewarnt worden war mit der Begründung, er könne jederzeit einstürzen. Sie hatten ihn eine enge, gewundene Treppe hinuntergeführt bis zu einer Luke im Boden und diese geöffnet. Nachdem seine Fesseln gelöst waren, hatte er eine wacklige Leiter hinuntersteigen müssen in dieses fensterlose, finstere Verlies, in dem er jetzt, wie es ihm vorkam, schon seit Stunden ausharrte. Genau wußte er es nicht, weil seine Armbanduhr bei

dem Unfall kaputtgegangen war. Er fühlte sich erschöpft nach der anstrengenden Flucht, aber an Schlaf war nicht zu denken. Das heftige Stechen in seinem linken Fuß und sein innerer Aufruhr ließen ihn nicht zur Ruhe kommen.
Seine Gedanken kreisten um Maurizio und die Männer, die ihn getötet hatten. Waren sie Mönche? Waren sie Killer? Oder beides?
Enrico fand keine Antwort, zu befremdlich erschien ihm, was sich an diesem Morgen ereignet hatte. Am seltsamsten aber erschien ihm der Grund für das alles: Er sollte San Gervasio nicht verlassen.
Warum nicht?
Diese Frage stellte er sich wieder und wieder, bis sein Kopf vom vielen Grübeln schmerzte.
Irgendwann hörte er über sich das metallische Klirren des Riegels, mit dem Giuseppe und Ambrosio die Luke verschlossen hatten. Erwartungsvoll blickte er nach oben. Die Luke wurde hochgeklappt, und das Licht einer Lampe stach in seine Augen.
»Bleib ganz brav da sitzen, wo du jetzt bist!« ermahnte ihn Giuseppes helle, durchdringende Stimme. »Dann passiert dir nichts.«
Ein Mann in Mönchskutte stieg ins Verlies herab. Erst als er unten ankam, hatten Enricos Augen sich an das Licht der Lampe gewöhnt, und er erkannte Francesco. Der Mönch wich seinem Blick aus.
»Bruder Francesco wird sich um deinen Fuß kümmern, also sei nett zu ihm«, sagte Giuseppe und fuhr, offenbar an Francesco gewandt, fort: »In einer halben Stunde komme ich zurück.«
Bevor Giuseppe die Luke wieder verriegelte, holte Francesco

aus dem Beutel, den er bei sich trug, eine Kerze und Streichhölzer.
Als der Docht brannte, stellte er die Kerze auf den Boden und sah sich in dem Raum mit den hohen, gewölbten Wänden aus unbehauenem Stein um. Ihm war deutlich anzusehen, daß er sich gar nicht wohl fühlte.
»Das ist ein schrecklicher Ort«, sagte er schließlich. »Es tut mir leid, daß du hier sein mußt, Enrico.«
»Mir tut es auch leid«, entgegnete Enrico sarkastisch. »Aber noch mehr bedaure ich, daß heute morgen ein Mensch getötet wurde. Maurizio. Von deinen Klosterbrüdern, Francesco!«
Der schlug die Augen nieder. »Das alles habe ich nicht gewollt. Hättest du doch auf mich gehört und wärst nicht weggefahren, dann wäre das mit Maurizio nicht passiert!«
»Du hattest also den Auftrag, mich zurückzuhalten. Von wem, von Tommasio?«
»Ich ... ich ...«
Mehrmals setzte Francesco zu einer Antwort an, aber ihm schienen die richtigen Worte zu fehlen. Enrico war kurz davor, ihn zu bedauern, aber dann sagte er sich, daß der Mönch mit Maurizios Mördern gemeinsame Sache machte und absolut kein Mitleid verdiente.
Ein Seufzer entrang sich Francescos Brust. »Wärst du doch einfach hiergeblieben!«
»Also bin ich schuld an Maurizios Tod?« rief Enrico wütend.
»So meinte ich das nicht.«
»So hat es sich aber angehört. Was für ein Verein ist das hier, wo man erst Gast und dann Gefangener ist?«
Statt zu antworten, kniete Francesco sich vor ihn hin. Er

schob Enricos linkes Hosenbein hoch, bevor er ihm den Schuh und die Socke auszog.
»Eine Schwellung, die noch zunehmen wird, wenn man sie nicht behandelt«, sagte er fachmännisch und holte eine handtellergroße Dose aus seinem Beutel, die er öffnete und neben sich auf den Boden stellte.
Als Francesco begann, die Salbe aufzutragen, zuckte Enrico vor Schmerz zusammen, aber schnell stellte sich eine angenehme, kühlende Wirkung ein.
Als nächstes holte Francesco Verbandszeug aus seinem Beutel und entrollte es vorsichtig. Er ging mit großer Konzentration zu Werke.
Als er schließlich den Verband um Enricos Fuß wickelte, sagte Enrico: »Du machst das gut.«
Eigentlich hatte er keinen Grund, freundlich zu sein, aber am Ende tat Francesco ihm doch leid. Der junge Mönch schien ehrlich zu bedauern, was geschehen war.
Francesco sah ihn dankbar an. »Es bereitet mir Freude, anderen zu helfen. Es ist das Schönste, was ich mir vorstellen kann.«
»Warum bist du hier, in San Gervasio?«
Im Gesicht des Mönchs arbeitete es. Er schien krampfhaft darüber nachzudenken, was er antworten sollte.
»Ich darf darüber nicht sprechen«, sagte er schließlich.
»Wer hat es dir verboten? Etwa Vater Tommasio?«
An dem Schatten, der sich auf Francescos Gesicht legte, erkannte Enrico, daß er ins Schwarze getroffen hatte.
»Der Fuß muß ruhen«, sagte Francesco, als er mit dem Verbinden fertig war. »Beweg ihn möglichst wenig.«
Enrico warf einen Blick auf das trostlose Mauerwerk. »Das wird mir hier nicht schwerfallen.«

Francesco verstaute das Verbandszeug und die Salbe in seinem Beutel, und dann sah er dem Gefangenen in die Augen. In seinem Blick lag eine tiefe Traurigkeit, die Enrico sich nicht erklären konnte und die ihn doch tief berührte.
»Es tut mir leid, daß ich dich nach San Gervasio gebracht habe, Enrico, das mußt du mir glauben!«
»Ich hätte mich eben von deiner Erzählung über das Kloster nicht so beeindrucken lassen sollen, als wir uns zufällig in Rom getroffen haben, aber ich dachte...« Enrico verstummte, denn gerade war ein Verdacht in ihm aufgekommen, mehr als eine Vermutung, fast schon Gewißheit, wenn er Francescos Worte richtig deutete. »Moment mal, das war gar kein Zufall, stimmt's? Du warst ein Lockvogel und hast mich hergeführt, weil es dein Auftrag war!«
Der letzte Satz war keine Frage mehr gewesen, sondern eine Feststellung. In Francescos Gesicht las er, daß er recht hatte. Er packte den jungen Mann an der Kutte und war kurz davor, ihn durchzuschütteln. »Warum der ganze Aufwand? Weshalb bin ich so wichtig für euch?«
Er erhielt keine Antwort, aber er ahnte den Grund auch so. Er war ein Engelssohn, ein Nachfahre des Erzengels Uriel. Doch wenn das der Grund war, mußten die Mönche hier sein Geheimnis kennen. Das war an sich schon beunruhigend, aber noch beunruhigender war die Frage, die sich daraus ergab: Was wollten die Mönche von ihm? Wozu brauchten sie einen Engelssohn?

21

Rom

Schwere Regentropfen trommelten gegen die Fensterscheiben von Elena Vidas Büro. Alexander war so in die Arbeit vertieft, daß er es erst bemerkte, als der Regen wohl schon eine ganze Weile andauerte. Die Dächer und Straßen waren naß, und die wenigen Passanten zogen die Köpfe ein oder versteckten sich unter Schirmen. Er lehnte sich auf dem schwarzen Bürostuhl zurück, verschränkte die Arme hinter dem Kopf und starrte auf den Flachbildschirm, der eine der vielen Textdateien zeigte, die Elena und er auf der verzweifelten Suche nach einem Hinweis auf den mysteriösen Bischof in den Bergen durcharbeiteten. Elena saß neben ihm, blickte auf einen ähnlichen Bildschirm und zeigte keine Spur von Müdigkeit. Daß sie wieder auf freiem Fuß war und ihrer Arbeit nachgehen konnte, schien sie zu beflügeln.

Alexander hatte daran gedacht, sie auf das Kind in ihrem Leib anzusprechen, aber dann hätte er verraten müssen, daß Donati ihm davon erzählt hatte. Außerdem war er sich nicht sicher, ob ein Gespräch über ihre Schwangerschaft das ange-

spannte Verhältnis zwischen ihnen nicht noch mehr belasten würde. Vielleicht war es klüger, auf eine günstigere Gelegenheit zu warten.
Er rieb sich über die Augen, die vom Auf-den-Bildschirm-Starren angestrengt waren, und wandte sich wieder dem Lebenslauf von Rosario Picardi zu, der anläßlich seines Wechsels zum IOR im *Osservatore Romano*, der vatikanischen Tageszeitung, erschienen war.
»Als Geistlicher und dann als Stellvertretender Direktor der Vatikanbank ist Picardi mit mehr Bischöfen zusammengetroffen, als in ein Großraumflugzeug passen«, stöhnte er. »Dabei wissen wir nicht einmal, ob der Bischof, von dem Emilio gesprochen hat, etwas mit Picardi zu tun hatte.«
Elena hatte darauf gedrungen, bei Picardi anzusetzen. Der tote Vatikanbanker war ein Geistlicher gewesen, da lag eine Verbindung zu dem von Petti erwähnten Bischof nahe – meinte zumindest Elena.
»Irgendwo müssen wir ja mit der Suche beginnen«, sagte sie. »Mein Riecher sagt mir, daß Picardi ein guter Anknüpfungspunkt ist.«
»Zumindest war er ein Mann, der wohl jeden Bischof in Italien kannte. Ich glaube …« Er unterbrach sich, weil ein Satz in dem Artikel des *Osservatore Romano* seine Aufmerksamkeit erregte. »Ich nehme alles zurück, Elena! Vielleicht habe ich gerade unseren Bischof gefunden, falls es auch ein Erzbischof sein darf.«
Elena schwang auf ihrem Drehstuhl herum. »Laß hören!«
»Der *Osservatore* schreibt über die Zeit, als Picardi Sekretär des Erzbischofs von Florenz, Egidio Guarducci, war.«
Elena nickte. »Das war, bevor er in den Vatikan und kurz darauf zum IOR ging.«

»Ja, aber dieser Satz stimmt mich nachdenklich: *Seine Exzellenz, Erzbischof Guarducci, ließ Rosario Picardi nur ungern ziehen, war Picardi für ihn doch ein enger Vertrauter, fast so etwas wie ein Sohn, geworden.*«
»Das könnte es tatsächlich sein!« Elena wirkte elektrisiert. »Guarducci hat sich vor sechs Jahren in den Ruhestand begeben. Mal sehen, wo er zu finden ist.«
Ihre schlanken Finger huschten über die Tastatur, um eine Datei nach der anderen aufzurufen. Seltsamerweise war der ehemalige Erzbischof von Florenz in keinem Adreß- und keinem Telefonverzeichnis zu finden. Auch ein Anruf bei der Auskunft, den Alexander erledigte, brachte keinen Erfolg.
Aber dann schnippte Elena mit den Fingern und ließ einen Jubelruf hören: »Ha, hier steht es! *Der gesundheitlich angegriffene Guarducci kündigte bei der Niederlegung seines Amtes an, er wolle sich in seine Heimat, ein kleines Dorf an den Hängen des Monte Falterona, zurückziehen, um dort seine letzten Jahre in Ruhe und Abgeschiedenheit zu verbringen.*«
»Und wie heißt dieses Dorf?« fragte Alexander.
»Frana.«
»Ein Bischof in den Bergen«, wiederholte Alexander fast andächtig. »Das paßt, Elena!«
Fast hätte er sie vor Begeisterung umarmt und an sich gerissen, aber er konnte sich im letzten Augenblick zurückhalten. Die nächsten Minuten verbrachten sie damit, im Internet und telefonisch nach einem zeitnahen Flug nach Florenz zu suchen, dem von Frana aus gesehen nächsten Flughafen. Sie bemühten sich vergebens. Wegen des schlechten Wetters waren einige Flüge ausgefallen, und die übrigen waren restlos ausgebucht.

»Der nächste Flughafen wäre dann wohl Pisa«, sagte Elena. Alexander winkte ab. »Vergiß es! Wahrscheinlich sieht es da ähnlich mau aus. Außerdem ist es von Pisa nach Florenz eine ordentliche Strecke mit dem Auto, da können wir auch gleich von hier aus fahren. Dann sind wir wenigstens von den Fluglinien unabhängig, falls die noch mehr Flüge streichen sollten.«

»Gut. Nehmen wir deinen Wagen oder meinen?«

»Sei mir nicht böse, Elena. Mein Peugeot hat zwar schon etliche Jahre auf dem Buckel, aber er dürfte doch um einiges neuer und vor allem bequemer sein als dein Fiat-Oldtimer.«

»Ich bin dir nicht böse, nicht deshalb.«

Ihre Blicke trafen sich, aber bevor Alexander etwas sagen konnte, wurde die Bürotür geöffnet, und Laura Monicini trat ein.

»Ich wollte nur mal wissen, ob ihr Fortschritte macht.« Sie lächelte entschuldigend. »Die übliche Ungeduld der Chefredaktion, ihr kennt das.«

»Da haben wir ja Glück, daß wir gerade fündig geworden sind«, sagte Elena und erzählte von ihrer Vermutung in bezug auf Erzbischof Egidio Guarducci.

»Ihr wollt wirklich die weite Fahrt auf euch nehmen?« fragte Laura zweifelnd. »Bei dem Sauwetter ist das sicher kein Vergnügen. Mit etwas Geduld kriegt ihr bestimmt einen telefonischen Kontakt zu Guarducci hin.«

»Schon möglich«, meinte Alexander. »Aber in wichtigen Angelegenheiten bringt einen ein persönliches Gespräch oft weiter. Die Leute neigen dazu, neugierige Journalisten als Belästigung zu sehen und sie am Telefon abzuwimmeln. Wie habe ich es gelernt? Hast du erst einen Fuß in der Tür, gehört die Story praktisch dir.«

»O ja, der alte Spruch«, lachte Laura. »Aber ihr habt recht, es ist besser, ihr sprecht selbst mit dem Erzbischof. Habt ihr Stelvio schon verständigt?«
»Noch nicht«, antwortete Alexander.
»Dann übernehme ich das.« Laura schien durchaus erfreut über den Anlaß, Donati anzurufen. »Ihr solltet euer Reisegepäck zuammensuchen. Wahrscheinlich müßt ihr über Nacht bleiben. Und dann ab in den Norden mit euch! Ich hoffe, ihr findet mehr darüber heraus, warum Monsignore Picardi und Emilio Petti sterben mußten!«

22

San Gervasio

Oben erwartete ihn Bruder Giuseppe, der wieder seine Mönchskutte trug und nicht mehr die ungewohnten Zivilkleider, in denen Francesco ihn und Bruder Ambrosio am Morgen gesehen hatte. Der Revolver, der neben Giuseppe griffbereit auf dem Boden lag, wollte so gar nicht zu der Mönchstracht passen.
»Alles in Ordnung?« fragte Giuseppe.
Francesco nickte und ergriff die ausgestreckte Hand seines Klosterbruders, um vom obersten Stück der Leiter auf den Steinboden zu gelangen.
»Deine Kerze steht noch da unten, Francesco.«
Francesco sah durch die viereckige Öffnung hinunter in Enricos Verlies. Der Kerzenschein tauchte die Gestalt des Gefangenen in flackerndes Licht. Der Blick, den Enrico nach oben sandte, schien Francesco zu durchbohren wie eine Feuerlanze. »Ich wollte ihm wenigstens etwas Licht lassen«, erklärte Francesco. »Oder glaubst du, Vater Tommasio hat etwas dagegen?«

»Vermutlich nicht.«
Giuseppe schloß die Luke und verriegelte sie. Jedes Geräusch hallte von den Mauern des Glockenturms wider, und jedes Echo erschien Francesco wie ein Vorwurf Enricos.
Er fühlte sich unwohl in der Nähe des Kerkers und beschloß, nicht auf Giuseppe zu warten. Langsam erklomm er die enge Treppe und trat hinaus ins Freie, wo der scharfe Wind ihm Regennässe ins Gesicht trieb.
Er senkte den Kopf nicht. Im Gegenteil, er stellte sich aufrecht, mit ausgebreiteten Armen in den Wind und hieß den Regen willkommen, als könne der ihn von seiner Schuld und den quälenden Fragen reinwaschen.
Konnte der Verrat an einem Mann, den er noch vor kurzem seinen Freund genannt hatte, ihn wirklich von seiner großen Schuld erlösen? Konnte eine Sünde durch eine andere getilgt werden?
»Ist das Unwetter dein Freund, daß du es so willkommen heißt?« fragte eine Stimme hinter ihm.
Erschrocken ließ er die Arme sinken und drehte sich um. Vater Tommasio stand keine fünf Schritte von ihm entfernt und schien sich ebenfalls nicht an dem Regen zu stören.
»Ich war im Kerker, bei Enrico, wie du es gewünscht hast, Vater«, stammelte Francesco.
»Und? Wie geht es ihm?«
»Soweit ist er wohlauf. Nur der verstauchte Fuß bereitet ihm Schmerzen. Ich hoffe, die Salbe, die Bruder Antonio mir für ihn gegeben hat, verschafft ihm Linderung.«
»Was hat er gesagt?« fragte Tommasio weiter, ohne aus dem Regen in den schützenden Eingang des Turms zu treten. »Berichte mir alles, Wort für Wort!«
Francesco gehorchte, wenn auch zögernd. So wie er Vater

Tommasio stets gehorchte, seit der ihn in seine Obhut genommen hatte. Er durfte den Vater nicht enttäuschen, nie mehr!
Der Abt nickte zufrieden, als Francesco mit seinem Bericht geendet hatte.
»Es ist gut, daß du mir alles gesagt hast, mein Sohn. Und doch wirkst du bedrückt. Warum?«
»Weil es vielleicht Sünde ist, wenn ich Enrico ...«
»Wenn du ihn verrätst, ausspionierst? Meinst du das?«
Francesco schaute betroffen zu Boden und schwieg.
»Was du tust, tust du zum Wohlgefallen des Herrn«, sagte Tommasio. »Und du tust es, um die Schuld abzutragen, die du in der Vergangenheit auf dich geladen hast. Du weißt, daß du eine der größten Sünden begangen hast, derer ein Mensch überhaupt fähig ist.«
»Ja, Vater, ich weiß«, antwortete Francesco mit brüchiger Stimme.
Der Abt streckte den rechten Arm aus und zeigte hinauf zur Spitze des Glockenturms. »Dann gehe hin und büße, Francesco!«

Irritiert blickte Enrico, der nahe der Kerze auf dem Boden saß, nach oben, als er undeutliche Stimmen und dann das metallische Geräusch des Riegels vernahm. Es waren erst wenige Minuten vergangen, seit Francesco ihn verlassen hatte. Kehrte der Mönch zurück, weil er etwas vergessen hatte? Oder war er so beeindruckt von Enricos Worten, daß er dem Gefangenen nun helfen wollte?
Die Hoffnung erlosch, als Enrico den Mann auf der Leiter erkannte.
Tommasio stieg zu ihm herab, die Kutte regennass, was den

Abt jedoch nicht zu stören schien. Von oben spähte Giuseppe durch die Luke. Tommasio gab ihm einen Wink, und Giuseppe verschloß den Kerker wieder.

»Wie geht es deinem Fuß?« fragte Tommasio ungewohnt vertraulich, als er vor dem Gefangenen stand und auf ihn hinuntersah.

»Francescos Salbe kühlt und lindert den Schmerz, aber zu einem Marathonlauf werde ich mich in nächster Zeit nicht anmelden.«

»Warum heilst du die Verletzung nicht?«

Enrico runzelte die Stirn. »Wie meinen Sie das?«

»Du könntest deine Fähigkeiten nutzen. Du hast doch schon Menschen geheilt, oder nicht?«

Tommasio schien nicht wirklich eine Antwort auf seine Frage zu erwarten. Er kannte Enricos Geheimnis, daran bestand kein Zweifel.

»Bin ich deshalb hier?« stellte Enrico eine Gegenfrage. »Weil ich ein Engelssohn bin?«

»Du bist nicht irgendein Engelssohn, dein Ahnherr ist eins jener Wesen, die von den Menschen Erzengel genannt werden.«

In den Worten des Abts lag eine seltsame Mischung aus Respekt und Verachtung.

»Was wollen Sie von mir?«

Tommasio zeigte auf Enricos verbundenen Fuß. »Heile deinen Schmerz, Enrico! Wozu schlummern Mächte in dir, von denen andere Menschen nur zu träumen wagen?«

»Jedenfalls nicht, um bei mir angewendet zu werden. Ich habe das noch nie getan, und ich bin davor gewarnt worden, weil es mehr schaden als nützen kann.«

»Ach! Wer hat dich gewarnt, dein Vater vielleicht?«

Als Enrico schwieg, fügte der Abt hinzu: »Ich weiß viel mehr von dir, als du glaubst. Natürlich weiß ich auch, daß dein Vater Tomás Kardinal Salvati ist, seit zwei Jahren besser bekannt als Papst Lucius IV. Wenn es dir lieber ist, nennen wir ihn einfach den Sohn des Erzengels Uriel!«

»Wozu dieses Geplänkel, wenn Sie sowieso schon alles wissen?« schnaubte Enrico.

»Weil ich auf deine Hilfe angewiesen bin, Enrico. Deshalb habe ich dich nach San Gervasio geholt. Ich wollte mehr über dich herausfinden und dich für unsere Sache gewinnen. Allerdings habe ich nicht geahnt, daß du hier auf eine frühere Inkarnation deiner selbst treffen würdest. Das hat uns beide überrascht und meine Pläne durcheinandergebracht. Aber sei es drum, du bist hier, das allein zählt. Deine Kräfte werden mir helfen, das Engelsfeuer zu entfachen. Vor zweitausend Jahren scheinst du es schon einmal getan zu haben.«

»Das Engelsfeuer? Was ist das?«

Tommasio ließ sich vor ihm nieder, so daß sein Gesicht dicht vor dem Enricos war.

»Daran wirst du dich erinnern, *Vel!* Denk an Larthi und ihren Bruder Larth und an das, was nach dem Tod von Laris geschah! Erinnere dich, *Vel!*«

»Totus tuus, Domine. Hic iacet pulvis, cinis et nihil. Mea culpa, mea culpa, mea maxima culpa.«

Schlag auf Schlag riß die Geißel Wunden in seinen Rücken, aber er spürte den Schmerz längst nicht mehr. Während er mechanisch die Geißel schwang und unaufhörlich dieselben lateinischen Sätze wiederholte, war Francesco in eine Trance verfallen, die ihn in seine Kindheit zurückversetzte.

Auch hier gab es Schläge, wieder und wieder, aber nicht er teilte sie aus, sondern ein Mann mit kräftigen Händen und lauter Stimme, sein Vater. Manchmal wußte Francesco nicht, was er mehr fürchtete, die Schläge oder das Gebrüll seines Vaters, die Flüche, mit denen er Francesco und seine Mutter überschüttete. Darunter waren immer wieder Ausdrücke, die Francesco fremd waren, und doch wußte er, daß sie Schlimmes zu bedeuten hatten. Besonders jene Schimpfwörter, mit denen der Vater die Mutter bedachte, während er auf sie einprügelte.

Mit der Zeit stumpften Mutter und Sohn ab, wehrten sich nicht mehr, weil jede Gegenwehr den Vater nur noch stärker anstachelte. Einfach still und mit gesenktem Kopf in der Ecke zu sitzen und nicht einmal die Arme zur Abwehr zu heben, das war die beste Methode, um die Prügelattacken halbwegs zu überstehen. Hin und wieder legte der Vater bei der Prügelei Pausen ein, um zur Schnapsflasche zu greifen. Wenn er genug getrunken hatte, wurde er müde, und bald darauf fiel er aufs Bett oder aufs Sofa und schnarchte so laut, daß es das Weinen der Mutter übertönte.

Francesco hatte irgendwann aufgehört zu weinen. Vielleicht, als er merkte, daß sein Weinen nichts half, daß die Tränen verschwendet waren an einen Mann, dem der Schmerz seiner Frau und seines Sohns allenfalls Befriedigung verschaffte, niemals aber Mitleid einflößte.

Francesco lernte, sich zu fügen, und hätte sich wohl immer weiter gefügt, wäre nicht der Moment gekommen, der alles veränderte.

An jenem heißen Sommertag, an den Francesco sich erinnerte, als sei es gestern gewesen, schlug der Vater wieder auf die Mutter ein, nannte sie Hure und Hexe und prügelte sie

durchs ganze Haus. So lange, bis die Mutter nicht mehr aufstand, nicht mehr weinte, nicht einmal mehr atmete, wie es schien.
Der Schock riß Francesco aus seiner Lethargie. Er mußte etwas tun, für seine Mutter und für sich!
Und er hatte es getan ...

23

Nördlich von Florenz

Es war später Nachmittag, kurz nach fünf, wie Alexander mit einem kurzen Blick auf die Uhr am Armaturenbrett feststellte, aber es war dunkel wie nach Einbruch der Abenddämmerung. Der Himmel war eine einzige schwarze Wolke, einzig erhellt von gleißenden Blitzen, die, unweigerlich gefolgt vom Donner, in immer kürzeren Abständen ihren erhabenen und zugleich furchteinflößenden Zickzacktanz vollführten. Es war eine lange Fahrt gewesen, wegen des Unwetters viel langwieriger als erwartet. Mehrere Unfälle hatten zu Engpässen auf der Autobahn geführt. Zeitweise hatte man kaum die Straße vor der Motorhaube sehen können, und zweimal war ihnen wirklich nichts anderes übriggeblieben, als auf dem Standstreifen zu halten und zu warten, bis die Sicht besser wurde. Orvieto, Montevarchi und Florenz hatten sie hinter sich gelassen. Vor fünfzehn Minuten waren sie von der Autobahn abgefahren, jetzt folgten sie einer wenig frequentierten Landstraße, die allmählich bergauf führte.

»Da vorn kommt eine Gabelung«, sagte Alexander zu Elena,

die eine Straßenkarte auf ihren Knien ausgebreitet hatte.
»Rechts oder links?«
»Fahr mal langsamer, ich kann es nicht genau erkennen.«
Elena ließ den Lichtkegel einer Taschenlampe über die Karte gleiten. »Links, glaube ich.«
»Glauben ist gut, Wissen ist besser.«
»Verdammt, Alex, deine Karte ist uralt. Die Straße, auf der wir sind, ist darauf noch als im Bau befindlich markiert. Wie soll ich da wissen, ob die sich beim Bau der Straße nach Frana für rechts oder links entschieden haben?«
»Okay, nur keinen Streit«, seufzte Alexander. »Fahren wir also nach links!«
»Versuch es.« Elena klang immer noch gereizt. »Von der Richtung her müßte es passen.«
Alexander schwieg und lenkte den Peugeot nach links. Er verstand nur zu gut, daß Elena nicht bei bester Laune war. Die Fahrt war überaus anstrengend gewesen, obwohl sie sich hinter dem Lenkrad abgewechselt hatten. Der Schmerz, der seit dem Kampf am Tiberufer in seinem Kopf pochte, war stärker geworden. Vielleicht ging es Elena ähnlich. An ihrem Hinterkopf prangte noch das Pflaster; es ähnelte dem auf seiner Stirn. Auf einmal fing er laut an zu lachen.
Elena sah ihn irritiert an. »Was hast du? Soll ich dich ablösen?«
»Nicht nötig, das letzte Stück schaffe ich auch noch. Ich mußte nur gerade daran denken, was für einen Anblick wir bieten. Zwei Kopfkranke mitten im dicksten Gewitter auf der Suche nach einem Bergdorf, das auf der Landkarte nicht größer ist als ein Fliegenschiß.«
Elena tippte auf das Papier. »Auf dieser Karte ist es kleiner als ein Fliegenschiß.«

Dann lachte auch sie, und das tat Alexander gut. Er hatte schon lange nicht mehr mit ihr zusammen gelacht. Für kurze Zeit kehrte die unbeschwerte Heiterkeit zurück, die früher zwischen ihnen selbstverständlich gewesen war.
Vor ihnen tauchte ein Gasthaus auf, dessen trübe Leuchtreklame mit den grünen Buchstaben »TRATTORIA« sich anstrengte, das Dämmerlicht zu durchdringen.
»Da fragen wir nach dem Weg«, entschied Alexander. »Außerdem merke ich plötzlich, wie mein Magen knurrt.«
»Du täuschst dich, das ist meiner!«
Alexander lenkte den Peugeot auf den schmalen Schotterstreifen zwischen Straße und Trattoria. Außer ihnen parkte hier niemand. Eilig stiegen sie aus und liefen durch den Regen unter das Vordach. Der muffig riechende Gastraum war vollkommen leer. Aus einem Radio dudelte leise eine alte Schnulze von Adriano Celentano, aber durch das Unwetter kam es unentwegt zu atmosphärischen Störungen.
»Man scheint hier nicht gerade auf Gäste zu warten«, stellte Alexander fest.
»Wieso sollten sie?« fragte Elena. »Bei dem Wetter muß man doch ein Idiot sein, um draußen rumzulaufen.«
»Oder Journalist.«
Alexander ging zu einer Verbindungstür, neben der das Radio auf einem Wandregal stand, und drehte dem tapfer gegen das Knistern und Knacken ansingenden Celentano den Saft ab. Keine fünf Sekunden später wurde die Tür geöffnet, und eine kleine, rundliche Frau mittleren Alters musterte erst ihn und dann Elena. Ihr rundes Gesicht wirkte verkniffen, sie schien über die unerwarteten Gäste nicht gerade erfreut.
»Was wünschen Sie?«

Alexander versuchte es mit einem Lächeln. »Etwas zu essen und zu trinken, Signora.«
»Jetzt?«
»Wieso nicht? Sie haben doch geöffnet!«
Die Wirtin schüttelte den Kopf, und ihre altmodisch frisierten Locken flogen von einer Seite zur anderen. »Bah, geöffnet, na und? Hören Sie nicht den Donner, sehen Sie nicht die Blitze?«
»Schon eine ganze Weile. Wir kommen aus Rom und haben den halben Tag auf der Autobahn verbracht. Deshalb sind wir ja so ausgehungert.«
»Aber es gewittert!«
»Ja, und?« fragte Alexander hilflos.
Die Wirtin riß beide Arme hoch. »Dio mio, Sie können doch bei einem Gewitter nichts essen!«
»Wer sollte etwas dagegen haben?«
»*Er*«, sagte die Frau nur und blickte andächtig nach oben. »*Er* zürnt den Menschen und schickt ihnen deshalb das Unwetter. Den Schläfer laß schlafen, den Fresser schlag tot! Das hat schon meine Mutter gesagt, wenn es blitzte und donnerte.«
»Ich denke, das Risiko nehmen wir auf uns. Wir haben wirklich Hunger, Signora.«
»Also schön«, seufzte sie und tat augenrollend ihre Mißbilligung kund. »Aber warme Küche gibt's heute nicht. Außer Ihnen wird niemand mehr kommen. Da lohnt es sich nicht, Ofen und Herd anzumachen.«
»Hauptsache, etwas zu essen«, seufzte Alexander.
Fünf Minuten später brachte die Wirtin einen Tomaten-Mozarella-Salat und Weißbrot. Beides war nicht mehr taufrisch, aber sie aßen trotzdem mit großem Appetit. Als die

Wirtin mit den Getränken zurückkehrte, erkundigte Alexander sich nach dem Dorf Frana.
»Sie sind auf dem richtigen Weg, Signore«, sagte die Frau, und Elena warf ihm einen triumphierenden Blick zu. »Die Straße noch etwa zwei Kilometer weiter, dann rechts ab zur Bergstraße. Die führt direkt nach Frana.« Neugier blitzte in ihren kleinen Augen auf. »Was wollen Sie denn da?«
»Wir suchen den früheren Erzbischof von Florenz, Egidio Guarducci. Er soll in Frana leben. Stimmt das?«
»Hm, nicht so direkt.«
Alexander legte verwirrt den Kopf zur Seite. »Könnten Sie mir das etwas genauer erklären, Signora?«
»Seine Exzellenz, der Erzbischof, wohnt in einem Haus am Berg, oberhalb von Frana. Er lebt sehr zurückgezogen. Es heißt, es geht ihm gesundheitlich nicht so besonders. Die meisten Leute im Dorf haben ihn schon seit Jahr und Tag nicht mehr gesehen. Die Besorgungen erledigt seine Haushälterin, Signora Ferzetti, eine nette Frau.«
»Wie kommt man zu seinem Haus?«
»Kurz vor Frana, bei einer leerstehenden Tankstelle, führt ein kleiner Weg nach rechts, den Berg hoch. Er endet am Haus des Erzbischofs.«
Alexander bedankte sich bei der Wirtin und sagte zu Elena: »Damit hat sich unser Besuch hier doch schon gelohnt. Die Signora erspart uns ein lästiges Herumsuchen in Frana.«
Als sie die Trattoria verließen, folgte ihnen der neugierige Blick der Wirtin. Am liebsten, das sah Alexander ihr deutlich an, hätte sie die beiden Fremden gefragt, was sie von Erzbischof Guarducci wollten, aber sie traute sich nicht.
Draußen tobte das Unwetter unvermindert heftig, und sie beeilten sich, ins Auto zu kommen. Elena saß schneller im

Wagen als Alexander, weil sie den kürzeren Weg hatte. Als er die Fahrertür aufzog, schoß ein schwarzer BMW mit einer Geschwindigkeit, die angesichts der Witterungsverhältnisse an Todesverachtung grenzte, in Richtung Frana an ihnen vorbei. Wasser spritzte hoch und durchnäßte Alexanders Hose. Aber das bemerkte er kaum. Denn als der BMW an ihm vorbeizog, spaltete ein weiterer Blitz den Himmel, und in dem gleißenden Licht konnte er für Sekundenbruchteile das Gesicht des Beifahrers sehen. Ein kantiges Gesicht mit einer schwarzen Klappe dort, wo das rechte Auge hätte sein sollen.
Alexander warf sich auf den Fahrersitz, knallte die Tür zu und führte mit fliegenden Fingern den Zündschlüssel zum Schloß. So hastig, daß er ihn erst beim dritten Versuch einführen konnte. Während der Motor stotternd anlief, verschwanden die Rücklichter des BMW hinter einem Regenschleier.
»Was hast du, Alex?« fragte Elena. »Du bist ganz bleich!«
»Der Wagen eben«, antwortete er erregt und beschleunigte so heftig, daß die Räder durchdrehten. »Das waren die Killer vom Tiberufer!«
»Bist du sicher?«
»Auf dem Beifahrersitz saß der Mann, dem ich das Auge ausgestochen habe«, antwortete Alexander und brachte den Peugeot endlich zurück auf die Straße, wo er das Gaspedal durchtrat. »Wir müssen vor ihnen bei Guarducci sein!«

24

San Gervasio

Enrico fühlte sich leer, ausgebrannt.
Ja, das war das richtige Wort. Nur vage entsann er sich der vergangenen Stunden, als hätten die Flammen jenes seltsamen inneren Feuers seine Erinnerungen getilgt. Er war ein Gefangener, aber er sah sich an zwei Orten gleichzeitig.
Einmal lag er in einem unterirdischen Kerker, im Keller eines Glockenturms, wie ihm ein zurückkehrendes Bruchstück seiner Erinnerungen sagte.
Dann wieder sah er sich in einem anderen, von Tageslicht durchfluteten Raum. Doch auch von hier konnte er nicht entkommen, weil seine Arme und Beine mit Lederschnüren gefesselt waren.
Jemand stand vor ihm und sprach zu ihm, nannte ihn dabei nicht Enrico, sondern – Vel …

»Du mußt uns beistehen, Vel«, sagte Larth. »Es ist wichtig für unser Volk, überlebenswichtig. Nur so können wir

verhindern, daß die Römer uns aufsaugen, wie ein Schwamm das Wasser aufsaugt. Sie nehmen uns alles, die Sprache, die Sitten, die Götter. Dafür stülpen sie uns ihre römischen Bräuche über, erklären uns zu Angehörigen ihres Reiches. Aber sie verweigern uns die Rechte, die sie für sich in Anspruch nehmen. Kannst du damit wirklich leben, Vel?«
Larth sah seinen Gefangenen eindringlich an. Ein fanatisches Glühen lag in seinem Blick, und die frische Narbe auf seiner Stirn verstärkte den Eindruck eines gefährlichen, zu allem entschlossenen Eiferers noch.
»Was ist mit Larthi?« Vel hatte die Geliebte nicht mehr gesehen, seit Larth sie beide einige Stunden zuvor hatte in Gewahrsam nehmen lassen. »Ist sie bereit, dir zu helfen?«
»Sie ist störrisch, wie nur eine Frau es sein kann. Deshalb brauche ich dich, Vel. Wenn du an meiner Seite stehst, wird auch Larthi sich zum Kampf gegen Rom entschließen. Der Tochter der Weißen Göttin wird die Mehrheit von uns folgen, und wir werden die Römer aus unseren Städten und von unserem Land jagen!«
»Die Römer sind nicht so einfach zu besiegen. Sie sind wahre Meister der Kriegskunst.«
»Wir werden nicht nur mit Schwert und Lanze kämpfen, sondern mit der Macht unserer Ahnen! Wenn wir drei – du, Larthi und ich – zusammenstehen, werden wir die Flamme entfachen, von der die Überlieferungen unserer Väter sprechen. Der Tempel der Ahnen ist nicht weit von hier, das weißt du.«
»Aber die Überlieferungen warnen davor, die Flamme zu entfachen. Sie sprechen von einer großen Gefahr für *alle* Menschen. Eben deshalb ist der Tempel der Ahnen ein verbotener Ort!«

Larth lächelte wissend.

»Er ist vor allen Dingen ein verlassener Ort, aber keiner, vor dem man sich fürchten muß.«

Vel spürte, wie er blaß wurde, als er erfaßte, was Larth da gesagt hatte.

»Du ... du warst da?«

Larth nickte. »Ich habe den Tempel gefunden und sein Innerstes betreten. Ein erhabener, beeindruckender Ort, aber keiner, vor dem man Angst haben müßte. Wie du siehst, lebe ich noch. Aber ich habe die Macht gespürt, die dort schläft und darauf wartet, erweckt zu werden. Von uns!«

Bei den letzten Worten faßte Larth ihn an den Schultern, so fest, daß es fast schmerzte.

Vor Vel formte sich das Bild römischer Legionäre, die, nicht wissend, wie ihnen geschah, in einem Feuersturm vergingen. Ein Feuer, das sie in Asche verwandelte und ihre Schwerter und Rüstungen schmelzen ließ. Ein Feuer, das durchs ganze Land fegte und es von der Herrschaft Roms auf alle Zeit befreite.

Er schüttelte sich, als ihm klar wurde, daß Larths Gedanken in seinem Kopf waren. Larth, der ihn mit weit geöffneten Augen und starrem Blick ansah, war dabei, ihm seinen Willen aufzuzwingen.

Vel kämpfte dagegen an. Er schloß die Augen und mobilisierte die Kraft, die tief in ihm schlummerte. Ganz so, wie sein vor kurzem verstorbener Vater es ihn einst gelehrt hatte. Erst war es nur ein leichtes Kribbeln, das seine Brust und dann jede Faser seines Körpers erfaßte. Das Kribbeln verwandelte sich in ein Brennen, das stärker und stärker wurde, und als er die Augen wieder öffnete, sah er Schweißperlen auf Larths Stirn.

Larth keuchte schwer, ließ Vels Schultern los und erhob sich schwankend.
Er fuhr sich mit dem Handrücken über die Stirn und wischte den Schweiß an seiner Tunika ab.
»Laß es Vel, einstweilen hast du gewonnen. Ich bin noch zu schwach für einen Zweikampf, habe mich bei meinem Vater verausgabt. Außerdem möchte ich nicht gegen dich kämpfen, sondern mit dir. Denk an das, was du eben gesehen hast, Vel. Wenn wir zusammenstehen, kann es Wirklichkeit werden!«

Auch Vater Tommasio hatte Enricos Schultern losgelassen, um ihn aus geweiteten Augen anzusehen. Ein Blick, in dem sich Erschrecken mit etwas anderem mischte: Freude, Triumph.
»Du bist stark, Enrico, das ist gut! Horch in dich hinein, erforsch deine Kräfte! Ich werde zurückkehren und dich vor die Wahl stellen, vor die Vel von Larth gestellt wurde: mit mir oder gegen mich zu sein. Wenn du klug bist, wirst du dich für mich entscheiden.«
Dann hatte Tommasio den Kerker verlassen, viele Stunden war das jetzt her.
Stunden, während derer Enrico sich zu erholen suchte. Von der Schwäche, die seinen Körper nach dem inneren Feuer erfaßt hatte, und von seiner Angst – der Angst vor sich selbst.
Seit zwei Jahren wußte er, daß er über besondere Kräfte verfügte. Bisher hatte er gedacht, sie dienten allein dem Guten, weil sie es ihm ermöglichten, Kranke zu heilen. Tommasio aber hatte ihm die andere, die finstere Seite seiner Macht gezeigt.

Was in ihm geschlummert hatte und durch den Abt erweckt worden war, konnte töten, zerstören, wenn Enrico es nicht bezähmte.

Ich muß es unter Kontrolle halten, sagte er sich immer wieder.

Aber war er dazu in der Lage?

25

Nördlich von Florenz

»Nichts, keine Verbindung«, sagte Elena und ließ die Rechte mit dem Handy sinken. »Entweder das Ding ist kaputt, oder das Unwetter verhindert jede Verbindung.«
»Versuch es mit meinem«, schlug Alexander vor, der den Peugeot mit halsbrecherischer Geschwindigkeit über die Bergstraße jagte. »In meiner Jacke, rechte Innentasche.«
Während Elena in seine Jacke griff, versuchte er mit zusammengekniffenen Augen, die Rücklichter des schwarzen BMW auszumachen. Vergebens, die Killer hatten sie abgehängt. Aber Alexander wußte auch so, wohin sie fuhren. Daß sie zu diesem Zeitpunkt an diesem Ort auftauchten, ließ keinen anderen Schluß zu als den, daß sie dasselbe Ziel hatten wie Alexander und Elena.
»Komm schon, du Mistding, sag was!« zischte Elena, während ihre Finger über die Tasten von Alexanders Handy huschten.
Alexander hoffte inständig, daß sie eine Verbindung hinbekam, denn auch wenn sie vor den Killern bei Egidio Guar-

ducci ankamen – wonach es nicht aussah –, hatten sie gegen zwei höchstwahrscheinlich bewaffnete und zu allem entschlossene Männer nicht die besten Karten.

Deshalb wollten sie die Polizei verständigen, die vielleicht umgehend eine Streife zum Haus des Erzbischofs schicken konnte.

»Fehlanzeige«, erklärte Elena nach etlichen Versuchen und schob das Handy zurück in seine Jackentasche. »Es muß tatsächlich am Unwetter liegen. Ich kriege keine Verbindung, nicht zu Stelvio, nicht zum Polizeinotruf, nicht zu Laura, zu niemandem.«

Alexander sah kurz zu ihr hinüber und rang sich ein trotziges Grinsen ab. »Dann sind wir ganz auf uns gestellt. Wie die Neandertaler vor der Erfindung des Mobiltelefons.«

Die Scheinwerfer des Peugeots wischten über ein unbeleuchtetes Gebäude am Straßenrand, das verlassen zu sein schien. Ein flacher, eckiger Bau mit einem großen Vordach, unter dem früher wohl einmal Zapfsäulen gestanden hatten.

»Die aufgegebene Tankstelle, von der die Wirtin in der Trattoria gesprochen hat!« rief Elena.

Alexander bremste. Gerade noch rechtzeitig, um die Einmündung des Wegs zu erwischen, der zu Guarduccis Haus führen sollte. Das Manöver brachte den Wagen auf der regennassen Straße ins Schlingern. Sofort ließ Alexander die Bremse los und steuerte gegen. Er bekam den Wagen wieder unter Kontrolle und lenkte ihn in die Einmündung. Es war tatsächlich nur ein schmaler Weg, unbefestigt und vom Regen aufgeweicht.

»Warum fährst du so langsam?« fragte Elena.

»Weil dieser Weg vorwiegend aus Schlammlöchern besteht. Wenn ich nicht höllisch aufpasse, sitzen wir hier fest. Besser

langsam fahren, als zu Fuß gehen, zumal wir nicht wissen, wie weit es noch bis zum Haus des Erzbischofs ist.«
»Das stimmt sicher, aber ich mache mir Sorgen, daß wir zu spät kommen.«
»Einholen werden wir die Killer nicht mehr, aber groß kann ihr Vorsprung nicht sein. Vorhin sind sie zwar wie die Henker gefahren, aber hier müssen sie genauso aufpassen.«
Vor ihnen reckten sich die Berge machtvoll in den düsteren Himmel, während der Peugeot dem gewundenen Verlauf der schmalen Fahrbahn folgte. Rechts von ihnen gähnte ein Abgrund; der steile Hang war durch kein Geländer und keine Leitplanke gesichert. Alexander starrte konzentriert nach vorn, er mußte sich anstrengen, um überhaupt etwas zu erkennen. Die Regenflut überschwemmte die Windschutzscheibe schneller, als die Wischer sie freischaufeln konnten. Nach einer S-Kurve trat er so abrupt auf die Bremse, daß Elena sich erschrocken an der Konsole festhielt.
»Da vorn ist das Haus!«
Er zeigte auf ein großes Gebäude, das in den Berghang hineingebaut war. Hinter ein paar Fenstern brannte Licht. Vor dem Haus stand ein unbeleuchteter Wagen, eine dunkle Limousine. Obwohl Alexander das Auto nicht genau erkennen konnte, hätte er sein Bankkonto darauf verwettet, daß es sich um den BMW handelte, der bei der Trattoria an ihnen vorbeigefegt war.
»Unsere Freunde sind also schon da«, sagte Elena und holte erneut ihr Handy hervor. »Ich versuch's noch mal mit dem Polizeinotruf.«
Auch hier gab es keine Verbindung, was Elena mit einem leisen Fluch kommentierte, während Alexander den Peugeot ein kurzes Stück weiterrollen ließ, schließlich in einer klei-

nen Ausbuchtung am Wegrand anhielt und Motor sowie Scheinwerfer ausmachte.
»Warum fährst du nicht bis ans Haus, Alex?«
»Unsere Freunde, wie du die beiden Typen genannt hast, brauchen nicht zu wissen, daß wir hier sind. Vielleicht kann ich ihnen eine kleine Überraschung bereiten.«
Alexander öffnete das Handschuhfach und zog aus der hintersten Ecke eine automatische Pistole samt Ersatzmagazin hervor. Es war eine SIG Sauer P 225, wie er sie bei der Schweizergarde getragen hatte. Nach seinem Abschied von der päpstlichen Wachtruppe hatte er sich eine Waffe desselben Modells besorgt, weil die 9-mm-Pistole ihm vertraut war und er an ihr die Kombination von hoher Sicherheit und schneller Einsatzbereitschaft schätzte.
Erstaunt beobachtete Elena, wie er Waffe und Magazin in eine der großen Taschen seiner Allwetterjacke gleiten ließ.
»Du hast doch nicht gewußt, daß wir hier unangenehme Gesellschaft erhalten würden, oder?«
»Keine Spur. Aber nach der Erfahrung am Tiberufer wollte ich auf alles vorbereitet sein.« Er sah sie ernst an. »Du mußt vorsichtig sein, Elena! Bleib im Wagen, und versuch weiter, die Polizei zu rufen. Falls die Killer auftauchen, duck dich auf den Boden!«
»Glaubst du im Ernst, daß ich dich allein gehen lasse, Alex?«
»Es ist besser so. Nur ich habe die soldatische Ausbildung und eine Schußwaffe. Wenn du mitkommst, gefährdest du dich unnötig.«
Nicht nur dich, sondern auch unser Kind, fügte er in Gedanken hinzu. Aber dies war nicht der Zeitpunkt, darüber zu sprechen.
»Allein bin ich viel stärker gefährdet«, widersprach sie ener-

gisch. »Was soll ich tun, wenn die Killer hier auftauchen und sich den Wagen genauer ansehen? Dann nutzt auch Wegducken nichts!«
Alexander kannte sie gut genug, um zu wissen, daß er sie nicht umstimmen konnte. Außerdem war ihre Argumentation nicht von der Hand zu weisen. Allein war sie den Killern ausgeliefert, wenn sie mit ihm ging, konnte er ein Auge auf sie haben.
»Gut, dann komm mit«, sagte er. »Aber versprich mir, daß du vorsichtig bist und jede meiner Anweisungen befolgst!«
Ein Lächeln, wie er es in letzter Zeit selten gesehen hatte, huschte über ihr Gesicht, als sie die flache Hand an den Rand einer imaginären Mütze legte.
»Zu Befehl, Herr General!«
Sie verließen den Wagen und liefen durch den peitschenden Regen hinüber zum Haus des Erzbischofs. Der aufgeweichte Boden saugte an ihren Schuhen, und bald waren ihre Füße durchnäßt.
Alexander gab Elena ein Zeichen, daß sie zurückbleiben sollte. Er zog die P 225 und schlich in geduckter Haltung zu der Limousine. Es war tatsächlich der schwarze BMW, und er war leer. Ein erneutes Handzeichen, und Elena setzte sich wieder in Bewegung.
Sie trafen sich unter dem ausladenden Vordach und stellten jetzt erst fest, daß die Haustür einen Spaltbreit offenstand. Licht fiel durch diesen Spalt und durch ein kleines Fenster neben der Tür nach draußen.
»Das sieht nicht gut aus«, sagte Alexander leise. »Scheint so, als hätten sie gar nicht erst einen Höflichkeitsbesuch vorgetäuscht. Ich gehe zuerst hinein und gebe dir Bescheid, wenn die Luft rein ist.«

»Okay«, sagte sie, zögerte kurz und legte dann eine Hand auf seinen Arm. »Paß auf dich auf, Alex!«
Er nickte. Bevor er die Haustür vorsichtig aufdrückte, zog er den Entspannhebel seiner Waffe zurück, wodurch eine Patrone ins Patronenlager geschoben wurde.
Die Tür schwang geräuschlos auf. Die P 225 im Anschlag, betrat Alexander eine geräumige Diele und wäre fast über eine Frau gestolpert, die mit ausgestreckten Gliedern am Boden lag. Graue Haare, faltiges Gesicht und eine schmucklose Brille, die halb heruntergerutscht war. Das mußte Signora Ferzetti sein, die Haushälterin des Erzbischofs, von der die Frau in der Trattoria erzählt hatte. Blut sickerte aus ihrer aufgeschlitzten Kehle und verteilte sich gleichmäßig auf den sauberen Fliesen.
Die Killer hatten sich nicht lange mit ihr aufgehalten. Vermutlich war es keine fünf Minuten her, daß die Frau die Tür geöffnet hatte.
Ein kurzer, dumpfer Laut, wie ein unterdrückter Schrei, ließ ihn herumfahren. Elena stand in der Haustür und starrte die Tote an.
»Du solltest doch warten, bis ich dir Bescheid gebe!« sagte Alexander eindringlich, aber leise.
»Ich habe mir Sorgen um dich gemacht.«
Es gefiel ihm gar nicht, Elena in Gefahr zu bringen, und er versuchte noch einmal, sie umzustimmen: »Lauf zurück zum Wagen und fahr nach Frana. Dort gibt es vielleicht einen Polizeiposten oder wenigstens einen Festnetzanschluß, über den du die Polizei alarmieren kannst.«
»Das dauert viel zu lange. Außerdem will ich dich hier nicht allein lassen!«
Warum nicht, hätte er am liebsten gefragt. Aber sie hatten

jetzt keine Zeit, um zu streiten. Also fand Alexander sich damit ab, daß Elena blieb.

Alexander voran, Elena mit zwei Schritten Abstand hinter ihm, betraten sie durch eine schwere, halb offenstehende Holztür einen erleuchteten Gang. An dessen Ende stand eine antik wirkende Anrichte.

Elena tippte Alexander auf die Schulter und deutete auf das altertümlich aussehende Telefon auf der Anrichte. Er hatte es schon gesehen und nickte nur knapp. Während er in die Hocke ging und, die Pistole im Anschlag, den Flur sicherte, huschte sie zu der Anrichte, um nach wenigen Sekunden enttäuscht einen Teil des Kabels ins Licht zu halten. Es war durchgeschnitten; die Killer hatten an alles gedacht.

Ein lautes Poltern dröhnte durchs Haus. Elena zuckte zusammen. Das Geräusch wiederholte sich, wieder und wieder. Es hörte sich an, als schlage jemand gegen ein Holzbrett.

»Das kommt von oben«, flüsterte Alexander und zeigte auf die Treppe am Ende des Flurs.

Er lief an Elena vorbei, die Treppe hinauf, und sie folgte ihm. Kurz vor dem oberen Treppenabsatz machte er sich so klein wie möglich.

Wieder ertönte das laute Geräusch, und er lugte vorsichtig um die Ecke in einen weiteren Flur. Licht war nicht eingeschaltet, aber durch ein Fenster am Ende fiel genügend Helligkeit ein, um ihn zwei schemenhafte Gestalten erkennen zu lassen. Eine davon war ungewöhnlich groß. Das mußte der Mann mit der Augenklappe sein. Der andere, einen Kopf kleiner und massiger, warf sich mit der Schulter gegen eine Doppelflügeltür. Daher das dröhnende Geräusch.

Alexander ahnte, was sich abgespielt hatte. Die Killer waren vorsichtig vorgegangen. Sie hatten Signora Ferzetti die Kehle

durchgeschnitten und sie nicht erschossen. Aber sie waren nicht vorsichtig genug gewesen. Egidio Guarducci hatte etwas bemerkt und sich in dem Zimmer hinter der Flügeltür eingeschlossen. Es mußte eine dicke Tür sein, so schwer, wie es zu sein schien, sie aufzubrechen.
In dem Augenblick, als Elena den oberen Absatz erreichte, wirbelte die große Gestalt herum. Vielleicht hatte die Treppe leise geknarrt.
Alexander reagierte sofort. Er fuhr herum, umschlang Elena mit dem linken Arm und riß sie mit sich zu Boden. Aus den Augenwinkeln bemerkte er das Aufblitzen im Dämmer des Flurs. Die Kugel jagte, nur begleitet vom dumpfen Ploppen einer schallgedämpften Waffe, dicht an seinem Kopf vorbei und fuhr splitternd ins Holz des Treppengeländers.
Er ließ Elena los, umfaßte die P 225 mit beiden Händen und schoß zurück.
Dreimal zog er den Abzug durch, drei Schüsse krachten, so schnell hintereinander, daß es fast klang wie eine einzige Detonation. Er hörte einen erstickten Aufschrei und das Geräusch eines zu Boden fallenden Körpers.
Das mußte der Massige gewesen sein. Schnell duckte Alexander sich weg, bevor der andere Killer sich von der Überraschung erholt hatte und einen Kugelhagel in seine Richtung sandte. Alexander, der sich auf die Treppe zurückgezogen hatte, zählte vier oder fünf Schüsse, alle mit einer schallgedämpften Waffe abgegeben. Ihnen folgte ein lautes Kullern, so als sei jemandem ein großer, runder Gegenstand aus der Hand gefallen.
»Eine Granate!«
Mit diesem Ruf warf er sich schützend über Elena und riß sie mit sich die Treppe hinunter. Dabei stieß er mit der Stirn

gegen eine scharfe Kante, genau an der Stelle, wo ihn am Vorabend der Streifschuß erwischt hatte. Ihm war, als würde ein Nagel in seinen Schädel getrieben.
Auf halber Höhe der Treppe gab es einen Absatz, auf dem der Sturz der beiden endete. Alexander lag über Elena und konnte sie wenigstens mit seinem Körper schützen, als über ihnen die Granate explodierte.
Die Detonation war viel leiser als erwartet, und der Schmerz, auf den er sich vorbereitet hatte, blieb aus. Statt dessen waberte eine dunkle Wolke durchs Treppenhaus. Seine Augen brannten, und Tränen liefen ihm über die Wangen. Elena erging es nicht anders.
»Tränengas«, hustete er und zog Elena hoch. »Das breitet sich noch weiter aus. Wir müssen hier weg!«
Sie stolperten nach unten, liefen dort durch den Flur in die Diele, und Alexander warf die Verbindungstür zu. Signora Ferzettis Leiche, um die sich inzwischen ein kleiner roter Teich gebildet hatte, war kein schöner Anblick, aber hier waren sie vor dem Gas weitgehend sicher.
Alexander sah Elena an und stellte zu seiner Erleichterung fest, daß sie zumindest keine äußeren Verletzungen davongetragen hatte.
»Wie geht es dir?« fragte er keuchend und wischte mit dem Ärmel die Tränen fort, die unaufhörlich aus seinen brennenden Augen flossen.
Elena lehnte sich mit dem Rücken gegen die Wand und wischte sich ebenfalls Tränen ab.
»Ich fühle mich, als hätte ich gerade einen Stunt für einen Action-Film absolviert.«
»Und sonst bist du in Ordnung?« hakte er nach. »Du – und das Kind?«

Sie legte beide Hände auf ihren Bauch und verharrte einige Sekunden in dieser Haltung, als horche sie in sich hinein.
»Es scheint dem Kleinen gutzugehen«, sagte sie.
»Oder der Kleinen.«
»Nein, es ist ein Junge.«
»Kann man das schon sehen?«
Elena schüttelte den Kopf. »Dazu ist es noch zu früh. Aber ich weiß es auch so, ich spüre es. Seit wann weißt du, daß ich schwanger bin?«
»Seit heute erst. Sie haben es bei deiner Einlieferung auf die Polizei-Krankenstation festgestellt.«
»Dann weißt du vermutlich auch, seit wann ich schwanger bin.«
»Ja«, sagte er und schaute sie unverwandt an.
Sie wollte etwas erwidern, doch zersplitterndes Glas ließ sie verstummen, bevor sie noch die erste Silbe hervorgebracht hatte.
»Das kam von oben, vielleicht ein Fenster«, sagte Alexander und legte den Kopf in den Nacken, als er unmittelbar über sich Schritte hörte. »Da flieht jemand über das Vordach. Bleib hier drin, Elena!«
Er stürzte nach draußen, wo gerade eine große Gestalt vom Vordach sprang und federnd aufsetzte. Gerade noch rechtzeitig warf Alexander sich hin. Eine Kugel bohrte sich in den Türrahmen, ohne daß er einen Schuß hatte fallen hören. Also wieder eine schallgedämpfte Waffe, dachte er. Für einen Augenblick sah er im Licht des Mündungsblitzes das kantige Gesicht mit der Augenklappe.
Der Killer wandte sich ab und hetzte davon, mitten hinein ins Unwetter. Er versuchte gar nicht erst, mit dem BMW zu fliehen. Er war ein Profi, und ihm war klar, daß es viel zu

lange dauern würde, in den Wagen zu steigen und ihn zu starten. Lange genug, um sich zum Abschuß freizugeben.
Alexander fixierte die davonhastende Gestalt, zielte beidhändig im Liegen und schoß. Als hätte der Killer das geahnt, schlug er genau in diesem Augenblick einen Haken, und die Kugel verfehlte ihn.
Zu einem zweiten Schuß kam Alexander nicht. Der Fliehende hatte den Abhang jenseits der Straße erreicht und sprang einfach in die Tiefe.
Einen Moment lang dachte Alexander daran, dem Mann zu folgen. Aber dann hätte er Elena und den Erzbischof allein lassen müssen. Da er nicht wußte, was mit dem zweiten Killer war, hielt er es für besser, ins Haus zurückzukehren.
Elena stand noch in der Diele und atmete auf, als er eintrat.
»Gut, daß du da bist! Was war los?«
»Einauge ist geflohen.«
»Und der andere?«
»Vielleicht habe ich ihn so heftig erwischt, daß er nicht fliehen kann. Oder er ist tot. Aber vielleicht wartet er oben auch darauf, daß wir ihm vor die Mündung laufen. Diesmal bleibst du unten, Elena, ich bestehe darauf!«
»Und du willst wieder hoch?«
»Ich muß nachsehen, was mit dem Erzbischof ist.«
Er zog die Tür auf und lief durch den Flur. Seine Augen begannen wieder zu tränen. Mehrmals wischte er mit dem Ärmel über sein Gesicht, während er vorsichtig die Treppe hochstieg. Oben war alles ruhig.
Er sprang in den oberen Flur und duckte sich, die P 225 schußbereit in Händen. Die Gaswolke vernebelte, was am anderen Ende des Flurs war. Er widerstand der Versuchung, den Lichtschalter zu betätigen. Falls der zweite Killer ihm

hier auflauerte, würde Alexander sich dadurch zur Zielscheibe machen.
Geduckt huschte er durch den Flur, bis er vor dem massigen Mann stand, der zuvor vergebens gegen die Tür angerannt war.
Er lag in Seitenlage auf dem Boden, zusammengekrümmt wie ein Riesen-Embryo. Ein dunkler Fleck breitete sich auf seiner Brust aus, und er atmete nicht mehr. Alexander nahm an, daß er von mehreren Kugeln getroffen worden war. Er hatte das teigige Gesicht des Mannes noch nie gesehen. Neben dem Toten lag seine Waffe, eine 10-mm-Automatik vom Typ Glock 18 mit aufgesetztem Schalldämpfer.
Alexander ging zum Fenster und riß es auf, damit das Tränengas abziehen konnte. Dann lief er zurück zur Treppe und rief nach Elena. Sie kam herauf, und beide begaben sich zu der Flügeltür.
Alexander klopfte vernehmlich. »Eure Exzellenz, sind Sie da drin?« Als keine Antwort kam, fügte er hinzu: »Mein Name ist Alexander Rosin. Ich bin Journalist. Früher war ich Angehöriger der Schweizergarde. Sie müssen keine Angst mehr haben, Exzellenz. Einer der Männer, die in Ihr Haus eingedrungen sind, ist tot, von mir erschossen. Der andere ist geflohen.«
Einige Sekunden vergingen, dann wurde ein Schlüssel herumgedreht, aber die Tür wurde nicht geöffnet. Die P 225 in der Rechten, schob Alexander langsam einen Flügel der Tür auf. Dahinter befand sich eine große, nur schwach erleuchtete Bibliothek mit hohen, endlosen Bücherschränken. Ein alter Mann im schwarzen Anzug des Klerikers kniete auf dem Boden und preßte beide Hände gegen die linke Brust. Ein Schweißfilm glänzte auf seiner hohen Stirn.

»Was ist mit Ihnen, Exzellenz?« fragte Alexander und steckte seine Waffe ein. »Sind Sie verletzt?«
Egidio Guarducci blickte mit schmerzverzerrtem Gesicht zu ihm auf.
»Nein, es ist mein Herz. Es hätte ohnehin nicht mehr lange ausgehalten.« Er rang sich jede Silbe unter großen Qualen ab.
Elena trat vor. »Haben Sie ein Medikament im Haus, das wir Ihnen bringen können?«
Mit zittriger Hand zeigte der ehemalige Erzbischof von Florenz auf eine Dose, die auf dem Teppich lag. Sie war geöffnet, und ein paar weiße Pillen waren herausgerollt.
»Habe ich schon genommen.« Er schüttelte schwach den Kopf mit dem weißen Haarkranz. »Es scheint nicht zu helfen.«
»Das Telefonkabel unten im Flur ist durchgeschnitten«, erklärte Alexander. »Haben Sie hier noch einen Anschluß? Dann können wir einen Notarzt rufen.«
»Es gibt keinen zweiten Anschluß.« Guarducci brachte nur noch ein Flüstern zustande. »Ich wollte hier meine Ruhe haben. Was ist mit Signora Ferzetti?«
»Tot«, sagte Alexander, ersparte dem Erzbischof aber die Einzelheiten.
Der alte Mann sah ihn entsetzt an. »Warum das alles?«
»Vermutlich hängt es mit Rosario Picardi zusammen, der vorletzte Nacht in Rom ermordet wurde. Wahrscheinlich von den Männern, die heute hier eingedrungen sind.«
»Rosario hatte also recht!«
»Womit, Eure Exzellenz?« fragte Alexander.
»Am Dienstag war er hier, um mir Unterlagen zur Aufbewahrung zu geben. Er wollte sie in Sicherheit wissen, weil er sich verfolgt und bedroht fühlte.«

»Am Dienstagabend hat er mich angerufen, weil er sich mit mir treffen wollte«, sagte Elena.
»Da muß er gerade wieder in Rom gewesen sein.«
Guarducci war kaum noch zu verstehen.
Alexander kniete sich vor den Sterbenden und fragte langsam und deutlich: »Wo sind die Unterlagen, Eure Exzellenz?«
Bei dem Versuch zu antworten krampfte der Erzbischof sich zusammen und fiel auf die Seite. Alexander beugte sich dicht über ihn und sah mehr, als daß er es hörte, wie die rissigen Lippen des alten Mannes ein Wort formten: »Tresor.«
»Wo ist dieser Tresor?«
Alexander haßte es, einen sterbenden Mann so zu quälen. Aber Guarducci war nicht der erste Tote in dieser Affäre und würde vielleicht auch nicht der letzte sein, wenn es nicht endlich gelang, die Hintergründe aufzudecken.
Noch einmal sammelte der Erzbischof seine Kräfte, bäumte sich auf und sagte, jetzt deutlich: »Christus!« Sein Oberkörper sackte auf den Boden zurück, und leise brachte er ein letztes Wort hervor: »Samaria ...«
Dann lag der alte Kirchenmann still auf dem Rücken, und seine glasigen Augen blickten nach oben, zur Decke oder noch viel weiter.
»Ja, du bist jetzt bei Christus«, sagte Alexander leise.
»Ich glaube nicht, daß er das gemeint hat, als er von Christus sprach«, sagte Elena. »Er hat auch Samaria erwähnt.«
»Ja, und?« fragte Alexander.
»So wird im Alten Testament das nördliche Israel genannt. Im Neuen Testament ist Samaria die Heimat der Samariter, ein Teil der römischen Provinz Palästina. Ich kann mir nicht vorstellen, daß ein Sterbender, selbst wenn es ein ehemaliger

Erzbischof ist, im Augenblick seines Todes Bibelkunde betreibt. Wenn er sich wünschte, bei Christus zu sein, hätte er wohl eher vom Himmel gesprochen oder vom Reich Gottes. Ich bin ziemlich sicher, daß seine letzten Worte ein Hinweis für uns waren.«

Sie ging zwischen den deckenhohen Bücherregalen hindurch und blieb vor der hinteren Wand stehen. Sie rief Alexander, und er fand sie vor einem Gemälde, das Jesus und eine Frau zeigte.

»Ein Rembrandt«, stellte er fest. »Vermutlich eine Reproduktion.«

»Richtig, und das Bild nehmen wir jetzt mal ab.«

»Wieso?«

»Wenn ich mich recht entsinne, heißt es *Christus und die Frau von Samaria.*«

»Wenn du recht hast, lade ich dich ins beste Restaurant Roms ein«, sagte Alexander und half Elena, das Gemälde abzuhängen. Dahinter kam der glänzende Stahl eines Wandtresors zum Vorschein.

Elena grinste. »Das wird teuer, Alex!«

3. Tag
Freitag, 14. Oktober

26

Florenz

Wie soll ich das nur erklären? Was sage ich der Presse? Egidio Guarducci ist bei uns eine bekannte und beliebte Persönlichkeit gewesen. Ich kann seinen Tod nicht lange geheimhalten. Diese verfluchten Journalisten sind wie Aasgeier; jede Leiche zerfleddern sie, immer auf der Suche nach einer tollen Story.« Armando Morettis Blick fiel auf Alexander und Elena, und er fügte schnell hinzu: »Verzeihung, Anwesende natürlich ausgeschlossen.«
Der Polizeichef von Florenz war ein kleiner, drahtiger Mann, ein wahres Energiebündel. Er tigerte im Konferenzraum des Polizeipräsidiums auf und ab und gestikulierte wild, während er sprach.
Alexander, der neben Elena und Stelvio Donati an dem ovalen Tisch saß und einen Cappuccino trank, empfand es als anstrengend, dem rastlosen Mann zuzusehen und sich seine verzweifelten Tiraden anzuhören.
Er sah Elena an, daß es ihr genauso ging. Sie waren beide erschöpft und übernächtigt, hatten sie doch allenfalls zwei

oder drei Stunden Schlaf gehabt, in einem kleinen Hotel in der Nähe des Präsidiums.

Nach Guarduccis Tod waren sie nach Frana gefahren und hatten die Dorfpolizisten, die gerade ihre kleine Wache abschlossen und sich auf den Feierabend freuten, davon überzeugen müssen, daß sie ihnen keinen Bären aufbanden. Murrend waren die Beamten ihnen durch das Unwetter zum Haus des Erzbischofs gefolgt, und dann war der Stein ins Rollen gekommen.

Kriminalpolizisten aus Florenz waren angerückt, und spät in der Nacht war Donati eingetroffen. Wieder und wieder hatten Alexander und Elena ihre Geschichte erzählen müssen.

Donati biß eher lustlos in ein Marmeladenhörnchen, kaute mechanisch und schlug dem Polizeipräsidenten vor: »Bleiben Sie mit der Geschichte, die Sie den Medien auftischen, so dicht wie möglich an der Wahrheit! Erzbischof Guarducci war herzkrank und ist an einem Herzanfall gestorben. Das ist zu hundert Pozent korrekt.«

Moretti blieb vor Donati stehen, fuchtelte aber weiter mit den Armen. »Das erklärt weder den riesigen Polizeiauftrieb noch den Tod der Haushälterin. Soll ich etwa erzählen, sie sei beim Anblick des toten Bischofs vor Schreck vom Schlag getroffen worden?«

»Sprechen Sie von unbekannten Einbrechern, die Signora Ferzetti getötet haben, aber drücken Sie sich möglichst vage aus. Alles andere könnte unsere Ermittlungen behindern.«

Donati beugte sich vor und sah Moretti beschwörend an. »Auch der Vatikan ersucht die italienische Polizei in dieser Angelegenheit um größte Diskretion!«

»Schon gut, schon gut«, seufzte Moretti. »Ich lasse mir etwas einfallen. Fast sollte ich mir wünschen, daß die Mörder nicht identifiziert werden. Dann müßte ich nicht lügen.«

»Apropos«, meldete Alexander sich zu Wort. »Gibt es Neuigkeiten über den Einäugigen?«

»Nein, nichts«, antwortete der Polizeipräsident. »Er ist wie vom Erdboden verschluckt. Vielleicht hat er sich längst aus dem Staub gemacht, vielleicht hält er sich noch in den Bergen versteckt. Meine Leute durchkämmen die Gegend rund um Guarduccis Haus, was bei dem Mistwetter kein Vergnügen ist.«

Düster blickte Moretti durch die große Fensterfront nach draußen, wo die Dächer von Florenz hinter dem dichten Regenschleier aussahen wie eine mit verwischender Farbe gemalte Kulisse. Die Pieps-Version eines alten Oliver-Onions-Hits erklang, und er fischte sein Handy aus dem Jackett des maßgeschneiderten Dreiteilers. »Ja, gut, wir kommen«, sagte er, steckte das Handy wieder ein und drehte sich zu den anderen um. »Wir haben den toten Killer identifiziert. Folgen Sie mir bitte!«

Mit dem Fahrstuhl ging es zwei Stockwerke nach unten, wo der Polizeipräsident sie in einen abgedunkelten Raum führte. Eine junge Frau mit langem schwarzen Haar saß vor einem Flachbildschirm und begrüßte sie.

»Das ist Vice Commissario Daniela Cassini«, stellte Moretti sie vor. »Sie haben unseren Toten gefunden, Daniela?«

Sie nickte und rollte mit ihrem Bürostuhl ein Stück zur Seite, damit alle das Bild auf dem Monitor sehen konnten. Es zeigte das teigige Gesicht des Mannes, der am vergangenen Abend von Alexanders Kugeln niedergestreckt worden war.

»Nuccio Carpi aus Monreale bei Palermo, Alter vierunddreißig«, erläuterte sie. »Hatte in seiner Jugend Kontakte zur sizilianischen Mafia, wanderte aber ins Gefängnis, bevor er ein ganz großer Fisch werden konnte. Dort scheint eine Wandlung mit ihm vorgegangen zu sein, die schließlich zu einer vorzeitigen Entlassung wegen guter Führung beitrug. Seitdem ist er polizeilich nicht mehr in Erscheinung getreten.«

»Was für eine Wandlung ist mit ihm vorgegangen?« fragte Donati.

»Er hat sich dem Glauben zugewandt, im Gefängnis sogar ein theologisches Fernstudium betrieben. Bei seiner Entlassung hat er angegeben, sich fortan der Verkündung der Lehre Jesu widmen zu wollen.«

Moretti machte ein langes Gesicht. »Den Glauben zu verkünden, indem man in das Haus eines Erzbischofs eindringt, dessen alter Haushälterin die Kehle durchschneidet und den Bischof selbst zu Tode erschreckt, zeugt von einem eigenwilligen Sendungsbewußtsein. Die Sache wird immer bizarrer.«

»Im Gegenteil«, entfuhr es Elena. »Allmählich beginnen die wenigen Puzzlestücke, die wir bis jetzt haben, ein Bild zu ergeben. Vielleicht geht es nicht nur um dunkle Geschäfte der Vatikanbank. Was, wenn mehr dahintersteckt, eine religiöse Überzeugung?«

Moretti schüttelte den Kopf. »Killer, die aus religiöser Überzeugung morden? Das klingt nach islamistischen Fanatikern, aber nicht nach einem Sizilianer. Sicher, auch bei der Mafia spielt die christliche Religion eine gewisse Rolle, aber dort pflegt man die oberflächliche Symbolik, keinen tief verwurzelten Glauben.«

»Vergessen Sie nicht, daß es auch christliche Fanatiker gibt, Dirigente Moretti«, wandte Elena ein, »darunter auch sol-

che, die für ihre Überzeugung töten, weil sie glauben, der Zweck heilige die Mittel. Mit solchen Leuten haben wir schon bittere Erfahrungen gemacht.«
Sie bedachte Alexander und Donati mit einem besorgten Blick.

»Glaubst du wirklich, daß Totus Tuus wieder aktiv ist, Elena?«
Diese Frage stellte eine halbe Stunde später Stelvio Donati, als sie in Alexanders Peugeot in Richtung Frana fuhren. Sie hatten sich zu dem Ausflug entschlossen, als Armando Moretti ihnen mitteilte, ein Mitarbeiter der Firma, die Guarduccis Safe hergestellt hatte, sei unterwegs zum Haus des Erzbischofs, um den Tresor zu öffnen. Der Drang zu erfahren, weshalb in der vergangenen Nacht drei Menschen umgekommen waren, ließ ihnen keine Ruhe.
»Wir haben schon einmal geglaubt, wir hätten Totus Tuus zerschlagen«, sagte Elena, die hinten saß. »Aber dann hat sich am Monte Cervialto gezeigt, daß wir dem Kraken lediglich ein paar Arme abgeschlagen hatten. Er war immer noch stark genug, um die Menschheit an den Rand einer großen Gefahr zu bringen.«
»Ich weiß nicht recht«, meinte Donati zweifelnd. »Nach der Sache am Monte Cervialto hat es eine weltweite Säuberungsaktion gegeben, an der ich selbst mit meiner neuen Behörde beteiligt gewesen bin. Wo immer sich eine Spur von Totus Tuus gezeigt hat, haben wir uns bemüht, das religiös verblendete Ungeziefer auszurotten.«
»Das bezweifle ich nicht, Stelvio. Aber eine unangenehme Eigenschaft von Ungeziefer ist es nun mal, sehr widerstandsfähig zu sein und ausgerechnet dann aus irgendwelchen fin-

steren Löchern gekrochen zu kommen, wenn man glaubt, man hätte es endgültig vernichtet.«

»Das ist jetzt Schwarzmalerei, Elena. Natürlich wird es in vielen Ländern der Welt noch Leute geben, die mit den Ideen von Totus Tuus sympathisieren. Aber wir haben die Strukturen der Organisation zerschlagen, ihr Vermögen konfisziert, die dunklen Kanäle, durch die Informationen und Finanzmittel geflossen sind, trockengelegt. Selbst wenn sich irgendwo noch ein abseitiger Arm des Kraken erhebt, kann Totus Tuus niemals mehr so mächtig sein wie zu der Zeit, als seine Anhänger um ein Haar Papst Custos getötet hätten. Und auch nicht so mächtig wie am Monte Cervialto.«

Alexander sah im Rückspiegel, wie Elena unschlüssig den Kopf wiegte, bevor sie erwiderte: »Aber vielleicht stark genug, um sich mit einer anderen Macht zu verbünden.«

»Mit einer anderen Macht?« Donati drehte sich zu ihr um. »Mit was für einer Macht, Elena?«

»Ich denke an den Monte Cervialto und den Engelssee. Dort haben wir eine Macht gespürt, die uns unbegreiflich erscheint.«

»Die Engelsmacht, sprich es nur aus. Aber der Erdrutsch hat den Engelssee zugeschüttet. Die Macht der gefallenen Engel stellt keine Gefahr mehr dar.«

»Das eine bedingt das andere nicht«, sagte Alexander, als er bei der verlassenen Tankstelle in den schmalen Weg zum Haus des Erzbischofs einbog. »Damals schon gab es die Theorie, daß die Macht der gefallenen Engel an verschiedenen Orten verborgen ist.«

»Auch du, mein Sohn Brutus«, seufzte Donati. »Mir scheint, ihr zwei wollt euch unbedingt auf eine neue Totus-Tuus-Verschwörung einschießen.«

»Von Wollen kann keine Rede sein«, widersprach Alexander. »Aber ich gebe Elena insoweit recht, als all das nach Totus Tuus aussieht. Und ich denke, wir sollten auf das Schlimmste vorbereitet sein.«

Donati knurrte unwillig. »In letzter Zeit denke ich immer öfter, daß ich mir den falschen Job ausgesucht habe. Wenn man berufsmäßig ständig auf das Schlimmste vorbereitet sein muß, kann das nicht die Erfüllung sein, sondern nur die Ursache für Magengeschwüre.«

Die Unterhaltung versiegte.

Keiner von ihnen hatte Lust, sich mehr als nötig mit Totus Tuus zu befassen, jenem religiösen Orden, der offiziell längst aufgelöst war und, wenn Elena mit ihrer vagen Vermutung richtig lag, noch immer in dunkle Machenschaften verstrickt schien.

Der Regen hatte etwas nachgelassen, doch Alexander mußte mehr als einmal auf Schrittgeschwindigkeit heruntergehen. Das nächtliche Unwetter hatte etliche Äste abgerissen, von denen einige auf der Fahrbahn lagen.

Auf dem Platz vor dem Haus des Erzbischofs drängten sich so viele Fahrzeuge, daß Alexander Mühe hatte, den Peugeot in die Lücke zwischen einem roten Alfa Romeo und einem Mannschaftstransporter der Carabinieri zu zwängen. Im Haus trafen sie auf einen gewissen Commissario Brega, der die Ermittlungen vor Ort leitete und bereits von seinem Polizeipräsidenten instruiert worden war, Donati und seine Begleiter in allen Belangen zu unterstützen.

Allerdings schien der Commissario mit dem ergrauenden Lockenhaar darüber nicht eben erfreut, denn er zeigte sich sehr einsilbig. Vielleicht lag es aber auch daran, daß er keine großartigen Erkenntnisse vorweisen konnte. Der heftige

Regen schien alle Spuren außerhalb des Hauses verwischt und den flüchtigen Killer hinweggespült zu haben.
»Und der BMW?« erkundigte sich Alexander, der das Fahrzeug draußen nicht mehr gesehen hatte.
»Wird schon in Florenz von unseren Spezialisten untersucht«, sagte Brega. »Heutzutage gibt's ja für alles Spezialisten. Auch den Tresor durften wir nicht aufbrechen, bevor der Spezialist da ist.«
»Apropos«, meinte Donati. »Ist der Mann inzwischen eingetroffen?«
Brega zeigte zur Treppe und nach oben. »Schon bei der Arbeit.«
Sie gingen hinauf. Beim Ersteigen der Treppe erinnerte Alexander sich an den gestrigen Kampf und roch Reste des Tränengases, die sich hier festgesetzt hatten. Unwillkürlich spürte er ein leichts Brennen in den Augen.
In der Bibliothek erwartete sie, umgeben von mehreren Polizisten, ein schmächtiger, bebrillter Mann in einem schlechtsitzenden Kaufhausanzug. Auf seinem Gesicht lag ein triumphierender Ausdruck, und er zeigte betont lässig auf den offenen Tresor.
»Sie kommen gerade rechtzeitig, meine Herren – Verzeihung, und meine Dame natürlich.«
Sie sichteten den Inhalt des Tresors: ein wenig Bargeld, ein paar Urkunden aus der Vergangenheit des Erzbischofs und das halbfertige Manuskript eines religiösen Traktats, an dem Guarducci offenbar gearbeitet hatte. Alexander wollte schon seiner Enttäuschung Luft machen, da stieß er in der hintersten Ecke auf einen Aktenordner. Er zog ihn heraus, so daß alle die Aufschrift lesen konnten: *IOR*.
»Da haben wir ja, was wir suchen!« Donati schnappte sich

den Ordner, legte ihn auf einen runden Tisch in der Mitte des Raums, schlug ihn auf und blätterte hastig eine Seite nach der anderen um. »Das gibt's ja nicht!«
»Was ist, Stelvio?« fragte Alexander. »Hast du die Lösung gefunden?«
»Eher das Gegenteil«, brummte Donati enttäuscht. »Endlose Zahlenkolonnen. Das sind alles Unterlagen aus dem IOR, oder Kopien davon, Abrechnungen und so weiter. Zahlen, Zahlen, Zahlen. Wie soll man daraus schlau werden?«
Der Commissario aus Florenz trat neben Donati und sah ihm über die Schulter. Mit einem müden Lächeln sagte er: »Auch dafür gibt es bestimmt Spezialisten.«

27

San Gervasio

War es Nacht oder Tag? Enrico wußte es nicht. Sein fensterloser Kerker bot für die Beantwortung der Frage nicht den geringsten Anhaltspunkt. Die Kerze war nur noch ein Stummel, um den sich ein fast kunstvoll geformter Klumpen aus zerlaufenem Wachs gebildet hatte. Wie lange brauchte eine Kerze dieser Dicke, um herunterzubrennen?
Er hatte unruhig geschlafen, gequält von Traumdämonen, die ihn nicht zur Ruhe kommen ließen. Vielleicht war es eine Art Selbstschutz, daß er sich nur undeutlich daran erinnern konnte.
Immerhin hatte Giuseppe ihm ein Kissen und eine Wolldecke heruntergeworfen. Wahrlich keine bequeme Schlafstatt, aber besser als nichts. Durfte er das als Zeichen dafür werten, daß die Mönche von San Gervasio es nicht so ganz schlecht mit ihm meinten? Doch vermutlich schonten sie ihn nur, weil sie ihn noch für ihre Pläne benötigten. Die Worte des Abts waren deutlich gewesen.
Ihm war kalt. Er setzte sich auf das Kissen und zog die Decke

um seine Schultern, da hörte er über sich die fast schon vertrauten Geräusche: das metallische Schaben des Riegels und das leise Ächzen der Luke, als sie angehoben wurde.
Ein blasses, verschlossenes Gesicht blinzelte prüfend zu ihm herunter. Es war das von Bruder Antonio, der dem kargen Boden auf dem Berg einen kleinen Kräutergarten abgetrotzt hatte und immer dann gefragt war, wenn einen der Mönche ein Leiden plagte.
Offenbar hatte Antonio, dessen Gesicht nach wenigen Sekunden wieder verschwand, von Giuseppe die Wache übernommen. Enrico hörte, wie über ihm leise ein paar Worte gewechselt wurden, dann kam Francesco zu ihm herunter und wünschte ihm mit monotoner, jeder Fröhlichkeit entbehrender Stimme einen guten Morgen.
»Wie spät ist es?« fragte Enrico, ohne den Gruß zu erwidern.
»Es geht auf zehn Uhr zu. Wir haben dich lange schlafen lassen, damit du dich erholen kannst.«
»Wirklich sehr rücksichtsvoll«, knurrte Enrico. »Ich werde das Hotel weiterempfehlen, sofern ich dazu Gelegenheit haben sollte.«
Francesco blickte noch ernster drein als zuvor, erwiderte aber nichts, sondern packte Enricos Frühstück aus: eine Thermoskanne mit heißem Tee, Käse, Wurst und Brot. Verhungern lassen wollten sie ihn offenbar nicht.
Obwohl ihm kalt war, konnte Enrico den heißen Tee noch nicht trinken. Beim ersten Schluck verbrannte er sich Zunge und Gaumen. Deshalb widmete er sich zunächst dem Essen, während Francesco sich um seinen Fuß kümmerte, ihn erneut mit Salbe bestrich und frisch verband.
»Die Salbe von Bruder Antonio schlägt gut an«, sagte Francesco. »Die Schwellung ist etwas zurückgegangen.«

»Eine Kur ist gar nichts im Vergleich zu einem Aufenthalt in San Gervasio«, erwiderte Enrico mit unverhohlener Bitterkeit und versuchte es erneut mit dem Tee.

Das heiße Getränk tat ihm gut, und er leerte den Becher mit einem Mal. Danach durchströmte ihn wohlige Wärme, und er wollte sich zurücklehnen, aber als sein Hinterkopf gegen das harte Mauerwerk stieß, wurde ihm wieder bewußt, daß er nicht in einer gemütlichen Teestube saß.

Wie hatte er das nur vergessen können? Er fühlte sich leicht und unbeschwert. Ungeachtet der Kälte und der tristen Umgebung war ihm behaglich. Als er den leeren Becher abstellte, hatte er Mühe, seine Bewegungen zu koordinieren.

Das jugendliche Gesicht vor ihm wirkte bekümmert, und er hörte Francesco leise sagen: »Verzeih, Enrico, aber ich mußte es tun.«

Ein Funke der Erkenntnis blitzte in Enricos schwerfällig gewordenem Verstand auf: der Tee! Er mußte eine Substanz beinhalten, die seine Sinne beeinträchtigte und schwerfällig werden ließ. Aber warum? Je angestrengter er darüber nachdachte, desto müder wurde er. Also schloß er die Augen, um sich ein wenig auszuruhen.

Als er sie wieder öffnete, war Francesco verschwunden. Vor Enrico hockte der Abt und sprach zu ihm. Tommasios Stimme mußte ihn aus dem Dämmerzustand geholt haben. Die Flamme einer neuen Kerze tauchte das Gesicht des Abts in ein geisterhaftes Licht.

»Ah, dein Verstand ist in die Wirklichkeit zurückgekehrt«, sagte er. »Du fühlst dich hoffentlich einigermaßen wohl.«

»Wenn nicht, kann ich ja noch etwas von dem Tee trinken.« Enrico hatte eine schwere Zunge wie nach dem überreichlichen Genuß von Alkohol.

»Ich habe Bruder Antonio gebeten, diese spezielle Mischung zuzubereiten, damit du dich entspannst. Dann wirst du dich viel besser an das Vergangene erinnern.«
Jetzt verstand Enrico, was der Tee letztlich bewirken sollte. »Sie wollen mich willenlos machen!«
»Aber nein, so ist es nicht. Es geht nur darum, deinen inneren Widerstand abzubauen. Dann wird es dir leichter fallen, dich auf unsere gemeinsame Aufgabe einzulassen.«
»Wir haben keine *gemeinsame Aufgabe!*«
Tommasio lächelte nachsichtig. »O doch. Und du weißt es! Wir müssen das Engelsfeuer entfachen, die Macht unserer Ahnen. Hilf mir dabei, Vel! Erinnere dich, besinn dich auf deine Aufgabe! Wir müssen zusammenwirken. Das Engelsfeuer, Vel, hilf mir!«
Unablässig wiederholte der Abt seine Beschwörungen. In Enrico tobten widerstreitende Gefühle. Einerseits brannte er darauf zu erfahren, was mit Larthi und Vel geschehen war. Andererseits wollte er sich nicht zum Sklaven Tommasios machen und sträubte sich dagegen, ihm zuzuhören.
Aber er konnte den Einflüsterungen des Abts nicht entkommen. Sie waren in seinem Kopf, zeigten ihm Bilder aus einer anderen Zeit, als die Menschen Tuniken und Togen trugen und lederne Sandalen. Er wurde in diese Zeit hineingezogen wie in einen Strudel, während in seinem Kopf die monoton wiederholten Worte durcheinanderwirbelten: *Wir müssen das Engelsfeuer entfachen ... die Macht unserer Ahnen ... Vel ... zusammenwirken ... Engelsfeuer ... Vel ... erinnere dich ... erinnere dich ...*

»Du wirst mir helfen, Vel, ob du willst oder nicht! Du und Larthi, ihr werdet mit euren Kräften dazu beitragen, die

Macht der Ahnen herbeizurufen. Aber ich hoffe, ihr werdet freiwillig an meiner Seite stehen.«
Als Larth das sagte, war ein ganzer Tag vergangen. Noch immer war Vel ein Gefangener in dem Haus, das bis gestern Larths Vater gehört hatte. Jetzt war von Laris nichts mehr übrig als zerstreute Asche. Ein Schicksal, das, wenn Larth seinen Plan in die Tat umsetzte, vielleicht schon bald vielen Menschen drohte. Innerlich schüttelte Vel sich bei dem Gedanken an das, was die entfesselte Macht der Ahnen anzurichten vermochte.
»Niemals, Larth, bei dieser Sache werde ich nicht an deiner Seite stehen!«
Larth lächelte überlegen. »Wie ich eben schon bemerkt habe: Es kommt nicht darauf an, was du willst.«
Damit trat er zur Seite, um einigen seiner Freunde Platz zu machen. Ohne viel Federlesens packten sie Vel und schleppten ihn aus dem Raum. Vor dem Haus hatte sich ein Trupp von vierzig oder fünfzig Männern versammelt, allesamt wohl Larths Parteigänger. Eine kleine Armee, dachte Vel. Viele waren mit Knüppeln, einige auch mit Schwertern bewaffnet. Mitten unter ihnen stand Larthi, die Vel besorgt entgegensah. Ihre Augen waren gerötet, ihr Gesicht fahl. Wahrscheinlich hatte sie viel um ihren Vater geweint. Man brachte Vel zu ihr, und er war froh, sie in die Arme schließen zu können. Für einen Augenblick drückte er sie einfach an sich und vergaß Larth, seine Gefolgsleute und das, was sie vorhatten.
»Larth ist besessen, besessen vom Bösen«, flüsterte Larthi ihm ins Ohr. »Wir müssen seine Pläne durchkreuzen!«
»Hier wird nicht geflüstert!« schrie einer der Männer, ein muskulöser Kahlkopf, und riß Larthi von Vel weg.
Sie verlor das Gleichgewicht und fiel taumelnd zu Boden.

Gelächter wurde laut, und der Kahlkopf spottete: »Seht her, die Tochter der Weißen Göttin kriecht am Boden herum wie ein Wurm. Das sieht mir nicht sehr göttlich aus!«
Vel verlor die Beherrschung und warf sich auf den Spötter. Eng umschlungen fielen sie zu Boden, und Vel versetzte dem überraschten Mann ein paar Fausthiebe, bis Blut aus dessen Nase spritzte.
Andere Männer kamen herzu und hielten Vel fest, bis der Kahlkopf sich erhoben und mit dem Handrücken den größten Teil des Bluts weggewischt hatte.
»Das wirst du bereuen! Jetzt schlage ich dich zu Brei!«
Die Umstehenden feuerten ihn an. »Nur zu, Arnth, gib es ihm!« – »Schlag zu, Arnth, wir wollen deine Fäuste fliegen sehen!« – »Zeig es diesem eingebildeten Kerl!«
Arnth ließ sich nicht lange bitten und landete zwei Fausthiebe mitten in Vels Gesicht. Von den anderen im festen Griff gehalten, konnte Vel sich nicht wehren und den Schlägen nicht ausweichen. Arnth versetzte ihm einen weiteren harten Schlag. Vel war, als hätte man ihm einen schweren Stein ins Gesicht geschleudert.
»Jetzt blutest du auch, und nicht zu knapp!« höhnte Arnth. »Aber das war erst der Anfang. Gleich wirst du erfahren, was wahre Schmerzen sind!«
Er holte zum dritten Schlag aus, aber Larths Stimme fuhr schneidend dazwischen: »Hör auf, Arnth, es ist genug!«
Der Kahlkopf fing seinen Schlag kurz vor Vels Gesicht ab und drehte sich enttäuscht zu Larth um.
»Was soll das, Larth? Laß mir doch den Spaß!«
»Wir sind nicht zum Spaß hier. Wir brauchen Vel noch. Wenn du ihn in Stücke haust, nutzt er uns nichts mehr.«
Widerwillig ließ Arnth von Vel ab. Aber seinen finsteren

Blicken war deutlich zu entnehmen, daß Vel sich einen unversöhnlichen Feind geschaffen hatte.
Auf Larths Befehl setzte sich der Trupp endlich in Bewegung und marschierte in Richtung des Bergs. Bald wurde der Weg steil, und loses Geröll erschwerte den Aufstieg.
Die beiden Gefangenen befanden sich mitten im Pulk der Männer, so daß eine Flucht unmöglich war. Nach ungefähr zwei Stunden erreichten sie einen offenen, von zwei großen Pinien beschatteten Platz, und Larth ordnete eine Rast an. Niemand hatte etwas dagegen, daß Larthi und Vel sich nebeneinander auf einen niedrigen Stein setzten, und Larthi säuberte mit einem Zipfel ihres Kleids sein Gesicht vom Blut, so gut es ging.
Larth trat zu ihnen und reichte ihnen einen Wasserschlauch.
»Hiermit geht es besser, und etwas trinken solltet ihr auch. Vielleicht ist euch der Vorfall mit Arnth eine Warnung. Wenn ihr euch nicht bald entschließt, euch zu unserer Sache zu bekennen, kann ich für eure Sicherheit nicht mehr einstehen.«
Seine Schwester sah bittend zu ihm auf. »Dann laß uns doch gehen, Larth! Ist nicht schon genug Unheil geschehen?«
»Euch gehen lassen?« Larth schien allein den Gedanken vollkommen abwegig zu finden. »Aber das geht doch nicht. Ich brauche euch beide, um die Macht der Ahnen zu entfachen.«
Als Larth sich entfernte und zu seinen Gefolgsleuten ging, sagte Vel: »Dein Bruder meint es wirklich ernst.«
Tränen glitzerten in Larthis Augen. »Ich weiß nicht, ob das noch Larth ist. Es ist sein Körper, und es ist seine Stimme. Aber was er sagt, klingt, als stecke ein anderer in ihm.«
»Wer?«

»Ich weiß es nicht, Vel, aber für mich steht fest: Es ist ein böser Dämon!«

Nach einer Viertelstunde ging es weiter. Sie folgten einem verschlungenen Pfad, der sich zwischen hochaufragenden Felsen in den Berg hineinwand.

Die Abenddämmerung setzte ein, und die dicht zusammenstehenden Felsen verschluckten die Reste des Tageslichts. Aber darauf waren Larth und seine Leute vorbereitet. Sie entzündeten Fackeln, und schon nach kurzer Unterbrechung setzten sie ihren Marsch fort.

Seit der Rast mochten weitere zwei Stunden vergangen sein, als der bislang enge Pfad sich zu einem ovalen Platz erweiterte, dessen gegenüberliegende Seite an den Berg stieß. Der Trupp hielt an, und staunend betrachtete Vel das riesige Wandbild, das ein unbekannter Künstler in den Stein gehauen hatte.

Es zeigte eine Stadt, über der geflügelte Männer schwebten. Diese hielten Schwerter in den Händen, brennende Schwerter, und die Flammen zuckten, Blitzen gleich, von den Klingen zur Erde, wo sie auf die Stadt übersprangen und die Dächer in ein Flammenmeer verwandelten.

Obwohl Vel niemals zuvor an diesem Ort gewesen war, wußte er auf Anhieb, wo er sich befand. Hier also stand der Tempel der Ahnen!

Eine Hand griff nach seiner Rechten und umklammerte sie. Die Hand gehörte Larthi.

»Ich habe Angst, Vel!« sagte sie leise. »Larth fängt etwas an, dessen er bald nicht mehr Herr sein wird. Von diesem Ort geht eine ungeheure Kraft aus.«

Auch Vel spürte diese Kraft. Es war, als durchströme etwas Fremdes seinen Leib und seinen Geist, eine Macht, gegen die der freie Wille eines Menschen bedeutungslos war. War das der böse Dämon, von dem Larthi gesprochen hatte?

Er wehrte sich gegen die fremde Macht, die von ihm Besitz ergreifen wollte. Das geistige Aufbäumen strengte ihn über alle Maßen an, und ihm war, als brenne ein Feuer in ihm. Die Geflügelten lösten sich aus dem Wandbild, umkreisten ihn und stießen drohend ihre flammenden Schwerter vor. Es gelang ihm, die Angreifer zurückzudrängen. Alle bis auf einen. Ein Geflügelter schwebte, umgeben von einer feurigen Aura, dicht vor ihm. Aus den Flügeln wurden ledrige Schwingen, und das eben noch engelhafte Gesicht verwandelte sich in eine narbige Fratze, einen Ausbund an Bosheit und Häßlichkeit. Das Wesen kam auf ihn zu und breitete die Arme aus, wollte ihn umschlingen.
»Nein!« schrie Enrico. »Ich will das nicht! Laß mich!«
Ein Fauchen wie von einem wütenden Raubtier oder einer auflodernden Flamme ertönte, und das Wesen wich zurück; eine Feuerwand stand zwischen Enrico und ihm.
Enrico wußte nicht, wie er das geschafft hatte, doch eins war klar: Die Anstrengung hatte ihn an den Rand seiner Kräfte gebracht. Er brach zusammen und lag, von krampfartigen Zuckungen geschüttelt, auf dem steinernen Kerkerboden.
Dicht über sich erkannte er das ledrige Gesicht des Abts, und er hörte ihn rufen: »Antonio, komm schnell herunter und hilf mir! Er stirbt uns sonst!«

28

VATIKANSTADT

Der Gardeposten am Sant'Anna-Tor bestand aus jungen Gardisten. Frische Gesichter, die Alexander nie gesehen hatte. Das war ihm ganz recht, denn er war viel zu müde für ein Schwätzchen mit alten Kameraden. Morgens war er noch in Florenz gewesen, jetzt, am frühen Nachmittag, lag eine anstrengende Autobahnfahrt hinter ihm.
Er blickte zu Donati hinüber, der auf dem Beifahrersitz saß und dumpf vor sich hin brütete. Der Freund wirkte nicht nur müde, sondern bekümmert. Er hatte allen Grund dazu, wenn die Theorie stimmte, die sie auf der Fahrt nach Rom entwickelt hatten. Schon am Abend würden sie vermutlich mehr wissen.
Sie hatten kurz im römischen Polizeipräsidium auf dem Quirinal Station gemacht, hatten dann Elena bei ihrer Wohnung auf dem Gianicolo abgesetzt und waren weitergefahren zum Vatikan. Donati hatte telefonisch einen Termin mit Henri Luu vereinbart.
Während Alexander einen Parkplatz auf dem Damasushof

ansteuerte, zeigte Donati, aus seiner Lethargie erwacht, in den Himmel jenseits des Vatikanischen Geheimarchivs.
»Ist das nicht der päpstliche Hubschrauber, der da aufsteigt?«
Alexander legte den Kopf schief, und sein Blick folgte Donatis ausgestrecktem Finger.
»Ja, sieht ganz so aus. Ich wußte nicht, daß einer der Päpste heute einen auswärtigen Termin hat.«
»Vielleicht wird ja auch ein wichtiger Gast vom Flughafen abgeholt.«
Sie betraten den Apostolischen Palast, fuhren mit dem Lift nach oben und wurden von einem Gardisten zu Luus Büro begleitet. Der Privatsekretär von Papst Custos stand, mit dem Rücken zu ihnen, hinter seinem klobigen Schreibtisch, auf dem sich Papierstapel und Aktenordner türmten, und blickte hinaus in den grauen Himmel, unter dem selbst die begrünten und penibel gepflegten Vatikanischen Gärten trostlos aussahen.
»Beobachten Sie den Hubschrauber, Don Luu?« fragte Alexander nach der Begrüßung. »Wir haben eben bemerkt, daß er aufgestiegen ist.«
Auf Luus Stirn bildeten sich Sorgenfalten. »Seine Heiligkeit, Papst Lucius, sitzt darin. Vor kurzem haben wir einen besorgniserregenden Anruf erhalten.«
»Inwiefern?«
»Nehmen wir erst einmal Platz«, sagte Luu, und sie setzten sich. »Ich kann natürlich, wie immer, auf Ihre Diskretion hoffen, nehme ich an.«
Donati wirkte ein wenig beleidigt. »Sonst säßen wir nicht hier, Don Luu!«
»Natürlich, natürlich, entschuldigen Sie. Aber was sich hier

in letzter Zeit abspielt, bringt sogar meine asiatische Hälfte dazu, ihren Gleichmut zu verlieren.« Er blickte erneut aus dem Fenster, obwohl der Hubschrauber inzwischen einige Kilometer entfernt sein mußte. »Papst Lucius ist unterwegs zu seinem Sohn, dem es sehr schlecht gehen soll.«
»Enrico?« fragten Alexander und Donati fast mit einer Stimme.
»Ja, Enrico Schreiber. Er hat die letzten Wochen, wie ich soeben erfuhr, in einem kleinen Kloster in den umbrischen Bergen verbracht, San Gervasio. Heute rief ein Arzt an und teilte mit, daß Signor Schreiber schwer erkrankt sei. So schwer, daß er nicht transportfähig ist. Offenbar hat Signor Schreiber dem Arzt und dem Abt erzählt, daß er über eine enge Verbindung zum Heiligen Stuhl verfügt. Papst Lucius hat auf Anraten von Papst Custos alle Termine abgesagt und will seinen Sohn besuchen. Vielleicht kann der Heilige Vater da weiterhelfen, wo die ärztliche Kunst versagt.«
Alexander und Donati verstanden die Anspielung auf Lucius' heilende Fähigkeiten.
»Welcher Art ist Enricos Erkrankung?« erkundigte Alexander sich, aber Luu wußte es nicht.
Eine Seitentür wurde geöffnet, und der Eintretende sagte: »Ich weiß leider auch nicht mehr darüber. Mein Amtsbruder hatte es nach dem Telefonat mit dem Arzt sehr eilig, was ich gut verstehen kann.«
Papst Custos begrüßte Alexander und Donati herzlich und erkundigte sich nach ihren jüngsten Erlebnissen. »Wie ich hörte, ist Erzbischof Guarducci zu Tode gekommen.«
»Er starb quasi in Elenas und meinen Armen, Heiliger Vater«, sagte Alexander und berichtete in kurzen Worten, was sich in den Bergen nördlich von Florenz ereignet hatte. »Die

dortige Polizei sucht noch nach dem zweiten Killer, aber ich fürchte, er ist entkommen. Und ich fürchte auch, daß wir ihm nicht zum letzten Mal begegnet sind.«

Donati öffnete die Aktentasche, die er bei sich trug, und legte den dickleibigen Ordner aus Guarduccis Tresor auf den Schreibtisch.

»Immerhin war das ganze Unternehmen nicht vergebens. Wir konnten die Unterlagen sicherstellen, die Rosario Picardi bei seinem alten Freund, dem Erzbischof, deponiert hatte. Zweifellos waren die Killer damit beauftragt, diese Papiere an sich zu nehmen oder zu vernichten. Dank Alexander und Elena konnten sie ihren Auftrag nicht erfüllen.«

»Ein Stapel Akten gegen drei Menschenleben«, sagte Custos nachdenklich. »Das ist kein Erfolg, der einen froh stimmen kann.«

Luu deutete auf den Ordner. »Was steht da drin?«

»Zahlen, und zwar jede Menge«, ächzte Donati. »Überweisungsbelege, Kalkulationen, Bilanzen, was weiß ich. Um das zu verstehen, müßte ich erst Betriebswirtschaft und Mathematik studieren.«

»Dann sollten wir die Unterlagen einem Finanzfachmann vorlegen«, schlug Luu vor.

»Ebendeshalb sind wir hier«, erklärte Donati. »Wir haben die Unterlagen vorhin im Präsidium kopieren lassen und unseren besten Finanzexperten drangesetzt. Aber in Anbetracht der Menschenleben, die wegen dieser Sache bereits geopfert worden sind, drängt die Zeit. Daher halten wir es für zweckmäßig, wenn Sie auch einen Ihrer Leute mit der Überprüfung der Akten beauftragen. Jemanden, der sich mit den Geschäften der Vatikanbank auskennt und der vertrauenswürdig ist.«

»Wie wäre es mit Kardinal Scheffler?« schlug Luu vor. »Niemand kennt sich so gut mit dem Institut für die religiösen Werke aus wie er.«

Donati verzog das Gesicht. »Ehrlich und im Vertrauen gesagt, der Kardinal erscheint mir nicht so ganz geeignet.«

Custos beugte sich vor. »Sie verdächtigen Scheffler?«

»Wir haben keine Hinweise darauf, daß Scheffler in die Morde verwickelt ist«, sagte Donati vorsichtig. »Aber seine Beteiligung an der Sache ist auch nicht ganz auszuschließen. Bisher deutet alles darauf hin, daß die Vatikanbank in irgendeiner Weise in krumme Geschäfte verstrickt ist. Wenn das so ist, erscheint der Gedanke, daß der Generaldirektor des IOR daran beteiligt ist, nicht ganz abwegig.«

»Aber Kardinal Scheffler besitzt das absolute Vertrauen des Heiligen Stuhls«, protestierte Luu. »Andernfalls hätte er diesen hohen Posten niemals inne.«

»Mit dem Vertrauen ist das so eine Sache«, sagte Alexander. »Auch andere Kardinäle haben es mißbraucht. Oder denken Sie an meinen Vater und andere Angehörige der Schweizergarde. Sie alle besaßen das Vertrauen des Heiligen Stuhls und haben doch gegen die Interessen der Kirche gehandelt.«

»Schon, aber das war zu Zeiten von Totus Tuus.« Als weder Alexander noch Donati auf diese Bemerkung etwas erwiderte, wurde Luu blaß. »Sie wollen doch nicht andeuten, daß Totus Tuus wieder aktiv geworden ist? Gibt es dafür Beweise?«

»Totus Tuus hinterläßt selten Beweise für seine Machenschaften«, antwortete Alexander. »Nein, wir haben nichts Handfestes, das auf eine Beteiligung dieser unheiligen Vereinigung hinweist. Es ist bloß eine Vermutung. Wir haben es mit einem mächtigen Gegner zu tun, der offenbar über gute

Kontakte zum Vatikan verfügt. Anders lassen sich der seltsame Tod Kardinal Mandumes, die Ermordung Picardis und der Überfall auf das Haus von Erzbischof Guarducci nicht erklären. Ich weiß, daß Totus Tuus offiziell als aufgelöst gilt und daß alles getan worden ist, um auch die inoffiziellen Verbindungen des Ordens zu kappen. Aber können wir wirklich sicher sein, daß uns das in vollem Umfang gelungen ist? Wir sollten vorsichtig sein, ganz gleich, ob unser Gegner Totus Tuus heißt oder nicht!«

Custos legte eine Hand auf Alexanders Arm. »Da stimme ich Ihnen zu, mein Sohn. Gehen wir also mit Bedacht zu Werke und halten Kardinal Scheffler vorerst aus den Ermittlungen heraus.« Der Papst blickte seinen Sekretär an. »Wer kommt dann in Frage, Henri?«

Luu dachte kurz nach, bevor er fragte: »Wie wäre es mit dem jungen Pallottino?« Er wandte sich an Donati und Alexander. »Den haben Sie bereits kennengelernt, wenn ich mich nicht täusche.«

Alexander erinnerte sich an den jungen, wie aus dem Ei gepellten Banker, der ihn und Donati zwei Tage zuvor zum Generaldirektor des IOR geführt hatte.

Donati räusperte sich und meinte: »Das ist doch Schefflers Sekretär!«

»Befürchten Sie da einen Loyalitätskonflikt?« fragte Luu.

Donati nickte. »So etwas in der Art, Don Luu.«

Luu machte ein unglückliches Gesicht. Custos lächelte ihn aufmunternd an.

»Nicht aufgeben, Henri. Weshalb haben Sie Pallottino vorgeschlagen?«

»Weil er einer der Besten ist, Heiliger Vater. Wenn nicht der Beste. Keiner hatte im *Internat* so gute Noten wie er. Außer-

dem war er bis vor kurzem – bevor Scheffler ihn in sein Büro geholt hat – Picardis Sekretär. Ich dachte, von daher müßte er sich mit Picardis Aufzeichnungen gut auskennen.«
Alexander und Donati wußten beide, was mit »Internat« gemeint war, und der Polizeidirektor faßte es in Worte: »Pallottino ist also der Sohn eines Geistlichen.«
Viele katholische Geistliche hatten trotz des Zölibats Kinder, und die katholische Kirche unterstützte die unehelichen Sprößlinge ihrer Kirchenmänner. Nicht nur und vielleicht nicht einmal vorrangig aus Nächstenliebe, sondern auch, um die öffentliche Empörung in Grenzen zu halten. Besonders begabte Söhne ihrer Priester förderte die Kirche durch ein Stipendium für eine Ausbildung, die ihnen später einen Einsatz in der Verwaltung des Vatikans erlaubte, soweit sie sich nicht gleich dem Priesteramt zuwandten. Im Vatikan hatte sich für diese Institution der Ausdruck »Internat« eingebürgert.
»Dieses leidige Zölibat«, sagte Custos gequält. »Wie Sie wissen, habe ich schon einmal versucht, es abzuschaffen. Aber selbst einem Papst sind Grenzen gesetzt, und unsere eben doch konservative Kirche ist für diesen Schritt noch nicht bereit.«
Donati, dem der Sinn nicht nach einer kirchenpolitischen Debatte stand, trommelte ungeduldig auf Picardis Geheimakten. »Meinetwegen versuchen wir es mit diesem Pallottino. Er muß sich allerdings zur Geheimhaltung verpflichten und darf auch Kardinal Scheffler nicht sagen, was er hier tut.«
Ein Telefonat von Henri Luu, und zehn Minuten später saß Fabio Pallottino in dessen Büro und zeigte sich von der Anwesenheit des Papstes sehr beeindruckt. Luu erklärte ihm, daß

ihm eine höchst wichtige Aufgabe übertragen werden solle, daß er aber außer den hier anwesenden Personen niemandem etwas darüber sagen dürfe, auch nicht seinem Vorgesetzten.
»Aber ... was sage ich Seiner Eminenz, wenn er mich fragt?«
»Sie werden Seiner Eminenz sagen, daß der Heilige Vater persönlich Sie zum Stillschweigen verpflichtet hat«, antwortete Luu. »Außerdem erhalten Sie für die Zeit, die Sie brauchen, um diese Aufgabe zu lösen, ein eigenes Büro. Dann werden Sie nicht allzu häufig mit Kardinal Scheffler zusammentreffen.«
Pallottino wirkte noch nicht überzeugt, und Custos fügte hinzu: »Wenn Sie die Aufgabe übernehmen, geschieht das absolut freiwillig, mein Sohn. Niemand hier will Sie in einen Gewissenskonflikt stürzen, und niemand wird Ihnen einen Strick daraus drehen, wenn Sie nein sagen. Aber Don Luu hat Sie in dieser Angelegenheit als den Besten empfohlen.«
Das schmeichelte Pallottino, und er setzte sich unwillkürlich kerzengerade hin. »Wenn ich Ihnen dienlich sein kann, Heiliger Vater, übernehme ich jede Aufgabe. Selbstverständlich können Sie auf mein Stillschweigen zählen.«
»Danke, mein Sohn«, sagte Custos, und Luu erläuterte dem jungen Banker, worin seine Aufgabe bestand.
»Geheime Akten von Don Picardi?« Pallottino warf dem dickleibigen Ordner einen respektvollen Blick zu. »Woher stammen die?«
»Das hat Sie nicht zu interessieren«, sagte Donati brüsk. »Je weniger Sie über die Hintergründe wissen, desto besser. Sie sollen die Akten unvoreingenommen prüfen und uns sagen, was sie beinhalten. In verständlichen Worten, wenn das möglich ist.«

»Selbstverständlich, Dirigente Donati«, sagte Pallottino eilfertig.

Donati musterte ihn eingehend. »Ihrer Reaktion entnehme ich, daß Sie von diesen Unterlagen nichts gewußt haben.«

»Nein, wieso auch?«

»Weil Sie Picardis Sekretär gewesen sind, bevor Kardinal Scheffler Sie zu sich geholt hat. Hatten Sie danach noch engen Kontakt zu Picardi?«

»Nein, so gut wie keinen. Meine neue Aufgabe hat mich ganz in Anspruch genommen.«

Donati legte eine Hand auf den Aktenordner. »Ihnen war also nicht bekannt, daß Picardi wichtige Akten sammelte, die offenbar brisantes Material enthalten?«

Pallottino schüttelte den Kopf. »Nein, Dirigente Donati.«

»Gab es für Ihren Wechsel zu Kardinal Scheffler einen besonderen Grund?«

»Don Picardi selbst hat mich Seiner Eminenz empfohlen, weil er meinte, gute Leistungen müßten belohnt werden.«

»So?« Donati wies auf den Aktenordner. »Na, dann zeigen Sie mal, was zu leisten Sie in der Lage sind, Signor Pallottino!«

29

San Gervasio

Der Helikopter der italienischen Armee schwebte über der Bergkuppe, und der Pilot schüttelte zweifelnd den Kopf. Direkt unter der großen Libelle aus Metall, Kunststoff und Sicherheitsglas lag das Kloster, das von hier oben den Eindruck einer seit Jahrhunderten verlassenen Ruine machte. Nur der Geländewagen, der zwischen den Gebäuden stand, störte diesen Eindruck.
Der Kopilot, ebenfalls ein italienischer Offizier, drehte sich zu Papst Lucius und den drei Schweizergardisten um und sagte so laut, daß er das Rotorengeknatter übertönte: »Heiliger Vater, wir können hier oben nicht landen. Die Gebäude stehen zu dicht beieinander. Wir müßten zusehen, ob wir irgendwo an der Bergstraße einen Landeplatz finden.«
Custos nickte. »Einverstanden.«
Ein Schulterklopfen des Kopiloten genügte, und der Pilot ließ den Hubschrauber sich leicht zur Seite neigen und oberhalb der gewundenen Bergstraße entlanggleiten.
Gardeadjutant Roland Kübler blickte hinunter und sah zu

beiden Seiten der Straße nichts als Felsen und Bäume. Dann aber tauchte direkt am Straßenrand eine Lichtung auf, nicht sonderlich groß, aber für den erfahrenen Offizier am Steuerknüppel groß genug. Punktgenau setzte der Helikopter in der Mitte der kleinen Lichtung auf.

Gardeleutnant Robert Klameth gab seinen beiden Untergebenen ein Zeichen. Kübler sprang rechts, Zarli Hofer links aus dem Helikopter, um das Gelände zu sichern. Viel zu sichern gab es hier allerdings nicht, wie Roland Kübler fand, schließlich waren sie mitten in der Einöde gelandet. Er fragte sich, wozu dieser Einsatz diente, rief sich aber gleich darauf zur Räson. Ein Soldat hatte Befehle zu befolgen und nicht zu hinterfragen.

Als der überraschende Befehl vom Gardekommandanten gekommen war, Kübler, Klameth und Hofer sollten Papst Lucius als Leibwache auf einem Helikopterflug begleiten, hatte das die drei Gardisten kalt erwischt. Sie hatten noch nicht einmal die Privatkleidung anziehen können, die üblich war, wenn sie außerhalb des Vatikans als Leibwache fungierten. So trugen sie ihre dunklen Alltagsuniformen mit den schwarzen Baretts. Zusätzlich zur Dienstpistole, der P 225, war Kübler und Hofer das Sturmgewehr 90 ausgehändigt worden, als ginge es in einen Kampfeinsatz. Das alles war schon merkwürdig genug. Aber was den Heiligen Vater in diese abgelegene Berggegend führte, blieb für Roland Kübler das größte Rätsel.

Leutnant Klameth sprang aus dem Hubschrauber und sah seine beiden Männer an. Sie gaben ihm das Handzeichen für »Keine Gefahr«.

Klameth sprach mit den Männern in der Helikopterkanzel. Der Pilot stellte den Motor aus, und das ohrenbetäubende

Knattern erstarb, während die Rotorblätter zum Stillstand kamen. Papst Lucius und der Kopilot, ein gewisser Leutnant Secchi, verließen die Kanzel.

»Hier erwartet uns natürlich kein Empfangskomitee«, sagte der Papst und holte aus einer Tasche seines weißen Gewands ein Handy hervor.

Kübler konnte ein Grinsen nicht ganz unterdrücken. Ein Papst, der auf einem abgelegenen Berg stand und telefonierte, war ein komischer Anblick. Als er aber das Gesicht des Heiligen Vaters sah, gefror sein Grinsen. Lucius IV. wirkte äußerst angespannt und besorgt.

»Nichts«, sagte der Papst schließlich. »Ich kriege keine Verbindung zum Kloster, obwohl ich die Handynummer des Arztes gewählt habe, der vom Kloster aus angerufen und gesagt hat, er sei dort zu erreichen.«

Klameth blickte den Berg hinauf, wo, von ihrem Standort aus hinter einer Felswand verborgen, das Kloster lag. »Ich werde einen meiner Leute hinaufschicken, wenn Sie gestatten, Heiliger Vater. Vielleicht gibt es dort einen Wagen, der uns abholen kann.«

»Gehen wir lieber gleich alle zusammen«, erwiderte Lucius. »Dann sind wir schneller da.«

»Aber es regnet, Eure Heiligkeit!«

»Bin ich aus Zucker?« fragte Lucius und wandte sich an Leutnant Secchi.

»Danke, Herr Leutnant, Sie können zurückfliegen. Wir rufen Sie, wenn wir Sie brauchen.«

»Sollen wir nicht lieber warten, Heiliger Vater?«

»Der Kranke, den ich im Kloster besuchen will, ist nach Aussage des Arztes nicht transportfähig. Der Hubschrauber nutzt in dieser Hinsicht also nichts. Ich weiß nicht, wie lange ich in San Gervasio bleiben werde, aber es dauert sicher eine ganze Weile. Also fliegen Sie nur zurück nach Rom!«

Secchi salutierte und stieg in die Hubschrauberkanzel, von wo aus er dem Papst und den drei Schweizergardisten nachsah, die sich an den Aufstieg machten. Der Pilot warf den Motor an, und der Hubschrauber stieg langsam, schwebte kurz über der kleinen Gruppe auf der Bergstraße und schwirrte dann in südlicher Richtung davon, zurück zum Militärflughafen von Ciampino, wo die italienische Regierung ständig einen Helikopter für den Vatikan in Bereitschaft hielt.

Lucius und seine Begleiter waren noch nicht weit gegangen, als ihnen aus der Richtung des Klosters ein schwerer Mercedes-Geländewagen entgegenkam. Es war das Fahrzeug, das sie im Klosterhof hatten stehen sehen.

»Kann jemand erkennen, wer drinsitzt?« fragte Leutnant Klameth.

Kübler kniff die Augen zusammen und starrte dem Mercedes entgegen. »Nichts zu machen, Herr Leutnant, die Scheiben sind getönt.«

»Heiliger Vater, verstecken Sie sich hinter dem Baum da, bitte!« sagte der Leutnant, und es war mehr ein Befehl als eine Bitte. »Kübler und Hofer, Deckung suchen und Schußbereitschaft herstellen!«

Während Lucius sich in den Schatten einer Tanne begab, hockte Kübler sich hinter einen gezackten Felsen ganz in seiner Nähe und brachte das Sturmgewehr in Anschlag. Der lange Zarli Hofer hastete zur anderen Straßenseite, warf sich hinter einen Heidelbeerstrauch und brachte ebenfalls sein Sturmgewehr in Stellung. Nur Leutnant Klameth blieb auf der Straße stehen und öffnete die lederne Pistolentasche an

seiner Seite, ohne jedoch die Waffe zu ziehen. Er hob die linke Hand, um den unsichtbaren Mercedes-Fahrer zum Halten zu veranlassen.
Der Wagen wurde langsamer und kam kurz vor Klameth zum Stehen. Als die Beifahrertür aufgestoßen wurde, nahm Kübler die Stelle ins Visier, wo die aussteigende Person sich zeigen mußte. Gleichzeitig suchte er mit dem rechten Zeigefinger den Druckpunkt des Abzugs. Dann sah er einen Mann in Mönchskutte und atmete auf.
»Ich bin Tommasio, der Abt von San Gervasio«, sagte der große, hagere Mann. »Ist der Heilige Vater nicht bei Ihnen?«
Lucius trat hinter der Tanne vor. »Entschuldigen Sie das Versteckspiel, Bruder Tommasio. Meine Beschützer hielten es für angebracht.«
Der Abt ging vor dem Papst auf die Knie, senkte das Haupt und küßte den Fischerring. Die Fahrertür wurde geöffnet, und ein weiterer Mönch, von gedrungener Gestalt und mit einem gutmütigen Mondgesicht, stieg aus, um es seinem Abt gleichzutun.
»Das ist Bruder Giuseppe, der in San Gervasio alles repariert, was sich nur reparieren läßt«, stellte der Abt ihn vor. »Wir sind gekommen, um Sie abzuholen, Heiliger Vater.«
Kübler schüttelte den Kopf. Heute war wirklich ein seltsamer Tag. Erst flog Papst Lucius ohne vorherige Ankündigung auf diesen abgelegenen Berg, und jetzt wurden sie von zwei Mönchen abgeholt, deren Kloster aussah wie eine uralte Ruine, die aber einen modernen Geländewagen fuhren.
Leutnant Klameth sprach aus, was Kübler dachte: »Einen tollen Wagen haben Sie, Signor Abate.«
»Der gehört nicht uns, sondern Dr. Avati«, erklärte der Abt.

»Er hat uns den Wagen geliehen, damit wir Seine Heiligkeit schneller zu dem Kranken bringen können.«
Kaum hatte Tommasio geendet, da fragte Lucius: »Wie geht es Enrico?«
»Er ist sehr schwach, aber er hat nach Ihnen gefragt, Heiliger Vater. Er meinte, nur Sie könnten ihm helfen.«
»Was ist geschehen?«
»Ich weiß es nicht. Er hat sehr abgeschieden in unserer kleinen Gemeinschaft gelebt, weil er innere Einkehr suchte. Heute morgen fanden wir ihn wie leblos in seiner Zelle. Zwar atmete er noch, aber er war schwach wie ein Neugeborenes. Fast so, als sei er innerlich ausgebrannt.«
»Bringen Sie mich bitte zu ihm, schnell!« sagte Lucius und stieg, gefolgt von den Gardisten, in den Fond des Geländewagens.
Tommasio runzelte die Stirn, als er Kübler und Hofer mit ihren martialisch aussehenden Sturmgewehren sah, sagte aber nichts dazu. Auch die Mönche stiegen ein, und Giuseppe wendete den Mercedes, indem er geschickt den spärlichen Raum ausnutzte, den die enge Straße ihm bot. Routiniert beschleunigte er, und der Wagen jagte mit aufheulendem Motor den Berg hinauf.
Kübler, der rechts von Lucius saß, lehnte sich zurück, aber entspannen konnte er sich nicht. Ein sechster Sinn warnte ihn: Irgend etwas stimmte hier nicht!

30

ROM, REDAKTION DES MESSAGERO DI ROMA

»Da bist du ja endlich!« rief Laura Monicini, sprang auf, lief um den hufeisenförmigen Schreibtisch herum und drückte Elena an sich. »Mein Gott, ich habe mir solche Sorgen gemacht. Was ihr in Frana erlebt habt, muß schlimm gewesen sein.«
Elena rang sich ein gequältes Lächeln ab. »Das täglich Brot von Journalisten eben: eine Frau mit durchgeschnittener Kehle, zwei brutale Killer und ein sterbender Erzbischof. Alles in allem ein beschaulicher Abend in der Provinz.«
»Deinen Humor hast du jedenfalls nicht verloren.« Die Chefredakteurin klang erleichtert. »Setz dich, ruh dich aus, und sag mir, was ich für dich tun kann. Magst du einen Tee?«
»Gern.« Elena setzte sich auf die Ledercouch in der Konferenzecke und machte die Beine lang. »Das tut richtig gut, wenn man ein paar Stunden im Auto gesessen hat.«
Laura rief ihre Assistentin an, bat sie, den Tee zu bringen, und ließ sich neben Elena nieder. »War es sehr anstrengend?«

»Anstrengungen gehören zu unserem Job. Sagst du das nicht selbst immer?«
Laura grinste. »Einer der vielen Sprüche aus dem Seminar ›Wie motiviere ich meine Mitarbeiter?‹. Aber ernsthaft, Elena, ich mache mir Sorgen um dich. Ich meine, wegen deines Zustands.«
»Wegen meines Zustands? Wovon sprichst du?«
»Davon, daß du jetzt nicht mehr nur auf dich achtgeben mußt, sondern auch auf dein Kind. In welchem Monat bist du, im dritten?«
»Ja«, antwortete Elena verblüfft und sah auf ihren noch flachen Bauch. »Ich dachte, man sieht noch nichts. Aber jeder scheint es zu wissen. Steht es auf meiner Stirn geschrieben?«
»Wenn du so willst. Es gibt da so gewisse Anzeichen im Verhalten einer werdenden Mutter, die allerdings den wenigsten Menschen auffallen.«
»Dir aber schon, hm?«
Laura nickte. »Mir schon.«
»Warum?«
»Weil ich Chefredakteurin bin. Ich habe halt ein Gespür für die verborgenen Dinge.«
»Jetzt verkohlst du mich aber, Laura!«
»Nun laß mir doch meine kleinen Geheimnisse.«
Elena verzog die Lippen zu einem übertriebenen Schmollmund. »Das ist unfair. Du kennst mein Geheimnis, also will ich auch deins wissen.«
»Ich gehöre zu einer Gruppe von Menschen, die es sofort erkennen, wenn eine Frau schwanger ist.«
»Das hört sich ja spannend an. Was ist das für eine Gruppe? Hellseher, Superhelden mit Röntgenblick oder von Außerirdischen Entführte?«

»So etwas in der Art: Frauen, die selbst schon mal schwanger waren.«
Elena schluckte. »Du? Aber davon habe ich ja gar nichts gewußt?«
»Ich sagte doch, es ist ein Geheimnis.«
»Du hast nie von Kindern erzählt.« Elena blickte sich in dem großen Büro um. »Und ich sehe kein Bild.«
»Es gibt kein Bild, und es gibt keine Kinder«, sagte Laura, und aus ihrer Stimme war jede Heiterkeit verschwunden. »Es waren Zwillinge, ein Junge und ein Mädchen, ich war im siebten Monat, aber ich habe sie verloren.«
»Das tut mir leid«, sagte Elena und wußte im selben Moment, wie hohl sich das anhörte.
Ihr dämmerte, wie wenig sie eigentlich über Laura wußte, die nicht nur ihre Chefin war, sondern eine gute Freundin, manchmal sogar eine Ersatzmutter. Aber der überwiegende Teil ihrer Gespräche war beruflich geprägt, selbst wenn sie sich hin und wieder abends in einem Restaurant oder einer Bar trafen.
Laura hatte nie etwas erzählt, das auf einen Mann oder Kinder in ihrem Leben hätte schließen lassen. Da Laura eine attraktive Frau war, war Elena wie selbstverständlich davon ausgegangen, daß sie ihre kleinen oder auch größeren amourösen Abenteuer hatte, ohne damit hausieren zu gehen. Vermutlich spielten Männer in ihrem Leben keine zentrale Rolle, weil der anstrengende Job sie sehr beanspruchte. Hätte Elena sie in einem Satz beschreiben müssen, wäre wohl ein paradox klingendes »Karrierefrau mit Herz« dabei herausgekommen.
Die Assistentin trat ein und stellte ein silbernes Tablett mit Tee, Zucker und Keksen auf den achteckigen Glastisch.

Elena war froh über die Unterbrechung, gab sie ihr und Laura doch Gelegenheit, sich ein wenig zu sammeln. Elena hatte, ohne es zu wollen, einen wunden Punkt in Lauras Vergangenheit berührt, vielleicht sogar eine Narbe aufgerissen, und sie überlegte krampfhaft, wie sie den Schaden begrenzen konnte.

Aber nachdem die Assistentin den Tee eingegossen und das Zimmer wieder verlassen hatte, ergriff Laura das Wort, und der dunkle Unterton war aus ihrer Stimme verschwunden. Sachlich sagte sie: »Ich war damals sehr jung und sehr verliebt. Und Michel hat es einer Frau leicht gemacht, in ihn verliebt zu sein. Ich war nicht die einzige, die seinem Charme erlegen war. Er war Franzose, hatte ganz dunkles Haar. Er war Autorennfahrer, nicht aus der ersten Garde, aber bekannt genug, daß ihm überall willige junge und auch nicht mehr ganz so junge Damen auflauerten. Um so beeindruckter war die junge Journalistin Laura, als er sich für sie entschied, wie du dir vorstellen kannst. Ich hatte mir in den Kopf gesetzt, eine anerkannte Sportreporterin zu werden, was damals für eine Frau noch ungewöhnlich war. Michel gewährte mir ein ausführliches Interview, und daraus wurde eine leidenschaftliche Liebesaffäre. Als die Kinder unterwegs waren, machte er mir einen Heiratsantrag, und ich sagte sofort ja.«

Laura süßte ihren Tee mit einem Stück Zucker und trank in kleinen Schlucken. Elena begriff, daß sie sich sammelte – für den weniger schönen Teil ihrer Geschichte.

»Michel war ein verantwortungsbewußter Autofahrer, nie hat er die Straße mit der Rennbahn verwechselt. Aber an einem Augustabend, als wir in einer Frascetta in Arricia saßen und Zukunftspläne schmiedeten, trank er zuviel vom

Hauswein, und auf der Rückfahrt wurde er leichtsinnig. Wir sind gegen einen Baum geprallt. Ich hatte schwere Verletzungen im Unterleib und verlor die Kinder. Michels rechter Arm war deformiert und blieb verkrüppelt. Damit war seine Karriere beendet. Der Unfall hat immer zwischen uns gestanden, oft gab es lauten Streit, und wenn nicht, klangen uns die unausgesprochenen Vorwürfe trotzdem in den Ohren. Noch bevor das Jahr um war, haben wir uns getrennt, und seitdem habe ich Michel nie wiedergesehen.«
»Du weißt nicht, was aus ihm geworden ist?«
»Doch. Vor ein paar Jahren habe ich zufällig einen ehemaligen Rennfahrer getroffen, einen Deutschen, der damals zum selben Rennstall gehörte wie Michel und mit ihm befreundet war. Stefan hat mir erzählt, daß Michel Manager bei einem Zulieferer für die Autoindustrie geworden ist. Und daß er Familie hat, eine Frau und zwei Kinder.«
»Und du?« fragte Elena vorsichtig. »Hast du nie wieder an Kinder gedacht?«
Laura blickte wieder auf Elenas Bauch, als könne sie dort etwas sehen, das anderen verborgen war.
»Gedacht schon, aber dabei mußte es bleiben. Ich habe bei dem Unfall nicht nur die Kinder verloren, ich kann seitdem auch keine mehr bekommen. Vielleicht war das auch ein Grund dafür, daß Michel und ich uns getrennt haben. Ich habe mich dann ganz auf meinen Beruf konzentriert. Hier sitze ich nun und bin seit mehr als zwei Jahren Chefredakteurin einer der größten italienischen Tageszeitungen. Das Schicksal läßt einen manchmal seltsame Haken schlagen.«
Elena nickte nur und dachte dabei an das Kind in ihrem Bauch und an Alexander.
Als hätte Laura ihre Gedanken gelesen, fragte sie: »Was

macht dein Privatleben, Elena? Redet ihr wieder miteinander, Alexander und du, ich meine, über persönliche Dinge?«
»Hast du uns ein Team bilden lassen, um uns wieder zusammenzubringen?«
Laura hob abwehrend die Hände. »Auf keinen Fall will ich die Kupplerin spielen. Ich dachte nur, man müßte euch wenigstens die Chance geben, miteinander ins Gespräch zu kommen. Außerdem seid ihr zwei, beruflich gesehen, ein verdammt gutes Team. Insofern habe ich durchaus im Interesse des *Messagero* gehandelt.«
»Um deine Frage zu beantworten: Wir reden wieder miteinander, aber nicht besonders viel.«
»Besteht Hoffnung?«
»Heißt es nicht, die Hoffnung stirbt zuletzt?«
»Also gut, Elena, lassen wir das Thema ruhen, und werden wir dienstlich. Was gibt es Neues aus der Welt von Monsignori, Mördern und Mysterien?«
Elena berichtete von den Ereignissen in den Bergen und beantwortete anschließend noch ein paar Fragen.
»Der eine Mörder ist entkommen, sagst du. Was ist mit dem, den Alexander erschossen hat? Weiß die Polizei schon, wer er ist?«
»Nein. Die Polizei in Florenz arbeitet mit Hochdruck an der Identifizierung, aber bis jetzt ohne Erfolg. Vielleicht …«
Elena brach ab und griff nach der mattsilbernen Teekanne, um sich nachzuschenken.
»Was hast du, Elena? Da ist doch noch was!«
»Ich sollte nicht darüber reden. Ich habe es versprochen.«
»Jetzt machst *du* es aber spannend! Ich verrate dich auch nicht, Ehrenwort.«
»Du darfst aber niemandem etwas sagen, auch nicht Alexan-

der und Stelvio. Und du mußt versprechen, daß du ohne meine Zustimmung nichts unternimmst!«
»Das liebe ich an deiner Art, Elena, du kannst einen wirklich neugierig machen. Auch in deinen Geschichten gelingt dir das immer wieder. Man fängt an zu lesen und kann nicht wieder aufhören. Also gut, ich verpreche dir hundertprozentige Diskretion und Zurückhaltung, aber was, bitte, ist passiert?«
»Als ich vorhin in meiner Wohnung war, um zu duschen und mich umzuziehen, habe ich einen Anruf erhalten, vermutlich aus dem Vatikan.«
»Was heißt *vermutlich*?«
»Der Anrufer hat seinen Namen nicht genannt, und er hatte die Rufnummernunterdrückung eingeschaltet. Aber er sagte, er arbeite in der Vatikanbank und habe brisante Informationen für mich. Über den Tod von Rosario Picardi. Er will sich mit mir treffen, unter vier Augen, heute abend um zehn, und er hat darauf bestanden, daß ich niemandem etwas davon erzähle.«
»Wahrscheinlich will er sichergehen, daß niemand ihn festnimmt und seine Identität feststellt«, überlegte Laura.
»Ja, wahrscheinlich.«
»Und du hast keinen Hinweis auf die Identität des Anrufers?«
»Nein. Seine Stimme klang noch jung, aber mehr weiß ich nicht.«
»Wo soll das Treffen stattfinden?«
»Bei Sant'Anna.«
Ein entsetzter Ausdruck trat auf Lauras Gesicht. »Da draußen?«
»Nicht nur das, er war sehr präzise. Ich soll in dem Raum auf ihn warten, in dem Picardis Leiche gefunden worden ist.«

»Das kann nicht wahr sein! Elena, du willst doch nicht wirklich da hinfahren?«

»Natürlich werde ich das. Soll ich mir die Chance entgehen lassen? Dann wäre ich eine schlechte Journalistin.«

»Das bist du nicht, und das weißt du. Aber eine gute Journalistin zu sein heißt nicht, das eigene Leben – und das des ungeborenen Kindes – leichtsinnig aufs Spiel zu setzen. Denk an das, was Emilio Petti zugestoßen ist!«

»Du hältst das Ganze also für eine Falle?«

»Ich ziehe diese Möglichkeit in Betracht. Und du ganz sicher auch, sonst wärst du wirklich eine schlechte Journalistin. Natürlich kann es auch sein, daß jemand sich einen ganz üblen Scherz mit dir erlaubt. Aber auch das wäre kein Grund, in dieses Kloster zu fahren.«

»Vielleicht will mich aber tatsächlich jemand dringend sprechen und mir Informationen zukommen lassen, die ihn selbst, sollte man ihn erkennen, gefährden könnten. Und vielleicht ist diesem Jemand in seiner Eile oder seiner Erregung kein besserer Treffpunkt eingefallen. Allein um das herauszufinden, muß ich heute abend da hin.«

»Das kann ich nicht zulassen«, sagte Laura und schüttelte energisch den Kopf. »Ich ... ich komme mit!«

»Damit der Informant einen Schreck kriegt und kneift? Nein, Laura, das Risiko können wir nicht eingehen. Ich muß allein fahren. Und laß dir bloß nicht einfallen, mich bei Stelvio oder Alexander zu verpetzen! Du bist die einzige, der ich davon erzählt habe. Nur für den Fall, daß mir tatsächlich etwas zustößt. Wenn ich mich bis Mitternacht nicht bei dir gemeldet habe – aber erst dann –, kannst du die Polizei verständigen. Okay?«

»Ich finde das überhaupt nicht okay. Aber mir bleibt wohl

nichts anderes übrig, als mich darauf einzulassen. Sei um Gottes willen vorsichtig!« Laura erhob sich und fügte hinzu: »Warte einen Augenblick!«

Sie ging in das kleine Hinterzimmer, wo sie zuweilen übernachtete, wenn die Arbeit überhandnahm. Elena beobachtete durch die halboffene Tür, wie Laura eine Schublade herauszog. Kurz darauf kehrte sie zurück und hielt ihr eine kleine Pistole unter die Nase.

»Du kannst damit umgehen, oder?«

»Kann ich«, sagte Elena.

»Dann nimm sie mit, für den Fall der Fälle. Sie ist klein und paßt in jede Tasche. Keine Waffe für große Entfernungen, aber wenn dir jemand direkt gegenübersteht, kannst du ihm damit schon das Lebenslicht ausblasen. Das Magazin ist voll. Du mußt nur rechtzeitig schießen, wenn es nötig sein sollte.«

»Das werde ich, Laura, danke!«

Elena steckte die Pistole in ihre Umhängetasche. Dabei dachte sie an den bevorstehenden Abend, und ein ungutes Gefühl bemächtigte sich ihrer. Am liebsten wäre es ihr gewesen, nicht noch einmal zu Sant'Anna hinausfahren zu müssen.

31

San Gervasio

Einige wenige Mönche erwarteten den Geländewagen auf dem Hof des Klosters und fielen vor Papst Lucius auf die Knie. Lucius segnete ihre Häupter, aber Roland Kübler sah ihm die Anspannung an. Am liebsten hätte der Heilige Vater sofort nach dem Kranken gesehen.
Der Abt, der das wohl auch erkannte, wandte sich an die Männer in den schlichten Kutten. »Laßt den Heiligen Vater jetzt in Ruhe, meine Brüder, er hat es eilig!« Dann wandte er sich an Lucius. »Soll ich Sie zu Enrico bringen, Eure Heiligkeit?«
Der Papst nickte, und Leutnant Klameth sagte: »Kübler bleibt hier draußen, Hofer und ich begleiten den Heiligen Vater.«
Kübler war über diese Aufteilung nicht erfreut. Es regnete, und ein schneidender Wind fegte über die Bergkuppe. Während der Papst mit den Kameraden und den Mönchen im Hauptgebäude verschwand, blickte Kübler sich um. Fünfzehn Meter vor ihm stand ein baufällig wirkender Schuppen mit einem Vordach, das nicht mehr ganz vollständig war.

Aber einen besseren Schutz vor der Witterung konnte er nirgends entdecken.
Also lief er hinüber und stellte sich mit dem Rücken möglichst dicht an die geschlossene Tür. Sein Blick fiel auf den Mercedes, der inmitten der alten Klostergebäude wie ein Fremdkörper wirkte.
Irgend etwas stimmt nicht, dachte Kübler, während er den Geländewagen betrachtete. Aber was?

Abt Tommasio blieb kurz stehen und wies seine Brüder an, den Gästen eine warme Speise zu bereiten. Dann ging er mit dem Papst und den beiden Gardisten weiter. Sie bogen in einen langen Gang ein, von dem ein weiterer Gang abzweigte. An dessen Ende lag das »Krankenzimmer«, wie der Abt es nannte.
»Es ist natürlich keine richtige Krankenstation«, fügte er hinzu. »Auf so etwas sind wir in unserer Abgeschiedenheit nicht eingerichtet. Aber es ist warm, und es steht ein komfortables Bett darin.«
Damit öffnete er die Tür. In dem Bett lag ein bis zum Hals zugedeckter Mann ausgestreckt auf dem Rücken. Er atmete sehr flach. Ob er schlief oder die Decke anstarrte, war von der Tür aus nicht zu erkennen. Ein junger Mann in legerer Kleidung saß an dem Bett und blickte den Eintretenden entgegen. Als er den Papst erkannte, sprang er auf, eilte ihm entgegen und kniete vor ihm nieder.
»Das ist Dr. Francesco Avati«, erklärte Tommasio. »Er hat sich nach Kräften um den Kranken bemüht, aber in diesem Fall sind die Möglichkeiten der Schulmedizin wohl nicht ausreichend. Sollen wir Sie mit Enrico allein lassen, Heiliger Vater?«

»Ich bitte darum, Vater Tommasio.«
Der junge Arzt schien beinahe froh, das Krankenzimmer verlassen zu können. Lucius fand das seltsam, aber seine Gedanken waren so auf Enrico fixiert, daß er nicht weiter darüber nachsann.
»Leutnant Klameth, würden Sie und Adjutant Hofer bitte draußen warten?« sagte er.
»Selbstverständlich, Eure Heiligkeit.«
Die beiden Gardisten stellten sich links und rechts der Tür auf, die von Tommasio geschlossen wurde. Lucius eilte zu dem Bett, zog die Decke zurück und betrachtete seinen Sohn.
Enrico, der einen dunkelblauen Pyjama trug, hatte die Augen geschlossen. Sein Brustkorb hob und senkte sich nur leicht. Bestürzt spürte Lucius die Schwäche seines Sohnes; es war, als habe eine übergroße Anstrengung ihm die Lebensenergie ausgesaugt.
Jetzt war nicht die Zeit, über den Grund nachzudenken. Lucius kniete nieder und faltete die Hände zu einem stummen Gebet.
Dann legte er die Hände auf Enricos Brust, schloß die Augen und konzentrierte sich auf die heilenden Kräfte, über die er als Nachfahre des Erzengels Uriel verfügte. Vor seinem geistigen Auge sah er einen anderen Enrico: lebhaft, fröhlich, stark.
Das leichte Kribbeln setzte in den Fingerspitzen ein, es breitete sich durch Hände und Arme in Lucius' ganzem Körper aus, und wie ein Strom aus Wärme und Leben floß die heilende Kraft in Enricos Leib.

Gardeadjutant Zarli Hofer räusperte sich vernehmlich. Leutnant Robert Klameth blickte sofort zu dem baumlangen Kameraden hinüber. Seit gut zehn Minuten standen sie allein vor der geschlossenen Tür des Krankenzimmers.
»Was ist, Hofer? Wird Ihnen langweilig?«
»Nein, Herr Leutnant. Es ist nur ...«
»Was?«
»Das ist alles so ungewöhnlich. Was tut der Heilige Vater nur da drin?«
»Er will einem Kranken helfen, soweit ich das verstanden habe.«
»Aber weshalb? Wer ist dieser Kranke, daß man Papst Lucius an sein Bett holt? Hier, in diesem – Verzeihung – gottverlassenen Kloster?«
Klameth schüttelte den Kopf in gespielter Mißbilligung.
»Das müssen Sie dem Gardekaplan beichten, Hofer. Was Ihre Frage angeht – die stelle ich mir auch. Aber wir sind Soldaten. Wir fragen nicht. Wir sagen nur ›Zu Befehl‹ und gehorchen. Verstanden, Hofer?«
»*Zu Befehl,* Herr Leutnant.«
Klameth teilte Hofers Verwunderung durchaus. Aber es brachte nichts, sich den Kopf zu zerbrechen, sie waren die Leibwache des Papstes, gleich, ob im Vatikan oder auf diesem windumtosten Berg. Papst Lucius hatte für sein Hiersein gewiß gute Gründe. Allerdings hätte Klameth gern mehr darüber gewußt, nicht aus Neugier, sondern weil es ihm seine Aufgabe, das Leben des Heiligen Vaters zu beschützen, erleichtert hätte. Bestand hier oben eine konkrete Gefahr für Lucius? Wohl kaum, denn dann wären mehr als drei Gardisten hergeschickt worden.
Noch nie in den fünf Jahren, die er jetzt bei der Garde diente,

war er mit so wenig Hintergrundinformationen in einen Auftrag gegangen wie bei dem überstürzten Aufbruch heute. Wenig Informationen? Er mußte ein Lachen unterdrücken, aber das war wirklich ein Witz. Sie wußten rein gar nichts!
Schritte näherten sich, und zwei Mönche erschienen in dem Gang: der Abt und ein hagerer Mann mit seltsam ausdruckslosen Augen.
Wenn Klameth sich richtig erinnerte, hatte der Abt den anderen zuvor Ambrosio genannt. Sie trugen jeder eine schlichte Suppenschale in Händen, und in jeder Schale steckte ein Löffel.
»Die Gemüsesuppe ist fertig«, sagte Tommasio, als die Mönche vor ihnen standen. »Es ist nur ein einfaches Mahl, aber gesund und kräftigend. Genau das Richtige bei diesem Wetter.«
Hofer blickte seinen Vorgesetzten fragend an, und Klameth nickte. Rasch lehnte Hofer sein Sturmgewehr an die Wand und nahm dankbar die Suppenschale aus Bruder Ambrosios Händen. Klameth nahm Tommasios Schale und probierte die Suppe vorsichtig. Sie war nicht zu heiß, schmeckte gut und schickte wohlige Wärme durch seine Glieder.
Ihm wurde so warm, daß von einer Sekunde zur anderen Schweiß auf seine Stirn trat. Er wollte ihn fortwischen, fühlte sich aber zu schlapp, um die Hand zu heben.
Der Abt streckte die Arme nach ihm aus. Nach ihm? Nein, nach der Schüssel. Tommasio entwand das Gefäß seiner zitternden Hand, kurz bevor er es fallengelassen hätte. Ambrosio hatte Hofers Schüssel an sich genommen und auf den Boden gestellt.
Für Klameth sah es aus wie in Zeitlupe, als Hofers langer Körper in sich zusammensackte und auf den Boden sank.

Seltsamerweise löste Ambrosio die Kordel von seiner Kutte. Er formte eine Schlinge daraus, legte sie Hofer um den Hals und zog sie zu. Hofers Augen wurden groß, sein Leib zuckte noch einmal, dann lag er reglos am Boden.
Es war diese verdammte Suppe, die sie hilflos machte! Klameth nahm all seine Kraft zusammen und riß den Verschluß seiner Pistolentasche auf. Die Finger seiner Rechten berührten den Griff der P 225, aber er schaffte es nicht, sie herauszuziehen.
Rücklings gegen die Wand gelehnt, rutschte er zu Boden und sah, wie auch der Abt die Kordel von seiner Kutte löste. Die Schlinge legte sich um Klameths Hals. *Diese verdammte Suppe!*

»Ich bringe Ihnen etwas Gemüsesuppe. Sie können bestimmt etwas Warmes vertragen.«
Mit diesen Worten kam Bruder Giuseppe, eine Suppenschale in der rechten Hand, auf Roland Kübler zu. Wegen des Regens ging der Mönch mit dem rundlichen Gesicht so schnell, wie seine lange Kutte es nur erlaubte, wobei er die Kutte mit der Linken etwas raffte. Ein bißchen sah er aus wie Bruder Tuck in den alten Robin-Hood-Filmen. Ein überaus komischer Anblick, der Kübler unter anderen Umständen zum Lachen gebracht hätte. Aber jetzt war ihm nicht nach lachen zumute. Etwas beschäftigte ihn, als rufe ihm jemand eine Warnung zu, die er nicht verstand.
Giuseppe trat unter das schadhafte Vordach und hielt Kübler die Schale hin. »Bitte sehr, nehmen Sie nur. Bruder Ambrosio hat sie extra für Sie und Ihre Kameraden gekocht, damit Sie etwas Warmes im Magen haben.«
»Danke«, sagte Kübler und merkte, daß er ein Kratzen im

Hals hatte. Er würde wohl einen Schnupfen kriegen. Das verfluchte Wetter!
Er suchte nach einem trockenen Fleck auf dem Boden, stellte das Sturmgewehr hin und nahm dem Mönch die Suppenschale ab. Wärme durchströmte seine Hände. Er griff nach dem Löffel, aß aber nicht, weil in seinem Kopf ein Gedanke aufgetaucht war und allmählich konkrete Gestalt annahm.
Kübler deutete mit dem Löffel hinaus in den Regen, wo der Mercedes stand. »Fahren Sie diesen Wagen häufiger?«
»Nein, wieso?« Ein verwirrter Zug trat auf Giuseppes Mondgesicht. »Das war heute das erste Mal.«
»Aber Sie sind mit solchen Fahrzeugen generell vertraut?«
Der Mönch winkte ab. »Nein, wirklich nicht. Wozu sollen wir uns hier oben mit Autos auskennen? Das letzte Mal habe ich hinter einem Lenkrad gesessen, bevor ich ins Kloster ging. Vor über zehn Jahren.«
»Das glaube ich Ihnen nicht«, sagte Kübler und fixierte den Mönch. »So geschickt, wie Sie den schwerfälligen Wagen auf der engen Bergstraße gewendet haben, bringt das keiner fertig, der keine Übung hat.«
Ein Aufblitzen in Giuseppes Augen warnte Kübler. Er ließ Löffel und Suppenschale einfach fallen und griff nach dem Sturmgewehr. Der Mönch hatte dieselbe Idee. Beider Hände umklammerten die Waffe, und ein stummes Ringen entbrannte.
Kübler verstand nicht ganz, was hier vor sich ging. Was für seltsame Mönche lebten in dem Bergkloster, welches Ziel verfolgten sie? Diese und andere Fragen schossen in Sekundenbruchteilen durch seinen Kopf, ohne daß er sich mit der Suche nach Antworten aufhalten konnte. Sein Instinkt hatte richtig gelegen, aber leider war ihm zu spät klargeworden,

was in seinem Unterbewußtsein rumorte, seit er in den Mercedes gestiegen war.

Als der Mönch zu Boden ging, glaubte Kübler schon, er hätte den Zweikampf gewonnen, doch es war eine Finte. Giuseppe wollte den Schwung der eigenen Fallbewegung nutzen, um Kübler hinaus in den Regen zu schleudern. Das gelang auch, aber Kübler ließ das Sturmgewehr nicht los und riß den Mönch mit sich. Beide Männer wälzten sich über den Boden, und ihre Kleider waren binnen Sekunden durchnäßt.

Giuseppe verhielt sich, als sei er im Kämpfen mindestens so geübt wie im Beten. Trotzdem gelang es dem durchtrainierten Schweizer, zuerst auf die Beine zu kommen.

Er tat so, als wolle er die Waffe loslassen. Der noch am Boden kauernde Mönch versuchte, das Sturmgewehr an sich zu ziehen. Da packte Kübler wieder fest zu und stieß Giuseppe den Gewehrkolben gegen den Kopf. Ein dumpfes Geräusch folgte. Der Mönch ließ die Waffe los und sackte benommen vornüber.

Nach wenigen Sekunden hatte er sich wieder in der Gewalt, aber da hatte Kübler sein Gewehr schon an sich gebracht und richtete es auf den vor ihm knienden Mönch. An Giuseppes rechter Schläfe klaffte eine Platzwunde, und Blut troff über seine rechte Gesichtshälfte.

»Schluß mit dem Ringelpiez!« keuchte Kübler. »Noch eine dumme Bewegung, und unter deiner Tonsur gibt es Durchzug! Was soll das? Weshalb greifst du mich an?«

»Ich tue, was der Herr mir befiehlt«, sagte Giuseppe mit einer Ruhe, die Kübler unbegreiflich war.

»Welcher Herr hat dir das befohlen?«

Der Mönch schwieg, als hätte er die Frage gar nicht gehört.

»Willst du den Kolben noch mal auf dem Schädel spüren?« drohte Kübler. »Wenn nicht, antworte mir!«
Giuseppe schwieg weiter. Kübler sah ihn nach links schielen, zum Hauptgebäude des Klosters. Dort stand, in einer offenen Tür, ein anderer Mönch und zielte mit einem Kleinkalibergewehr auf den Schweizer.
Der ließ sich fallen, keine Sekunde zu früh. Der Mönch schoß, und die Kugel flog nur eine Handbreit über Kübler weg. Er brachte das Sturmgewehr in Anschlag und deckte den bewaffneten Mönch mit einem Feuerstoß ein. Die Kugeln klatschten in die Wand und durchschlugen eine Fensterscheibe. Zumindest ein Geschoß mußte sein Ziel getroffen haben. Der Mönch stöhnte auf und wich taumelnd durch die offene Tür zurück.
Giuseppe hatte die Gelegenheit genutzt und sich hinter die nächste Ecke des Stalls gerollt, so daß Kübler ihn nicht mehr sehen konnte. Der Schweizer lag am Boden, visierte die offene Tür im Hauptgebäude an und wartete darauf, daß seine Kameraden ihm zu Hilfe kamen.

Etwas drang durch die unsichtbare Mauer, die Vater und Sohn umgab, riß Papst Lucius aus seiner Versenkung und brachte ihn zurück in das Krankenzimmer. Er konnte nicht sagen, wieviel Zeit vergangen war. Einige Minuten wohl. Aber es hatte genügt, um Enrico zu kräftigen. Sein Atem ging nicht mehr ganz so flach wie zuvor. Lucius spürte, daß die winzige Flamme der Lebensenergie in Enricos Körper stärker geworden war.
Laute Geräusche lenkten ihn ab, Schüsse. Die Zimmertür wurde aufgestoßen. Der Abt und Bruder Ambrosio stürmten herein, beide bewaffnet, Tommasio mit einer Pistole und

Ambrosio mit einem Gewehr, in dem Lucius die Waffe eines Schweizergardisten zu erkennen glaubte.
»Was ...«
Weiter kam Lucius nicht. Eine herrische Handbewegung des Abts ließ ihn verstummen.
»Keine Aufregung, dazu besteht kein Anlaß. Kümmern Sie sich nur weiter um Ihren Sohn!«
Lucius war hin und her gerissen zwischen dem Wunsch, Enrico zu helfen, und dem Drang, von Abt Tommasio Aufklärung zu verlangen. Was sollte das Ganze? Woher wußte der Abt, daß Enrico sein Sohn war? Aber die Sorge um Enrico war stärker. Und im Augenblick konnte er ohnehin nichts tun. Lucius verfügte über außergewöhnliche Kräfte, aber gegen eine tödliche Kugel war er nicht gefeit. Also legte er die Hände wieder auf Enricos Brust, schloß die Augen und versuchte erneut, seine Stärke auf Enrico zu übertragen.

Schritte drangen durch das Prasseln des Regens, und von links vom Haupthaus her bewegte sich ein Schatten auf Kübler zu. Anfangs glaubte – hoffte – er, Leutnant Klameth oder Zarli Hofer komme ihm zu Hilfe. Aber dann erkannte er die Umrisse eines Mannes im Mönchsgewand, der hinter einem Mauervorsprung in Deckung ging und mit einer langläufigen Waffe auf ihn anlegte.
Kübler schoß zuerst, und seine Kugel riß ein Stück aus dem alten Mauerwerk. Der Mönch dahinter zog den Kopf ein. Kübler nutzte die Atempause, um sich über den nassen Boden zu rollen. Er wollte eine neue Stellung einnehmen, bevor der Feind ihn umzingeln konnte.
Während er noch in Bewegung war, entdeckte er einen weiteren Mönch, der sich hinter den Mercedes geschlichen hatte.

Der sprang jetzt auf, zielte mit einer automatischen Pistole auf ihn und drückte zwei-, dreimal kurz hintereinander ab. Schlamm spritzte dicht vor dem Gesicht des Schweizers auf, und dann durchfuhr ein brennender Schmerz seine Schulter. Wütend antwortete er mit einem ganzen Feuerstoß, bis das Magazin leergeschossen war. Die Scheiben des Geländewagens barsten, und der Mönch wurde von Kugeln durchsiebt. Die Wucht des Aufpralls schleuderte ihn nach hinten, und er fiel mit ausgestreckten Gliedern in den Schmutz.
Kübler hatte keine Zeit, sich über den Erfolg zu freuen. Der Mönch mit dem Kleinkalibergewehr, offenbar nur verwundet, stand wieder in der Tür des Haupthauses und eröffnete das Feuer. Fast gleichzeitig feuerte auch der Mönch hinter dem Mauervorsprung auf Kübler. Die Geschosse rissen den Boden rings um ihn auf. Er sprang hoch und lief, in geduckter Haltung und Haken schlagend, zum Rand des Bergplateaus.
Geröll löste sich unter seinen Sohlen, und er glitt aus. Er fiel über den Rand und mußte das Sturmgewehr loslassen, um sich an einem vorspringenden Stein festhalten zu können. Die Waffe fiel in die Tiefe und zerschellte ungefähr zwanzig Meter unter ihm am harten Fels.
Kübler sammelte alle ihm verbliebenen Kräfte, um sich wieder hochzuziehen. Da sah er mehrere Mönche, alle bewaffnet, durch den Regen auf sich zukommen. Bevor sie ihn erreichten, lösten sich seine Finger von dem nassen, glitschigen Stein, und er stürzte den Berghang hinab.

Tommasio blickte sich unwirsch um, als draußen auf dem Gang hastige Schritte ertönten. Er hob die Pistole und zielte auf die offene Tür des Krankenzimmers, in dem Papst Luci-

us um das Leben seines Sohns kämpfte. Ambrosio legte das Sturmgewehr an und war ebenfalls bereit, jeden Feind niederzustrecken, der sich zeigte. Aber in der Türöffnung erschien die gedrungene Gestalt Giuseppes, dessen Kutte naß und verdreckt war und der aus einer Wunde am Kopf blutete.
Dennoch lag ein zufriedener Ausdruck auf seinem runden Gesicht, als er verkündete: »Der dritte Schweizer ist auch hin. Wir haben nichts mehr zu befürchten.«
Tommasio ließ die Pistole sinken.
»Gut. Sowie es Enrico etwas bessergeht, verlassen wir das Kloster. Bald ist die Stunde gekommen, in der wir das Engelsfeuer entfachen werden!«

32

ROM

Leichter Nieselregen fiel auf die Ruinen von Sant'Anna, und ein kalter Nachtwind ließ Elena frösteln. Sie hockte auf einem herausgebrochenen Mauerstück in jenem Raum, in dem vor weniger als achtundvierzig Stunden Monsignore Rosario Picardi ermordet worden war.

Jetzt, da sie hier in Dunkelheit und Kälte saß und wartete, verfluchte sie sich dafür, daß sie sich auf das verrückte Unternehmen eingelassen hatte. Sie hätte, wenn schon nicht an sich selbst, dann an das Kind denken sollen, das in ihr heranwuchs. Aber sie war mit Leib und Seele Journalistin, und sie hatte ein starkes persönliches Interesse, die Wahrheit in dieser Sache herauszufinden. Ihre Hand glitt an die rechte Außentasche ihrer schwarzen Lederjacke, wo die kleine Pistole steckte, die Laura Monicini ihr gegeben hatte. War das Schutz genug gegen skrupellose Killer?

Elena hob das linke Handgelenk dicht vor die Augen, so daß sie ihre Uhr trotz der Dunkelheit erkennen konnte. Schon zwanzig Minuten nach zehn. Kam niemand mehr?

Ihr rechtes Bein schlief ein. Mit einem leisen Ächzen erhob sie sich und ging in dem engen Raum auf und ab, bis das Bein nach einem schmerzhaften Kribbeln wieder richtig durchblutet war. Als sie ein Geräusch hörte, erstarrte sie in der Bewegung und lauschte.
Hatte sie sich getäuscht? Hatte sie das Geräusch vielleicht selbst verursacht?
Nein, da war es wieder: vorsichtige Schritte, die im gleichförmigen Prasseln des Regens deutlich zu hören waren und näher kamen! Wer immer das war, er oder sie mußte sich schon in dem Gang befinden, an dessen Ende dieser Raum lag.
Elena starrte zu der Türöffnung und bezwang die Panik, die in ihr aufsteigen wollte. Sie hatte sich schon mehr als einmal in großer Gefahr befunden, in Lebensgefahr sogar, und doch konnte sie sich nicht daran gewöhnen. Ein Kloß saß in ihrem Hals, und trotz der Kälte spürte sie den Schweiß auf ihrer Stirn.
Die Türöffnung, die sich in der schwarzen Wand als etwas helleres Viereck abzeichnete, wurde jetzt von einem großen Schatten verdunkelt. Etwas blitzte auf – eine Lampe –, und ein Lichtkegel huschte durch den Raum, bis er Elena einfing, ihr Gesicht fand und sie blendete. Abwehrend hob sie die linke Hand vor ihre Augen.
»Du bist allein?« fragte eine fremde Stimme, rauh und mit einem lauernden Unterton.
Elena gab sich alle Mühe, ruhig zu klingen: »Nehmen Sie bitte das Licht aus meinem Gesicht, es blendet mich. Und was Ihre Frage betrifft, natürlich bin ich allein. So haben Sie es doch am Telefon verlangt.«
»Ich habe das ganz sicher nicht verlangt«, sagte der Mann mit der rauhen Stimme, ohne seine Taschenlampe zu senken.

»Ich bin nicht der, auf den du gewartet hast. Wo ist er? Und, vor allem, wer ist es?«
»Wenn ich das wüßte, würde ich nicht an diesem verlassenen Ort auf ihn warten. Aber wo wir schon beim Fragen sind: Wer sind Sie?«
»Ich bin der, der hier die Fragen stellt.«
»Mit welchem Recht?«
»Mit diesem!«
Jetzt lenkte der Fremde den Strahl der Lampe auf seine Rechte, in der er eine Automatik mit aufgesetztem Schalldämpfer hielt. Für eine halbe Sekunde konnte Elena sein Gesicht sehen: grob, kantig und mit einer dunklen Klappe vor dem rechten Auge.
»Erkennst du mich? Gestern mußte mein Freund dran glauben, heute bist du an der Reihe. Auge um Auge, den Spruch kennst du sicher.«
Er sagte das Wort ›Auge‹ mit besonderem Nachdruck und lachte bitter.
In sein Lachen mischten sich die Detonationen der kleinen Pistole, die Elena aus der Jackentasche heraus abfeuerte, drei- oder viermal. Gleichzeitig duckte sie sich, keine Sekunde zu früh. Eine Kugel prallte über ihr gegen eine Wand und sirrte als Querschläger davon. Der große Mann sank in sich zusammen. Die Taschenlampe fiel auf den Boden, rollte bis zur nächsten Wand und sorgte dabei für seltsame Lichteffekte.
Mit zitternden Fingern zog Elena ihre eigene Taschenlampe hervor und schaltete sie an. Vor ihr lag der einäugige Killer, das Gesicht vor Schmerz verzerrt, beide Hände auf den Bauch gepreßt. Zwischen seinen Fingern quoll Blut hervor.

Schritte und leise, präzise Kommandos hallten durch das alte Urbanistinnenkloster. Schwerbewaffnete Männer, durch dunkle Kapuzen und Gasmasken vermummt, stürmten den Raum. Sie gehörten zum GIS – Gruppo di Intervento Speciale –, der speziellen Eingreiftruppe der Carabinieri.

Ein Polizist richtete den grellen Strahl der unter dem kurzen Lauf seiner Maschinenpistole befestigten Lampe auf Elena und fragte mit unter der Maske dumpf klingender Stimme: »Geht es Ihnen gut, Signorina?«

»Besser als dem da«, sagte Elena leise mit Blick auf den Einäugigen. »Sie sollten ihm einen Arzt besorgen, sonst verblutet er, bevor er Ihren Kollegen Rede und Antwort stehen kann.«

Der Carabiniere ließ seine Maschinenpistole sinken und reichte Elena, die sich hingehockt hatte, eine Hand, um ihr beim Aufstehen zu helfen. Schwindel und Übelkeit kamen über sie. Sie wandte sich ab und übergab sich.

Der Carabiniere reichte ihr ein Taschentuch und fragte: »Sind Sie doch verletzt, Signorina?«

»Nein, nur schwanger.«

Vorsichtig stieg sie über den Verletzten hinweg und ging hinaus auf den Gang, wo ihr Alexander und Donati entgegenkamen. Ihnen mußte sie mindestens dreimal versichern, daß es ihr gutging.

Alexander war dennoch nicht zu beruhigen und fuhr Donati an: »Ich habe gleich gesagt, es ist ein Scheißplan, Stelvio!«

»Was willst du?« erwiderte Donati, der sich sichtlich unwohl fühlte. »Es hat doch geklappt.«

»Geklappt, sagst du?« Alexander zeigte auf den Einäugigen, um den sich ein Polizeiarzt kümmerte. »Der hätte Elena fast erwischt! Das war in eurem genialen Plan nicht vorgesehen, oder? Die Carabinieri sollten den Killer abfangen, *bevor* er zu Elena in den Raum kam.«

Der vermummte Polizist, der sich um Elena gekümmert hatte, sagte: »Es gab einen Kommunikationsfehler, leider, deshalb der verspätete Zugriff. Ein Funkgerät war kurzzeitig ausgefallen. So etwas kann leider passieren.«

Donati nickte. »Der Capitano hat recht, Alexander, so etwas kann passieren. Kein Plan ist todsicher.«

»Dafür wäre Elena der Tod fast sicher gewesen!« schnaubte Alexander. »Bei dieser Dunkelheit hätte ebensogut eine Polizistin ihre Stelle einnehmen können.«

»Das habe ich doch vorgeschlagen, mehr als einmal«, sagte Donati.

»Ich wollte sichergehen, daß niemand frühzeitig Lunte riecht«, sagte Elena. »Man kann von mir doch erwarten, daß ich selbst mithelfe, wenn ich mich schon darauf einlasse, meine beste Freundin ans Messer zu liefern.«

Elena war nicht wohl. Daran war weder die Übelkeit schuld noch der Gedanke an die Lebensgefahr, in der sie geschwebt hatte. Die Tatsache, daß sie hier den Lockvogel gespielt hatte, gefiel ihr nicht. Im Grunde wünschte sie, der einäugige Killer wäre nicht erschienen und der Verdacht, der Alexander, Donati und sie dazu gebracht hatte, sich diese Falle auszudenken, hätte sich als falsch erwiesen. Aber so war nur eine Schlußfolgerung möglich: Die Frau, die ihr Freundin und Mutter zugleich gewesen war, mußte eine Verräterin sein.

Donati wandte sich an den Vermummten: »Ist der Zugriff in Rom erfolgreich verlaufen, Capitano?«

Der Angesprochene streifte Kapuze und ABC-Schutzmaske ab. Darunter kam ein schmales Gesicht mit einer etwas zu

langen, leicht gebogenen Nase zum Vorschein. Das sehr kurz geschorene Haar ließ nicht erkennen, ob es sich bereits lichtete. Elena schätzte den Carabinieri-Offizier auf Ende Dreißig. Er zog ein Handy hervor, wählte, sprach ein paar knappe Worte, lauschte der Antwort und wandte sich wieder an die Umstehenden.
»Der Zugriff ist erfolgt. Unsere Leute durchsuchen derzeit das Haus, in dem die Zielperson wohnt.«
»Was heißt das?« fragte Elena. »Ist Laura in ihrer Wohnung festgenommen worden?«
Der Hauptmann schüttelte den Kopf. »Die Wohnung war leer, obwohl Licht brannte und Musik lief.«
»Dann hat sie den Braten gerochen«, sagte Donati.
»Aber wie?« fragte Alexander und sah Donati an. »Deine Leute haben sie doch beschattet und bestätigt, daß sie von der Redaktion nach Hause gefahren und in ihre Wohnung gegangen ist!«
»Sie muß etwas bemerkt haben«, sagte Donati hilflos. »Anders kann ich es mir nicht erklären.«
Das Handy des Carabinieri-Offiziers meldete sich mit einem leisen, dumpfen Ton, und ein kurzes Gespräch folgte. Anschließend sah der Hauptmann Donati an. »Das Auto der Zielperson steht in der Garage, aber von ihr selbst fehlt bislang jede Spur. Hoffen wir, daß meine Leute sie noch aufspüren.«
»Ja, hoffen wir es«, sagte Donati, doch er klang skeptisch. Elena war bei dem gemeinsamen Frühstück am Vortag nicht entgangen, daß Donati und Laura einander sehr sympathisch gewesen waren. Vielleicht wünschte sich ein Teil von ihm, daß Laura entkommen war. Ihr selbst ging es nicht anders.

Sie sog die kühle Nachtluft ein und fühlte sich gleich ein wenig besser. »Ich habe für heute genug erlebt und fahre jetzt nach Hause. Oder werde ich hier noch gebraucht?«
»Nein, du hast mehr als genug getan«, antwortete Donati. »Ruh dich aus, Elena. Wenn sich etwas Wichtiges tut, halte ich dich auf dem laufenden.«
»Wunderbar, dann freue ich mich auf eine heiße Dusche und mein Bett!«
»Ich fahre dich heim«, bot Alexander an.
»Nicht nötig, ich habe meinen Wagen hier.«
»Den kann dir auch einer von Stelvios Männern bringen. Du solltest dich nicht hinters Steuer setzen, wenn du dich nicht wohl fühlst, Elena.«
Aus seinen Worten sprach ehrliche Sorge, und Elena war ihm dankbar dafür. Aber es gab zu viele ungeklärte Fragen zwischen ihnen, und an diesem Abend wollte sie nicht mit Alexander diskutieren. Heute hatte sie erkannt, daß Laura sie getäuscht hatte, und das reichte ihr für diesen Tag. Sie wollte nur noch allein sein.
Sie blickte Alexander an und rang sich ein Lächeln ab. »Ich komme schon allein zurecht, keine Sorge.«
Dann wünschte sie allen eine gute Nacht und verließ die Ruinen von Sant'Anna, die innerhalb von drei Tagen schon zweimal zur Stätte großer Gefahr für sie geworden waren.
Vielleicht, schoß es ihr durch den Kopf, war das Kloster tatsächlich verflucht.

33

San Gervasio

Schwer atmend und schweißnaß schlug Enrico die Augen auf und blinzelte in das Kerzenlicht. Das besorgte Gesicht dicht über ihm kam ihm unwirklich vor, es gehörte nicht hierher. Und doch war er nicht überrascht, denn er hatte es schon in seinem Fiebertraum gesehen. Es hatte ihm zugelächelt und ihn aufgefordert, Vertrauen zu haben und Kraft zu schöpfen.
»Vater?« Enricos Stimme zitterte. »Wie kommst du hierher? Wo ... bin ich überhaupt?«
»Im Kloster von San Gervasio«, antwortete Papst Lucius. »Man hat mich kommen lassen, als es dir schlechtging.«
»Im Kloster.« Enrico überlegte und entsann sich seiner Gefangenschaft. »Der Kerker! Sie haben mich in einen unterirdischen Kerker gesperrt. Der Abt und seine Mönche, Vater. Du bist in Gefahr!«
»Wir beide sind in Gefahr, Enrico, wir sind Gefangene der Mönche. Allerdings nicht in einem Kerker, sondern im Krankenzimmer des Klosters. Aber das bleibt sich gleich.

Vor der Tür steht ein bewaffneter Posten, damit wir nicht fliehen. Und durch das kleine, vergitterte Fenster da vorn können wir uns nicht zwängen. Außerdem kämen wir nicht weit, du bist noch sehr schwach.«
Die Worte seines Vaters verwirrten Enrico mehr, als daß sie ihm Klarheit brachten.
»Wie ist das gekommen, Vater?«
Lucius berichtete von den Ereignissen der letzten Stunden und schloß: »Ich habe Schüsse gehört, die Schweizer sind nicht kampflos gestorben. Aber gestorben sind sie, für mich, ihren Papst. Wir sollten alles daransetzen, daß sie ihr Leben nicht umsonst hingegeben haben!«
»Aber wie?« Plötzlich leuchtete es in Enricos Augen auf, und er hob seinen Kopf, als könne er Hilfe nahen sehen. »Wir werden gerettet, Vater, bestimmt! Aus dem Vatikan werden sie Hilfe schicken, sobald du vermißt wirst. Nicht mehr lange, und Einheiten der Armee oder der Polizei werden hier sein!«
Lucius konnte die Euphorie seines Sohns nicht teilen. »So klug ist der Abt auch gewesen, Enrico. Er hat angeordnet, das Kloster zu räumen. Uns werden sie wohl mitnehmen.«
»Wohin?«
»Ich weiß es nicht. So detailliert hat Tommasio mich nicht in seine Pläne eingeweiht. Ein seltsamer, gefährlicher Mann mit noch gefährlicheren Plänen. Er will, wie er sagte, das Engelsfeuer entfachen, wenn das Kloster geräumt ist.«
Enrico sackte mutlos auf sein Kissen zurück, Entsetzen packte ihn. »Jetzt weiß ich, wohin er uns bringen will.«
Er erzählte seinem Vater von seinen Träumen und den Rückführungen in die Zeit, als Teile des etruskischen Volkes sich ein letztes Mal gegen die römische Herrschaft aufbäumen

wollten, und schloß mit dem Marsch zu jenem Ort, der zweitausend Jahre zuvor Tempel der Ahnen genannt worden war.

Lucius hörte ruhig zu und schwieg, nachdem Enrico seinen Bericht beendet hatte, eine ganze Weile. Schließlich sagte er leise, fast tonlos: »Es naht die Stunde, in der sich der wahre Engelsfürst erweisen wird!«

»Der Engelsfürst?« wiederholte Enrico. »Von wem sprichst du?«

»Ebendas ist die Frage, von deren Beantwortung alles abhängt, womöglich das Schicksal der Welt.« Lucius umfaßte mit beiden Händen Enricos Rechte und sah ihm tief in die Augen. »Mein Sohn, bist du bereit, mit mir zusammen gegen das Böse zu kämpfen, auch wenn es uns das Leben kosten kann?«

»Ja«, sagte Enrico, der im Gesicht seines Vaters große Sorge entdeckte, aber zugleich auch Gefaßtheit, vielleicht sogar Zuversicht. »Was hat es mit dem wahren Engelsfürst auf sich?«

»Wir befinden uns in einer bedeutenden Phase des Kampfes, in dem das Licht gegen die Dunkelheit streitet, das Gute gegen das Böse. In der sich entscheiden wird, ob die Engel des Herrn oder die gefallenen Engel bestehen und die Menschheit leiten werden.«

»So wie damals am Engelssee?«

»So ähnlich, ja. Damals hoffte ich, wir hätten das Böse besiegt. Aber es war nur ein Vorspiel zu der endgültigen Auseinandersetzung.«

»Und die steht uns bevor?«

»Ich fürchte, wir stecken schon mittendrin. Du bist der Lockvogel gewesen, Enrico, mit dem ich an diesen Ort ge-

holt worden bin. Jetzt hat das Böse seine Widersacher in der Gewalt, die Söhne des Erzengels Uriel. Weißt du, wie man Uriel auch nennt? Das *Feuer Gottes*. Er leuchtet den Menschen, wenn sie das hohe Ziel aus den Augen verlieren. Aber seine Kraft kann auch verheerend sein. Du selbst hast es gespürt in deiner Auseinandersetzung mit Tommasio. Dein Feuer und das seine, beinahe hätte es dich verzehrt.«
»Ich wußte, daß ich heilende Kräfte habe. Aber von der zerstörerischen Kraft in mir hast du mir nie etwas gesagt, Vater.«
»Ich hielt die Zeit noch nicht für reif. Jetzt sehe ich, daß ich mich getäuscht habe. Geahnt habe ich es bereits, als Kardinal Mandume starb.«
»Der Präfekt für die wirtschaftlichen Angelegenheiten des Heiligen Stuhls?«
Lucius nickte und berichtete von den seltsamen Umständen, unter denen der Kardinal zu Tode gekommen war. »Selbstverbrennung nennt man das, aber Mandume ist nicht von selbst verbrannt. Er ist das Opfer eines Engelssohns, der mächtiger war als er und dem es gelungen ist, die Energie, die in dem Engelssohn Mandume schlummerte, zum Ausbruch zu bringen wie einen schlafenden Vulkan.«
»Wer ist so mächtig?«
»Der dunkle Engelsfürst.«
»Satan?«
»Satan oder Teufel, das eine wie das andere ist nur eine Bezeichnung für den Gegenspieler des Guten, aber nicht der Name eines speziellen Wesens.«
»Aber es gibt so ein Wesen, oder? Ist es Luzifer?«
Lucius bekreuzigte sich. »Ja, sein Name ist Luzifer, was soviel heißt wie Lichtträger oder Lichtbringer. Er war der erste

Engelsfürst, von Gott dazu ausersehen, die Engel und die Menschen zu leiten. Aber er berauschte sich an seiner Macht, wurde hochmütig und stolz, bis Gott ihn und die rebellischen Engel an seiner Seite verbannte. Die Erzengel, allen voran unser Stammvater Uriel, wurden die neuen Träger des Lichts. Unsere Aufgabe, Enrico, ist es, das Böse aufzuhalten. So will es die alte Prophezeiung.«

»Erzähl mir davon«, bat Enrico.

»Es heißt, die Entscheidung über Licht oder Finsternis fällt, wenn Uriels Sohn und der Sohn von Uriels Sohn gegenüberstehen dem Sohn Luzifers und dem Sohn von Luzifers Sohn. Von einem Kampf der Engelsfürsten ist die Rede und davon, daß sich der wahre Engelsfürst als Sieger erweisen wird. So steht es in einer alten hebräischen Schrift, die sich im Geheimarchiv des Vatikans befindet. Sie ist nur bruchstückhaft überliefert, und weder ihr Verfasser noch ihre Herkunft ist bekannt. Deshalb ist bislang auch ihr Wahrheitsgehalt sehr umstritten gewesen, zumal sie jedweder konkreten Angabe dazu, wann und wo es zu diesem Kampf kommen soll, entbehrt. Aber nun, so glaube ich jedenfalls, hat sich das Rätsel gelöst.«

»Du und ich, Vater, wir sind der Sohn Uriels und der Sohn von Uriels Sohn – ja, das könnte gemeint sein. Aber wer sind der Sohn Luzifers und der Sohn von Luzifers Sohn?«

»Hast du keinen Verdacht, Enrico? Spürst du nichts in dir, das dir die Frage beantwortet?«

Enrico schloß die Augen und dachte nach. Er erinnerte sich an das Duell mit Tommasio, bei dem er fast von innen verbrannt wäre, sah noch einmal das Wesen mit den ledrigen Schwingen und der häßlichen, narbigen Fratze, die alles Böse dieser Welt zu verkörpern schien.

»Und?« fragte Lucius. »Glaubst du zu wissen, hinter wessen Gesicht sich diese Fratze verbirgt?«
»Aber ... ich habe doch gar nichts gesagt!«
»Das Bild in deinem Kopf ist so deutlich, so daß auch ich es sehen kann. Deine Furcht vor diesem Wesen ist groß, Enrico, aber du mußt die Furcht überwinden. Nur dann können wir siegreich sein!«
»Dieses Wesen, dieser Dämon«, sagte Enrico zögernd. »Wenn ich daran denke, muß ich unwillkürlich auch an Tommasio denken.«
»Ein seltsamer, gefährlicher Mann, das sagte ich bereits.«
»Glaubst du, er ist Luzifers Sohn?«
»Wenn er es nicht ist, dann dient er ihm zumindest.«
»Wenn er es ist, dann müßte er einen Sohn haben!«
»Was spricht dagegen? Daß er Abt ist?« Lucius lächelte und kam Enrico angesichts der Umstände verblüffend gelöst vor. »Ich bin Papst und habe auch einen Sohn.«
»Du hast recht«, sagte Enrico und dachte an einen anderen Mönch, noch jung an Jahren.
»Du denkst an den jungen Mann, der sich bei meiner Ankunft als Arzt ausgegeben hat.«
»Ja, Francesco. Ich habe ihn für meinen Freund gehalten. Aber er hat für mich den Lockvogel gespielt, so wie ich – allerdings unfreiwillig – der Lockvogel für dich war. Auch als Tommasio mich eingekerkert hat, war Francesco noch freundlich zu mir. Er hat meinen verstauchten Fuß versorgt, und er hat mir zu essen und Licht in den Kerker gebracht. Kann sich hinter so viel Freundlichkeit das Böse verbergen? Kann er ein Nachfahre Luzifers sein?«
»Bedenke, daß er mitgeholfen hat, mich in die Falle zu locken. Damit ist er auch mitschuldig am Tod der drei

Schweizer. Unschuld gibt es nicht, seit die gefallenen Engel auf Erden wandeln. Mit seiner Rebellion gegen Gottes Gesetze hat der Lichtbringer Luzifer sich in den Boten der Finsternis verwandelt.«

»Diese uralte Macht sollen wir bezwingen?« fragte Enrico zweifelnd.

»Vergiß nicht, daß auch in uns eine uralte Macht wohnt, die des Erzengels Uriel. Er oder Luzifer, einer von beiden ist der, der am Ende obsiegt – der Engelsfürst!«

34

Rom

Elena war froh, endlich zu Hause zu sein. Schnell fand sie für ihren kleinen Fiat einen Parkplatz auf dem Gianicolo-Hügel, von dem aus man bei Tag einen wunderschönen Ausblick über Rom hatte. Jetzt, in der letzten Stunde vor Mitternacht, wirkte das Lichtermeer, das sich unter ihr ausbreitete, traumhaft. Für einen Augenblick vergaß sie alles, was sie bedrückte, und gab sich ganz dem Eindruck der vielen tausend Lichter hin. Sie erschienen ihr wie Sterne, die zur Erde gefallen waren.
Müde ging sie schließlich zu dem Haus, in dem ihre gemütliche Dachwohnung lag, ein typisches Single-Nest. Das war es jedenfalls gewesen, bevor sie Alexander kennenlernte, und jetzt war es das wieder. Auch in der Zeit, als sie ein Paar gewesen waren, hatte jeder von ihnen seine eigene Wohnung gehabt. Hin und wieder hatten sie daran gedacht, sich eine gemeinsame Wohnung zu suchen, aber irgendwie war es nie dazu gekommen. Letztlich mußte sie dafür wohl dankbar sein.

Die schmale Treppe ächzte leicht unter ihr. Das vertraute Geräusch erweckte ein heimeliges Gefühl. Gleich würde sie die Wohnungstür hinter sich zuschließen, die nassen, verschmutzten Kleider abstreifen und ausgiebig duschen. Danach ging es ab ins Bett, und sie würde garantiert keinen Wecker stellen.

Als sie in der schmalen Diele stand und das Licht anschaltete, ahnte sie, daß daraus nichts werden würde. Ein seltsames Kribbeln im Nacken verriet ihr, daß etwas nicht in Ordnung war. Vielleicht hätte sie aufmerksamer und schneller reagiert, wäre sie nicht so müde gewesen. Als sie die Tür zu dem großen Zimmer aufstieß, das Wohn- und Schlafraum zugleich war, und mit einer Handbewegung, die ihr in Fleisch und Blut übergegangen war, dort ebenfalls das Licht anknipste, war es zu spät.

Die Zimmertür!

Sie hatte das Kribbeln ausgelöst. Elenas Unterbewußtsein hatte als falsch registriert, daß sie geschlossen war.

Elena hatte sie offengelassen. Es war eine Angewohnheit von ihr, so wenig Türen wie möglich zu schließen. Vielleicht stammte das aus ihrer Kindheit, als sie sich, erzogen in einem Heim des Ordens Totus Tuus, wie eine Gefangene gefühlt hatte.

»Guten Abend, Elena! Oder sollte ich besser sagen, gute Nacht? Es ist spät geworden, und ich dachte schon, du kommst nicht mehr.«

Auf der Couch saß Laura Monicini, die Beine in einer lässigen Art übereinandergeschlagen, die Elena angesichts der Situation unpassend erschien. Neben Laura lag ihre geöffnete Handtasche, als hätte sie eben im Dunkeln etwas darin gesucht. Als Elena ihrer unverhofften Besucherin in die

Augen sah, erkannte sie, daß diese mitnichten so entspannt war, wie sie sich gab. Obwohl sie ein Lächeln aufgesetzt hatte, wirkte Laura konzentriert, und ihr Blick war kalt, berechnend.

In Elena überschlugen sich widerstreitende Gedanken. Ihr erster Impuls war, auf dem Absatz kehrtzumachen und wegzulaufen. Aber eine innere Stimme sagte ihr, daß Laura sie nicht so einfach gehen lassen würde. Außerdem war Elena neugierig, nicht nur aus Berufsgründen. Sie hatte Laura in den vergangenen zwei Jahren ihre Freundin genannt, und sie wollte wissen, ob etwas davon echt gewesen war.

Es war nur eine Hoffnung, aber vielleicht war Laura doch unschuldig? Sie mochte ihre Wohnung ganz arglos verlassen haben, bevor die Männer vom GIS zum Sturm geblasen hatten. Aber wenn es so war, was wollte sie zu so später Stunde von ihr? Warum hatte sie im Dunkeln gewartet?

Laura hatte einen Schlüssel zu Elenas Wohnung, für Notfälle und um nach dem Rechten zu sehen, wenn Elena nicht in Rom war. Aber sie hatte den Schlüssel noch nie benutzt, um ohne Ankündigung vorbeizukommen.

»Laura!« sagte Elena so ungezwungen wie möglich. »Was machst du hier um diese Zeit?«

»Ich wollte nach dir sehen. Wie sollte ich mir keine Sorgen um dich machen? Das geheimnisvolle Treffen draußen bei Sant'Anna war nicht ungefährlich, aber du scheinst es heil überstanden zu haben. Soll ich mich darüber freuen?«

»Wie meinst du das?« fragte Elena, die abwartend im Türrahmen stehenblieb.

»Mir hast du gesagt, daß niemand etwas von dem Treffen erfahren darf und daß du ganz allein nach Sant'Anna willst. Statt dessen bist du mit einer kleinen Streitmacht dort

erschienen. Zumindest mit der Hälfte einer kleinen Streitmacht. Die andere Hälfte hat meine Wohnung gestürmt, als sei sie die Rote Armee und mein bescheidenes Heim der Führerbunker 1945. Kannst du mir das erklären?«
Laura schlug einen lockeren Plauderton an, aber was sie sagte, ließ keinen Zweifel daran, daß sie Elena durchschaut hatte.
Elena seufzte schwer, sie war zu abgespannt für dieses Duell. »Lassen wir das Katz-und-Maus-Spiel, Laura. Sag mir einfach, was du von mir willst!«
»Ich wüßte gern, wie man sich fühlt, wenn man seine Freundin verraten hat.«
»Das fragst du mich?« empörte sich Elena. »Das müßtest du doch am besten wissen! Seit wann belügst du mich? Du hast von meiner Verabredung mit Picardi gewußt und von Emilio Petti. Und du warst in die Sache bei Frana eingeweiht. Bei jeder dieser Gelegenheiten ist jemand zu Tode gekommen! Tust du das alles für Geld oder wofür sonst?«
»Für Geld?« Ein geringschätziger Ausdruck trat auf Lauras Gesicht. »Geld ist mir noch nie wichtig gewesen. Wie schlecht kennst du mich?«
»Das habe ich mich in den vergangenen Stunden immer wieder gefragt.«
»Du sollst Antworten erhalten auf deine Fragen, aber nicht hier. Vor uns liegt eine lange Autofahrt, viel Zeit für ein Gespräch.«
»Eine Autofahrt? Wohin?«
»Ich sagte doch gerade, unterwegs haben wir Zeit genug zum Reden.«
»Ich denke nicht, daß ich mit dir irgendwohin fahren will, Laura. Nicht nach dem, was gewesen ist.«

Während Elena sprach, schob sie beiläufig die rechte Hand in ihre Jackentasche, wo die kleine Pistole steckte. Aber Laura war schneller. Ein rascher Griff in ihre offene Handtasche, und sie richtete eine Waffe auf Elena, die derjenigen, die sie Elena am Nachmittag gegeben hatte, vollkommen glich.
»Ich habe das Loch in deiner Jacke gesehen. Du hast geschossen, nicht wahr?«
Elena nickte. »Zum Glück war Stelvio aufgefallen, daß du die Waffe mit Platzpatronen geladen hattest. Deinen einäugigen Freund habe ich mit scharfer Munition erwischt.«
Laura machte eine knappe Bewegung mit ihrer Pistole. »Die hier ist auch scharf geladen. Also mach keine Dummheiten. Denk immer daran, in deinem Interesse und in dem deines Kindes!«
»Okay, keine Dummheiten«, sagte Elena resigniert.
»Gut, dann nimm die Pistole mit spitzen Fingern heraus, aber ganz langsam, und leg sie ebenso langsam auf den Tisch!«
Elena gehorchte, und Laura kassierte die Waffe mit einer lässigen Bewegung ein, um sie in ihrer Handtasche zu verstauen.
Dann erhob sie sich. »Wir verlassen deine gemütliche Wohnung jetzt. Du gehst vor mir die Treppe runter. Und denk immer an dein Kind!«
Auch jetzt gehorchte Elena. Laura wirkte so ruhig und selbstbewußt, daß es unmöglich schien, ihr zu entkommen. Jedenfalls im Augenblick. Vielleicht, das war Elenas ganze Hoffnung, gab es bei der Autofahrt eine Gelegenheit zur Flucht.
Die Straße vor dem Haus war menschenleer. Aber selbst wenn sie Passanten begegnet wären, hätte Elena es kaum

gewagt, um Hilfe zu rufen. Nicht, solange Laura die Pistole auf ihren Rücken gerichtet hielt.

Sie gingen ein paar Schritte bis zu einem dunklen Audi, der, nicht ganz vorschriftsmäßig, halb in einer Einfahrt stand. Per Fernbedienung entriegelte Laura das Fahrzeug.

»Glaub bloß nicht, Stelvio und seine Polizeifreunde könnten den Wagen aufstöbern. Ich habe ihn über einen der Tarnnamen angemietet, die wir beim *Messagero* benutzen, wenn wir verdeckt recherchieren. Nichts weist darauf hin, daß Laura Monicini diesen Wagen hat. Steig ein, Elena, du fährst!«

Elena drehte sich zu Laura um. »Wohin?«

»Nach Norden, mein Schatz, in die Berge.«

35

San Gervasio

Die nächtliche Stille des Klosters wurde von einem lauten Brummen gestört. Motorengeräusch. Stimmen und Schritte sorgten für noch mehr Unruhe, und kurz darauf betrat Tommasio das Krankenzimmer, gefolgt von Giuseppe und Francesco.
»Zeit zur Abreise«, erklärte der Abt. »Die alten Mauern sind die längste Zeit unser Heim gewesen. Morgen wird man in San Gervasio nach Papst Lucius suchen, dann werden wir nicht mehr hier sein.«
Lucius, der auf einem schmucklosen Holzstuhl neben dem Krankenbett gesessen hatte, erhob sich. »Enrico ist noch zu schwach. Er muß hierbleiben.«
»Damit er uns verrät?« Tommasio schüttelte den Kopf. »Das kann ich nicht erlauben. Außerdem brauchen wir ihn und seine Begabung noch.«
»Warum?« fragte Lucius. »Ihr habt doch mich. Genügt das nicht?«
»Weshalb sich mit dem Vater zufriedengeben, wenn man

Vater und Sohn haben kann? Zwei von eurer Sorte verfügen über größere Kräfte als einer.«

»Wozu braucht ihr diese Kräfte? Um das Engelsfeuer zu entfachen?«

Tommasio sah Lucius lange in die Augen. »Du weißt es also, mein Bruder. Gut, dann bist du auf die große Aufgabe vorbereitet.«

»Wir sind mitnichten Brüder!«

»Doch, das sind wir, weil unsere Ahnen es waren. Sie waren Fürsten des Lichts, die an der Seite des Herrn saßen und über seine Schöpfung wachten.«

»Bis der eine sich entschloß, sich gegen seinen Herrn zu wenden«, sagte Lucius mit Abscheu in der Stimme. »Aus dem Fürsten des Lichts wurde ein Fürst der Dunkelheit, und da hörten unsere Ahnen auf, Brüder zu sein.«

»Du hast recht, Luzifer und Uriel standen in verfeindeten Lagern. Zu lange schon dauert diese Feindschaft. Es wird Zeit, die entzweiten Engelssöhne zu vereinen!«

»Aber nicht, um das Engelsfeuer zu entfachen. Gott hat die gefallenen Engel verbannt, und in der Verbannung müssen sie bleiben.«

In Tommasios Augen flackerte Zorn auf. »Gott glaubte den Einflüsterungen Uriels und der anderen Erzengel und stellte sich gegen Luzifer. Das war der Fehler unseres Herrn, und diesen Fehler müssen wir korrigieren, bald schon!«

Lucius sah den Abt fassungslos an. »Wären deine Kräfte und deine Pläne nicht so gefährlich, du wärst eine lächerliche Figur! Du unterstellst Gott einen Fehler und maßt dir an, ihn zu korrigieren? Noch nie im Leben bin ich solcher Überheblichkeit begegnet!«

»Gott gab den Menschen die Macht, über ihre Welt zu herrschen. Er schenkte ihnen die Freiheit des eigenen Willens. War das kein Fehler? Sieh dir doch an, was sie daraus gemacht haben! Jahrtausende voller Kriege und Morde. Alexander der Große und Julius Caesar, Karl der Große und Dschingis-Khan, Friedrich der Große und Napoleon Bonaparte, Mussolini, Hitler, Stalin. Eine endlose Liste. Und wie sieht es heute aus? Terrorgruppen aus Ländern der sogenannten dritten Welt überziehen die erste Welt mit Anschlägen, und die Regierungen der ersten Welt bomben jedes Regime aus dem Weg, das ihnen oder den Konzernen, von denen sie bezahlt werden, nicht paßt. Ist das die Welt, die Gott gewollt hat?«

»Ausgerechnet ein Sohn Luzifers moralisiert«, stellte Lucius kopfschüttelnd fest.

»Arroganz ist die Waffe derjenigen, denen die Argumente fehlen«, fuhr Tommasio mit schneidender Stimme fort. »Aber Hochmut kommt vor dem Fall, wie es schon in den Sprüchen Salomos heißt.«

»Und wofür Luzifer das beste Beispiel ist«, konterte Lucius. »Hätte er mit seiner Revolte obsiegt, wäre die Welt heute eine andere, eine bessere. Die Menschen würden strenge Gesetze befolgen und nicht daran denken, sich gegenseitig abzuschlachten und einander die Luft abzuschnüren.«

»Die Menschen hätten keinen eigenen Willen, müßten sich der Diktatur Luzifers unterwerfen!«

»Und?« fragte Tommasio gedehnt. »Was wäre daran so schlimm?«

Lucius lächelte, aber es war ein kaltes, abweisendes Lächeln. »Deine Beredsamkeit ist erstaunlich. Wenn die Schlange, die Eva im Paradies beschwatzt hat, auch nur annähernd so begabt war, konnte Adams Weib ihr kaum widerstehen. Du

klagst Diktatoren wie Caesar, Bonaparte, Hitler und Stalin an, zu Recht, aber wenige Atemzüge später schwärmst du vom größten Diktator, den die Welt nur fürchten kann, dem, der die gesamte Menschheit unterjocht! Eben das hat Gott nicht gewollt, als er dem Menschen seinen freien Willen zugestand. Der Mensch hat das Recht, Fehler zu begehen und zu sündigen, denn nur daraus kann Einsicht und Reue entstehen. Der einzige Weg, der den Menschen zu einem besseren Wesen werden läßt.«
»Zu einem engelsgleichen Wesen? Wolltest du das sagen, Lucius?«
»Du kannst es so sehen.«
Tommasio lachte höhnisch. »Wie naiv! Sieh dich um in der Welt, öffne deine Augen, dann wirst du erkennen, wie weit der Mensch von diesem Ziel entfernt ist. Weiter denn je, wie mir scheint!«
»Glaubst du, das hat Gott nicht berücksichtigt? Vielleicht hat der Mensch die Talsohle noch nicht durchschritten. Aber auch wenn der Weg lang und steinig ist, er muß ihn beschreiten. Viele Menschen haben schon ein gutes Stück zurückgelegt. Nicht nur die Schreckgespenster, die du aufgezählt hast, bevölkern die Seiten der Geschichtsbücher. Vergiß nicht Menschen wie Jesus, Florence Nightingale, Mahatma Gandhi, Albert Schweitzer oder Mutter Teresa!«
»Das gute Beispiel einiger weniger kann nicht die Schandtaten vieler aufwiegen. Armeen, die Tod und Zerstörung bringen, bestehen heute aus Millionen von Soldaten, und Millionen von Menschen arbeiten in Forschung und Industrie daran, immer effektivere Waffen herzustellen.«
»Aber auch diese Millionen bekommen nur von einigen wenigen gesagt, was sie zu tun und zu lassen haben, von Staats-

chefs und Ministern, von Konzernvorständen und Generälen. Nur wenige sind die Verführer, und viele sind die Verführten. Und du, Tommasio, machst dich stark für den größten Verführer von allen!«
»Unsere Diskussion dreht sich im Kreis. Wir sollten sie später fortführen, wenn wir mehr Ruhe haben.« Tommasio wandte sich an seine Begleiter. »Francesco hilft Enrico, wenn er noch zu schwach dazu ist, allein zu gehen. Du, Giuseppe, wirfst ein wachsames Auge auf alles.«
»Das werde ich«, versprach Giuseppe, der einen Kopfverband trug, und hob die rechte Hand, in der er einen kurzläufigen Revolver hielt.
»Dann sehen wir uns bei den Wagen«, sagte Tommasio und verließ das Krankenzimmer.
Lucius blickte besorgt auf seinen Sohn. »Enrico sollte saubere Kleider anbekommen. In den verschwitzten Sachen könnte er sich den Tod holen.«
»Ich bringe die Sachen aus seiner Zelle«, sagte Francesco und eilte davon. Schon kurz darauf kehrte er mit Enricos Reisetasche zurück. Gemeinsam halfen Lucius und Francesco Enrico beim Umziehen, aber Francesco vermied es die ganze Zeit, einem der beiden anderen in die Augen zu sehen.
Als von draußen lautes Hupen ertönte, knurrte Giuseppe: »Beeilt euch, wir können hier nicht die ganze Nacht vertrödeln!«
Enrico war noch sehr schwach. Als er versuchte, sein Hemd zuzuknöpfen, zitterten seine Hände derart, daß er die Aufgabe dankbar seinem Vater überließ. Nur weil Lucius und Francesco ihn in die Mitte nahmen, bewältigte er den Weg zum Klosterhof.
Dort warteten vier große Lieferwagen, alle vom selben Typ,

mit laufenden Motoren und abgeblendeten Scheinwerfern. Der Mercedes-Geländewagen stand mit zerschossenen Scheiben daneben und sollte offenbar beim Kloster zurückgelassen werden. Die vier Männer stiegen in den hinteren Teil eines Lieferwagens, in dem ein paar Kisten verstaut waren, und machten es sich so bequem, wie nur möglich. Enrico legte sich hin und bettete den Kopf in den Schoß seines Vaters.
Der hagere Ambrosio erschien und blickte in den Wagen.
»Mach die Tür zu, Ambrosio«, rief Giuseppe ihm zu. »Von uns aus kann es losgehen.«
Ambrosio schloß die Hintertür des Lieferwagens, und keine Minute später setzten sich die Fahrzeuge in Bewegung. Giuseppe schaltete eine flackernde Funzel an, die den fensterlosen Innenraum nur spärlich erhellte.
Es ging die gewundene Bergstraße hinab, soviel stand für Lucius und Enrico fest, denn es gab nur diesen einen Weg vom Kloster hinunter ins Tal. Aber wohin der Konvoi sich dann wandte, blieb ungewiß. Es mußte eine abgelegene, wenig befahrene Straße sein. Gegenverkehr schien es nicht zu geben, und die Wagen rollten langsam über eine unebene Fahrbahn. Allmählich gewöhnten sie sich daran, von Schlagloch zu Schlagloch zu holpern.
Immer dann, wenn Giuseppe nicht hinsah, warf Francesco Enrico und Lucius verstohlene Blicke zu, aber was ihn dazu bewog, wurde nicht deutlich. War es die bloße Scham angesichts des Verrats, den er an Enrico geübt hatte? Oder steckte mehr dahinter? Wollte er ihnen etwas mitteilen?

36

NÖRDLICH VON ROM

Der Mann in der engen Kabine blickte müde auf die beiden Frauen in dem dunklen Audi, einem der wenigen Wagen, die um diese Uhrzeit auf die Autobahn wollten. Ihm war anzusehen, daß es für ihn alles andere als ein Vergnügen war, zu fast mitternächtlicher Stunde seinen Dienst zu verrichten. Gähnend nannte er den Mautbetrag.
Elena reichte ihm den Geldschein, den Laura ihr gegeben hatte, durch das offene Seitenfenster. Tausend Fragen schossen ihr durch den Kopf, und sie wurde ihrer Aufregung kaum Herr. Was würde geschehen, wenn sie um Hilfe rief? Würde der Mann überhaupt verstehen, was sie wollte?
Gewiß würde er nur langsam reagieren, viel zu langsam für sie. Laura hatte, als sie auf die Mautstation zurollten, eine der beiden Pistolen auf Elena gerichtet, so geschickt unter ihrer Jacke verborgen, daß der Mann in der Kabine es nicht bemerken konnte. Elena stellte sich vor, daß Lauras Zeigefinger am Abzug lag. Ein kleiner Druck nur, und die Kugel würde sie treffen – sie und ihr Kind!

Wortlos reichte der Mann ihr die Quittung und ließ die Schranke vor ihnen hochgehen. Zögernd, enttäuscht angesichts der vertanen Chance, gab Elena Gas und ließ die Fensterscheibe hochgleiten. Der Audi beschleunigte mit einem leisen Motorschnurren und ließ die lange Reihe von Kabinen und Schranken hinter sich. Auf der Autobahn kletterte der Zeiger am Tacho schnell höher, und bald war die gut ausgeleuchtete Mautstation nur noch ein heller Fleck im Rückspiegel.

»Warst ein braves Mädchen«, säuselte Laura und steckte die Waffe weg. »Einen Moment lang habe ich tatsächlich geglaubt, du wolltest dem armen Kerl die Nachtschicht schwerer machen als nötig.«

»Einen Moment lang habe ich auch daran gedacht«, erwiderte Elena, während sie einen langsamen Tanklastzug überholte.

»Warum hast du es nicht getan?«

»Weil ich an mein Kind gedacht habe.«

»An dein Kind solltest du immer denken, Elena.« Laura klang jetzt sehr ernst. »Nichts ist wichtiger. Ich weiß, wovon ich rede.«

Elena hatte keine Lust, mit Laura über ihr Kind zu sprechen. Um das Thema zu wechseln, fragte sie: »Warum sind wir überhaupt an eine Schranke mit Kassierer gefahren? Hätten wir eine genommen, an der man mit Kreditkarte bezahlen kann, wärst du kein Risiko eingegangen.«

Laura schüttelte übertrieben heftig den Kopf. »Aber Elena, für wie naiv hältst du mich? Kreditkartendaten werden gespeichert!«

»Wir hätten meine Karte nehmen können.«

»Die Idee ist auch nicht besser. Auch nach dir werden sie

bald suchen. Alexander und Stelvio werden geradezu rotieren, wenn sie merken, daß du verschwunden bist. Nein, mein Schatz, wenn du mich verleiten willst, einen Fehler zu begehen, mußt du dich geschickter anstellen!«
»Du bist gut darin, der Polizei zu entkommen«, sagte Elena. »Woher hast du gewußt, daß deine Wohnung gestürmt werden soll?«
»Du selbst hast mich mißtrauisch gemacht.«
»Ich? Wie das?«
»Heute nachmittag in meinem Büro hast du mir erzählt, die Polizei hätte den Killer, den Alexander im Haus von Erzbischof Guarducci erschossen hat, noch nicht identifiziert.«
»Ich wollte dich, für den Fall, daß du wirklich mit denen unter einer Decke steckst, nicht verschrecken.«
»Damit ich euch auch ja in die Falle gehe.«
»Ja.«
»Nimm es als Ironie des Schicksals, Elena, daß du gerade dadurch mein Mißtrauen erregt hast. Nuccio Carpi war der Polizei aufgrund seiner früheren Straftaten bekannt. Daß man trotzdem so lange brauchen sollte, um ihn zu identifizieren, hat mich stutzig gemacht.«
»Aber nicht stutzig genug, um den Einäugigen zurückzupfeifen. Wie heißt er eigentlich?«
»Mino Pistoni. Er ist, ebenso wie Carpi, nur ein Handlanger. Der Verlust der beiden ist zu verschmerzen. Deshalb konnte ich es riskieren, Pistoni zur Klosterruine zu schicken. Schließlich war ich mir nicht sicher, ob das Treffen mit dem geheimnisvollen Informanten echt oder eine Falle war.«
»Wann hat sich dein Verdacht konkretisiert?«
»Erst, als ich abends zu meiner Wohnung gefahren bin. Stelvios Leute waren etwas zu übereifrig in dem Bestreben, mich

bloß nicht aus den Augen zu verlieren. Auch wenn sie die Teams und Fahrzeuge ausgewechselt haben, mir ist es doch aufgefallen. Wäre ich nicht schon mißtrauisch gewesen wegen des angeblich noch nicht identifizierten Killers, hätte ich es vielleicht nicht bemerkt. Aber so war das Glück auf meiner Seite.«

»Und wie ist es dir gelungen, aus deiner Wohnung zu entkommen?«

»Ich war überhaupt nicht drin.«

»Das kann nicht sein! Die Carabinieri, die deine Wohnung gestürmt haben, erzählten etwas von brennendem Licht und Musik.«

Laura lächelte verschmitzt. »Ich habe mir vor kurzem eine Fernsteuerung einbauen lassen. Licht und Hi-Fi-Anlage lassen sich über einen Telefonbefehl einschalten. Ist eigentlich als Schutz vor Einbrechern gedacht, wenn man mal länger weg ist, hat sich aber heute abend auch als ein überaus nützlicher Schutz vor der Polizei erwiesen. Ich habe meinen Wagen in die Garage gefahren, bin dort in den Audi umgestiegen, habe über mein Handy per Telefonsignal Licht und Musik eingeschaltet und bin unbehelligt wieder weggefahren, während die Polizisten sich auf meine Wohnung konzentrierten. Ich dachte, bei dir würden sie mich kaum suchen.«

»Du hattest den Audi also schon vorher angemietet?« fragte Elena und gab etwas mehr Gas.

»Schon vor einer ganzen Weile. Als unsere Gruppe aktiv wurde, mußte ich damit rechnen, daß man mir auf die Schliche …« Laura brach ab, und ein wütender Zug trat auf ihr Gesicht. »Fahr langsamer, sofort!«

Enttäuscht nahm Elena den Fuß vom Gaspedal.

»Das war ein dummer, kleiner Trick!« schimpfte Laura. »Obwohl hier nur achtzig Stundenkilometer erlaubt sind, weit über hundert zu fahren. Hast wohl gehofft, die Radarkontrolle schießt ein nettes Bild von uns beiden, das Stelvio auf unsere Spur bringt?«
»Einen Versuch war's wert«, murmelte Elena.
»Noch so ein Versuch, und ich werde ernsthaft böse!«
Schweigen trat ein, während Elena die Geschwindigkeit noch weiter drosselte und den Audi durch eine Baustelle lenkte, die sich über mehrere Kilometer hinzog. Sie überlegte, was geschehen würde, wenn sie das Steuer etwas verriß, damit der Wagen in die Absperrung geriet. Sie fuhr jetzt weniger als fünfzig, was bedeutete, daß sie gute Aussichten hatte, den Unfall ohne ernste Schäden zu überstehen.
Aber sie war schwanger, und damit bestand ein erhöhtes Risiko. Außerdem würde die Überraschung nicht lange anhalten. Konnte sie überhaupt aus dem Wagen entkommen, bevor Laura von der Pistole Gebrauch machte?
Die Unwägbarkeiten waren zu groß, als daß Elena die Unversehrtheit ihres ungeborenen Kindes dafür riskiert hätte.
Dann lag die Baustelle hinter ihnen, und sie beschleunigte auf die jetzt erlaubten einhundert Stundenkilometer.
»Du hast eben eure Gruppe erwähnt«, griff sie das Gespräch wieder auf. »Was für eine Gruppe ist das?«
»Bist du darauf wirklich noch nicht gekommen?«
Laura sagte das in einem Tonfall, der Elena einen Schauer über den Rücken jagte. Es gab eine religiöse Gruppierung, die in Elenas Vergangenheit eine große Rolle gespielt hatte. Der sie selbst einmal angehört hatte, weil sie von ihr erzogen worden war. Eine Gruppierung, die ihre Mitglieder zu Bußfertigkeit anhielt, ihnen unaufhörlich ihre Sünden bewußt

machte und sie so zu willenlosen Werkzeugen formte. Elena hatte geglaubt, das alles liege hinter ihr, aber Lauras seltsame Bemerkung erschütterte diesen Glauben.
»Sprichst du von Totus Tuus?« fragte sie vorsichtig.
»Aber ja. Überrascht dich das wirklich?«
Elena holte tief Luft. »Ich dachte, Totus Tuus sei endgültig zerschlagen. Außerdem verstehe ich nicht, wie eine Frau wie du...«
»Eine Frau wie ich?« Die bislang so ruhige Laura explodierte. »Was für eine Frau war ich denn, nachdem ich meine Kinder und den Mann, den ich abgöttisch liebte, verloren hatte? Ich hatte keinen Menschen mehr, und ich wußte, ich würde nie wieder Kinder bekommen können. Nicht gerade die beste Voraussetzung für eine junge Frau, den Mann fürs Leben zu finden, oder? Ich habe an mir gezweifelt, mich gefragt, ob ich überhaupt noch eine Frau – ein Mensch – war, sogar an Selbstmord habe ich gedacht. Zwei Therapien habe ich bis zum bitteren Ende durchgemacht und eine dritte abgebrochen, als ich erkannte, daß weder das Geschwätz der Ärzte noch die Pillen mir helfen konnten. Auch bei der kirchlichen Seelsorge habe ich vergebens Hilfe gesucht. Alles, was sie mir dort angeboten haben, waren fromme Sprüche und der Rat, fleißig zu Gott zu beten.«
»Und was hat Totus Tuus dir angeboten?«
»Ein neues, erfülltes Leben, als ich schon nicht mehr daran glaubte.«
»So fangen alle Sekten ihre Opfer ein. Sie halten gezielt Ausschau nach Verzweifelten, nach Menschen in einer tiefen Lebenskrise. Am besten nach solchen wie dir, die einen großen Verlust erlitten haben, einen geliebten Angehörigen oder – wie bei dir – die ungeborenen Kinder. Und dann reden sie

ihnen ein, daß gerade darin der Sinn des Lebens besteht. Daß das alles eine von Gott gewollte Prüfung ist, die sie auf den Pfad des Glaubens führen soll. Das beginnt meist damit, daß der Betroffene all seine weltlichen Reichtümer hergibt und der Sekte überschreibt, die damit angeblich Gutes tun will. Zum Beispiel, dem Sektenoberhaupt eine neue Yacht oder eine neue Villa kaufen.«
»Der Spott einer Abtrünnigen.« Verachtung schwang in Lauras Worten mit. »Ich hatte damals keine Reichtümer, die ich Totus Tuus hätte überschreiben können.«
»Nein, Laura, aber du hast ihnen etwas viel Wertvolleres überschrieben: dein Leben.«
»Das siehst du falsch. Ich hatte überhaupt kein Leben mehr, jedenfalls keins, das man auch nur ansatzweise als lebenswert hätte bezeichnen können. Aber Totus Tuus hat mir ein neues Leben geschenkt und eine Aufgabe.«
»Welche?«
»Gott zu dienen!«
»Indem du dich zur anerkannten Journalistin und Chefredakteurin einer der wichtigsten Zeitungen Italiens hocharbeitest?«
»Du hast es erfaßt.«
»Lautet so vielleicht das elfte Gebot? *Du sollst erfolgreich sein in deinem Beruf, wenn du schon sonst nichts vom Leben hast!*«
»Du begreifst gar nichts.« Laura klang ehrlich enttäuscht. »Wir verdanken Gott das Leben, und wir leben, um ihm zu dienen. Aber die meisten Menschen sind von ihm abgefallen, gehören vielleicht noch einer Kirche an, gehen möglicherweise sonntags zum Gottesdienst, doch die restlichen Stunden der Woche verbringen sie mit der Jagd nach Geld und

Macht oder mit den Nichtigkeiten der modernen Spaßgesellschaft. Gott und der Glaube sind ihnen nicht mehr als modische Accessoires. Sie könnten genausogut dem Dalai-Lama lauschen wie ihrem Bischof, fänden es für den Augenblick ganz schick und hätten es am nächsten Tag bereits vergessen. Das ist nicht die Welt, die Gott gewollt hat!«

»Aha«, sagte Elena nur.

Natürlich hatte Laura in vielem recht, aber ihre Art zu reden erinnerte Elena an die primitiven Argumentationen von Sektenpredigern. Man häufte einfach alles, was einem irgendwie beklagenswert erschien, aufeinander und kam dann wie zwangsläufig zu der Behauptung, nur die Abkehr von all dem und die Hinwendung zu dem, was Gott wirklich wolle – natürlich stets das, was die jeweilige Sekte vertrat –, könne die Welt und ihre sündigen Bewohner retten. Nur entpuppten sich die Oberhäupter solcher Sekten in der Regel als die größten Sünder auf weiter Flur, denen am Geld und an der Ergebenheit ihrer Schäfchen weit mehr gelegen war als an deren Seelenheil.

Laura sah Elena durchdringend an. »Du hältst das alles für dummes Geschwätz, stimmt's?«

»Sagen wir, ich kann nicht so recht erkennen, wie du in deinem bisherigen Leben dazu beigetragen hast, die Zustände, die du beklagst, zu verbessern. Na klar, als Journalistin und Chefredakteurin hast du eine Menge Aufklärungsarbeit geleistet. Aber das kann auch jeder Kollege, der nicht Totus Tuus angehört, von sich behaupten.«

»Du hast nicht ganz unrecht, einen Großteil meines zweiten Lebens habe ich mit Warten verbracht. Darauf, daß der Ruf des Herrn mich ereilt. Unser Orden verfolgt weitgesteckte Ziele und braucht zu deren Verwirklichung ergebene Diener

an allen wichtigen Schaltstellen des gesellschaftlichen Lebens.«
»Auch in den Medien.«
»Auch in den Medien, ja. In jüngster Zeit habe ich unserer Gemeinschaft nützen können, indem ich auf die Gefahr hinwies, die davon ausging, daß Rosario Picardi das Ergebnis seiner Schnüffeleien an die Presse weitergeben wollte. Aber meine eigentliche Stunde wird erst noch kommen, bald, wenn die wahre Herrschaft Gottes anbricht und Totus Tuus alle ergebenen Diener braucht, um eine neue Weltordnung zu errichten.«
Aus einem anderen Mund hätte das für Elena wie wirres Geschwätz geklungen, aber Laura sprach mit einer Überzeugung, die Elena erschauern ließ. Es war nicht das Gefasel irgendwelcher Sektierer vom bevorstehenden Jüngsten Tag. Dazu war Laura zu klug. Sie schien eine konkrete Erwartung zu haben, bezog sich auf ein Ereignis, das offenbar kurz bevorstand.
»Erzähl mir mehr darüber!« bat Elena. Sie spürte, daß sie dabei war, zum Kern all der mysteriösen Ereignisse der vergangenen Tage vorzudringen. »Was wird geschehen, wenn die *wahre Herrschaft Gottes* anbricht? Wie wird es dazu kommen?«
Laura setzte schon zu einer Antwort an, überlegte es sich aber anders und fragte mit spöttischem Unterton: »Ist die investigative Journalistin in dir erwacht? Willst du mich aushorchen?«
»Was gibt es da auszuhorchen? Ich befinde mich in deiner Gewalt und kann nichts von dem, was wir besprechen, weitererzählen.«
Laura schüttelte den Kopf. »Nicht jetzt, Elena. Du wirst die

Wahrheit noch früh genug erfahren, vielleicht schon, wenn wir am Ziel sind.«
»Und was ist unser Ziel?«
»Ein Ort, von dem aus Totus Tuus der Welt zeigen wird, daß Gottes Strafgericht über alle kommt, die sich Seinen Geboten widersetzen. Du wirst staunen, glaub mir!«
Es war enttäuschend, daß die erst so gesprächige Laura sich jetzt derart bedeckt zeigte. Aber als erfahrene Journalistin wußte Elena, daß man eine Frage oft mehrmals – in veränderter Gestalt – stellen mußte, um einen verstockten Gesprächspartner aufzuweichen.
Also fragte sie nach kurzer Pause: »Wenn du befürchtest, daß ich eure Pläne vorzeitig verraten könnte, warum schleppst du mich dann mit? Ich könnte einfach auf dem Seitenstreifen halten und verschwinden. Ich lasse dir auch mein Handy da. Bis ich die Polizei informiert hätte, wärst du längst über alle Berge.«
»Danke für das großzügige Angebot«, erwiderte Laura mit einer Mischung aus Ironie und Zynismus. »Aber da ich dein Handy schon an mich genommen habe, bin ich auf deine Kooperation nicht angewiesen. Auch sonst ist dein Vorschlag wenig attraktiv für mich. Ich habe Pläne mit dir. Du warst eine Dienerin Gottes, als du von Totus Tuus erzogen wurdest. Dann hast du dich vom Orden und von Gott abgewandt. Ich bringe die verlorene Tochter in den Schoß der Gemeinschaft zurück.«
»Falls du glaubst, ich könnte jemals wieder in den religiösen Wahn verfallen, in den Totus Tuus seine Mitglieder treibt, täuschst du dich. Ich habe lange gebraucht, um davon wegzukommen, und es war ein dorniger Weg. Ich bin von Totus Tuus kuriert, für alle Zeit!«

»Vielleicht, vielleicht auch nicht«, sagte Laura vieldeutig. »Aber darauf kommt es letztlich nicht an. Totus Tuus hat viel in deine Erziehung investiert, und du hast der Gemeinschaft einfach den Rücken gekehrt. Du schuldest uns ein Leben, Elena, ein junges Leben, das formbar ist im Sinne des Herrn. Und dieses Leben trägst du in dir.«
Es dauerte eine Weile, bis Elena begriff, was sie gehört hatte. Es schien unglaublich und mochte doch in der verdrehten Logik von Totus Tuus einen Sinn ergeben – einen schrecklichen Sinn.
»Ihr wollt ... mein Kind?« fragte sie, während sie noch um Fassung rang.
»Du schuldest es uns!« Es klang, als verkünde Laura ein Gesetz oder ein kirchliches Dogma. »Das Kind der klugen Elena Vida und des mutigen Alexander Rosin wird ein würdiges Mitglied unserer Gemeinschaft abgeben. Und wer weiß, vielleicht wirst du eines Tages noch stolz auf es sein.«
»Ich hoffe, daß ich eines Tages stolz auf mein Kind bin. Aber noch mehr hoffe ich, daß es niemals in die Fänge von Totus Tuus gerät!«
Laura lächelte unbeirrt. »Daran wirst du nichts mehr ändern, Elena. Dein Kind gehört uns!«

37

IN DER GEGEND VON
SAN GERVASIO

Enrico fühlte sich schlecht, und er mußte sich bezwingen, damit er sich in der stickigen Enge des Lieferwagens nicht übergab. Sein Vater, in dessen Schoß sein Kopf noch immer gebettet war, strich ihm beruhigend über die Stirn, und Enrico lächelte ihn dankbar an.
Es tat gut, nicht länger allein zu sein, auch wenn sein Vater in der gegenwärtigen Situation ebenso machtlos erschien wie er selbst.
Je länger die Fahrt ins Ungewisse dauerte, desto unwohler fühlte Enrico sich. Etwas in ihm schien zu revoltieren, aber wogegen? Dabei fühlte er sich nicht einmal schwächer. Im Gegenteil, er spürte seine Kraft zurückkehren. War es einfach die Furcht vor dem Kommenden, die ihn im Griff hatte?
Dicht bei ihm hockte Francesco und schien die meiste Zeit über durch alle hindurch ins Nichts zu starren. Oder auf etwas, das nur er sehen konnte.

Einmal trafen sich kurz ihre Blicke, und da schien es Enrico, als lese er große Besorgnis in Francescos Zügen. Aber um wen sorgte er sich? Um ihn, Enrico? Unwahrscheinlich, dachte Enrico.

Francesco hatte ihn nach San Gervasio gelockt, hatte ihm die Komödie vom jungen Mönch vorgespielt, der in dem Fremden einen brüderlichen Freund zu finden hoffte. Aber er hatte ihm auch geholfen, als er im Kerker des Klosterturms einsaß.

Enrico konnte es drehen und wenden, wie er wollte, Francesco blieb ihm rätselhaft.

Giuseppe war der einzige unter ihnen, der einen völlig entspannten Eindruck machte. Rücklings gegen die Tür gelehnt, hockte er da, als habe er sich zu einer gemütlichen Rast niedergelassen. Auf seinen Knien lag der Revolver, als messe er ihm keine besondere Bedeutung bei. Warum sollte er auch? Er konnte so gut wie sicher sein, daß seine Gefangenen keinen Fluchtversuch unternehmen würden. So schwach, wie Enrico noch war, würde er keine hundert Meter weit kommen.

Der Konvoi wurde langsamer, eine Weile ging es noch mit Schrittgeschwindigkeit voran, und dann kam er zum Stehen. Stimmen mischten sich in das monotone Brummen der Motoren, und die Wagen fuhren wieder an, nur um nach einem kurzen Stück endgültig anzuhalten. Das Motorengeräusch erstarb.

Als endlich die Tür geöffnet wurde, sog Enrico dankbar die kühle Nachtluft ein. Seine Übelkeit verging, aber die innere Erregung wuchs ins Unerträgliche. Sein Vater nickte ihm kaum merklich zu mit einem Gesichtsausdruck, der zu sagen schien: »Ich spüre es auch.«

Giuseppe stieg aus, sprach kurz mit jemandem und wandte sich den drei übrigen Insassen zu.
»Die Reise ist zu Ende, alles aussteigen, bitte.«
Das »Bitte« begleitete er mit einer entsprechenden Bewegung seines Revolvers. »Francesco, du hilfst deinem Freund Enrico, ja?«
Mit der Hilfe seines Vaters und Francescos, die ihn auch draußen stützten, verließ Enrico den Lieferwagen, der in einer Reihe mit den drei anderen Wagen und weiteren Fahrzeugen stand, darunter Geländewagen und Lkw. Schwarzgekleidete Männer, die Maschinenpistolen über der Schulter hängen hatten, hielten Wache.
Ein Schwarzgekleideter, der nur eine Pistolentasche an der Hüfte trug, salutierte vor Tommasio und schien ihm Meldung zu machen.
Enrico konnte nicht verstehen, was er sagte, aber es war ein seltsamer Anblick, diesen Mann vor dem Abt in seiner Mönchskutte strammstehen zu sehen.
»Tommasio ist kein Abt«, sagte Lucius, der die Gedanken seines Sohns erraten hatte. »Jedenfalls nicht nur. Ich denke, er ist gleichzeitig der General dieser kleinen Armee.«
»Aber was für eine Armee ist das?«
»Eine private, geheime, verbotene. Eine, von der wir gehofft haben, daß sie nicht mehr existiert. Die Armee von Totus Tuus.«
»Glaubst du wirklich ...«
»Sieh dir das Wappen an«, unterbrach Lucius seinen Sohn und zeigte auf einen der Bewaffneten, der, wie alle anderen auch, ein weißes Zeichen auf der linken Brust trug: ein Kreuz, dessen Balken oben und an der rechten Seite in Querstriche mündeten und dadurch wie zwei einander im rechten

Winkel kreuzende Ts aussahen; oben rechts zwischen den Balken hockte ein Krebs.

»Dieses Wappen besteht aus zwei Taukreuzen, die in der Johannes-Offenbarung das Siegel Gottes, das Zeichen der Erlösung, symbolisieren. Und der Krebs als ein Tier, das seinen Panzer auswechseln kann, ist ein Symbol für Jesu Auferstehung. Kein Zweifel, diese Männer gehören dem verbotenen Orden an.«

Enrico fuhr zu Francesco herum, so abrupt, daß dieser den Blick nicht abwenden konnte, und fragte: »Stimmt das? Gehörst auch du zu Totus Tuus?«

Francesco nickte nur.

»Ein seltsamer Ort ist das hier«, murmelte Enrico und sah sich um.

Mehrere Scheinwerfer erhellten den großen, ovalen Platz. Zunächst hatte er geglaubt, in einer riesigen Halle zu stehen, aber dazu war der Wind zu stark.

Und doch war über ihnen kein Himmel, gab es weder Mond noch Sterne und auch keine Wolken, hinter denen die Gestirne sich hätten verstecken können. Was Enrico für das Dach einer Halle gehalten hatte, entpuppte sich bei genauerem Hinsehen als riesige Plane.

Tommasio trat auf sie zu und fragte mit aufgesetzter Höflichkeit: »Habt ihr die Fahrt gut überstanden?«

»Man hat sich gut um mich gekümmert«, antwortete Enrico mit einem Seitenblick auf Francesco. »Wo sind wir hier? Was hat die Plane zu bedeuten?«

Tommasio blickte nach oben.

»Das ist ein Tarnnetz. Aus der Luft kann dieser Ort nicht entdeckt werden, weil das Netz die Struktur von Felsgestein vortäuscht. Wenn man so will, befinden wir uns in einem verborgenen Tal, wie man es aus alten Abenteuerfilmen kennt. Nur gibt es hier weder Steinzeitmenschen noch Dinosaurier.«

»Sondern?« fragte Enrico gespannt.

»Weißt du die Antwort nicht längst?« fragte Tommasio zurück. »Spürst du nicht die Kraft, die von diesem Ort ausgeht?«

»Doch, ich spüre sie.«

Es war wie ein leichtes Brennen, das Enrico vom Kopf bis zu den Zehen durchströmte, aber nicht unangenehm war. Im Gegenteil, er fühlte seine Kräfte zurückkehren, als sei er an eine Art Ladegerät angeschlossen. Tatsächlich ließ sich das, was er spürte, mit elektrischem Strom vergleichen, der mit geringer Spannung durch seinen Körper floß und eine anregende, belebende Wirkung hatte.

Tommasio wandte sich an Enricos Vater. »Und wie steht es mit dir, Sohn Uriels?«

»Auch ich spüre die Kraft.«

Tommasio nickte zufrieden.

Er neigte sich zu Giuseppe, flüsterte ihm etwas ins Ohr, und Giuseppe eilte davon.

Kurz darauf flammte ein großer Scheinwerfer auf und beleuchtete die Felswand, die steil vor ihnen aufragte. In den Fels war ein großes Relief gehauen, das eine antike Stadt zeigte.

Männer, Frauen und Kinder flohen aus brennenden Häusern und liefen in Panik durch die Straßen. Der Schöpfer des Reliefs war ein Meister seiner Kunst gewesen; die Todesangst war deutlich in jedem einzelnen Gesicht zu lesen. Über den Dächern schwebten geflügelte Gestalten, Engel vielleicht, die flammende Schwerter schwangen.

Das Feuer sprang von den Schwertern auf die Häuser über, brachte Zerstörung und Tod über die Stadt.
»Ich kenne dieses Bild«, sagte Enrico leise, während er sich an seinen Vater klammerte. »Ich habe es mit Vels Augen gesehen. Wir sind am Tempel der Ahnen!«

4. Tag
Samstag, 15. Oktober

38

ROM

Schlaftrunken trat Alexander hinaus in einen bewölkten Morgen. Kalter Nieselregen schlug ihm ins Gesicht, was er nicht einmal als unangenehm empfand. Der Regen mußte die Dusche ersetzen, um die Donatis unerwarteter Anruf ihn gebracht hatte. Donati war sehr kurz angebunden gewesen, er hatte nur gesagt, Alexander würde in fünfzehn Minuten abgeholt werden. Alexander sah auf die Uhr: kurz vor acht. Die fünfzehn Minuten waren noch nicht ganz um.
Eine schwarze Limousine rauschte heran und hielt mit quietschenden Bremsen dicht vor ihm. Jemand stieß die hintere rechte Tür auf.
Es war Donati, der winkte. Alexander schob sich neben seinen Freund auf den Rücksitz und saß noch gar nicht richtig, als der Wagen schon wieder losfuhr.
»Morgen«, grüßte Donati mit einer Stimme, die auch noch nicht ganz munter klang. »Schnall dich lieber an, wir haben es eilig!«
Als hätte er auf das Stichwort gewartet, schaltete der Fahrer

die Sirene an und pappte ein magnetisches Blaulicht aufs Autodach. Alexander griff nach dem Sicherheitsgurt.
»Was ist denn los, Stelvio? Habt ihr eine Spur von Laura?«
»Nein, nichts. Sie ist nach wie vor spurlos verschwunden. Und verschwunden ist das Stichwort. Wir haben eine weitere vermißte Person, und die versetzt die gesamte italienische Polizei in Aufruhr. Der Innenminister persönlich hat mich angerufen und mich gebeten, mich der Sache anzunehmen.«
»Als hätten wir nicht genug zu tun«, brummte Alexander. »Um wen geht es denn? Und warum hast du mich aus dem Bett geworfen? Ich wollte wenigstens einmal richtig ausschlafen.«
»Du bist doch unser Vatikanexperte.«
»Und?«
»Also kannst du mir vielleicht bei der Suche nach dem verschwundenen Lucius helfen.«
»Sprichst du von Papst Lucius?«
»Ich kenne keinen anderen.«
Entgeistert starrte Alexander den Freund an. »Erzähl mehr!«
»Wir haben doch gestern nachmittag den Hubschrauber im Vatikan aufsteigen sehen, mit dem Heiligen Vater an Bord.«
Alexander erinnerte sich. »Don Luu sagte, Lucius wolle zu seinem kranken Sohn nach San ... San ...«
»San Gervasio«, half Donati nach. »Ein kleines Kloster in den umbrischen Bergen, nördlich von Perugia. Der Hubschrauber hat Lucius und drei Schweizer in der Nähe des Klosters abgesetzt, in dem Enrico Schreiber sich aufhalten sollte, und ist dann weisungsgemäß zur Militärbasis auf dem Flughafen Ciampino zurückgekehrt. Er sollte den Papst heute wieder abholen. Als es heute morgen unmöglich war, den Offizier der den Papst begleitenden Schweizer per

Handy zu erreichen, und auch sonst keine Verbindung zu Lucius oder dem Bergkloster hergestellt werden konnte, ist der Helikopter trotzdem gestartet. Mit einem Suchtrupp an Bord, der das Kloster erkundet hat.«
Alexander hing an Donatis Lippen. »Und?«
»Abgesehen von ein paar Toten ist niemand da.«
»Tote? Was für Tote?«
»Zwei der drei Schweizer und ein Mönch. Nach allem, was ich bis jetzt weiß, und das ist nicht viel, hat dort ein Feuergefecht stattgefunden.«
»Und es gibt keine Spur von Lucius und Enrico?«
»Wir werden uns gleich vor Ort selbst ein Bild machen.«
Nun wußte Alexander, wohin sie fuhren: zum Flughafen Ciampino. Die Limousine preschte mit aberwitzigem Tempo durch den morgendlichen Verkehr und hatte den Innenstadtbereich bald hinter sich gelassen. Ohne Sirene und Blaulicht hätte es vermutlich schon mehrere Karambolagen gegeben.
»Hast du Elena informiert, Stelvio?«
»Nein, ich dachte, sie schläft sich besser aus. Die letzte Nacht muß sie von uns allen am meisten mitgenommen haben.«
Alexanders Gedanken wanderten zurück zu den Ereignissen in der Klosterruine, und er spürte wieder die entsetzliche Angst, die er um Elena ausgestanden hatte.
»Habt ihr aus dem Einäugigen etwas herausbekommen?« fragte er.
»Aus dem wird so schnell gar nichts herauszukriegen sein. Die Ärzte mußten ihn in ein künstliches Koma versetzen, um sein Leben zu retten. Elenas Waffe hatte zwar nur ein kleines Kaliber, aber auf so geringe Entfernung sind Bauchschüsse trotzdem nicht ohne. Die Ärzte haben es ein Wun-

der genannt, daß der Kerl überhaupt noch atmet.« Donati klaubte einen Zigarillo aus dem Silberetui, das in der Innentasche seiner Jacke steckte, zündete ihn mit einem ebenfalls silbern glänzenden Feuerzeug an und lehnte sich mit geschlossenen Augen zurück. »Wenigstens konnten wir ihn identifizieren. Mino Pistoni aus Alcamo.«
»Das liegt doch auf Sizilien, wo auch der andere herkam.«
»Es wird noch besser. Auch Pistoni hat Handlangerdienste für die sizilianische Mafia verrichtet. Vielleicht hat er damals schon gemordet, jedenfalls gab es vor acht Jahren eine entsprechende Anklage. Das Opfer war der Bürgermeister eines kleinen Dorfes, der nicht mehr nach der Mafia-Pfeife tanzen wollte. Aber, o Wunder, plötzlich fanden sich gleich mehrere zwielichtige Gestalten, die Pistoni zu einem Alibi verhalfen. Ein paar Monate später ist er doch in den Knast gewandert, wegen schwerer Körperverletzung. Und jetzt rate mal, mit wem er sich in Palermo eine Zelle geteilt hat.«
»Dann rate ich mal: mit Nuccio Carpi?«
»Hundert Punkte. Nimmst du den Gewinn mit nach Hause, oder spielst du weiter?«
Alexander lächelte dünn. »Die nächste Frage, bitte.«
»Wie ist es wohl mit dem damals noch zweiäugigen Kleinmafioso weitergegangen?«
»Vielleicht eine überraschende Hinwendung zu religiösem Gedankengut, die Bekehrung eines Mannes, der kurz zuvor noch bedingungslos die Befehle seines Paten vollstreckt hat?«
»Du bist wirklich reif für die Eine-Million-Frage«, lobte Donati. »Auch Pistoni ist wegen guter Führung vorzeitig entlassen worden, nur zwei Monate nach Carpi. Von da an verliert sich beider Spur. Nichts, was aktenkundig geworden wäre,

als seien aus den Teufeln im Knast tatsächlich Engel geworden.«
»Engel, die urplötzlich einen Rückfall erlitten haben, einen ziemlich heftigen. Falls sie denn jemals bekehrt waren.«
Donati öffnete die Augen und sah Alexander bedeutungsvoll an. »Du sprichst aus, was ich denke. Vielleicht solltest du doch mal über einen Job bei der römischen Polizei nachdenken. Ich glaube, ich habe dir das schon einmal angeboten.«
»Vielen Dank, aber ich bin kein Italiener. Ich befinde mich auch nur geographisch in der EU, nicht, was meine Staatsbürgerschaft angeht. Die Schweiz ist da eher zurückhaltend, wie du weißt.«
»Das ist kein Problem. Ich kann es ganz gut mit dem Innenminister. Ein Telefonat, und du bist schneller Italiener, als du ›Gina Lollobrigida‹ sagen kannst.«
»Ich werd's mir überlegen. Aber kommen wir auf die beiden Sizilianer zurück, da ist doch noch mehr, oder? Ich kenne deinen Ich-weiß-etwas-das-du-nicht-weißt-Blick.«
»Ich sage doch, du hast eine Spürnase. In der fraglichen Zeit gab es in Palermo erstaunlich viele vorzeitige Entlassungen wegen guter Führung. Fast alle fraglichen Häftlinge hatten sich im Knast dem Glauben zugewandt. Der damalige Gefängnispfarrer muß der geborene Missionar gewesen sein. Leider blieb er der Anstalt nicht lange erhalten. Ein paar Monate nachdem Carpi und Pistoni entlassen wurden, hat er seine Stelle ohne Angabe von Gründen gekündigt. Ein gewisser Tommasio Lampada, übrigens.«
»Nie gehört.«
»Wirklich nicht?«
Alexander dachte nach. »Ich kann mich nicht erinnern. Was ist mit dem Mann?«

»Ich habe mich, soweit es in der knappen Zeit möglich war, etwas genauer mit ihm beschäftigt. Wirklich eine rastlose Seele, wenn es darum geht, die Geschäfte des Herrn zu erledigen. Er hat sich nicht nur für die Rehabilitierung Strafgefangener eingesetzt, sondern auch lange Jahre in der Nähe von Messina ein Heim für schwer erziehbare Waisenkinder geleitet, das er ausschließlich über Spenden finanziert hat. Und im vergangenen Herbst hat er dann beschlossen, sich der inneren Einkehr zu widmen, und eine kleine religiöse Gemeinschaft gegründet. Ein Dutzend frommer Brüder, angeführt von Abt Tommasio, hat sich in ein längst aufgegebenes Kloster auf einem abgelegenen Berg zurückgezogen, um dort in Demut zu leben. So jedenfalls die offizielle Version.«
»Willst du damit andeuten …?«
»Du hast es erfaßt. Unser unermüdlicher Tommasio Lampada ist der Abt des Klosters, in dem gestern Papst Lucius verschwunden ist – mitsamt dem Abt und seinen Brüdern. Das Leben steckt voller Zufälle, nicht wahr?«
»Karl May hat immer gesagt, daß er nicht an den Zufall glaubt.«
Donati runzelte die Stirn. »Karl May? Wer ist das?«
Alexander winkte ab. »Den kennt ihr in Italien nicht.«
Vor ihnen tauchte die Abfahrt nach Ciampino auf. Alexander sah ein großes Verkehrsflugzeug aus der dicken Wolkenschicht niedergehen und majestätisch über der Landebahn einschweben. Es war Wochenende, also befanden sich an Bord vermutlich Touristen, die sich von dem schlechten Wetter nicht abschrecken ließen und per Billigflug ein paar Tage in Rom verbringen wollten.
Aber nicht der zivile Teil des Flughafens war ihr Ziel, sondern der streng abgeschirmte militärische, wo Flugzeuge

und Helikopter von Luftwaffe, Heer und Polizei stationiert waren. Ein Transporthubschrauber der Carabinieri erwartete sie bereits, an Bord ein zwölfköpfiges Einsatzteam des GIS, angeführt von dem Offizier mit dem scharfgeschnittenen Gesicht, der am Abend zuvor den Einsatz bei Sant'Anna geleitet hatte.
»Capitano DelBene!« begrüßte Donati ihn. »Schlafen Sie nie?«
Der Carabiniere lächelte verhalten. »Dasselbe könnte ich Sie und Ihren Freund auch fragen. Worum geht es überhaupt?«
»Das Briefing machen wir an Bord. Wir haben keine Zeit zu verlieren.«
DelBene winkte ab. »Das höre ich fast jeden Tag.«
Donati sah ihn ernst an. »Aber heute ist es wahr, Capitano!«

39

AM TEMPEL DER AHNEN

Enrico erwachte mit einem Gefühl der Orientierungslosigkeit. Um ihn her war dämmriges Licht, das die Konturen in dem kleinen Raum verschwimmen ließ. In seinem Kopf pochte ein dumpfer Schmerz, begleitet von einem leichten Unwohlsein, aber insgesamt fühlte er sich besser, kräftiger.
»Ich spüre, daß du dich ein wenig erholt hast, das ist schön«, hörte er seinen Vater dicht neben sich sagen.
Enrico drehte sich auf die Seite, und unter ihm quietschte es leise. Erst jetzt bemerkte er, daß er auf einem Feldbett lag. So wie sein Vater neben ihm.
Nach und nach kehrte die Erinnerung zurück, und Enrico sah die Ereignisse der vergangenen Nacht wieder vor sich: den Konvoi, der sie vom Kloster hierhergebracht hatte, in das seltsame Tal; die Felswand mit dem Relief; die Zelte, in denen die Menschen hier schliefen. In eins der Zelte hatte man seinen Vater und ihn gebracht, und vor dem Eingang war ein bewaffneter Posten aufgestellt worden.

»Totus Tuus«, murmelte Enrico bei dem Gedanken an die Wachen mit dem seltsamen Kreuzsymbol links auf der Brust.
»Was meinst du?« fragte Lucius.
»Ich dachte gerade an heute nacht, und es kommt mir alles so unwirklich vor. Dieser Ort und die Männer mit dem Totus-Tuus-Kreuz. Das Ganze erscheint mir wie ein Alptraum, in dem ein längst überwundenes Übel Gestalt angenommen hat.«
»Sag lieber, ein längst überwunden *geglaubtes* Übel.«
»Hat der Vatikan nicht alles getan, um diesen Orden endgültig aus der Welt zu schaffen?«
»Der Vatikan ist mächtig, aber nicht allmächtig. Mein Amtsbruder Custos und ich sind die Stellvertreter Gottes auf Erden, Stellvertreter mit besonderen Fähigkeiten noch dazu, aber wir sind auch nur Menschen, denen Grenzen gesetzt sind. Der Heilige Stuhl hat sämtliche ihm zur Verfügung stehenden diplomatischen Mittel ausgereizt, um Totus Tuus weltweit zu ächten. Aber so manches Verbotene blüht im geheimen weiter, und es gibt einige Staaten, in denen der Einfluß des Vatikans mehr als eingeschränkt ist, um es vorsichtig auszudrücken. Wir mußten immer damit rechnen, daß sich hier und da einzelne Zellen des einst mächtigen Ordens gehalten haben. Daß er aber noch einmal zu einer solchen Gefahr werden könnte, hätte ich nicht gedacht.«
»Die Gefahr geht von hier aus, von diesem Ort«, sagte Enrico, während in ihm die Traumgestalten der zurückliegenden Nacht erwachten. »Ich habe sehr schlecht geschlafen. Das Relief draußen an der Felswand wollte in mir lebendig werden. Mir war, als sei ich mittendrin in der Stadt, die von Engeln – oder Dämonen? – in ein Flammenmeer verwandelt

wird. Ich habe die Schreie der Menschen gehört, die Todesangst in ihren Augen gesehen und die Gluthitze des Feuers gespürt, das Menschen wie Tiere in Asche verwandelte. Mehrmals bin ich aufgewacht, wohl, weil ich diesen Traum nicht träumen wollte.«
Lucius sah ihn mitfühlend an. »Auch ich habe es gespürt, aber sicher nicht so heftig wie du. Deine Empfänglichkeit für das, was jenseits des Greifbaren liegt, ist eine besondere Begabung.«
»Ich denke immer häufiger, daß sie eher ein Fluch ist.«
»Ein Fluch ist sie nur, wenn du dich dagegen auflehnst, Enrico. Denn das hilft nichts, du bist, wie du bist. Alle Engelssöhne müssen lernen, mit ihrem Anderssein und ihren Begabungen zu leben. Manche entscheiden sich dagegen, etwas Besonderes zu sein, und führen ein normales Leben, soweit es ihnen möglich ist. Ob sie damit glücklich werden, weiß ich nicht. Aber uns, Enrico, den Söhnen Uriels, ist ein bestimmter Weg vorgezeichnet. An diesem Ort, den sie den Tempel der Ahnen nennen, spüre ich es so deutlich wie nie zuvor. Und es ist gut möglich, daß der Weg bald endet.«
Den letzten Satz hatte Lucius nur zögernd und sehr leise ausgesprochen. Er blickte seinem Sohn tief in die Augen, als wolle er dessen Reaktion testen.
Enrico spürte Furcht in sich aufsteigen. Er hatte sich in den vergangenen Tagen mehr als einmal in Lebensgefahr befunden, aber was sein Vater da andeutete, hatte etwas Unausweichliches. Zum ersten Mal dachte Enrico wirklich über den eigenen Tod nach, und zu seiner Furcht gesellte sich eine tiefe Trauer um all das, was er im Leben nicht mehr würde tun können und was er bisher, sei es aus Bequemlichkeit, sei es aus Ignoranz, versäumt hatte. Eine Frau zu finden, mit der

er eine Familie gründen und seinem Dasein einen Sinn geben konnte, der über die lächerlich kurze Spanne eines Menschenlebens hinausging, das sollte ihm nicht vergönnt sein? Lucius schien zu wissen, was in seinem Sohn vorging. Er setzte sich auf dem schmalen Feldbett auf und legte Enrico eine Hand auf die Schulter.

»Wir Engelssöhne sind Menschen, haben aber besondere Fähigkeiten und Aufgaben. Unsere Bestimmung ist eine andere als die der meisten Menschen. Ich weiß nicht, was letztlich sein wird, und das ist auch gut so. Der Herr wird uns leiten und uns Trost spenden!«

Er sagte das mit einer Gewißheit, die Enrico etwas von seiner Verzweiflung nahm. Und als Lucius ihn einlud, mit ihm zu beten, nahm Enrico das sehr gern an. Während er mit gefalteten Händen neben Lucius auf dem Zeltboden kniete und dessen Worte nachsprach, fühlte er sich seinem Vater so nahe wie noch nie zuvor.

Ihr Gebet dauerte noch an, als Schritte näher kamen und die Zeltplane am Eingang beiseite geschoben wurde. Im Zelt wurde es dadurch aber kaum heller, denn das riesige Tarnnetz über dem Tal beschränkte den Einfall von Tageslicht enorm.

Giuseppe trat ein, nun nicht mehr im Mönchsgewand, sondern in der dunklen Kluft, die alle hier zu tragen schienen. Auch auf seiner Brust prangte das Totus-Tuus-Wappen, und an seiner Hüfte hing eine schwarzlederne Pistolentasche. Enrico fiel auf, daß der weiße Krebs aus dem Wappen auch auf Giuseppes linker Schulter saß. Den Kopfverband hatte Giuseppe durch ein Pflaster ersetzt.

»Guten Morgen!« sagte er gutgelaunt. »Ich bringe euch das Frühstück und einen weiteren Gast, der in der Nacht eingetroffen ist. Ihr findet es hoffentlich nicht unziemlich, euch das Zelt mit einer Frau zu teilen – unser Platz hier ist nun mal begrenzt.«

Nur beiläufig achtete Enrico auf Giuseppes Begleiter, die ein zusätzliches Feldbett, einen kleinen Tisch und drei Klappstühle aufbauten und am Ende ein großes Tablett auf den Tisch stellten. Zu sehr nahm ihn die junge Frau gefangen, der selbst die Übermüdung, die man ihr deutlich ansah, nichts von ihrer Schönheit rauben konnte. Elena Vida schien nicht minder überrascht, Enrico und seinen Vater hier anzutreffen. Für eine kleine Weile starrten die drei einander nur schweigand an.

»Vielleicht wird das Gespräch ja beim Frühstück etwas anregender«, spöttelte Giuseppe, bevor er sich mit seinen Männern zurückzog.

Widerstreitende Gefühle beherrschten Enrico. Er freute sich, Elena wiederzusehen. Sie war eine gute Freundin, und es hatte eine Zeit gegeben, da hatte er gehofft, sie würde noch mehr sein. Aber dann hatte er eingesehen, daß Alexander und sie unzertrennlich waren. Ihre Anwesenheit brachte ihn auf andere Gedanken und nahm ihm etwas von der Last, die Lucius' Worte ihm aufgebürdet hatten. Aber auch Elena schien eine Gefangene zu sein, und das beunruhigte ihn. War es nicht genug, daß sein Vater und er Totus Tuus in die Hände gefallen waren?

Lucius zeigte mit einladender Geste zu dem Tisch. »Auch wenn es profan klingt, vielleicht sollten wir wirklich etwas essen und den Kaffee trinken, solange er heiß ist.« Er blickte seinen Sohn an. »Und wir sollten Signorina Vida endlich willkommen heißen, auch wenn sie sich vermutlich nicht freiwillig hier aufhält.«

Der Bann war gelöst, Enrico und Elena fielen einander um den Hals. Lucius und Elena begrüßten einander ein wenig förmlicher.

Schließlich setzten sie sich, tranken den starken, heißen Kaffee und aßen Zwieback mit Wurst und Marmelade. Dabei entspann sich eine lebhafte Unterhaltung, in deren Verlauf sie einander berichteten, was ihnen widerfahren war.

»Laura Monicini eine Verräterin«, sagte Enrico fassungslos, als Elena geendet hatte. »Wären die Umstände nicht so, wie sie sind, ich würde das nicht glauben.«

»Bis gestern hätte auch ich jeden, der mir das erzählt hätte, für verrückt erklärt«, sagte Elena. »Ich habe Laura für meine Freundin gehalten – meine beste Freundin.«

»So funktioniert das System von Totus Tuus«, sagte Lucius. »Ein vermeintlicher Freund gewinnt das Vertrauen eines Menschen, spioniert ihn aus und dringt bis zu seinen geheimsten Wünschen und Ängsten vor. Dieses Wissen ist in den Händen einer fanatischen Sekte eine gefährliche Waffe. Wer einen anderen Menschen so gut kennt wie sein eigenes Ich, kann ihn mit Leichtigkeit manipulieren, und schon hat Totus Tuus ein neues Mitglied gewonnen. Ein System, das durch seinen Schneeballeffekt noch wirkungsvoller ist.«

Elena sah Papst Lucius an und nickte. »Ich kenne das System aus eigener Erfahrung. Ich habe den Orden verlassen und werde ganz sicher nicht in seinen Schoß zurückkehren. Wäre Laura nicht bewaffnet gewesen, ich wäre nicht mit ihr gegangen. Aber ich durfte nichts riskieren, meinem Kind zuliebe.«

Staunend vernahm Enrico die Neuigkeit.

»Vielleicht haben sie mit deiner Entführung einen Fehler gemacht, der ihre Pläne durchkreuzen wird«, sagte er.

»Da war wohl eher die Entführung des Heiligen Vaters ein

Fehler«, erwiderte Elena mit Blick auf Papst Lucius. »Sein Verschwinden – nicht meins – wird eine gigantische Suchaktion auslösen.«

»Aber deine Entführung könnte der Polizei neue, entscheidende Hinweise liefern. Vielleicht läßt sich anhand von Lauras Fahrzeug der Weg hierher rekonstruieren.«

»Das glaube ich kaum«, sagte Elena und erzählte von den Vorsichtsmaßnahmen, die Laura getroffen hatte. »Sie hat mir auch, noch in Rom, mein Handy abgenommen und es ausgeschaltet.«

»Unsere Handys sind ebenfalls weg«, erklärte Enrico. »Also keine Chance, daß wir hier geortet werden.« Er schüttelte den Kopf. »Das kann nicht sein, drei Menschen, von denen einer Papst Lucius ist, können nicht einfach spurlos verschwinden! Daß du weg bist, wird jedenfalls schnell auffallen, Elena. Alexander wird dich vermissen.«

»Da bin ich mir nicht so sicher.«

»Wieso?« fragte Enrico und erfuhr, daß Elena und Alexander sich getrennt hatten.

Früher hätte die Nachricht in ihm womöglich die Hoffnung geweckt, Elena doch noch für sich zu gewinnen. Inzwischen war zu viel Zeit vergangen. Außerdem dachte er an das, was sein Vater gesagt hatte, über das mögliche Ende ihres Wegs. Vielleicht war den Söhnen Uriels tatsächlich kein normales Leben bestimmt. Zumindest jetzt war daran nicht zu denken.

»Das mit Alexander tut mir leid«, sagte Enrico aufrichtig und wußte zugleich, daß seine Worte für Elena weder Trost noch Hilfe sein konnten.

Eine gedrückte Stimmung legte sich über die drei, und sie beendeten ihr Frühstück schweigend. Erst ein fernes Geräusch, ähnlich dem Brummen eines großen Insekts, riß sie aus der Lethargie. Es kam nicht aus dem Zelt, und doch wurde es lauter, deutlicher. Enrico erkannte, daß es nicht organischen Ursprungs sein konnte, dazu hörte es sich zu gleichförmig an, zu mechanisch.

»Ein Hubschrauber!« stieß er in plötzlicher Erregung hervor. »Das kann nur ein Hubschrauber sein. Vielleicht suchen sie schon nach uns!«

40

San Gervasio

Die Sonne brach durch die Wolken und malte den Schattenriß des Hubschraubers als verzerrtes Bild tief unter ihnen auf die zerklüftete, felsige Landschaft. Die Männer an Bord blickten angestrengt nach unten, einige durch Feldstecher, aber da war nichts als felsige Hügel, Wälder und wieder felsige Hügel.
»Das bringt nichts«, brummte Stelvio Donati unwillig. »Wir sollten uns erst einmal beim Kloster umsehen und gegebenenfalls weitere Hubschrauber anfordern.«
»Einverstanden«, sagte Capitano DelBene und gab dem Piloten ein Zeichen.
Der Helikopter kletterte höher und steuerte die Bergkuppe an. Alexander starrte immer noch nach unten und fragte sich, ob irgendwo zwischen den Felsen oder unter den Baumwipfeln der vermißte Papst und Enrico Schreiber steckten.
Mit der Bergkuppe rückte das alte Kloster näher, das von hier oben wie eine Kulisse für einen Historienfilm wirkte: baufällige Mauern und ein runder Turm, der eher an einen

Bergfried erinnerte als an einen Glockenturm. So, wie die ganze trutzige Anlage wie eine Festung anmutete, mit voller Absicht hier oben auf den Berg gebaut, wo man feindlichen Angriffen leicht standhalten konnte. Und tatsächlich hatte es hier vor kurzem einen Kampf gegeben, wie Donati berichtet hatte.
Es stellte sich heraus, daß die Bergkuppe keinen geeigneten Landeplatz bot. Der Pilot setzte sein stählernes Insekt ein Stück bergab auf, wo bereits ein Armeehubschrauber stand. Dort erzählte ein Leutnant Secchi, wie sein Kamerad und er tags zuvor Papst Lucius und drei Gardisten an dieser Stelle abgesetzt hatten.
Alexander fragte Donati nach den Namen der Gardisten. Donati schlug einen Notizblock auf: »Ihr Anführer war ein gewisser Leutnant Klameth. Die beiden anderen hießen Zarli Hofer und Roland Kübler. Kanntest du sie?«
»Ja, alle drei. Mit Kübler war ich etwas näher bekannt.«
»Ein Freund von dir?«
»Das wäre zuviel gesagt. Wir konnten einander gut leiden. Er ist – oder war – ein äußerst zuverlässiger Mann.«
»Vielleicht lebt er ja noch«, meinte Donati, während er den Block wieder einsteckte.
»Wieso?«
»Er ist derjenige, der vermißt wird. Die beiden anderen sind im Kloster gefunden worden.«
»Erschossen?«
»Nein, erdrosselt.«
»Aber du hast etwas von einem Feuergefecht gesagt«, hakte Alexander nach.
»Das hat draußen stattgefunden. Wir haben einen erschossenen Mönch gefunden.«

»Meinst du, Kübler war in den Schußwechsel verwickelt?«
»Möglich.«
Vom Kloster her, wo man den Hubschrauber mit Sicherheit bemerkt hatte, näherte sich mit blinkendem Blaulicht ein Streifenwagen der Carabinieri. Während der Fahrer sitzen blieb, stieg der Beifahrer aus, ein untersetzter Mann mit ergrauendem Schnauzbart. Er salutierte vor Capitano DelBene und stellte sich als Maresciallo Colizzi vor.
DelBene wies auf Donati. »Das ist Dirigente Donati von der Polizei in Rom. Der Innenminister hat ihn mit der Leitung der Ermittlungen beauftragt. Bringen Sie ihn und seinen Begleiter, Signor Rosin, zum Kloster, Maresciallo.«
Der Leiter des örtlichen Carabinieri-Postens salutierte erneut, diesmal vor Donati. »Wollen Sie sofort zum Kloster, Dirigente, oder möchten Sie vorher das Wrack sehen?«
»Welches Wrack?« fragte Donati.
»Ach, das wissen Sie noch nicht. Ein vollkommen ausgebranntes Autowrack, gar nicht weit von hier. Vermutlich handelt es sich um den Lieferwagen von Maurizio Giornelli, der das Kloster mit Lebensmitteln versorgt hat. Maurizio wird seit vorgestern vermißt. Vor einer halben Stunde haben meine Leute das Wrack entdeckt. Ob das in einem Zusammenhang mit der Sache steht, die oben im Kloster passiert ist?«
»Das ist gut möglich«, meinte Donati. »Ich denke, wir schauen uns erst einmal im Kloster um.« Er sah DelBene an. »Wie kommen Sie und Ihre Männer zur Bergkuppe, Capitano?«
Der grinste. »Im Laufschritt.«
Alexander und Donati stiegen in den Polizeiwagen und fuhren eine gewundene Straße hinauf, die nur mit Abstrichen als

solche bezeichnet werden konnte. Selten war Alexander in so kurzer Zeit durch so viele Schlaglöcher geruckelt.

Als er eine diesbezügliche Bemerkung machte, erwiderte Maresciallo Colizzi: »Wozu hätte unsere arme Gemeinde Geld in den Erhalt dieser Straße stecken sollen? Jahrzehntelang ist sie so gut wie gar nicht benutzt worden. Bis vor einem Jahr die Mönche auf den Berg kamen. Aber außer Maurizio ist kaum jemand zum Kloster raufgefahren, und der konnte den größten Schlaglöchern bald mit verbundenen Augen ausweichen, wie er mir einmal erzählt hat.«

Vor ihnen tauchte die Klosterruine auf, wo sich zwei weitere Carabinieri sowie ein Trupp Soldaten aufhielten, der mit dem Armeehubschrauber nach San Gervasio gekommen war.

Als Alexander und Donati ausstiegen, bot sich ihnen ein seltsames Bild. In dem mittelalterlich anmutenden Gemäuer mußte es, wie von Donati bereits angedeutet, einen heftigen Schußwechsel gegeben haben. Ein Mercedes-Geländewagen mit zerschossenen Scheiben stand auf dem Klosterhof, Patronenhülsen lagen herum, und dicht bei dem Geländewagen fanden sie einen Mönch, der von mehreren Kugeln regelrecht durchlöchert war. Die rechte Hand des Toten umklammerte eine automatische Pistole.

»Sieht aus, als sei er kämpfend gestorben«, meinte Alexander. »Beten und arbeiten erwartet man von frommen Klosterbrüdern, aber schießen?«

»Vielleicht waren sie keine frommen Klosterbrüder«, sagte Donati.

»Du meinst, der zwielichtige Tommasio Lampada hat hier ebenso zwielichtige Gestalten versammelt, die sich lediglich als Mönche ausgegeben haben?«

»So oder so ähnlich.«

»Aber zu welchem Zweck?«
»Wie wäre es mit der Entführung von Papst Lucius?«
Alexander dachte nach und gab Donati recht. »Für deine Theorie spricht einiges, Stelvio. Wenn sie zutrifft, haben sie Enrico wohl als Lockvogel benutzt.«
Sie betraten das Hauptgebäude, und Maresciallo Colizzi führte sie zu den Schweizern, die auf dem Boden eines dämmrigen Gangs lagen. Als Alexander sich neben sie kniete, erkannte er deutlich die roten Male an ihren Hälsen.
»Sieht aus, als wäre ihnen mit einem Strick oder einer Kordel die Luft abgeschnürt worden. Aber warum haben sie den oder die Mörder überhaupt so nahe an sich herangelassen?«
»Vielleicht weil die Mörder in ihren Augen harmlose Mönche waren«, meinte Donati.
Sie kamen in ein mit Akten und Papieren vollgestopftes Büro, und Donati wies die Carabinieri an, sämtliche Papiere einzusammeln und hinunter zum Polizeihubschrauber zu bringen, damit seine Leute in Rom sich damit befassen konnten.
»Vielleicht entdecken wir da etwas, das uns weiterhilft«, sagte er. »Auch wenn ich nicht so recht glauben kann, daß die Mönche bei ihrer Evakuierung etwas zurückgelassen haben, was uns auf ihre Spur bringen könnte.«
»Du scheinst dich ganz auf deine Theorie von den Killermönchen zu versteifen, Stelvio.«
»Es ist die schlüssigste Arbeitshypothese, die wir haben.«
Der Regen war stärker geworden, als sie wieder auf den Klosterhof traten, und ein auffrischender Wind trieb ihnen die dicken Tropfen entgegen. Trotzdem war Alexander froh, dem Gebäude, in dem die beiden toten Schweizer lagen, entronnen zu sein. Sie waren einmal seine Kameraden gewesen,

junge Männer, die voller Enthusiasmus ihren Dienst bei der päpstlichen Garde versahen und Pläne für ihr späteres Leben schmiedeten – Pläne, die für immer unverwirklicht bleiben würden.

Als er daran dachte und an die Angehörigen, denen man Sohn, Bruder oder Verlobten genommen hatte, stieg eine unbändige Wut in ihm hoch, und er hieb mit der geballten Rechten gegen die Tür, durch die sie nach draußen gegangen waren. Das Holz erzitterte und knarrte protestierend.

Donati sah ihn besorgt an. »Was hast du?«

»Wut. Auf Leute, die andere einfach so töten, nur um ihre Ziele zu erreichen. Immer wieder stoßen wir auf solche gewissenlosen Menschen – ich mag das Wort für sie kaum benutzen –, und langsam habe ich davon genug!«

»Auch ich hasse Mörder und Verbrecher aus tiefstem Herzen. Deshalb bin ich Polizist geworden.«

»Aber in deinem Job wirst du tagtäglich mit dem konfrontiert, was du verabscheust.«

»Das ist der Preis, den ein Polizist bezahlt. Alles im Leben hat seinen Preis, Alex.«

Während er sprach, blickte Donati hinunter auf seine Beinprothese. Alexander bereute, daß er das Thema angeschnitten hatte. Vermutlich dachte sein Freund jetzt an die Autobombe der Mafia, die ihn vor mehr als zehn Jahren nicht nur um sein linkes Bein, sondern auch um Frau und Kinder gebracht hatte.

Der Offizier, der den Suchtrupp der Armee anführte, kam aus dem Eingang zum Turm und winkte. Alexander und Donati liefen durch den Regen zu ihm hin.

»Haben Sie was gefunden, Capitano?« fragte Donati.

»Zwei merkwürdige Räume, eine ganz oben im Turm und

einen ganz unten: ein Verlies, in dem kürzlich noch jemand gefangengehalten worden sein muß.«

Als erstes sahen sie sich den Keller an. Obwohl Donati mit seiner Prothese Schwierigkeiten hatte, die schmale Leiter hinabzusteigen, bestand er darauf, das Verlies persönlich in Augenschein zu nehmen. Als sie unten standen, ließ der Hauptmann den Lichtkegel eines Handscheinwerfers langsam durch den Raum gleiten.

»Echt gruselig, finden Sie nicht?« kommentierte er die Szenerie. »Wie aus einem Frankenstein-Film. Hier würde ich nicht mal meine Schwiegermutter einsperren.«

Sie fanden eine Decke, Kleidungsstücke, Essens- und Wachsreste. Der runde Kerker wirkte, als sei er noch nicht lange verlassen.

Alexander hob ein verschmutztes Hemd hoch, das durch den ungewöhnlichen dreieckigen Zuschnitt der beiden Brusttaschen auffiel.

»Das Hemd kenne ich, es gehört Enrico!«

»Bist du sicher?« fragte Donati.

»Ja. Er hatte es an, als wir uns zum letzten Mal getroffen haben, das war vor etwa zweieinhalb Monaten. Ich habe noch über seinen Geschmack gespottet.«

»Dann wissen wir jetzt, wer hier eingekerkert war: der Lockvogel für Papst Lucius.«

Sie verließen den Keller und stiegen die gewundene Treppe hinauf zu dem zweiten Raum, der die Aufmerksamkeit des Offiziers auf sich gezogen hatte. Er lag unterhalb des Glokkenstuhls, eine Art Kapelle, sehr klein und mit einem entsprechend winzigen Altar in der Mitte. Auffällig war ein Wandmosaik eines von Flammen umzüngelten Engels. Oder war es eher ein Dämon? Der strenge, geradezu ver-

nichtende Blick der geflügelten Gestalt legte diesen Gedanken nahe.
Donati hatte auf dem Altar etwas entdeckt: eine Geißel mit mehreren Lederstreifen, die in kleinen Knoten endeten. Die Knoten war blutrot.
»Was ist das?« fragte der Offizier.
»Das funktioniert so«, erklärte Donati und tat so, als wolle er sich mit der Geißel auf den Rücken schlagen. »Man tut es, bis man blutet. Wie Sie an der Farbe der Knoten erkennen können, Capitano. Übrigens scheint die Geißel, wenn ich sie mir genauer ansehe, noch vor kurzem benutzt worden zu sein.«
Der Offizier starrte zweifelnd auf das ungewöhnliche Instrument. »Warum tut jemand so etwas?«
»Um für seine Sünden zu büßen und Gott zu Gefallen zu sein.«
»An so etwas findet Gott Gefallen?«
»Das wollen wir nicht hoffen«, sagte Donati und legte die Geißel zurück auf den Altar. »Aber es gibt verblendete Menschen, die das glauben. Und es gibt rücksichtslose Menschen, die diesen Irrglauben ausnutzen.«
Alexander sah Donati an und wußte, daß sie beide dasselbe dachten: Elena hatte recht gehabt mit ihrer Vermutung – Totus Tuus war wieder aktiv!

41

AM TEMPEL DER AHNEN

Nach dem Frühstück erschienen Giuseppe und zwei weitere Bewaffnete und forderten die Gefangenen auf, sie zu begleiten. Enrico, Lucius und Elena traten hinaus ins Freie, falls man, dachte Enrico, den Raum unter dem riesigen Tarnnetz so bezeichnen konnte. Er blickte nach oben und lauschte vergeblich nach dem Knattern des Hubschraubers, das ihnen für kurze Zeit Hoffnung eingeflößt hatte. Das Tarnnetz hatte die Suchmannschaft getäuscht, oder war es gar kein Suchtrupp gewesen, sondern irgendeine Maschine, die zufällig über sie hinweggeflogen war?
»Eine gute Tarnung, nicht?« sagte Giuseppe. »Ihr braucht übrigens nicht zu hoffen, daß wir mit Wärmebildkameras aufgespürt werden könnten. Das Netz hat eine Spezialbeschichtung, die das verhindert. Der General hat an alles gedacht.«
»Der General?« wiederholte Enrico.
Giuseppe zeigte auf eine kleine Gruppe, die vor der Felswand stand, in ihrer Mitte Tommasio, der jetzt statt seiner

Kutte eine schwarze Jacke und eine schwarze Hose trug.
»Tommasio Lampada, der General unseres Ordens.«
Sie gingen auf die Gruppe zu, und Enrico sah, daß der weiße Krebs aus dem Ordenswappen nicht nur auf Tommasios Brust, sondern auch auf seinen Schultern prangte. Neben ihm stand Laura Monicini, der er einmal in Rom auf einer Geburtstagsfeier von Elena begegnet war. Auch sie hatte die schwarze Totus-Tuus-Uniform angelegt, nur trug sie statt der Hose einen langen Rock. Sie und die beiden Männer neben ihr, offenbar Offiziere des Ordens, trugen, wie auch Giuseppe, jeweils auf der linken Schulter den weißen Krebs.
Ohne Umschweife wandte Tommasio sich an Enrico. »Hast du dich erholt? Fühlst du dich kräftiger?«
»Ja, vielen Dank für die Anteilnahme«, erwiderte Enrico frostig.
Sein Ärger prallte an Tommasio ab. Der sagte ruhig: »Sehr gut, denn vor uns liegt eine schwere Aufgabe. Ich dachte, ich mache dich und deinen Vater ein wenig mit der Örtlichkeit vertraut. Das wird euch helfen, euch auf das Kommende einzustimmen. Und Signorina Vida ist sicher auch interessiert am Tempel der Ahnen, schon aus berufsmäßiger Neugier.«
Elena sah ihn trotzig an. »Sie werden mir wohl kaum Gelegenheit geben, über das, was ich hier erfahre, zu schreiben.«
Tommasio breitete in gespielter Arglosigkeit die Arme aus. »Das liegt ganz bei Ihnen. Wenn das große Werk vollbracht und das Engelsfeuer entfacht ist, muß jemand die Welt darüber in Kenntnis setzen. Warum sollten nicht Sie – in Zusammenarbeit mit Schwester Laura – diese Aufgabe übernehmen?«
»Vielleicht weil ich im Augenblick nicht sonderlich gut auf *Schwester* Laura zu sprechen bin. Und vielleicht auch des-

halb, weil ich Totus Tuus für eine ebenso gefährliche wie verabscheuungswürdige Vereinigung halte. Zumindest das Wappentier ist passend gewählt. Totus Tuus ist nichts anderes als ein Krebsgeschwür!«

»Ich verstehe Ihre Erregung«, versicherte Tommasio. »Wäre ich mit Gewalt verschleppt worden, ich wäre auch böse. Aber ich hoffe, Elena – ich darf Sie doch so nennen? –, daß Sie mit der Zeit zur Einsicht kommen. Jetzt sollten wir uns aber dem Tempel der Ahnen zuwenden, wie die Etrusker diesen Ort zur Erinnerung an jene getauft haben, die sich einst mit den Frauen ihres Volkes vereinigten, um ein neues Menschengeschlecht zu gründen.«

Der Ordensgeneral wandte sich um und schien in den Fels hineingehen zu wollen. Aber es war eine Plane in der Farbe und Struktur des Felsens, was er beiseite zog; dahinter eröffnete sich ein Höhlengang, der tiefer in den Berg hineinführte. Laura und die beiden anderen Ordensoffiziere folgten Tommasio, dann waren die Gefangenen an der Reihe.

Mit äußerst gemischten Gefühlen ging Enrico an dem großen Felsrelief entlang, das in seinen Träumen zum Leben erwacht war.

Ihm war, als streckten die Geflügelten die Arme nach ihm aus, um ihn an sich zu ziehen. In seinem Kopf dröhnten Stimmen, die nach ihm riefen, aber sie benutzten verschiedene Namen: Enrico, Vel, auch Uriel.

Der lange Gang wurde durch in regelmäßigen Abständen angebrachte elektrische Lampen erleuchtet. Durch ihn schritten Tommasio mit den Ordensoffizieren, dahinter die drei Gefangenen und zuletzt Giuseppe mit den Wachen.

Enrico erkannte schnell, daß dies wirklich einmal ein Tempel gewesen war. Lebensgroße Malereien schmückten die geglätteten Wände und zeigten die Geschichte jener Ahnen, denen der Ort gewidmet war. Die Bilder waren in Anbetracht der Tatsache, daß sie mindestens zweitausend Jahre alt sein mußten, erstaunlich gut erhalten. Auf einem kamen geflügelte Männer vom Himmel herab und wurden von staunenden Menschen begrüßt. Es gab Szenen eines gemeinsamen Festmahls und Bilder, auf denen Geflügelte sich mit Menschenfrauen vereinigten.

Aber je weiter sie voranschritten, desto mehr wandelten sich die Szenerien der Bilder hin zum Düsteren und Brutalen. Enrico sah Geflügelte, die Menschen bestraften, ohne daß ihm klar wurde, wofür.

Ein Bild zeigte ein regelrechtes Massaker: Einige Geflügelte standen aufrecht und mit zufriedenem Gesichtsausdruck inmitten toter Menschen. Der Anblick erfüllte ihn mit Entsetzen, als hätte das Gemetzel sich gerade erst ereignet. Nur widerwillig ging er weiter und ließ seinen Blick über die anderen Wandmalereien schweifen.

Am Ende des Gangs zeigten mehrere Bilder einen Krieg, den die Geflügelten untereinander führten. Enrico mutmaßte, daß es sich um den Kampf der Engel gegen ihre gefallenen Brüder handelte. Eine Malerei ähnelte dem Felsrelief am Eingang und zeigte in grausamen Details die Zerstörung einer ganzen Stadt durch feuerbringende Flügelwesen.

Tommasio blieb stehen und wandte sich zu den Nachfolgenden um. »Beeindruckende Bilder, finde ich. Ganz abgesehen davon, daß es sich um ein Kulturerbe ersten Ranges handelt, das wir hier in mühevoller Arbeit freigelegt haben.«

Lucius ergriff das Wort: »Ganz ohne staatliche Mittel, nehme ich an.«

»Natürlich, das fand alles im geheimen statt. Was nicht ein-

fach war, nachdem der Heilige Stuhl sich solche Mühe gegeben hatte, unseren Orden zu zerschlagen. Wir waren einmal Tausende, jetzt sind wir nur noch wenige, und unsere Gelder sind beschlagnahmt, die Konten eingefroren worden. Überall auf der Welt hat man uns beraubt!«
Elena trat einen Schritt vor. »Ist das der Grund, weshalb Kardinal Mandume und Monsignore Picardi sterben mußten? Hatten die beiden entdeckt, daß Totus Tuus im Vatikan Gelder unterschlagen hat für...« Sie drehte sich langsam einmal um sich selbst und ließ ihren Blick durch die Höhle schweifen. »... das hier?«
Tommasio applaudierte lautlos. »Sie sind eine kluge Frau, Elena. Schade, daß Sie sich gegen uns entschieden haben. Ist es nicht eine perfekte Form von ausgleichender Gerechtigkeit, daß wir Gelder der Vatikanbank verwendet haben, um den Orden wiederaufzubauen, den zu zerschlagen der Vatikan sich so bemüht hat?«
»Aber wie ist Ihnen das gelungen?« sprudelte es aus Elena heraus. »Da muß Ihnen jemand ganz weit oben in der Vatikanbank geholfen haben.«
»Natürlich«, sagte Tommasio.
»Wer?«
»Immer langsam. Sollten Sie sich dazu durchringen, zusammen mit Schwester Laura die Geschichte des Wiedererstarkens von Totus Tuus zu schreiben, werden Sie alle Informationen bekommen, die Sie benötigen.«
»Vielleicht darf ich noch eine Frage stellen«, mischte Lucius sich ein. »Wie haben Sie diesen Ort entdeckt?«
»In jahrelanger, mühevoller Arbeit. Es gab bruchstückhafte Hinweise in alten Überlieferungen. Ich mußte lange suchen, doch als ich zum ersten Mal vor dieser Höhle stand, wußte

ich, daß ich am Ziel war. Ich spürte die Kraft der verbannten Engel.«

»Und diese Kraft wollen Sie mit unserer Hilfe neu entfachen.« Lucius sah Tommasio ernst an. »So etwas ist schon einmal versucht worden, und das hätte beinahe zu einer Katastrophe geführt!«

»Ja, die Sache damals am Monte Cervialto, ich bin darüber im Bilde. Aber jener Ort, Engelssee nannte man ihn wohl, enthielt nicht die geballte Kraft der Engel. Er war nur, wie soll ich sagen, ein Außenposten, eine von mehreren Stätten, an denen Luzifers Gefolgsleute von ihren siegreichen Widersachern in die Verbannung geschickt wurden. Hier aber liegt die Macht Luzifers selbst verborgen, die Macht des Engelsfürsten, das Engelsfeuer! Ich spüre es ganz deutlich, so wie ihr es spüren solltet, du und dein Sohn.«

Tommasio hatte recht. Enrico fühlte es mit jeder Faser seines Körpers. War diese Macht dafür verantwortlich, daß er sich so schnell von seiner Schwäche erholt hatte? Eine andere Erklärung fiel ihm nicht ein.

An diesem Ort war aber noch etwas ungewöhnlich: die Stimmen in seinem Kopf, die nach ihm riefen. Hier in der Höhle waren sie lauter geworden, und er glaubte, zwei verschiedene Arten von Rufen zu unterscheiden. Solche, die ihn lockten, ihn bedrängten, den Weg fortzusetzen, und solche, die ihn davor warnten.

Lucius faßte es in Worte: »Ich spüre die Macht Luzifers, aber ich spüre auch etwas anderes. Eine Warnung davor, das Engelsfeuer zu entfachen, das schon so viel Böses über die Menschen gebracht hat.«

Tommasio deutete den Gang entlang, den sie gekommen waren. »Wegen dieser Bilder? Weil die Gefährten Luzifers jene

Menschen bestraft haben, die gegen die göttliche Ordnung aufbegehrten? Daran war nichts Schlechtes, im Gegenteil. Den Gesetzen muß, wenn nötig, auch mit Gewalt Respekt verschafft werden, nur dann ist ein geregeltes Zusammenleben möglich. Außerdem zeugt es von großer Dummheit, sich gegen die Engel aufzulehnen; schon allein deshalb hatten diese Menschen nichts anderes verdient.«

»Ist das die neue Ordnung, die Totus Tuus mit Hilfe des Engelsfeuers auf der ganzen Welt errichten will?« fragte Lucius mit vor Erregung vibrierender Stimme. »Ein Regime des Terrors, in dem jeder ausgelöscht wird, der nicht dem Bild der Machthaber entspricht? Ich dachte, Sie verabscheuen Diktatoren und Massenmörder wie Hitler und Stalin?«

»Akzeptiert der Mensch die göttlichen Gesetze, wird es kein Morden mehr geben.«

»Die göttlichen Gesetze oder die Gesetze Luzifers?«

»Luzifer und seine Brüder verkünden die wahre Göttlichkeit!«

Tommasio kniff die Augen zusammen, und über seiner Nasenwurzel bildete sich eine steile Zornesfalte. Enrico war erstaunt. Er hatte es nicht für möglich gehalten, daß Tommasio überhaupt aus der Fassung gebracht werden konnte.

»Luzifer und seine Brüder als Verkünder der wahren Göttlichkeit?« fragte Lucius ungläubig. »Das ist eine Verkehrung von Wahrheit und Lüge, mehr noch, es ist Blasphemie! Wenn es so wäre, wieso zeigen dann diese Bilder den Sturz der gefallenen Engel, ihre Bestrafung durch die Erzengel?«

Tommasio, der sich schon wieder in der Gewalt hatte, erwiderte kühl: »Ich sagte bereits, daß Gott von seinem Weg abgekommen ist. Es war sein Sündenfall, den Menschen den freien Willen zu geben!«

Enrico stutzte, als er ein feines Lächeln im Gesicht seines Vaters bemerkte.

Anstatt sich über Tommasios letzte Bemerkung aufzuregen, sagte Lucius ruhig, aber bestimmt: »Jetzt ist endlich heraus, was Totus Tuus wirklich möchte. Vielleicht hatte der Orden früher einmal den Anspruch, den christlichen Glauben zu verbreiten, aber der schäbige Rest, der sich hier versammelt hat, ist nichts anderes als ein Verein von Ketzern, die sich auf Gott berufen und in Wahrheit Luzifer an die Macht bringen wollen. Warum sagst du es nicht freiheraus, *Bruder* Tommasio?«

»Lassen wir das, es führt zu nichts!« erwiderte der Ordensgeneral und wandte sich ab.

Sie setzten ihren Weg fort, und bald mündete der Gang in einen großen, runden Felsendom, der mehrere überlebensgroße Engelsstatuen beherbergte – oder was davon übrig war. Hier sah es aus, als hätte ein Erdbeben gewütet. Keine einzige Statue war unversehrt. Einigen fehlten Kopf oder Arme, andere lagen ganz und gar in Trümmern. Die Steinengel blickten sämtlich zur Mitte des unterirdischen Raums, wo eine große, ebenfalls runde Öffnung im Boden klaffte.

Vorsichtig trat Enrico mit den anderen näher und spähte über den Rand.

Er sah nichts außer einem Loch, das sich irgendwo in scheinbar unendlicher Tiefe verlor.

Aber er horte etwas. Die Stimmen riefen wieder, hießen ihn willkommen, lockten ihn, warnten ihn aber auch und wiesen ihn zurück. Das Durcheinander in seinem Kopf wurde zu einem schmerzhaften Crescendo, das auch nicht nachließ, als er in einem Akt der Verzweiflung die Hände gegen die Ohren preßte.

Schwindel erfaßte ihn. Er verlor das Gleichgewicht und wäre in den Abgrund gestürzt, hätten sein Vater und Elena ihn nicht im letzten Augenblick festgehalten. Sie führten ihn ein paar Meter weg, und sofort wurden die Stimmen schwächer.
»Er hört die Engelsstimmen«, stellte Tommasio befriedigt fest. »Und du, der du dich Papst Lucius nennst, hörst du sie auch?«
Lucius nickte nur.
»Sehr gut, dann sind wir bald soweit. Wir werden das Engelsfeuer entfachen und dem Engelsfürst die Rückkehr in sein angestammtes Königreich ermöglichen. Eigentlich wollte ich erst noch weitere Engelssöhne hier zusammenführen. Aber der Stein, den Rosario Picardi ins Rollen brachte, als er unsere Pläne aufzudecken drohte, hat die Ereignisse beschleunigt. Wir müssen handeln, bevor dieser Ort von den Behörden entdeckt wird.«
»Warum nicht gleich, wenn die Zeit so drängt?« fragte Enrico, der sich etwas erholt hatte.
»Es ist noch nicht alles bereit«, erklärte Tommasio. »Wir warten noch auf jemanden.«

42

Rom

Trotz Sirene und Blaulicht kam die schwarze Limousine, in deren Fond Alexander und Donati vom Flughafen Ciampino in Richtung Rom unterwegs waren, nur mühsam voran. Es ging auf Mittag zu, und die Straßen waren um einiges voller als am Morgen.
Alexander dachte an das verlassene Kloster auf der Bergkuppe und fragte sich, welches Geheimnis die alten Mauern bargen. Sie hatten es nicht aufdecken können, nicht in der kurzen Zeit. Donati hatte Spezialistenteams angefordert, die das Kloster, wenn nötig, Zentimeter für Zentimeter nach verwertbaren Spuren absuchen sollten. Außerdem waren mehrere Hundertschaften unterwegs, um die Gegend rund um das Kloster zu durchkämmen. Sie hatten kaum in der Limousine gesessen, da hatte Donati einen Anruf aus dem Innenministerium erhalten: Sie sollten auf kürzestem Weg zum Vatikan fahren, um dort an einer Krisensitzung teilzunehmen.
Mißmutig starrte Alexander auf die Blechkolonnen, in denen

ihr Wagen sich bewegte. »Hätten wir die Nachricht etwas eher erhalten, hätten wir den Hubschrauber nehmen können. Das kann ja ewig dauern. Vielleicht sollten wir zum Flughafen zurückfahren.«
»Wenn wir Pech haben, dauert es dann noch länger. Der Hubschrauber muß erst wieder startklar gemacht werden.«
»Dann bleiben wir halt, wo wir sind«, seufzte Alexander und griff nach seinem Handy. »Was dagegen, wenn ich Elena kurz über die aktuelle Lage informiere?«
»Nein, mach nur.«
Als in Elenas Wohnung der Anrufbeantworter ansprang, versuchte Alexander es auf ihrem Handy, aber er bekam keine Verbindung.
»Sehr seltsam«, murmelte er. »Zu Hause geht sie nicht ans Telefon, und das Handy scheint sie ausgeschaltet zu haben. Das macht sie so gut wie nie. Sie ist Journalistin und lebt in der ständigen Angst, etwas Wichtiges zu verpassen.«
»Vielleicht wollte sie einfach in Ruhe ausschlafen, oder ihr Akku ist leer. Ist mir auch schon passiert, und ich habe mich gewundert, warum niemand anruft.«
»Ja, vielleicht«, sagte Alexander wenig überzeugt. »Ich versuche es mal in der Redaktion.«
Aber dort erhielt er die Auskunft, daß man von Elena noch nichts gesehen oder gehört hatte. Er rief noch einmal bei ihr zu Hause an und hinterließ auf dem Anrufbeantworter die Bitte, sie möge sich so schnell wie möglich bei ihm melden.
»So schnell wie möglich?« fragte Donati, während Alexander sein Handy wegsteckte. »Hast du etwas Dringendes mit ihr zu besprechen?«
»Nein, aber ich mache mir Sorgen um sie. Nach dem, was

letzte Nacht bei Sant'Anna los war, doch wohl verständlich.«
Donati musterte ihn aufmerksam. »Denkst du an etwas Bestimmtes?«
»Mir ging durch den Kopf, daß es noch immer keine Spur von Laura gibt. Und ich habe an Enrico und Papst Lucius gedacht. Für meinen Geschmack sind das einfach zu viele Verschwundene.«
»Nur keine Sorge«, versuchte Donati, ihn zu beruhigen. »Es gibt bestimmt eine einfache Erklärung dafür, daß du Elena derzeit nicht erreichen kannst. Seit das Handyfieber grassiert, leben wir in dem Wahn, wer nicht zu jeder Tages- und Nachtzeit ansprechbar ist, sei entweder tot oder nicht gut auf uns zu sprechen. Dabei ist das meiste von dem, was tagtäglich in Millionen von Handys gesäuselt wird, kaum mehr als akustische Umweltverschmutzung.«
»Du hast sicher recht«, erwiderte Alexander, doch sein ungutes Gefühl blieb. Kurz bevor sie den Vatikan erreichten, versuchte er noch einmal, Elena zu erreichen, aber wieder ohne Erfolg.
»Was ist denn hier los?« entfuhr es Donati, als der Petersplatz mit dem ägyptischen Obelisk, den vor fast zweitausend Jahren Kaiser Caligula nach Rom geholt hatte, in Sicht kam. Ungewöhnlich viele Menschen hatten sich auf dem großen Oval vor der Peterskirche versammelt, dazu Kamerateams und Übertragungswagen. »Gibt es heute etwas Besonderes im Vatikan?«
»Nicht, daß ich wüßte.«
Alexander schaute staunend auf die stetig anwachsende Menge, die so groß war, daß die römische Polizei den Autoverkehr abriegelte; nur die Limousine mit dem Blaulicht

wurde durchgewinkt. »Keine Ahnung, was das zu bedeuten hat.«

Die Antwort erhielten sie ein paar Minuten später im Apostolischen Palast, als sie Papst Custos, seinem Privatsekretär Henri Luu, Sicherheitschef Bruno Spadone, Gardekommandant Emil Schmidhauser und Francesco Buffoni, dem Privatsekretär von Papst Lucius, gegenübersaßen. Luu griff nach einer Fernbedienung und schaltete den Fernseher ein, der in einer Ecke des Konferenzraums stand. Er hatte einen Nachrichtenkanal gewählt, auf dem eine Sondersendung lief: *Papst Lucius verschwunden*. Eine aufgeregt plappernde Journalistin stand auf dem Petersplatz, die Peterskirche dekorativ im Hintergrund, und berichtete über die große Aufregung, die das Verschwinden des Heiligen Vaters im Vatikan ausgelöst habe.

»Da hat die Dame leider recht«, seufzte Spadone, nachdem Luu den Fernseher wieder ausgeschaltet hatte. »Wir haben nicht den geringsten Anhaltspunkt, was den derzeitigen Aufenthaltsort von Papst Lucius betrifft. Ärgerlich nur, daß die Medien so schnell auf die Sache aufmerksam geworden sind.«

»Wie konnte das passieren?« fragte Donati.

»Hier gibt es mehr als eine undichte Stelle. Jeder gute Vatikanjournalist hat hinter diesen Mauern seine Informanten.« Spadone richtete seinen Blick auf Alexander. »Stimmt's, Signor Rosin?«

»Das gehört zu unserem Beruf«, antwortete Alexander. »Schließlich wollen wir möglichst wahr und umfassend informieren. Tun wir das nicht, hagelt es auch wieder Schelte.«

»Aber ein wenig die Auflage in die Höhe treiben möchten Sie doch auch.«

»Zeitungen leben von der verkauften Auflage und von den Anzeigen, deren Preise wiederum von der verkauften Auflage abhängen. Verlage bekommen leider keine regelmäßigen Spenden wie zum Beispiel die Kirche.«

»Aber, aber, wir wollen nicht streiten«, beschwichtigte Luu. »Das Kind ist in den Brunnen gefallen, und wir müssen uns bemühen, das Beste daraus zu machen. Seine Heiligkeit, Papst Custos, will in zwei Stunden in St. Peter eine Messe für seinen verschwundenen Amtsbruder abhalten. Eigentlich sollte der Gottesdienst nicht öffentlich sein. Aber da die Medien nun ohnehin eingeweiht sind, wird das vatikanische Fernsehen die Messe live übertragen und allen interessierten Sendern zur Verfügung stellen. Das wird die Öffentlichkeit für eine Weile beschäftigen und gibt uns Zeit, an einer Presseerklärung zu arbeiten. Möglicherweise wissen wir bis dahin auch schon Genaueres.«

»Das kann ich nicht garantieren«, sagte Donati. »Im Kloster von San Gervasio sieht es aus wie auf einem Schlachtfeld, aber die Mönche, Papst Lucius und sein Sohn sind verschwunden. In Kürze werden mehrere Hundertschaften die Gegend absuchen.«

»Aber wenn Papst Lucius und sein Sohn entführt worden sind, können sie längst sonstwo sein, vielleicht sogar außer Landes«, wandte Spadone ein.

Donati winkte ab. »Schon möglich, aber ohne nähere Hinweise auf dieses Sonstwo kommen wir damit nicht weiter. Also halte ich es für das Vernünftigste, dort zu suchen, wo es konkrete Spuren gibt, und das ist nun einmal San Gervasio.«

Der Kommandant der Schweizergarde, der in Zivil erschienen war, fragte: »Stimmt es, daß man nur die Leichen von zwei Gardisten gefunden hat?«

»Ja«, antwortete Donati und berichtete von den beiden Toten mit den Würgemalen. »Vom dritten Ihrer Männer fehlt jede Spur, Oberst Schmidhauser.«
»Ich kenne den Vermißten, Gardeadjutant Roland Kübler, recht gut«, sagte Alexander. »Ein äußerst zuverlässiger Soldat.«
»Was hilft uns das, wenn er tot ist?« ächzte Spadone.
»Zur Zeit gilt er als vermißt, nicht als tot«, stellte Alexander fest.
»Sie meinen, da ist noch Hoffnung?« fragte Schmidhauser.
»Man sollte hoffen, solange es möglich ist.«
Spadone schlug mit der flachen Hand auf den Tisch. »Das sind doch Platitüden! Selbst wenn dieser Kübler, was nicht erwiesen ist, noch leben sollte, kann er als einzelner kaum etwas gegen eine Macht ausrichten, die in der Lage ist, einen Papst verschwinden zu lassen.«
Papst Custos bedachte Spadone mit einem milde tadelnden Blick.
»Sie sollten in Ihrem Urteil nicht so harsch sein, Generalinspektor. Signor Rosin hat nur das angemahnt, was letztlich die Grundlage unseres Glaubens und unserer Kirche ist, nämlich selbst in aussichtslos erscheinender Lage noch Hoffnung zu haben und Vertrauen in Gott. Und weil ich dieses Vertrauen habe, werde ich die Messe nachher für meinen Amtsbruder Lucius lesen und nicht für die Fernsehkameras.« Dann wandte er sich an Alexander und Donati. »Hat Ihr Flug nach San Gervasio gar keine neuen Erkenntnisse erbracht?«
»Doch«, antwortete Donati und erzählte von dem Kerker und der seltsamen Kapelle im Glockenturm. »Für mich deutet alles darauf hin, daß Totus Tuus wieder aktiv ist.«

Die erste Reaktion auf diese Mitteilung bestand aus allseits ungläubig-betretenen Gesichtern.

Schmidhauser sagte kopfschüttelnd: »Ich dachte wirklich, wir hätten diese Brut, die selbst die Schweizergarde zersetzt hat wie ein bösartiges Geschwür, endgültig ausgerottet.«

»Wenn das stimmt, wirft es mehr Fragen als Antworten auf«, meinte Spadone. »Der Sohn von Papst Lucius hat doch einige Zeit in San Gervasio zugebracht. Was hat er in einem Kloster gesucht, das von Totus Tuus geführt wird?«

Alle Blicke richteten sich auf Monsignore Francesco Buffoni. Der Privatsekretär von Papst Lucius hatte eine wuchtige Ringerstatur, die den schwarzen Anzug des Klerikers bei jedem Atemzug sprengen zu wollen schien. Er schwitzte und fingerte an dem weißen Römerkragen herum, in dem vergeblichen Bemühen, ihn irgendwie zu lockern.

»Darüber zerbreche ich mir schon seit Stunden den Kopf, ohne eine Antwort zu finden«, sagte er. »Lucius hatte in letzter Zeit kaum Kontakt zu seinem Sohn. Signor Schreiber hatte einige Probleme, aber die wollte er wohl lieber mit sich selbst ausmachen, wenn ich eine Bemerkung, die Seine Heiligkeit vor einigen Wochen fallenließ, richtig gedeutet habe. Er sagte nur, sein Sohn habe sich in ein abgelegenes Kloster zurückgezogen. Mehr weiß ich auch heute nicht darüber.«

»Was für Probleme hatte er denn, daß er die Abgeschiedenheit eines Klosters suchte?« faßte Spadone nach.

»Es ist nicht einfach, der Sohn eines Papstes zu sein und noch dazu ein Nachfahre der Engel«, antwortete Buffoni. »Außerdem hat Signor Schreiber bei den Ereignissen am Monte Cervialto die Frau verloren, die er liebte. Das kann einen Menschen schon aus der Bahn werfen.«

»Enrico war auf der Suche«, ergänzte Custos. »Nach sich

selbst und seinem ganz eigenen Weg in die Zukunft. Darüber haben mein Amtsbruder und ich einmal sehr intensiv gesprochen. Lucius sagte, sein Sohn wisse, daß er jederzeit zu ihm kommen könne, aber er, Lucius, wolle sich nicht aufdrängen. Er hatte den Eindruck, daß Enrico etwas Abstand zu ihm und dem Vatikan brauchte.«

Sie erörterten die konkreten Maßnahmen, die Donati zur Auffindung der Vermißten ergreifen wollte, dann beendete Custos die Zusammenkunft.

Alexander trat hinaus auf den Gang und versuchte erneut, Elena zu erreichen.

Donati kam zu ihm. »Und?«

»Fehlanzeige. Ihr Handy schweigt, und in ihrer Wohnung meldet sich nur der Anrufbeantworter.«

»Sie wird ihre Gründe haben, sich nicht zu melden. Ich wollte dich fragen, ob du mich zur Vatikanbank begleitest. Ich bin neugierig, wie weit unser Freund Pallottino mit den Akten aus Guarduccis Safe gekommen ist.«

»Ich möchte lieber zu Elenas Wohnung fahren und dort mal nach dem Rechten sehen.«

»Okay, dann treffen wir uns später. Du findest mich vermutlich bei Pallottino.«

Es dauerte eine Weile, bis Alexander sich durch den Menschenauflauf vor den Mauern des Vatikans gekämpft hatte. Den ersten Teil des Wegs legte er zu Fuß zurück, was angesichts der verstopften Straßen die schnellste Art der Fortbewegung war. Nachdem er die breite, schnurgerade Via della Conciliazione, die vom Vatikan zur Engelsburg und zum Tiber führte, verlassen hatte, erwischte er in einer weniger belebten Seitenstraße ein Taxi, das ihn den Gianicolo hinaufbrachte.

Als vor ihm der im Renaissance-Stil gehaltene Palazzo auftauchte, in dessen Dachgeschoß Elena wohnte, spürte er einen unangenehmen Druck in der Brust, wie eine Faust, die sich darin festkrallte.

Da entdeckte er ein paar Meter weiter Elenas kleinen Fiat 500. War sie also zu Hause? Gab es gar keinen Grund zur Sorge?

Hastig bezahlte er den Taxifahrer mit einem viel zu großen Schein und eilte zur Haustür. Die war nur angelehnt, was häufig vorkam. Das Schloß war alt und der Hauseigentümer knauserig. Die Tür schloß nur richtig, wenn man sie fest zuzog. Jetzt war Alexander froh darüber. Früher hatte er einen Schlüssel gehabt, aber den hatte er bei der Trennung zurückgegeben.

Er stürmte die enge Treppe hinauf und blieb verwundert vor der Tür zu Elenas Wohnung stehen. Auch sie war nur angelehnt, was allerdings sehr ungewöhnlich war. Er hatte es nie erlebt, daß Elena vergessen hätte, ihre Wohnung richtig abzuschließen. Er wollte schon auf die Klingel drücken, aber dann entschied er sich anders. Statt dessen zog er seine SIG Sauer P 225 und drückte, die Waffe einsatzbereit in der Rechten, die Tür vorsichtig auf.

Alles blieb ruhig, die Wohnung war menschenleer. Seine Sorge wuchs, als er das unberührte Bett sah. Elena mußte nach den Ereignissen bei Sant'Anna zu Hause gewesen sein, sonst hätte ihr Fiat nicht vor dem Haus gestanden. Aber warum war sie nicht zu Bett gegangen? Weshalb war ihre Wohnungstür nicht verschlossen? Und, vor allen Dingen, wo war sie jetzt?

Er steckte die P 225 zurück in seine Jacke, schaltete den Anrufbeantworter ein und hörte seine eigene Stimme und die

eines Redaktionsassistenten vom *Messagero,* der sich nach Elenas Verbleib erkundigte, sonst nichts.
Ratlos ließ er seinen Blick durch das große Dachzimmer schweifen, das mit Büchern und Stofftieren angefüllt war. Letztere waren für Elena wohl immer ein Ersatz für die Familie gewesen, die sie, erzogen in einem Heim des Ordens Totus Tuus, nicht gehabt hatte. Er entdeckte einen kleinen Bären, Winnie-the-Pooh, mit Schlafmütze und Nachthemd, den Elena einst auf der Piazza Navona gekauft hatte. Als sie damals Totus Tuus erneut in die Hände gefallen und auf die Insel Brecqhou verschleppt worden war, hatte sie in dem Bären eine Botschaft für ihn versteckt.
Alexander nahm Winnie-the-Pooh aus dem Sessel, in dem er mit anderen Stofftieren hockte, und betrachtete ihn aufmerksam von allen Seiten.
»Diesmal hast du keine Nachricht für mich, mein Freund, leider!«
Er griff nach seinem Handy und rief Donati an.

43

AM TEMPEL DER AHNEN

Es geschah, kurz bevor sie die weitläufige Höhle verließen. Enrico fühlte sich wie von tausend unsichtbaren Händen gepackt und zurückgerissen. Die Stimmen in seinem Kopf schrien wild durcheinander und erzeugten einen kaum zu ertragenden Schmerz. Er preßte die Hände gegen die Ohren, so fest er nur konnte, aber das half nicht. Der Schock hätte Enrico um ein Haar zu Boden gehen lassen, doch sein Vater fing ihn auf.
»Auch ich spüre die Kraft, mein Sohn«, sagte Lucius mitfühlend.
Es drang nur wie aus weiter Ferne zu Enrico durch. »Die gefallenen Engel wollen uns nicht gehen lassen. Sie brauchen unsere Kräfte, um ihre eigene Macht in diese Welt zurückzubringen.«
Tommasio war neben sie getreten. »Luzifer und die Seinen sind stark, aber noch dürfen wir ihrem Rufen nicht nachgeben. Erst muß alles bereit sein, damit wir die große Chance nicht vertun.« Er gab seinen Männern einen Wink und deu-

tete anschließend auf Enrico. »Bringt ihn in sein Zelt und sorgt dafür, daß er sich ausruhen kann!«
Keine zehn Minuten später streckte Enrico sich auf seinem Feldbett aus, und Elena legte ein feuchtes, angenehm kühles Handtuch auf seine Stirn. Auch Lucius kniete neben ihm und legte ihm die Hände auf die Brust. Von seinem Vater strömte Gelassenheit aus. Enrico begann sich besser zu fühlen, auch wenn die Stimmen nicht verstummen wollten.
»Mich erreichen die Rufe ebenfalls«, wiederholte sein Vater. »Aber du scheinst sie deutlicher zu hören. Übermitteln sie eine Botschaft?«
»Ich weiß nicht ... Ja, vielleicht ...« Enrico preßte die Fingerspitzen gegen seine Schläfen und versuchte, einzelne Stimmen aus dem Gewirr herauszufiltern. »Ich glaube, die meisten rufen einfach nach mir und auch nach dir. Sie spüren unsere Anwesenheit und verlangen, daß wir unsere Kräfte mit ihren vereinen. Aber ich höre auch andere, warnende Stimmen, und in meinem Kopf wollen sich Bilder aus längst vergangener Zeit formen.«
»Aus der Zeit, als ein früheres Ich von dir auf den Namen Vel hörte?«
»Ja. Ich sehe sie vor mir, Larthi und ihren Bruder Larth. Und Vel – mich selbst.«
»Vielleicht solltest du dich nicht gegen diese Bilder wehren«, meinte Lucius. »Mag sein, daß in dem Vergangenen eine wichtige Botschaft verborgen liegt.«
»Ist gut, Vater«, sagte Enrico und schloß die Augen. »Ich will selbst wissen, wie die Geschichte ausgeht.«

Angeführt von Larth, schritt die Prozession durch den Höhlengang, den einige Männer mit ihren Fackeln erhellten. An beiden Seiten des Ganges zeigten Bilder geflügelte Männer, die sich mit Frauen ohne Flügel einließen. Vel sah die Geflügelten – die Ahnen – mit Hilfe der Frauen ein neues Volk gründen: Vels Volk. Aber da waren auch grausame Bilder, auf denen die Ahnen zur Züchtigung viele von denen, über die sie herrschten, töteten. Und es gab einen Krieg der Geflügelten untereinander, bei dem auch viele einfache Menschen zu Tode kamen.

Vel trat neben Larth und zeigte auf das Bild einer Stadt, die von Geflügelten mit Flammenschwertern zerstört wurde, ähnlich der Darstellung vor dem Höhleneingang.

»Was hat das zu bedeuten?«

Larth blieb stehen, und alle anderen hinter ihm ebenfalls. Nach eingehender Betrachtung des Bildes sagte Larth: »Hier sehen wir die vielleicht dunkelste Stunde in der Geschichte unseres Volkes, einen Krieg der Ahnen untereinander. Seit jenen fernen, düsteren Tagen wandeln die Ahnen nicht mehr unter uns, weil ein zürnender Gott sie in die Verbannung schickte. Heute aber, da die Römer dabei sind, unserem Volk auch den letzten Rest seiner Geschichte und Eigenständigkeit zu nehmen, brauchen wir die Macht der Ahnen nötiger denn je. Deshalb sind wir hier, Vel, um das Feuer ihrer Kraft neu zu entfachen!«

Beim letzten Satz trat ein sehnsüchtiger Glanz in Larths Augen. Larthi drückte Vels Hand, und er las Sorge und Trauer in ihrem Blick. Sorge angesichts dessen, was Larth vorhatte, und Trauer über das, was aus ihrem Bruder geworden war.

Larth straffte sich. »Gleich sind wir an dem Ort, wo die Macht der Ahnen ihrer Erweckung harrt. Folgt mir!«

Sie gingen weiter und gelangten in einen großen, unterirdischen Raum, den das flackernde Licht der Fackeln nur unzureichend ausleuchtete. Große Ahnenstatuen standen in gleichmäßigen Abständen an den Wänden und blickten in die Mitte des Raums.

Vel meinte, zwölf steinerne Geflügelte zu zählen, aber bei dem schlechten Licht mochte er sich täuschen. Jene Figuren, die er besser erkennen konnte, hielten Schwerter in den Händen. Sie erschienen ihm wie Wächter.

Je stärker er sich auf die steinernen Wächter konzentrieren wollte, desto schwerer fiel es ihm, seine Gedanken zu sammeln. Etwas in der großen Höhle schien sich seiner zu bemächtigen, als sei ein unsichtbarer Fremder in seinen Leib gefahren und versuche nun, ihn vollständig zu beherrschen. Er hörte fremde Stimmen und dachte fremde Gedanken, die darauf zielten, das zum Leben zu erwecken, was hier seit langer Zeit, vielen Jahrtausenden wohl, verborgen lag.

Eine Hand umfaßte die seine, und er fing einen warnenden Blick Larthis auf. Auch sie schien die fremde Kraft zu spüren. Als Vel die Frau anblickte, die er liebte, gelang es ihm, die fremden Stimmen und Gedanken zurückzudrängen.

War das die Erklärung für Larths eigenartiges Verhalten? Hatte er die fremde Macht nicht bannen können und wurde nun von ihr beherrscht?

Als hätte Larth seine Gedanken gespürt, drehte er sich zu Vel und Larthi um. »Tretet doch näher heran an den Schlund der Ahnen, kommt!«

Mit einer einladenden Geste wollte er Vel und Larthi in die Mitte der Höhle locken. Als sie sich sträubten und stehenblieben, spürte Vel eine Schwertklinge im Rücken und hörte Arnths Stimme dicht hinter sich: »Tut besser, was Larth sagt!«

Hand in Hand traten Vel und Larthi an ein großes Loch, das

sich irgendwo vor ihnen im Dunkel der Höhle verlor. So weit Vel sich auch vorbeugte, er konnte nichts erkennen als scheinbar unendliche Finsternis.
Die Stimmen in seinem Kopf wurden lauter; die Ahnen riefen ihn auf, seine Kraft mit der ihren zu verschmelzen. Aber auch die warnenden Stimmen erhoben sich wieder. Ihm wurde warm, und aus dem Schlund vor ihnen stieg Rauch auf. Dort unten mußte die Quelle jener unheimlichen Macht verborgen sein. Die Hitze wurde unerträglich, und Vel wollten die Sinne schwinden …

Schwer atmend lag Enrico auf dem Feldbett, und nur allmählich kam er zur Ruhe. Was er gesehen – nein, erlebt – hatte, hatte ihn stark mitgenommen. Elena benetzte das Handtuch zum wiederholten Mal, um damit über sein verschwitztes, gerötetes Gesicht zu wischen.
Er sah in das mitfühlende Antlitz seines Vaters und sagte leise: »Es tut mir leid, aber ich habe es nicht länger ausgehalten. Oder Vel hat es nicht länger ausgehalten. Ich weiß es nicht, und möglicherweise bleibt sich das auch gleich.«
Lucius legte ihm eine Hand auf die Stirn, was er als sehr beruhigend empfand. »Schon gut, mein Sohn, du mußt dich jetzt ausruhen. Wir werden noch erfahren, was vor zweitausend Jahren an diesem Ort geschah, das spüre ich. Aber im Augenblick …«
Er verstummte und blickte nach rechts, wo die Zeltplane ein Stück angehoben wurde. Eine schlanke Gestalt kroch ins Zelt und hielt warnend den rechten Zeigefinger vor die Lippen.
Francesco!
Auch er trug einen der dunklen Totus-Tuus-Anzüge und

eine Pistolentasche. Enrico wußte nicht, worüber er sich mehr wundern sollte, über Francescos plötzliches Auftauchen oder die Waffe an seiner Hüfte. Der junge Mönch war ihm stets wie das genaue Gegenteil eines Kriegers vorgekommen.
»Wie geht es, Enrico?« flüsterte der unerwartete Besucher, als er ganz im Zelt war und sich aufrichtete.
»Es könnte besser sein«, sagte Enrico.
Francesco sah ihn lange an, Bedauern und Scham im Blick.
»Enrico, es tut mir leid, was ich dir angetan habe. Ich habe in gutem Glauben gehandelt, wirklich. Aber mir ist klargeworden, daß ich vom rechten Weg abgekommen bin. Nicht nur ich, sondern auch Vater Tommasio und alle, die ihm folgen.«
Enrico fand es seltsam, daß Francesco noch immer von »Vater« Tommasio sprach und nicht, wie die anderen hier, vom General.
»Ich höre deine Worte, Francesco, aber dein Aufzug spricht eine andere Sprache. Du trägst die Totus-Tuus-Uniform, und an deiner Seite hängt eine Waffe.«
Francesco sah mit unglücklicher Miene an sich hinunter.
»Vater Tommasio hat mir befohlen, diese Uniform anzulegen und die Waffe zu tragen. Ich stecke zum ersten Mal in diesen Kleidern und fühle mich nicht wohl darin. Nie im Leben habe ich eine Schußwaffe benutzt, auch nicht gestern im Kloster. Hätte ich Vater Tommasios Pläne gekannt, ich hätte gewiß versucht, deinen Vater und dich zu warnen. Glaub mir, Enrico!«
»Deine Reue scheint aufrichtig zu sein«, erwiderte Enrico, »aber sie kommt zu spät.«
»Vielleicht nicht«, widersprach Francesco, »Ich bin gekommen, um euch hier herauszubringen!«

»Wie das?« fragte Enrico ungläubig. »Das Tal wird gut bewacht.«
»Wir haben einen Wagen. Ihr müßt nur schnell mit mir kommen, ehe die Wachen etwas merken. Fühlst du dich stark genug, Enrico?«
»Es muß gehen.« Enrico setzte sich auf, um seinen Vater und Elena anzusehen. »Was sagt ihr dazu?«
»Ich bin dabei«, sagte Elena. »Und ich habe genug gesehen. Man darf journalistische Neugier nicht mit Lebensmüdigkeit verwechseln.«
»Wir sollten Francesco vertrauen«, stimmte auch Lucius zu. »Und wir haben ohnehin keine Wahl.«
»Dann hier lang!« flüsterte Francesco und hob erneut die hintere Zeltplane an.
Einer nach dem anderen schlüpften sie ins Freie, wo wegen der großen Tarnabdeckung Dämmerlicht herrschte. Die schlechten Sichtverhältnisse können für die Flucht nur hilfreich sein, dachte Enrico, während er sich mit Francescos Hilfe aufrichtete. Jetzt merkte er, daß er etwas wacklig auf den Beinen war.
»Tretet leise auf, damit uns niemand hört!« mahnte Francesco und führte die kleine Gruppe hinter den Zelten entlang zu einer Reihe von ordentlich geparkten Lieferwagen. Hinter dem Lenkrad des letzten Fahrzeugs in der Reihe saß jemand und wartete auf sie.
Plötzlich blieb Elena stehen und erstarrte.
»Was hast du?« fragte Enrico leise.
Elena deutete nach vorn. »Das da im Wagen ist Laura!«

44

Rom

Ein blau-weißer Streifenwagen der Polizia Municipale, der römischen Stadtpolizei, brachte Alexander zurück zum Vatikan, nachdem Mitarbeiter der kriminalpolizeilichen Spurensicherung in Elenas Wohnung erschienen waren. Die junge Polizistin am Steuer schaltete Blaulicht und Signalhorn ein und manövrierte den Streifenwagen außerordentlich geschickt durch das Fahrzeugchaos vor dem Vatikan. Erst kurz vorm Petersplatz ging es definitiv nicht weiter. Alexander bedankte sich bei der Beamtin, stieg aus und legte das letzte Wegstück so zurück, wie er den Vatikan auch verlassen hatte: zu Fuß.
Stelvio Donati hielt sich im Niccolo-Turm auf, wo man ein abgelegenes Büro im fünften Stock freigeräumt hatte. Dort konnte Fabio Pallottino in aller Ruhe die Akten durchsehen, die Rosario Picardi bei Erzbischof Guarducci versteckt hatte. Als Alexander eintrat, waren die beiden ins Gespräch vertieft, stutzten aber und bedachten Alexander mit merkwürdigen Blicken.

»Was hast du da, Alex?« fragte Donati.
Erst jetzt wurde Alexander bewußt, daß er den Pooh-Bären, den er aus Elenas Wohnung mitgenommen hatte, noch in der Hand hielt. »Ach, der gehört Elena. Er hat mir schon einmal geholfen, vielleicht bringt er mir auch jetzt Glück.«
»Denkst du wirklich, ihr ist etwas zugestoßen?«
»Sie ist spurlos verschwunden, und ihre Wohnung steht offen. Was soll ich da denken, Stelvio?«
»Aber es deutet nichts auf einen Kampf oder gewaltsames Eindringen hin?«
Alexander schüttelte den Kopf. »Mir geht Laura nicht aus dem Kopf. Ist es ein Zufall, daß von Elena gerade jetzt jede Spur fehlt, wo auch Laura untergetaucht ist?«
»Wenn es ein Zufall ist, dann ein höchst seltsamer, da hast du recht.«
»Hoffentlich finden deine Kollegen von der Spurensicherung etwas in Elenas Wohnung«, seufzte Alexander. »Kann wenigstens Signor Pallottino uns weiterhelfen?«
Donatis Miene hellte sich ein wenig auf. »Unser Freund ist gerade dabei, ein Geflecht zu entwirren, das …« Er wandte sich an den jungen Banker. »Wie haben Sie es genannt?«
»Ein Knäuel von Pingpong-Überweisungen.«
»Was darf ich mir darunter vorstellen?« fragte Alexander.
Pallottino kratzte sich kurz hinter dem Ohr, als müsse er überlegen, wie er einem Laien die schwierige Materie nahebringen könne. »Vereinfacht gesagt geht es um Geldbeträge, die zwischen verschiedenen Konten hin und her überwiesen werden, damit man sie irgendwann nicht mehr zuordnen kann. Mit so etwas haben wir es hier zu tun. Es geht um Spendengelder aus aller Welt, die dem Vatikan zugeflossen sind.«

»In welcher Höhe?«
»Soweit ich es bis jetzt überblicke, ungefähr fünf Millionen Euro.«
Alexander stieß einen leisen Pfiff aus. »Ein stattliches Sümmchen. Und das wurde auf Konten der Vatikanbank hin und her geschoben?«
»Auch auf auswärtigen Konten, aber die Vatikanbank hat dabei als Schaltzentrale gedient.«
»Und wo ist das Geld jetzt?«
»Das kann ich noch nicht sagen. Zumindest scheint es nicht mehr auf einem Konto des IOR zu liegen.«
»Wer hat eigentlich die Befugnis, derart hohe Beträge zu überweisen?«
Donati schnippte mit den Fingern und nickte anerkennend. »Eine sehr gute Frage, Alex, die ich übrigens Signor Pallottino auch gerade gestellt habe, bevor du gekommen bist.«
Alexander und Donati sahen Pallottino erwartungsvoll an. Der aber senkte verlegen den Blick, als suche er auf seinem piekfeinen Nadelstreifenanzug nach einem Fussel.
»Was ist?« bohrte Donati. »Warum auf einmal so stumm, Signore?«
Der junge Banker atmete schwer und bedachte den Polizisten mit einem unglücklichen Blick. »Nur hochrangige Mitarbeiter des IOR können solche Überweisungen veranlassen. Tatsächlich taucht ein Name im Zusammenhang mit den fünf Millionen immer wieder auf. Aber ich beschuldige ungern jemanden, bevor der Verdacht sich erhärtet hat.«
»Warum möchten Sie diesen Jemand nicht beschuldigen?« fragte Alexander. »Weil es sich um Ihren Vorgesetzten handelt, um Kardinal Scheffler?«
»Ja«, sagte Pallottino leise. »Es ist tatsächlich der Name

Seiner Eminenz, der in den Unterlagen immer wieder erscheint. Aber ich möchte betonen, daß ich damit keine endgültige Aussage getroffen habe. Es kommt häufig vor, daß der Generaldirektor des IOR oder sein Stellvertreter Vorgänge, die ihnen vorgelegt werden, einfach nur abzeichnen. Ich muß mich eingehender damit beschäftigen, bevor ich etwas Konkretes sagen kann.«

»Tun Sie das, Signor Pallottino«, sagte Donati und stemmte sich aus seinem Stuhl. »Gute Arbeit, übrigens. Rufen Sie mich an – zu jeder Tages- und Nachtzeit –, sobald Sie etwas Neues wissen.«

Alexander und sein Freund verließen Pallottinos Büro, und auf dem Flur sagte Donati: »Verständlich, daß er sich scheut, seinen Boß ans Messer zu liefern. Aber eine Verstrickung Schefflers in die Geschichte würde ins Bild passen. Wenn Picardi das herausgefunden hat, ist es kein Wunder, daß er die Unterlagen zu Guarducci gebracht hat. Hier in der Vatikanbank waren sie nicht sicher.«

»Warum hat er sich nicht an eine höhere Instanz gewandt, wenn er seinen Chef für den Verantwortlichen hielt, zum Beispiel an einen der Päpste?«

»Vielleicht aus demselben Grund, aus dem auch Pallottino jetzt zögert. Picardi wollte sich seiner Sache sicher sein, bevor er Scheffler an den Pranger stellte. Ein solcher Verdacht ist schnell ausgesprochen, aber schwer wieder aus der Welt zu schaffen, sollte er sich als falsch erweisen. Scheffler wäre darüber sicher nicht erfreut gewesen, ob nun schuldig oder unschuldig.«

»Und als Picardi sich mit Elena bei Sant'Anna treffen wollte, war er sich sicher?«

»Gut möglich, Alex. Genau werden wir es wohl nie ...«

»Wenn man den Teufel nennt, kommt er angerennt!« raunte Alexander mitten in Donatis Satz hinein.
Vom anderen Ende des Ganges, wo das Büro des Generaldirektors lag, näherte sich Kardinal Scheffler mit eiligen Schritten, die langsamer wurden, als er Donati und Alexander entdeckte. Er trat zu den beiden und grüßte knapp.
»Waren Sie bei Pallottino?«
»Ja, Eure Eminenz«, antwortete Donati ebenso knapp.
»Und hat er Ihnen weiterhelfen können?«
»Das muß sich noch erweisen«, sagte Donati.
Scheffler blickte zur Tür von Pallottinos neuem Büro, und in seine sonst so gefaßte Miene schlich sich ein besorgter Zug.
»Ich muß Ihnen dringend etwas sagen, Dirigente Donati.«
»Bitte sehr, Eure Eminenz!«
»Nein, nicht jetzt. Ich muß zu St. Peter, um an der Messe für Papst Lucius teilzunehmen. Können wir uns danach in meinem Büro sehen?«
»Selbstverständlich«, sagte Donati und fügte, als Scheffler um die nächste Ecke verschwunden war, zu Alexander gewandt hinzu: »Mir scheint, der Fund von Picardis versteckten Unterlagen bringt Bewegung in die Sache. Kommst du mit in die Peterskirche und danach zu Scheffler?«
»Ja«, seufzte Alexander. »Auch wenn ich lieber nach Elena suchen würde. Ich weiß nur einfach nicht, wo.«

45

Am Tempel der Ahnen

Elena blickte ungläubig zu dem Lieferwagen, hinter dessen Lenkrad unzweifelhaft Laura Monicini saß. Widerstreitende Gedanken schossen ihr durch den Kopf. Wollte Laura dem jungen Francesco wirklich helfen, sie zu befreien? Oder war das Ganze nur ein perfider Trick von Tommasio – aber wozu?
Francesco lief zu dem Wagen, öffnete die Hintertür und winkte hektisch. Papst Lucius stützte seinen noch geschwächten Sohn und half ihm beim Einsteigen.
Als Elena den Wagen erreichte, fragte sie leise: »Was macht Laura hier?«
»Sie hilft mir«, antwortete Francesco.
»Aber warum? Sie hat mich erst letzte Nacht hergebracht! Warum sollte sie mir jetzt bei der Flucht helfen?«
»Auch sie fühlt sich von Vater Tommasio getäuscht. Sie sagt, was er in der Höhle verkündet hat, habe ihr die Augen geöffnet.«
Bei der Erinnerung daran, wie fanatisch Laura noch wenige

Stunden zuvor die Sache von Totus Tuus vertreten hatte, schüttelte Elena den Kopf. »Das kann ich nicht glauben!«
»Aber es ist so! Bitte, steigen Sie ein! Sonst werden wir noch entdeckt.«
Papst Lucius nickte ihr aufmunternd zu, und Elena kletterte in den Lieferwagen. Francesco schloß die Ladetür von außen. Lucius, Enrico und Elena saßen in vollkommener Dunkelheit und hörten eine weitere Autotür schlagen, warscheinlich die auf der Beifahrerseite, als Francesco einstieg. Der Motor sprang an, und der Wagen setzte sich in Bewegung.

Die offene Seite des Tals wurde durch einen drei Meter hohen Zaun gesichert, in den ein Tor eingelassen war. Davor standen zwei Wachtposten mit umgehängten Maschinenpistolen und blickten dem Lieferwagen entgegen. Einer hob die flache Hand, das Signal zum Halten. Laura nahm den Fuß vom Gas, und der Wagen kam dicht vor dem Mann zum Stehen.
Der fragte durch das heruntergelassene Fenster: »Was ist euer Auftrag?«
»Der ist geheim«, antwortete Laura.
»Wer sagt das?«
»Der General.« Laura deutete auf den weißen Krebs, der ihre linke Schulter zierte und sie als Offizier des Ordens auswies. »Zweifelst du an meinen Worten, Bruder?«
Der Wächter machte ein unglückliches Gesicht. »Wir dürfen das Tor nur auf Anweisung des Generals öffnen, und der hat uns keinen entsprechenden Befehl erteilt.«
»Weil es eine geheime Mission ist. Würde der General es überall herumposaunen, wäre es wohl kaum noch geheim, oder?«

»D-das stimmt«, stammelte der Wächter, der noch über Lauras Argumentation nachzudenken schien. »Trotzdem, ohne ausdrückliche Anweisung des Generals darf ich nicht ...«
»Also gut«, seufzte Laura. »Hier hast du die schriftliche Anweisung, Bruder.«
Erwartungsvoll starrte der Posten auf Lauras rechte Hand, die ihm wohl die schriftliche Order überreichen würde. Um so überraschter war er, als er in die Mündung einer automatischen Pistole blickte. Die Waffe bellte zweimal kurz hintereinander, und die Geschosse trafen seine rechte Schulter. Der Wächter stolperte rückwärts und fiel ungelenk zu Boden.
Sein Kamerad erholte sich schnell von der Überraschung und riß die Maschinenpistole hoch. Aber da hatte Laura das Gaspedal bereits bis zum Anschlag durchgetreten, so daß der Lieferwagen einen Satz nach vorn machte. Der Wachtposten sprang zur Seite, und keine Sekunde später krachte das Fahrzeug gegen das geschlossene Gittertor. Metall rieb sich kreischend an Metall, Funken sprühten, und das Glas der Windschutzscheibe splitterte, als ein umstürzender Pfeiler sie zerschlug.
Endlich hatte der Wagen den Zaun durchbrochen und gewann an Fahrt. Der zweite Wächter sandte ihm eine Geschoßgarbe nach, und ein paar Kugeln prasselten in die Karosserie.
Eine Kugel traf Laura.
Sie schrie auf und verriß das Lenkrad.
Francesco griff ein und wollte das Steuer festhalten, aber es war zu spät. Der Wagen rumpelte über einen großen Stein, schwankte heftig und kippte zur Seite.

Dem Schmerz an ihrem Kopf, als sie gegen etwas Hartes stieß, folgte dumpfe Benommenheit. Bestürzt dachte Elena an ihr Kind. Als der Wagen ins Schwanken geraten war, hatte sie sich seitlich auf den Boden gelegt und die Hände vor den Bauch gehalten, eine instinktive Reaktion, vielleicht nicht besonders wirkungsvoll, aber das einzige, was sie tun konnte.
Die Hintertür des schräg liegenden Lieferwagens wurde geöffnet, und trübes Nachmittagslicht fiel in den dunklen Innenraum.
Francesco stand draußen. Er blutete aus mehreren kleinen Wunden im Gesicht, schien sich daran aber nicht zu stören. Es sah aus, als hätten winzige Glassplitter seine Haut aufgerissen.
»Ist jemand ernsthaft verletzt?« fragte er aufgeregt.
Die drei im Laderaum hatten sich nur leichtere Blessuren zugezogen und kletterten mit Francescos Hilfe ins Freie. Jetzt sahen sie, daß ihr Fahrzeug von der schmalen, unbefestigten Fahrbahn abgekommen und zwischen abschüssige Felsen gerutscht war, wo es sich hoffnungslos verkeilt zu haben schien.
»Den Wagen kriegen wir nicht mehr flott«, sagte dann auch Francesco. »Wir müssen zu Fuß weiter.«
Elena blickte zum Führerhaus. »Was ist mit Laura?«
Francesco senkte den Blick. »Ich glaube, sie ist tot. Eine Kugel hat sie in den Rücken getroffen.«
Elena lief nach vorn und riß die Fahrertür auf. Laura hing, über das Lenkrad gesunken, reglos in ihrem Sicherheitsgurt. In ihrem Rücken klaffte eine Wunde, die weniger gefährlich aussah, als sie wohl war.
Als Elena vorsichtig Lauras Kopf anhob, schlug diese plötzlich die Augen auf.

Ihr Gesicht verzerrte sich vor Schmerz. »Elena ... meine Freundin«, brachte sie mühsam hervor und hustete Blut, bevor sie weitersprechen konnte. »Verzeih mir! Die wahren Absichten des Generals ... erst im Tempel erkannt ... dient nicht Gott ... Satan ...«
Schließlich erstarb ihre Stimme, und ihr Blick wurde leer.
Die anderen waren an Elenas Seite getreten, und sie warf Papst Lucius einen flehenden Blick zu.
»Können Sie Laura nicht mit Ihren besonderen Fähigkeiten helfen, Heiliger Vater?«
Lucius ließ seine Hände über Lauras Gesicht und ihren Leib gleiten und schüttelte den Kopf.
»Ich kann keine Toten erwecken. Uns bleibt nur, für sie zu beten.«
Noch in der Nacht, als Laura sie mit Waffengewalt hierhergebracht hatte, hätte Elena nicht geglaubt, daß Lauras Tod ihr so nahegehen würde. Jetzt aber sah sie nicht die fanatische Anhängerin von Totus Tuus vor sich, sondern die Freundin, die ihr mehr als zwei Jahre lang mit Rat und Tat zur Seite gestanden hatte. Sie empfand aufrichtigen, tiefen Schmerz.
»Wir müssen weiter!« drängte Francesco. »Ich höre sie schon kommen.«
Er hatte recht. Jenseits der Kurve, die Laura wohl mit letzter Kraft genommen hatte, lag das Tal mit dem Lager von Totus Tuus. Und dort heulten jetzt Motoren auf.
»Zu Fuß haben wir keine Chance«, sagte Elena mutlos.
»Doch, vielleicht sogar mehr als mit dem Wagen«, widersprach Enrico und zeigte auf die zerklüfteten Felswände, die zu beiden Seiten aufragten. »Wenn wir die Straße verlassen, können sie uns mit den Wagen nicht folgen!«

Sein Vorschlag wurde für gut befunden, und sie beeilten sich, zwischen die Felsen und damit außer Sichtweite zu kommen. Die kleine, aber vermutlich zu allem entschlossene Ordensarmee würde nicht mehr lange auf sich warten lassen.

46

Vatikanstadt

Nur mit Mühe konnten Schweizergardisten, die Gendarmen der Vigilanza und sie unterstützende römische Polizisten die Menge zurückhalten, die gegen die eilends errichteten Absperrungen auf dem Petersplatz drängte. Die Gendarmen in ihren dunklen Uniformen kontrollierten an den Eingängen zur Peterskirche die Zugangsberechtigung, aber Alexander und Donati wurden einfach durchgewinkt, als Bruno Spadone auftauchte und seinen Beamten ein Zeichen gab.
»Diese außerplanmäßige Messe ist der reinste Horror«, sagte Spadone. »Schon unter normalen Umständen ist es eine verantwortungsvolle Aufgabe, für die Sicherheit des Papstes und der Kurie zu sorgen, aber das heute geht einfach zu schnell. Hundertprozentige Sicherheit kann hier niemand gewährleisten.«
»Wir alle sind zur Zeit ziemlich im Streß«, erwiderte Donati.
»Das stimmt. Apropos, gibt es Neuigkeiten?«

Donati berichtete knapp von Elenas Verschwinden, ließ aber unerwähnt, was sie von Fabio Pallottino erfahren hatten.
»Seltsam, die Sache mit Signorina Vida«, meinte Spadone. »Kann es sein, daß sie zusammen mit ihrer Chefin untergetaucht ist? Ich meine, die zeitliche Übereinstimmung ist doch auffällig. Vielleicht stecken die beiden unter einer Decke!«
Alexander, der unter Hochspannung stand, seit er in Elenas Wohnung gewesen war, mußte an sich halten. Es hätte nicht viel gefehlt, und er hätte dem vatikanischen Sicherheitschef in den heiligen Mauern von St. Peter einen Kinnhaken versetzt.
Donati bemerkte die Erregung seines Freundes und machte, von Spadone unbemerkt, eine beschwichtigende Geste.
Dann sagte er: »Würde Elena Vida wirklich mit Laura Monicini gemeinsame Sache machen, hätte sie sich nicht auf das nächtliche Treffen bei Sant'Anna einlassen müssen. Wozu die Komödie? Sie hätte Laura einfach sagen können, daß wir sie verdächtigen, und Laura wäre still und heimlich verschwunden.«
»Das ist sie ja auch«, stichelte Spadone. »Vielleicht wollte Signorina Vida vertuschen, daß sie selbst in die dunklen Machenschaften verwickelt ist.«
»Das ist doch sehr weit hergeholt«, beschied Donati und ließ Spadone einfach stehen.
Während sie weitergingen, sagte er leise zu Alexander: »Reg dich nicht auf. Spadone streut nur ein paar Verdächtigungen, um davon abzulenken, daß ihm ein Papst abhanden gekommen ist.«
Die riesige Kirche, die auf dem Boden stand, unter dem sich das Grab von Petrus befinden sollte, füllte sich mit Men-

schen, die der Messe beiwohnen würden, überwiegend Kleriker, aber auch hohe römische Würdenträger, darunter der Bürgermeister von Rom, und Mitarbeiter des Vatikans, die keine Geistlichen waren.
Nicht weit von den für die Kardinäle reservierten Plätzen entfernt sah Alexander den wie stets aus dem Ei gepellten Pallottino sitzen. Er machte seinen Freund darauf aufmerksam.
»Gönnen wir ihm die Pause«, sagte Donati, während sie ihre Plätze auf der anderen Seite des Mittelschiffs ansteuerten. »Wer Stunden um Stunden über Zahlenkolonnen brütet, ist gewiß nicht zu beneiden.«
Das vatikanische Fernsehen CTV – Centro Televisione Vaticano – hatte an mehreren Stellen Kameras aufgebaut, um die Messe live zu übertragen und die Bilder an interessierte Fernsehsender auf der ganzen Welt weiterzuleiten. Natürlich gegen gute Bezahlung, denn CTV war, obwohl dem Heiligen Stuhl unterstellt, von dessen Vermögensverwaltung unabhängig und mußte sich selbst finanzieren. Draußen auf dem Petersplatz waren eilig Großbildschirme aufgestellt worden, damit die dort versammelte Menge die Messe verfolgen konnte.
Bald war in den Sitzreihen kaum noch ein freier Platz auszumachen.
Feierliche Orgelmusik erfüllte die gewaltige Basilika, als Papst Custos an der Spitze der Kurienkardinäle das Mittelschiff betrat und zum Papstaltar schritt, der sich direkt über dem Petrusgrab befinden sollte.
Wie viele Menschen in aller Welt mochten diese Bilder jetzt sehen, überlegte Alexander. Vermutlich waren es etliche Millionen.

Noch etwas ging ihm durch den Kopf. War diese Messe ein bloßes Symbol dafür, daß die Katholiken fest an eine Rückkehr des verschwundenen Papstes Lucius glaubten? Oder konnte Papst Custos, der Engelspapst, mit seinen besonderen Kräften etwas bewirken, das niemand sonst sich vorzustellen vermochte? Aber Custos war, auch wenn er von Jesus abstammte, nur ein Mensch, und seine Kräfte waren begrenzt.

Jetzt stand er vor dem Altar, über dem auf zwanzig Meter hohen, mit prachtvollen Ornamenten verzierten Säulen der Baldachin aus vergoldeter Bronze ruhte, im siebzehnten Jahrhundert von dem Bildhauer Bernini so kunstvoll entworfen, daß er über dem Altar zu schweben schien. Zu Ehren des heiligen Petrus gingen vor dessen Grab der weißgekleidete Papst und die Kardinäle in ihren schwarz-roten Gewändern in die Knie und beteten. Nachdem sie sich wieder erhoben hatten, erstieg Custos die Altarstufen, und die Kardinäle wandten sich ihren Plätzen in den vordersten Sitzreihen zu.

Einer von ihnen, ein massiger Mann mit großer Hornbrille, blieb plötzlich stehen, als sei er gegen eine unsichtbare Wand gelaufen. Alexander erkannte Kardinal Scheffler.

Die Starre währte nur kurz, vielleicht zwei oder drei Sekunden, dann war von Scheffler nicht mehr viel zu sehen außer Flammen, die über seinen ganzen Körper züngelten. Es hatte den Anschein, als seien sie aus seinem Inneren gekommen. Wie eine menschliche Fackel stand der Generaldirektor der Vatikanbank inmitten seiner Amtsbrüder und verbrannte vor aller Augen.

Entsetzt verfolgte Alexander das schreckliche Schauspiel und dachte zugleich an Spadones Vortrag über Selbstentzündungen. Der Sicherheitschef hatte davon gesprochen, daß Menschen innerhalb weniger Minuten verbrannten. Aber es dauerte nur Sekunden, bis aus Kardinal Scheffler ein Häufchen Asche geworden war.

47

In den umbrischen Bergen

Enrico biß die Zähne zusammen, aber mit jedem Schritt fiel ihm das Gehen schwerer. Der Fuß, den er sich bei seinem Rückzug aus dem Kloster verstaucht hatte, machte ihm immer noch zu schaffen. Hätten sein Vater und Francesco ihn nicht gestützt, er hätte aufgeben müssen. Zumindest schienen die Verfolger ihnen nicht unmittelbar auf den Fersen zu sein. Schon seit etwa zwanzig Minuten hatten sie nichts mehr von ihnen gehört. Vielleicht, so hoffte Enrico, war es ihnen gelungen, die Ordenssoldaten in dem unwegsamen Gelände abzuschütteln.
»Was ist das?« fragte Elena und lauschte. »Ein Plätschern, da vorn! Vielleicht finden wir dort Wasser!«
Sie folgten Elena und gelangten an einen von Eichen und Buchen beschatteten Platz, durch den sich ein schmaler Bachlauf schlängelte, der von den Bergen herunterkam. Eigentlich nur ein Rinnsal, aber es war klares, erfrischendes Wasser. Sie tranken und reinigten ihre Wunden, so gut es ging. Keiner von ihnen hatte den Unfall und den anschließenden

Gewaltmarsch unbeschadet überstanden, aber niemand beklagte sich.

Enrico sah zu Elena hinüber, die, den Rücken gegen den mächtigen Stamm einer Eiche gelehnt, mit geschlossenen Augen dasaß und tief durchatmete.

»Wie fühlst du dich? Und wie geht es deinem Kind?«

Sie blickte ihn an und lächelte tapfer. »Uns beiden geht es gut, danke. Ich bin nur etwas erschöpft. Allmählich beginne ich zu spüren, daß ich eine werdende Mutter bin.«

»Es wäre gut, wenn wir Hilfe herbeirufen könnten«, sagte Enrico und sah Francesco an. »Hast du kein Handy?«

»Nein, Vater Tommasio hat uns keine Handys erlaubt. Unachtsamer Umgang damit hätte dazu führen können, daß die Ausgrabungsstelle geortet wird.«

»Wieso sprichst du immer von Vater Tommasio und nicht vom Ordensgeneral?«

»Für mich war er schon Vater Tommasio, bevor ich das erste Mal von Totus Tuus hörte. Und das wird er für mich immer bleiben, auch wenn ich mich von ihm abgewandt habe.« Francesco stieß einen Seufzer aus. »Ich hoffe, er kann mir verzeihen.«

»Bereust du schon, daß du uns geholfen hast?«

»Nein, das nicht. Aber ich fühle mich nicht wohl in meiner Haut. Tommasio war wie ein Vater für mich, seit ...«

»Seit wann?« hakte Enrico nach, als Francesco plötzlich verstummte.

Francesco sah ihn traurig an. »Seit ich meinen Vater und meine Mutter getötet habe.«

Und dann erzählte er leise, stockend von seiner Kindheit, von dem Vater, der zu Hause kaum etwas anderes tat als zu trinken, zu schimpfen und zu schlagen. Er berichtete von jenem Tag, als der Vater auf die Mutter einschlug, bis sie sich nicht mehr bewegte.

Francesco hatte es mit angesehen, aber er wagte nicht einzuschreiten. Er war noch ein Kind und hätte wohl nichts anderes erreicht, als den Zorn des Vaters auch auf sich zu ziehen. Erst als der Vater in der Garage war, um an seinem Auto herumzubasteln, schlich Francesco zu seiner Mutter und sprach sie an. Aber sie blieb stumm, schien nicht einmal mehr zu atmen.
Die Verzweiflung ließ Francesco seine Angst vergessen. Zorn und der Drang, seine Mutter zu rächen, beherrschten ihn völlig. Er sprang auf und rannte hinaus zur Garage, wo sein Vater unter dem Auto lag und fluchend mit einem Schraubenschlüssel hantierte. Einen Augenblick lang hielt er inne und überlegte, was er, ein Kind, gegen einen kräftigen Erwachsenen ausrichten konnte.
Dann fiel sein Blick auf die Zigaretten und die Streichhölzer, die sein Vater aus der Hosentasche genommen hatte, bevor er sich unter das Auto zwängte. Sie lagen auf einem kleinen Tisch neben dem Werkzeug. Und Francesco sah den großen Benzinkanister, den sein Vater erst kurz zuvor, als die Benzinpreise nach unten gegangen waren, aufgefüllt hatte.
Der Kanister stand bei den Reifen auf dem Boden. Mit ein paar Schritten war Francesco dort und machte sich an dem Verschluß zu schaffen. Daß er sich dabei an einer Hand die Haut abschürfte, störte ihn nicht weiter. Endlich löste sich der Verschluß, und strenger Benzingeruch erfüllte die Garage.
Francesco stemmte sich gegen den Kanister und stieß ihn um. Das Benzin lief aus, breitete sich schnell auf dem Garagenboden aus und floß auch unter das Auto.

»Was ist denn jetzt los?« schimpfte der Vater und schob den Oberkörper ins Freie, bis sein Blick auf Francesco fiel. »Bist du bekloppt, du kleiner Idiot? Ich muß deinen Kopf wohl erst gegen die Wand klatschen, damit du vernünftig wirst!« Der Vater wollte unter dem Wagen hervorkriechen, erstarrte aber mitten in der Bewegung, als er das aufflammende Streichholz in Francescos Hand sah.
»Nein, Francesco, tu das nicht!« flehte er mit schreckgeweiteten Augen.
Das war das letzte, was Francesco von seinem Vater hörte, bevor er das Streichholz in die Garage warf.

Francescos rechte Hand zitterte, als halte sie das brennende Streichholz immer noch. Er hockte im Schatten einer schiefgewachsenen Buche und schien ins Leere zu starren, aber in Wahrheit stand ihm die Vergangenheit vor Augen.
Enrico ging zu ihm und ließ sich neben ihm nieder. »Was ist dann geschehen, Francesco?«
»Es gab eine Explosion, als die Flammen auf den Tank des Autos übergriffen. Jedenfalls nehme ich an, daß das die Ursache der Explosion war. Ich muß von der Druckwelle weggeschleudert worden sein, denn ich habe als einziger überlebt. Mein Vater starb in der Garage, und meine Mutter verbrannte im Haus.«
»Sie hat also noch gelebt?«
»Als ich das Haus verließ, ja. Vater hatte sie nur bewußtlos geprügelt, aber das habe ich damals nicht erkannt. Es wurde bei der polizeilichen Untersuchung festgestellt. Als ich wieder zu mir kam, lag ich in einem Krankenhaus, und später kam ich in ein Heim.«
»Ein Waisenhaus?«

»Kein normales Waisenhaus. Zu uns kamen keine Leute, die Kinder adoptieren wollten. Es war ein Heim für Waisenkinder, die schwere Straftaten begangen hatten, so wie ich. Francesco, der Elternkiller. So haben mich die anderen im Heim genannt.«
Wieder schwieg er, schien gefangen zwischen Vergangenheit und Gegenwart.
»Was ist mit Tommasio?« fragte Enrico, als Francesco keine Anstalten machte, den Faden der Erzählung wiederaufzunehmen.
»Irgendwann, ich war schon länger als ein Jahr in dem Heim, hat er die Leitung übernommen. Das Personal wurde komplett ausgetauscht. Ich glaube, Totus Tuus hat die Trägerschaft für das Heim übernommen oder es sogar gekauft. Irgend so etwas, damals haben mich die Einzelheiten nicht interessiert. Vater Tommasio brachte fromme Brüder und Schwestern mit. Auch unter ihnen herrschte ein strenges Regiment, aber es war nicht mehr so trostlos. Sie zeigten uns einen Weg, die sündhaften Taten, die wir begangen hatten, zu sühnen. Für mich wurde Tommasio ein zweiter Vater.«
»Die altbekannte Methode«, schnaubte Elena. »Totus Tuus übernimmt ein Kinderheim und züchtet sich neue Gefolgsleute heran. Wer von Kindheit an mit extremen Lehren indoktriniert wird, hat dem kaum etwas entgegenzusetzen.«
Francesco warf ihr einen irritierten Blick zu. »Sprechen Sie von mir? Vielleicht ist Totus Tuus nicht das, was ich darin zu sehen geglaubt habe. Aber es ist auch nicht alles schlecht daran. Nur Vater Tommasio – er hat mich enttäuscht. Ich glaube nicht, daß er im Sinne derer handelt, die den Orden einst gegründet haben.«
»Damit haben Sie vermutlich recht«, lenkte Elena ein. »Er

scheint den Orden mit seinen Leuten regelrecht unterwandert zu haben. Nachdem Totus Tuus in den vergangenen Jahren weitgehend zerschlagen worden ist, muß es ihm relativ leicht gefallen sein, die Überreste an sich zu ziehen und seinem Willen zu unterwerfen.«

Enrico ging zu seinem Vater, der ein Stück abseits saß und aus dem Bach trank.

»Hast du gehört, was Francesco erzählt hat?«

»Jedes Wort«, antwortete Lucius.

»Wenn Tommasio ihm ein zweiter Vater geworden ist, dann haben wir hier vielleicht eine Erklärung für die Überlieferung, von der du erzählt hast. Tommasio ist ein Nachfahre Luzifers und Francesco sein Ziehsohn, also der Sohn von Luzifers Sohn.«

»Vielleicht hast du recht.« Lucius blickte zu Francesco hinüber. »Allerdings spüre ich bei ihm nicht die Macht der Engelssöhne, sondern nur Verwirrung und Scham.«

Sie konnten sich nicht weiter austauschen, denn plötzlich rief Elena: »Hört ihr nicht? Sie kommen!«

Aus der Ferne ertönten Stimmen, leise noch, aber doch gefährlich nahe. Eilig erhoben sich die vier und verließen ihren Rastplatz, um sich wieder in das felsige Gelände zu schlagen.

48

VATIKANSTADT

Wo eben noch Rodrigo Kardinal Scheffler gestanden hatte, war Sekunden später nicht mehr zu sehen als ein Häufchen Asche und ein halbverbrannter Schuh. Die Schreckensstarre, die alle beim Anblick des brennenden Klerikers erfaßt hatte, löste sich auf einen Schlag, sobald das Feuer erloschen war. Panik brach aus. Die Menschen schrien durcheinander und versuchten, möglichst schnell aus der Kirche herauszukommen.
Einen halbwegs kühlen Kopf schienen nur die Schweizergardisten zu bewahren, die eilends herbeiliefen und sich schützend vor Papst Custos stellten. In ihren blau-gelb-roten Galauniformen, die sie für die Messe angelegt hatten, und mit ihren Hellebarden sahen sie allerdings eher malerisch als gefährlich aus. Und wie sollten sie ihren Papst auch schützen vor etwas, das Menschen von innen heraus verbrennen ließ?
Diese Frage ging Alexander durch den Kopf, während er sich bemühte, vom Strom der aufgeregten Masse nicht mitgerissen zu werden. Donati wäre fast zu Boden gegangen, aber

Alexander hielt ihn fest, und gemeinsam konnten sie sich aus dem Menschenknäuel lösen. Vor dem Papstaltar trafen sie auf den Gardekommandanten Schmidhauser und auf Bruno Spadone, der einige seiner Männer herbeiwinkte.

»Sie sollten den Heiligen Vater rasch wegbringen, Oberst!« sagte Donati.

»Wir sind schon dabei«, erwiderte Schmidhauser und gab den Gardisten rund um Custos einen Wink.

Die Schweizer umringten den Papst und bildeten einen menschlichen Schutzschild, während die kleine Gruppe sich auf einen Seitenausgang zubewegte.

»Wenn ich das nicht mit eigenen Augen gesehen hätte, würde ich es nicht glauben«, sagte Spadone und blickte hinüber zu der Stelle, wo Kardinal Scheffler in Flammen aufgegangen war. Aber selbst die Asche und der Schuh waren inzwischen verschwunden, von der fliehenden Menge zerstreut. »Was hat das verursacht?«

»Fragen Sie lieber, *wer* hat das verursacht!« gab Alexander zurück. »Wahrscheinlich kommt so ziemlich jeder hier in Frage.« Er zeigte auf das Menschengewirr vor den Ausgängen der Peterskirche. »Alles Tatverdächtige.«

»Aber wir müssen sie entkommen lassen«, meinte Spadone mit Bedauern. »Wenn wir versuchen würden, sie hier zurückzuhalten, würde die Panik noch größer werden. Außerdem kann ich aus St. Peter kein Untersuchungsgefängnis machen.«

»Wie kommen Sie darauf, daß ein Mensch für dieses ... dieses Ereignis verantwortlich ist?« fragte Schmidhauser.

»Vor der Messe hat Kardinal Scheffler kurz mit uns gesprochen und uns für später in sein Büro gebeten«, erklärte Donati. »Er war aufgeregt und schien uns etwas Wichtiges

mitteilen zu wollen. Offenbar gibt es jemanden – seinen Mörder –, der das zu verhindern trachtete.«
»Wenn das wahr ist, dürfte dieselbe Person auch für Kardinal Mandumes Tod verantwortlich sein«, sagte Spadone.
»So ist es«, stimmte ihm Donati zu.
»War jemand dabei, als Kardinal Scheffler sich mit Ihnen verabredet hat?« fragte Schmidhauser.
Alexander schüttelte den Kopf. »Nein. Vielleicht hat er sich auf andere Weise verraten, so daß der Mörder etwas ahnte. Andererseits …«
»Was?« schnappte Donati, als er Alexanders bestürzten Gesichtsausdruck bemerkte.
»Einer könnte unser Gespräch sehr wohl mitgehört haben, weil wir vor seiner Tür standen, als Scheffler uns ansprach.«
Donati wurde blaß. »Wenn das stimmt, haben wir den Bock zum Gärtner gemacht!«

49

IN DEN UMBRISCHEN BERGEN

Jeder Schritt bedeutete neuen Schmerz, der Enrico Tränen in die Augen trieb. Und das, obwohl sein Vater und Francesco sich alle Mühe gaben, ihn zu stützen. Was gleichzeitig bedeutete, daß sie nur sehr langsam vorankamen. Die schwarzgekleideten Verfolger, die sich ein paar hundert Meter hinter ihnen den Felshang heraufarbeiteten, waren bereits deutlich zu erkennen. Enrico hatte an die zwanzig von ihnen gezählt, aber es mochten auch mehr sein.
Noch ein Schritt, und Enrico war, als schnitten Dutzende von Rasierklingen in seinen Fuß. Die Sinne drohten ihm zu schwinden vor Schmerz, und auch seine beiden Helfer konnten ihn in diesem Augenblick nicht halten. Er fiel zu Boden und war beinahe dankbar dafür, nicht länger stehen zu müssen.
»Es hat keinen Zweck, ich halte euch nur auf«, stöhnte er. »Ihr müßt mich zurücklassen, nur dann habt ihr eine Chance!«
Elena zeigte ihm einen Vogel. »Sollen wir dich diesem

durchgedrehten Ordensgeneral überlassen? Kommt nicht in Frage!«

»Ihr könntet Hilfe schicken, wenn ihr durchkommt. Wenn wir alle vier eingefangen werden, hat niemand etwas davon außer denen da.« Enrico zeigte in Richtung der Verfolger, die immer näher kamen. »Francesco könnte mir seine Pistole dalassen. Vielleicht gelingt es mir, die Kerle damit eine Weile aufzuhalten und euch einen Vorsprung zu verschaffen.«

»So etwas klappt nur im Western«, widersprach Elena. »Du bist Rechtsanwalt und nicht der Marshal von Dodge City!«

»Ganz recht«, sagte eine hohe Stimme in ihrem Rücken, die alle vier zusammenfahren ließ. »Eine kluge Frau, auf die du hören solltest, du Held!«

Ein Totus-Tuus-Mann von gedrungener Gestalt stand ungefähr zwanzig Meter entfernt auf einem Felsen und zielte mit einer Maschinenpistole auf sie. Erst auf den zweiten Blick erkannte Enrico den Mann, den er wochenlang nur in Mönchskutte gesehen hatte.

»Ich dachte mir, ich schneide euch den Weg ab, und es hat tatsächlich geklappt«, erklärte Giuseppe hämisch. »Der Verräter wirft jetzt besser seine Waffe weg, sonst seid ihr alle tot!«

Unendlich langsam, wie es Enrico schien, öffnete Francesco die Pistolentasche an seiner Hüfte, und zog die Automatik. Aber er warf sie keineswegs weg, sondern legte auf Giuseppe an, so ruhig, als hätte er alle Zeit der Welt.

»Nicht!« rief Lucius und schlug Francescos Arm nach unten. »Töten ist kein Ausweg!«

Trotzdem krachte ein Schuß, und mitten auf Giuseppes Stirn

klaffte ein obszönes rotes Loch. Der Totus-Tuus-Offizier schien noch etwas sagen zu wollen, brachte aber nur ein Gurgeln hervor. Er sackte zusammen und rutschte von dem halbrunden Felsen.
Der Mann, der ihn erschossen hatte, kam zwischen den Felsen auf sie zu, und Enrico glaubte sich und die anderen schon gerettet, denn er erkannte die dunkle Alltagsuniform der Schweizergarde. Aber der Gardist machte einen angeschlagenen Eindruck; um seine linke Schulter war ein behelfsmäßiger Verband gewickelt, und er schien allein zu sein.
Als er sie erreicht hatte, steckte er seine Dienstwaffe in die Pistolentasche und salutierte vor Lucius. »Gardeadjutant Kübler erwartet Ihre Befehle, Heiliger Vater!«
Lucius war verblüfft. »Gott sei gepriesen dafür, daß Sie leben! Ihre Kameraden hatten leider nicht so viel Glück. Wie sind Sie aus dem Kloster entkommen?«
»*Entkommen* ist der falsche Ausdruck, Eure Heiligkeit. Ich bin beim Kloster über den Rand des Hochplateaus gestürzt. Daß ich überlebt habe, grenzt wohl – Verzeihung – an ein Wunder. Ich kann selbst nicht genau sagen, wie. Als ich wieder zu mir kam, hing ich ein gutes Stück unterhalb des Klosters in einer Baumkrone. Da ich im Kloster den Feind wußte, habe ich den Weg nach unten eingeschlagen, um irgendwo Hilfe zu holen. Leider ist mein Handy wohl bei dem Sturz kaputtgegangen, so daß ich auf diesem Weg keinen Alarm geben konnte. Was soll ich sagen, ich habe mich in dieser Einöde verlaufen. Die Nacht habe ich in einer kleinen Höhle verbracht. Heute bin ich den ganzen Tag herumgeirrt, und dann habe ich den Mann in der seltsamen Uniform gesehen und einen der Mönche aus San Gervasio in ihm erkannt. Ich bin ihm gefolgt, und er hat mich zu Ihnen geführt.«

»Das ist ja eine regelrechte Odyssee«, sagte Enrico. »Und es zeigt uns, daß wir nicht weit von San Gervasio entfernt sein können.« Bekümmert blickte er auf seinen schmerzenden Fuß. »Allerdings wohl zu weit für einen Quasi-Einbeinigen.« Der Schweizer sah prüfend zu den Totus-Tuus-Männern, die sich eifrig zu ihnen vorarbeiteten. »Ich werde mir die Maschinenpistole von dem Toten holen. Damit kann ich die da eine Weile aufhalten. Ein paar von ihnen werden sicher ins Gras beißen, und das wird ihren Eifer bremsen.«

»Nein!« sagte Lucius mit ungewohnter Härte. »Heute sind schon zwei Menschen gestorben, es sollten nicht noch mehr werden.«

Kübler zeigte entsetzt auf die Verfolger. »Aber die haben uns bald erreicht, und dann werden sie uns einkesseln!«

»Vielleicht finden wir einen anderen Weg, sie aufzuhalten«, sagte Lucius leise und sah seinen Sohn an. »Mit unseren besonderen Kräften, Enrico.«

»Was meinst du, Vater?«

»Du kannst Dinge aus der Vergangenheit sehen, aber du kannst auch bewirken, daß andere Menschen Dinge sehen. Wir sollten uns auf die Männer dort und auf die Felsen konzentrieren.«

Lucius blickte starr geradeaus, den Verfolgern entgegen; er wirkte mit einem Mal völlig entrückt. Enrico spürte, wie sich in seinem Kopf ein Bild formte: Felsen, die sich von den Hängen lösten und eine Lawine in Gang setzten. Da verstand er, was sein Vater gesagt hatte, und begann sich gleichfalls ganz darauf zu konzentrieren. Seine Gedanken und die von Lucius verschmolzen miteinander und erzeugten das Bild herabstürzender Felsen, die, umgeben von einer gigantischen Staubwolke, auf die Totus-Tuus-Männer zurollten.

Auch die Verfolger sahen die Lawine, die allein den Gedanken von Lucius und Enrico entsprang. Sie empfanden sie als höchst real, lebensgefährlich, und ergriffen in Panik die Flucht. Gegen Menschen konnte man kämpfen, aber nicht gegen eine Steinlawine.
Die geistige Anstrengung nahm Enrico sehr mit. Als die Totus-Tuus-Männer außer Sichtweite waren, lehnte er sich gegen einen Felsen und schloß die Augen. Das Bild der Lawine verschwand aus seinem Kopf, aber dafür kamen andere und beschäftigten seinen angespannten Verstand, Bilder aus der Vergangenheit ...

Die Hitze an dem großen Schlund im Tempel der Ahnen wurde unerträglich, und Vel wollten die Sinne schwinden, aber Larthis Nähe gab ihm Kraft. Sie sprach zu ihm, auch wenn sie die Lippen nicht bewegte. Ihre Worte waren in seinem Kopf: *Wir müssen so tun, als machten wir mit Larth gemeinsame Sache. Aber wenn er und die bösen Geister, die hier in der Erde schlafen, sich ihres Sieges sicher sind, müssen wir den rechten Augenblick abpassen und sie vernichten.*
Vel verstand sie, aber eine tiefe Furcht ergriff ihn. *Die Geister der Ahnen sind mächtig. Selbst wenn wir den Kampf gewinnen, kann das unseren Tod bedeuten.*
Larthi sah ihn an und lächelte. *Vielleicht liegt in unserem Tod der Sieg, Liebster. Wenn das so ist, dürfen wir den Preis nicht scheuen. Aber vielleicht stehen uns diejenigen unter den Ahnen, die schon einmal gegen das Böse gekämpft haben, bei. Wie es auch sei, wir müssen unser Volk vor der Herrschaft der Geflügelten und einem mörderischen Krieg bewahren. Willst du den Weg, auch wenn er beschwerlich ist, mit mir gehen?*

Vel erwiderte ihr Lächeln. *Ich gehe jeden Weg, wenn es der deinige ist.*
Vel und Larthi umarmten einander, vereinigten ihre Kräfte, und die Macht der Ahnen entfaltete sich …

Enrico las im Gesicht seines Vaters, daß dieser seine Vision oder Erinnerung geteilt hatte. Sie wußten jetzt, was zweitausend Jahre zuvor im Tempel der Ahnen geschehen war. Vel und Larthi hatten ihnen den Weg gewiesen. Stumm verständigten Vater und Sohn sich darüber, daß sie es den beiden gleichtun wollten.
Gardeadjutant Kübler kauerte zwischen den Felsen und blickte hinunter zu der Stelle, wo die Ordenssoldaten vor einer Lawine geflohen waren, die es in Wahrheit nie gegeben hatte.
»Die sind gelaufen wie die Hasen! Fragt sich nur, wann sie den Trick durchschauen. Noch mal werden sie nicht darauf reinfallen. Was machen wir dann?«
Lucius sah den Schweizer an und antwortete: »Sie werden Elena und Francesco fortbringen. Enrico und ich bleiben hier. Wir werden Totus Tuus eine Weile beschäftigen, um Ihnen einen Vorsprung zu verschaffen. Danach werden wir uns ergeben. Wir beide sind es, die der Ordensgeneral eigentlich haben will.«
»Er-ge-ben?« Kübler sah den Papst fassungslos an. »Verzeihung, Heiliger Vater, aber das kann nicht Ihr Ernst sein!«
»Doch, das ist es«, versicherte Lucius. »Wir sind zu der Erkenntnis gelangt, daß wir die Pläne des Ordens am besten durchkreuzen, wenn wir zum Schein auf das eingehen, was Tommasio von uns verlangt.«
»Das kann ich nicht zulassen«, sagte der Gardist mit vor Erregung bebender Stimme. »Ich habe geschworen, Sie

nötigenfalls unter Hingabe meines Lebens zu schützen, Eure Heiligkeit. Noch einmal lasse ich Sie nicht im Stich!«
»Sie haben mich auch gestern nicht im Stich gelassen, sondern bis zum Äussersten gegen eine unüberwindliche Übermacht gekämpft. Aber der Kampf mit der Schusswaffe ist das eine – Enrico und ich haben uns für eine andere Art des Kampfes entschieden.«
»Ich verstehe nicht ganz, was Sie sagen, Heiliger Vater. Aber eins weiss ich genau: Ich werde Sie nicht allein lassen. Mein Leben gehört Ihnen!«
Kübler fiel vor Lucius auf die Knie und neigte demütig das Haupt.
Lucius legte die rechte Hand auf den Kopf des Mannes. »Sie sind ein tapferer Soldat, und gerade deshalb bin ich froh, Elena und Francesco Ihrer Obhut anvertrauen zu können. Es muss sein, Adjutant Kübler, Sie müssen sich um die beiden kümmern. Ich bitte Sie darum, mein Sohn. Oder wollen Sie von mir verlangen, dass ich es Ihnen befehle?«
Stumm schüttelte Kübler den Kopf.
Elena trat zu Enrico und fragte: »Was hat das alles zu bedeuten? Was habt ihr vor, dein Vater und du?«
»Wir kehren zu Tommasio zurück und helfen ihm, das Engelsfeuer zu entfachen.«
»Und was ist dabei der Clou?«
»Stärker zu sein als Luzifer und seine Vasallen.«
»Das klingt nach einem sehr riskanten Spiel«, stellte Elena besorgt fest.
»Es ist riskant, aber vielleicht der einzige Weg, Tommasios Pläne endgültig zu durchkreuzen. Er scheint auf jemanden zu warten, der ihm helfen wird, die gestürzten Engel in unsere Welt zurückzuholen. Dieser Jemand ist offenbar sehr

stark, möglicherweise so stark, daß Tommasio und er das Engelsfeuer auch ohne meinen Vater und mich entfachen können.« Enrico sah zu Lucius hinüber. »Es ist besser, wenn wir beide zum Tempel der Ahnen zurückkehren.«
»Aber wir werden uns doch wiedersehen?«
Enrico senkte seinen Blick in ihren. »Zwing mich jetzt nicht, dich anzulügen, Elena!«
Tränen schossen in ihre Augen. Sie umschlang ihn mit beiden Armen und drückte ihn fest an sich.
»Ich wünsche dir Glück, Enrico. Du bist ein guter Freund und ein tapferer Mann!«
Kübler war zu Giuseppes Leiche gegangen und kehrte mit reicher Beute zurück: einer Maschinenpistole, einer automatischen Pistole und Ersatzmunition. Die Automatik drückte er Enrico in die Hand, und dann verabschiedeten seine Schutzbefohlenen und er sich.
Enrico blickte den drei kleiner werdenden Gestalten noch nach, als sein Vater sagte: »Da unten kommen sie zurück. Sie haben wohl gemerkt, daß unsere Lawine nur ein Hirngespinst war. Kübler hatte recht, noch einmal werden sie kaum darauf hereinfallen.«
»Dann versuchen wir es hiermit«, sagte Enrico, legte Giuseppes Automatik an und zielte auf die in breiter Kette anrückenden Ordenssoldaten.
»Gut. Aber sieh zu, daß du niemanden tötest!«
»Ich mache ihnen nur ein wenig Angst«, versprach Enrico und gab den ersten Schuß ab.
Die Kugel fauchte dicht vor einem der Totus-Tuus-Männer gegen einen Felsblock, und der Mann warf sich augenblicklich flach zu Boden. Seine Begleiter taten es ihm nach oder suchten hinter Bäumen und größeren Felsen Deckung.

»Sie warten auf die nächste Kugel«, sagte Lucius.
»Dann sollen sie warten.« Enrico wunderte sich über seine Gelassenheit. Jetzt, da die Entscheidung gefallen war, fühlte er sich seltsam ruhig. Der Weg war vorgezeichnet, schon seit zweitausend Jahren, sein Vater und er mußten ihm nur folgen. »Je länger es dauert, desto größer ist die Chance für Elena, Francesco und Kübler zu entkommen.«

50

VATIKANSTADT

Alexander, Donati, Bruno Spadone und zwei seiner uniformierten Gendarmen eilten im Laufschritt durch die Vatikanischen Gärten zum Niccolo-Turm, um den Verdacht, der Alexander und Donati in der Peterskirche gekommen war, auf seinen Wahrheitsgehalt zu überprüfen. Sie hatten die Kirche durch einen Nebeneingang verlassen, der der panischen Menge verborgen geblieben war.
»Fabio Pallottino wird kaum in seinem Büro sein, es sei denn, er hat sich sehr beeilt«, sagte Alexander, als sie den Eingang der Vatikanbank erreichten. »Vielleicht steckt er noch in St. Peter fest.«
»Meine Männer und die Schweizer sind angewiesen, nach ihm Ausschau zu halten und ihn in Gewahrsam zu nehmen, sobald sie ihn finden«, erwiderte Spadone. »In dem Gewühl ist die Chance, daß sie ihn aufspüren, allerdings gering.«
Sie durchquerten die Vorhalle und nahmen den Lift hinauf in den fünften Stock, wo sie Pallottinos Büro verschlossen vorfanden.

»Wer könnte einen Schlüssel haben?« fragte Donati.
Spadone lächelte. »Sie meinen, außer Pallottino und Kardinal Scheffler? Ich. Ich trage ihn nicht bei mir, aber in meinem Büro befinden sich in einem Panzerschrank Generalschlüssel für fast alle Gebäude des Vatikans, auch für das IOR.«
Er zückte sein Handy und gab Anweisung, den Generalschlüssel für die Vatikanbank unverzüglich herzubringen. Anschließend befahl er einem der Gendarmen, die bei ihnen waren, Kardinal Schefflers Büro zu bewachen und darauf zu achten, daß keine Unterlagen entfernt oder vernichtet wurden.
»Wenn Scheffler wirklich etwas wußte, finden wir in seinen Papieren vielleicht einen Hinweis darauf.«
Keine fünf Minuten nach dem Telefonat brachte ein Gendarm den Schlüssel, und Spadone öffnete die Tür zu Pallottinos Büro. Es war, wie nicht anders zu erwarten gewesen war, leer.
Alexander ließ seinen Blick über die Platte des Schreibtisches wandern. »Ich kann die Unterlagen aus Guarduccis Tresor nirgends entdecken. Du, Stelvio?«
»Nein. Vielleicht in einer der Schubladen.«
Sie rissen sämtliche Schubladen auf, ohne Erfolg. An einer Wand stand ein schmaler Aktenschrank aus massivem Holz, doch dessen Türen waren verschlossen.
»Dafür habe ich leider keinen Schlüssel«, erklärte Spadone, »aber vielleicht kriegen wir das Ding auch ohne Schlüssel auf.«
Er rückte den Schrank etwas von der Wand ab und stemmte sich dagegen, bis er kippte. Holzsplitter flogen in alle Richtungen, als der Schrank mit lautem Krachen auf dem Boden

aufschlug. Die Gewaltaktion zeitigte den gewünschten Erfolg: Akten quollen aus dem zerborstenen Möbel.
Eilig verschafften sie sich einen Überblick über die Papiere, und Donati sagte: »Picardis Unterlagen sind nicht dabei.«
Alexander war erstaunt über den Tonfall seines Freundes, aus dem er so etwas wie Befriedigung herauszuhören glaubte.
»Wenn Pallottino die Unterlagen mitgenommen hat, erhärtet das doch unseren Verdacht. Dir scheint das aber gar nicht unrecht zu sein, Stelvio.«
Donati grinste spitzbübisch. »Wie gut du mich doch kennst.«
Eine halbe Stunde später fanden sich Alexander, Donati, Spadone, Oberst Schmidhauser und Henri Luu im Apostolischen Palast zu einer Besprechung ein, die Papst Custos angesetzt hatte und persönlich leitete. Der Heilige Vater wirkte sehr mitgenommen. Angesichts dessen, was sich während der Messe ereignet hatte, kein Wunder, fand Alexander.
Unter den Fenstern des Konferenzraums lag der Petersplatz, wo Tausende von Menschen seit dem Vorfall in der Kirche in einer seltsamen Starre verharrten. Auf den Großbildschirmen hatten sie mit angesehen, wie der Generaldirektor des IOR sich in eine lodernde Fackel verwandelte. Die Panik der Menschen in der Kirche hatte sich auf die weitaus größere Menge draußen nicht übertragen. Die hier standen, warteten auf eine Erklärung, auf ein Wort des Heiligen Stuhls, aber der hüllte sich in Schweigen.
Alexander kehrte den Fenstern den Rücken zu und setzte sich an den ovalen Tisch. »Vielleicht ist Pallottino in der Menge untergetaucht, aber ihn da finden zu wollen wäre wie die berüchtigte Suche nach der Nadel im Heuhaufen.«

Donati, der eben noch telefoniert hatte, legte das Handy beiseite und machte einen sehr zufriedenen Eindruck. »Auf jeden Fall wäre es eine vergebliche Suche. Ich habe gerade erfahren, daß er dabei ist, Rom in nördlicher Richtung zu verlassen, mit dem Auto.«

Alexander warf seinem Freund einen genervten Blick zu. »Seitdem wir in Pallottinos Büro waren, spielst du den Geheimniskrämer, Stelvio. Was weißt du, das wir nicht wissen?«

»Ich wollte mich nicht zu weit aus dem Fenster lehnen, sondern erst sicher sein, daß wir seine Spur haben. Aber wie es aussieht, hat unser Banker einen entscheidenden Fehler gemacht: Er hat die Unterlagen, die ich ihm zur Durchsicht anvertraut hatte, mitgehen lassen.«

»Sie bezeichnen das als einen Fehler, Dirigente?« fragte Schmidhauser verwundert, der noch die altertümliche Galauniform trug, die er für die Messe angelegt hatte. »Ich würde das ein überlegtes Vorgehen nennen. Vielleicht hat Pallottino in den Papieren etwas entdeckt, das für ihn und seine Komplizen gefährlich werden könnte.«

»Aber wir haben Kopien der Unterlagen und werden es über kurz oder lang auch entdecken«, entgegnete Donati. »Pallottino hat die Akten wohl eher mitgenommen, um über das informiert zu sein, was wir möglicherweise herausfinden.«

Der Gardekommandant legte die Stirn in Falten. »Meinetwegen, aber was ändert das? Es bleibt trotzdem ein kluger Schachzug.«

»Aus Pallottinos Sicht zweifellos.« Donati lehnte sich zurück und genoß die Spannung, die sich auf den Gesichtern der anderen – sogar auf dem des Papstes – abzeichnete. »Aber er weiß nicht, daß in den Unterlagen eine Wanze sitzt, die uns mit einem Radius von fünfzig Metern seinen Aufenthaltsort verrät.«

Das verblüffte tatsächlich alle, auch Alexander; Donati hatte ihm nichts von der Wanze erzählt.

Spadone fand zuerst die Sprache wieder und beugte sich zu Donati vor. »Aber woher wußten Sie, daß Pallottino sich mit den Unterlagen absetzen würde?«

»Das habe ich nicht gewußt. Um aufrichtig zu sein, ich habe es nicht einmal geahnt. Aber ich habe damit gerechnet, daß irgend jemand in der Vatikanbank versuchen würde, die Unterlagen verschwinden zu lassen. Die Wanze sollte uns auf die Spur des Verräters führen. Daß Pallottino derjenige ist, erstaunt mich selbst ebenso wie wohl alle hier. Aber es paßt ins Bild. Er war erst der Sekretär von Monsignore Picardi und dann der von Kardinal Scheffler. Damit war er über alle wichtigen Vorgänge im IOR im Bilde. Mehr noch, er war vermutlich in der Lage, finanzielle Transaktionen vorzunehmen und es so erscheinen zu lassen, als hätte Scheffler oder Picardi sie veranlaßt. Er selbst hat mir erst heute erklärt, daß so etwas möglich ist. Aber da wußte ich noch nicht, daß er aus eigener Erfahrung sprach.«

Papst Custos schaltete sich ein. »Steht denn fest, daß Pallottino die Akten bei sich hat? Könnte das Signal nicht auch von jemand anderem kommen, der sich der Unterlagen bemächtigt hat?«

»Theoretisch ist das möglich, Heiliger Vater, praktisch halte ich es für so gut wie ausgeschlossen. Die Unterlagen befanden sich in Pallottinos Büro, und nicht nur sie sind verschwunden, sondern auch er selbst. Das alles läßt darauf schließen, daß unser Funksignal von niemand anderem als ihm ausgeht. Wichtig ist, daß es uns – hoffentlich – zu denjenigen führt, die hinter all dem stecken. Und vielleicht auch zu Ihrem Amtsbruder.«

Alexander hoffte inständig, daß Donati recht hatte und sie dort, wo Pallottino hinfuhr, auch Elena finden würden. Seine Sorge um sie und das Kind wurde um so größer, je länger er zur Untätigkeit verdammt war. Fast war er froh über die Aufregungen der vergangenen Stunde im Vatikan, lenkten sie ihn doch von der quälenden Unruhe ab.

»Wie sicher ist die Überwachung des Flüchtigen?« fragte Luu. »Besteht die Gefahr, daß wir den Kontakt zu ihm verlieren?«

»Nein«, erklärte Donati. »Wir verfolgen das Signal mit einem Hubschrauber. Das schließt die Gefahr aus, daß wir im Verkehrsgewühl abgehängt werden.«

Etwas beschäftigte Alexander schon die ganze Zeit, wenn er an Kardinal Scheffler dachte, und jetzt kam er endlich darauf. »Kardinal Mandume war ein Engelssohn, aber wie verhält es sich mit Scheffler?«

»Auch er gehörte zum Kreis der Auserwählten«, bestätigte Custos seinen Verdacht.

»Wieso haben Sie uns das nicht mitgeteilt, Heiliger Vater?« fragte Alexander, nicht ohne vorwurfsvollen Unterton. »Es wäre wichtig gewesen!«

»Ein Eid hat mich davon abgehalten. Scheffler war ein Zurückgezogener.«

»Ein was, bitte?« fragte Alexander nach.

»Ein Zurückgezogener«, wiederholte der Papst. »So nennen wir Menschen, die sich entschieden haben, unserem Kreis nicht länger anzugehören, obwohl sie über besondere Gaben verfügen.«

»Und warum hatte Scheffler sich dazu entschlossen?«

»Er hat es mir nie gesagt. Hin und wieder kommt es vor, daß ein Engelssohn oder ein Auserwählter zu der Überzeugung gelangt, die Bürde seiner besonderen Fähigkeiten nicht länger tragen zu können. Mancher will einfach nur ein normales Leben führen. Wir alle haben geschworen, denjenigen, die sich aus unserer Gemeinschaft zurückziehen, keinen Vorwurf zu machen, sie nicht zu behelligen und ihr Inkognito zu wahren. Übrigens habe ich Scheffler auch nach seinem Rückzug aus unserem Kreis für einen überzeugten Vertreter der heiligen Kirche und fähigen Mann auf dem internationalen Finanzparkett gehalten, sonst hätte ich ihm die Leitung des IOR nicht anvertraut.«

Alexander verfolgte seinen Gedankengang weiter: »Wenn ein anderer dafür verantwortlich ist, daß ein Engelssohn verbrennt, muß dieser andere dann auch über besondere Kräfte verfügen?«

»Sie meinen, ob er auch ein Engelssohn sein muß?« vergewisserte sich Custos. »Vermutlich, jedenfalls sehe ich keine andere Möglichkeit. Aber bevor Sie mich nach Pallottino fragen: Ich weiß nichts über ihn, auch nicht darüber, ob einer seiner Ahnen ein Engel war.«

Spadone schlug einen blauen Aktendeckel auf. »Ich habe hier alle Unterlagen, die in der Eile über ihn aufzutreiben waren.«

»Er ist doch der Sohn eines Geistlichen«, sagte Alexander. »Geben die Akten Aufschluß über die Identität seines Vaters?«

»So etwas wird natürlich verzeichnet«, erläuterte Luu, während Spadone eilig Seite um Seite umblätterte. »Wir müssen schließlich ein Auge darauf haben, daß keiner von unseren Geistlichen ... wie soll ich es nennen?«

»Überproduktiv ist?« schlug Alexander vor.

Luu lächelte verlegen. »So könnte man es wohl bezeichnen. Immerhin kostet jedes Kind eines Klerikers die Kirche eine Menge Geld.«

»Hier ist es!« rief Spadone und schlug mit der flachen Hand auf die Akte. »Fabio Pallottino ist vor achtundzwanzig Jahren in Licata auf Sizilien zur Welt gekommen. Seine Mutter, eine gewisse Maria Pallottino, ist während der Geburt verstorben. Sie hatte als Köchin für einen örtlichen Priester gearbeitet, der sich der Kirche gegenüber zur Vaterschaft bekannte und um finanzielle Unterstützung für seinen Sohn bat. Der Name dieses Geistlichen ist nur schwer zu entziffern, warten Sie …«

»Lassen Sie mich raten«, fiel Alexander ihm ins Wort. »Heißt Pallottinos Vater vielleicht Tommasio Lampada?«

Spadone blickte erstaunt auf. »Ja, das ist der Name!«

51

In den umbrischen Bergen

Ein starker Wind fegte über die Anhöhen hinweg, und dicke Regentropfen klatschten gegen die Felsen. Enrico und sein Vater waren bis auf die Knochen durchnäßt, aber daran ließ sich nichts ändern. Daß es den Ordenssoldaten nicht besserging, war für die beiden kein Trost. Die Abenddämmerung setzte ein, und zwischen den Felshöhen verschwand schon das letzte Tageslicht. Wie Kreaturen der Nacht lösten sich schemenhafte Gestalten von den Umrissen der Felsen unterhalb von Vater und Sohn, um sich in geduckter Haltung, jede Deckung nutzend, den Hang heraufzuarbeiten.
»Sie starten den nächsten Angriff«, sagte Enrico, der über die Kuppe eines knapp mannshohen Felsens spähte. »Sie ahnen es noch nicht, aber diesmal werden sie erfolgreich sein.«
»Ist die Munition verbraucht?« fragte Lucius, der sich so zwischen zwei Felsen gesetzt hatte, daß er wenigstens halbwegs vor dem scharfen Wind geschützt war.
Enrico blickte zu der Automatik hinunter, die nutzlos neben

ihm auf dem Boden lag. »Bis zur letzten Patrone. Klingt wie der Titel eines Kriegsfilms, nicht?«
»Wir führen einen Krieg, und du hast dich als mutiger und kluger Soldat erwiesen, mein Sohn. Fast drei Stunden lang hast du die Übermacht aufgehalten, ohne einen Feind zu töten oder zu verletzen.«
»Hoffentlich Zeit genug für Elena, Francesco und den Gardisten.«
»Sie werden sicher entkommen. Ich habe für sie gebetet.«
»Hast du auch für uns gebetet?« fragte Enrico und dachte an das, was vor ihnen lag.
Er bemühte sich, tatsächlich so mutig zu sein, wie sein Vater und bei ihrem Abschied auch Elena es von ihm behauptet hatten. Aber das, was Lucius und er tun mußten, erschreckte ihn, weil es so endgültig war. Wäre sein Vater nicht an seiner Seite gewesen, hätte ihn der Mut vielleicht verlassen.
Lucius erhob sich und umarmte seinen Sohn. »Ich habe auch für uns gebetet, damit Gott uns zur Erledigung der Aufgabe, die vor uns steht, mit Kraft, Mut und Weisheit segnet. Vertrau dem Herrn, Enrico, er wird uns beistehen!«
Die schemenhaften Gestalten kamen näher, aber sie bewegten sich sehr langsam voran in der Erwartung, jeden Augenblick erneut beschossen zu werden. Erst auf den letzten Metern wurden sie schnell, nachdem ein paar kurze Kommandos hin und her geflogen waren. Sie stürmten heran, umzingelten Vater und Sohn und bedrohten sie mit ihren Waffen.
»Warum habt ihr nicht mehr geschossen?« fragte ein hagerer Mann, den der weiße Krebs auf der linken Schulter als Ordensoffizier auswies; es war Ambrosio, den Enrico im Kloster San Gervasio als stoischen Koch kennengelernt hatte.

»Keine Munition mehr«, sagte Enrico und deutete auf die leergeschossene Waffe zu seinen Füßen.
»Wo sind die anderen?« fragte Ambrosio, nachdem er die Waffe an sich genommen hatte.
»Nicht hier.«
»Das sehe ich. Wo sind sie?«
»Keine Ahnung.«
»Und Giuseppe? Er wollte euch den Weg abschneiden.«
Enrico zeigte zu dem großen Felsen, auf dem Giuseppe gestorben war und der sich jetzt als dunkler Koloß nur noch umrißhaft aus der Dämmerung hervorhob.
»Der liegt dahinten. Tot.«
»Wer hat ihn getötet?«
Nun antwortete Lucius: »Ein mutiger Mann und pflichtbewußter Soldat.«
Ambrosio, der offensichtlich den Befehl führte, ließ seine Männer die nähere Umgebung absuchen, um festzustellen, ob die anderen Flüchtlinge sich hier versteckten. Nach zehn Minuten brach er die Suche ab und befahl, Giuseppes Leiche zu den Fahrzeugen zu bringen. Lucius und Enrico mußten sich dem Trupp anschließen. Zwei Ordenssoldaten stützten Enrico, dem jeder Schritt Höllenqualen verursachte.
Nach ungefähr zwanzig Minuten erreichten sie die inzwischen vollkommen dunkle Talsohle, wo mehrere schwere Geländewagen warteten.
Enrico und Lucius mußten in verschiedene Fahrzeuge einsteigen, jeder von ihnen streng bewacht, dann ging es zurück zum Lager von Totus Tuus.
Enrico dachte an das Bevorstehende und versuchte, innere Ruhe zu finden, aber es wollte ihm nicht recht gelingen. Er schloß die Augen, faltete die Hände und begann zu beten.

52

ROM, MILITÄRFLUGPLATZ CIAMPINO

Die kleine Halle etwas abseits der Start- und Landebahnen war während der letzten Stunden zu einem provisorischen Lagezentrum umfunktioniert worden. Kartentische, Monitore und Funkgeräte wurden von elektrischem Licht beleuchtet, denn über Rom war längst die Abenddämmerung hereingebrochen. Alexander stand an einem der kleinen Fenster und blickte hinaus. Ein Verkehrsflugzeug hob drüben auf dem zivilen Teil des Flughafens ab und bohrte sich mit vorgereckter Schnauze in den Himmel. Er schaute den Positionslichtern nach, bis das Flugzeug in den Wolken verschwand, und wünschte einen Moment lang, er säße in der Maschine und könnte wegfliegen, irgendwohin. Ihn hatte das Gefühl beschlichen, daß Rom ihm nicht mehr zu bieten hatte als Enttäuschungen und Sorgen.
Plötzlich klatschte ein ergrauter Mann in der dunklen Uniform der Carabinieri in die Hände. Er saß vor einem Empfangsgerät, auf dessen schwarzem Schirm ein grüner Punkt blinkte.

Wie elektrisiert drehte Alexander sich zu ihm um, denn der grüne Punkt markierte die Position von Fabio Pallottino. Der hatte sich, seit er Rom verlassen hatte, in nördlicher Richtung bewegt, zunächst auf der Autobahn, dann war er hinter Orvieto in Richtung Perugia abgebogen und jenseits Perugias auf Nebenstraßen in die Berge gefahren. Je weiter er auf kleinen und kleinsten Bergstraßen fuhr, desto deutlicher wurde eins: Sein Ziel lag irgendwo in der Gegend von San Gervasio.
»Was gibt es, Ispettore?« fragte Donati den Carabiniere, der Pallottinos Weg seit Stunden gewissenhaft verfolgte.
»Er scheint am Ziel zu sein, Dirigente Donati.«
»Vielleicht macht er nur eine Rast.«
Der grauhaarige Inspektor bediente ein paar Knöpfe und Regler, und der Geländeausschnitt auf seinem Monitor vergrößerte sich, so daß die Konturen deutlichere Formen annahmen. »Das glaube ich nicht, Dirigente. Dort gibt es eigentlich nichts, was einen Aufenthalt lohnt.«
Donati beugte sich zu dem Bildschirm hinunter, auf dem der grüne Punkt, in der größeren Auflösung als kleines Quadrat wahrzunehmen, unentwegt blinkte. »Geht das nicht etwas genauer? Was gibt es dort?«
Der Carabiniere sah Donati fast entschuldigend an und sagte nur: »Berge.«
Donati wandte sich an den kommandierenden Offizier der für den Einsatz bereitstehenden GIS-Truppe, einen drahtigen Mittvierziger mit kerzengerader Haltung. »Maggiore Prioletta, hiermit erteile ich Ihnen den Einsatzbefehl!«
Der Major nickte knapp. »Wir starten in fünf Minuten.«
Noch nicht einmal fünf Minuten später erhoben sich die vier Polizeihubschrauber in den Abendhimmel. Alexander und Donati flogen im selben Hubschrauber wie Prioletta.

Der schien, wie auch seine Männer, die Ruhe in Person zu sein, was nicht verwunderlich war, übten sie derartige Einsätze doch täglich. Alexander war einmal Soldat gewesen und wußte, daß nur solch professionelle Gelassenheit, die keinesfalls mit Lethargie verwechselt werden durfte, es erlaubte, in Gefahrensituationen effektiv zu handeln.

Doch er selbst war alles andere als gelassen, während unter ihnen der Flugplatz zu einem Netz immer enger zusammenrückender Lichter wurde. Die Sorge um Elena ließ ihm keine Ruhe.

53

AM TEMPEL DER AHNEN

Enrico wußte, daß die Stunde der Entscheidung gekommen war, als Ambrosio, flankiert von zwei Wachen, das Zelt betrat, in dem er und sein Vater von zwei weiteren Ordenssoldaten bewacht wurden. Wenige Minuten zuvor war ein Wagen im Lager angekommen, und Enrico hatte gehört, wie der Neuankömmling verlangte, sofort zu General Lampada gebracht zu werden. Aber er hatte nicht sehen können, um wen es sich handelte.
»Der General will euch beide sehen«, sagte Ambrosio. »Folgt mir!«
Enrico sah seinen Vater an und las Ermunterung in dessen Blick. Sie hatten gemeinsam gebetet, nachdem sie ins Lager zurückgebracht und in dieses Zelt gesperrt worden waren. Enrico war so gefaßt, wie er es nur sein konnte, und doch fragte er sich, als sie Ambrosio nach draußen folgten, ob das genügen würde.
Die Wachen gingen neben und hinter ihnen, so daß eine Flucht unmöglich war. Die Männer konnten nicht wissen,

daß Enrico und Lucius überhaupt nicht daran dachten zu fliehen.
Dort in der Höhle, im Tempel der Ahnen, mußte die Entscheidung fallen. Das war ihnen klargeworden, nachdem die Bilder aus der Vergangenheit Enrico am Nachmittag erneut heimgesucht hatten und sie jetzt wußten, auf welche Weise sich das Schicksal von Vel und Larthi erfüllt hatte. Die beiden hatten die böse Macht besiegt, aber nicht endgültig vernichtet. Diesmal, das hatten Enrico und sein Vater sich vorgenommen, sollte es anders sein.

Der Kopilot des Führungshubschraubers empfing einen Funkspruch und gab die Information an Prioletta weiter. Der wiederum wandte sich zu Donati und Alexander um.
»Ein Funkspruch von Capitano DelBenes Einsatzgruppe. Sie haben drei Personen aufgegriffen: die vermißte Journalistin, den ebenfalls vermißten Schweizergardisten und einen weiteren Mann.«
»Sie haben Elena gefunden?« rief Alexander, und sein Herz raste. »Geht es ihr gut?«
»Zumindest sind sie am Leben, mehr weiß ich nicht«, antwortete der Major. »Sie befinden sich in einem kleinen Dorf in der Nähe von San Gervasio, Borgo del Lago.«
Der Kopilot hatte eine Karte hervorgezogen und tippte mit dem Zeigefinger auf eine bestimmte Stelle: Borgo del Lago. Es lag, wie der Name versprach, an einem See. »Nicht weit von hier, höchstens fünf Flugminuten«, sagte der Kopilot.
»Wir fliegen hin!« entschied Donati und fügte, an Alexander gewandt, hinzu: »Denk bloß nicht, wir machen das dir zuliebe! Elena und ihre Begleiter können uns vielleicht wichtige Hinweise geben.«

»Selbstverständlich, *Dirigente,* alles streng dienstlich«, antwortete Alexander im Ton eines gehorsamen Soldaten.
Der Pilot flog eine sanfte Kurve, und durch eins der Fenster sah Alexander, daß die drei anderen Hubschrauber ebenfalls den Kurs änderten. Zum ersten Mal seit Elenas Verschwinden fühlte er sich halbwegs entspannt. Er blickte hinunter auf die Berge des Apennins und fragte sich, welche Überraschungen diese Nacht noch bereithalten mochte.

Umringt von den Wachen, die Ambrosio anführte, gingen Enrico und Lucius den Höhlengang entlang, immer weiter hinein in den Tempel der Ahnen. Der Vater stützte den Sohn, damit dem nicht jeder Schritt zur Qual wurde. Viel wichtiger war für Enrico aber die seelische Unterstützung, die er durch seinen Vater erfuhr.
Genauso wie die körperliche Nähe spürte Enrico die innere Verbundenheit mit dem Vater, den er erst seit zwei Jahren kannte. Gemessen an dem, was üblicherweise von Vater und Sohn erwartet wurde, hatten sie verschwindend wenig Zeit miteinander verbracht. Aber jetzt, da vor ihnen eine gemeinsame Aufgabe lag, von deren Bewältigung das Schicksal der Menschheit abhing, fühlte er sich ihm so nahe, wie ein Sohn sich dem Vater nur fühlen konnte. Innerlich waren sie eins, und was hätten Vater und Sohn einander mehr sein können? Das feine Lächeln auf Lucius' Gesicht zeigte Enrico, daß sein Vater ebenso empfand wie er.
Die Bilder aus etruskischer Zeit links und rechts an den Wänden vermittelten einen Eindruck davon, wie es gewesen war, als die gefallenen Engel auf Erden wandelten. Die Szenen, die zeigten, wie sie ungehorsame Menschen grausam bestraften, und jene, die den verheerenden Krieg der Engel

darstellten, bestärkten Enrico darin, daß sich so etwas nicht wiederholen durfte. Hier und jetzt mußten die gefallenen Engel endgültig besiegt werden!
Er spürte die Engelsmacht in sich und hörte wieder die Stimmen, die lockenden wie die warnenden. Diesmal war er gut vorbereitet, und es gelang ihm, die Stimmen im Hintergrund zu halten. Noch war es nicht an der Zeit, auf sie zu hören.
Der Gang mündete in den gewaltigen, von elektrischen Lampen erleuchteten Felsendom, in dem die überlebensgroßen Steinengel wachten. Vor dieser Kulisse wirkten die wenigen Menschen, die dort auf sie warteten, verloren. Es waren Tommasio und drei weitere Männer, zwei davon in der Uniform der Ordensoffiziere. Tommasio und ein junger Mann aber trugen schwarze, samtig glänzende Gewänder, die fast bis zu den Füßen reichten und auf der linken Brust mit dem Totus-Tuus-Wappen versehen waren.
Enrico kannte den jungen Mann mit der modischen Frisur nicht. Aber das kantige Gesicht mit der leicht gebogenen Nase und den grauen Augen hatte Ähnlichkeit mit dem von Tommasio, und Enrico dachte an die Überlieferung, von der sein Vater erzählt hatte: *Es heißt, die Entscheidung über Licht oder Finsternis fällt, wenn Uriels Sohn und der Sohn von Uriels Sohn gegenüberstehen dem Sohn Luzifers und dem Sohn von Luzifers Sohn.*
Lucius starrte die beiden Männer in den schwarzen Gewändern an und konnte sein Erstaunen nicht ganz verbergen.
»Der Sohn von Luzifers Sohn! Er war die ganze Zeit über im Vatikan. Als Mitarbeiter des IOR und Sekretär von Kardinal Scheffler, nicht wahr?«
Der junge Mann lächelte schwach. »Ganz recht. Fabio Pallottino, damit *Eure Heiligkeit* auch meinen Namen weiß.

Was Scheffler betrifft, der weilt nicht länger unter uns. Er stand kurz davor, meine Transaktionen zu durchschauen. Jetzt hat die Macht der Engel ihn verbrannt.«
»Die Macht der *gefallenen* Engel«, berichtigte Lucius. »Damit haben Sie ihn ermordet!«
»Ich habe lediglich von meinen bescheidenen Fähigkeiten Gebrauch gemacht, um die Energie, die in ihm schlief, auf einen Schlag zu entfachen. Verbrannt ist er von selbst.«
»Eine schwache Ausrede für einen Mord. Da könnte man auch einen Menschen erschießen und sagen, verblutet sei er von allein.« Verachtung trat in Lucius' Blick, der von Pallottino zu Tommasio wanderte. »Unterschlagung und Mord, sind das die Methoden derjenigen, denen ihr zur Herrschaft über die Menschheit verhelfen wollt?«
Pallottino breitete die Arme aus, und es zeigte sich, daß das schwarze Gewand zwischen Armen und Oberkörper mit etwas versehen war, das an lederne Schwingen erinnerte; plötzlich sah er aus wie eine menschliche Fledermaus. »Wir haben uns der Methoden der Menschen bedient, um auf ihrer Welt etwas zu erreichen. Der Heilige Stuhl hat dafür gesorgt, daß Totus Tuus seine Macht, die meisten seiner Anhänger und seine finanziellen Mittel genommen worden sind. Da war es nur recht und billig, daß wir Gelder des Heiligen Stuhls dazu verwendet haben, dies alles hier zu finanzieren. Die Ausrüstung, die Arbeiten zur Freilegung des Tempels, die aufwendigen Maßnahmen zur Geheimhaltung, das alles hat Geld gekostet, viel Geld. Über eine Million Euro ist allein für das verlassene Bergkloster draufgegangen, das wir erstanden haben, um einen offiziellen Stützpunkt in dieser Gegend zu haben.«
Tommasio legte beschwichtigend eine Hand auf Pallottinos

Schulter. »Reden wir nicht mehr davon, mein Sohn. Das alles wird belanglos, wenn Luzifer erst seine rechtmäßige Herrschaft über die Menschen angetreten hat. Dann zählen seine Gesetze, und wir werden ihre Vollstrecker sein.«
»So ist das also«, sagte Lucius. »Ihr handelt gar nicht so uneigennützig, wie ihr tut. Nicht die Verbreitung dessen, was ihr in völliger Verdrehung der Wahrheit als Gottes wahren Willen bezeichnet, ist euer Ziel. Ihr selbst wollt euch zu Herrschern über die Menschen aufschwingen!«
Tommasio sah Lucius geringschätzig, fast mitleidig an. »Du denkst in den kleinlichen Kategorien der Menschen. Auch ich habe einst so gedacht, als ich noch jung war und auf der Suche nach Ruhm und Reichtum. Mein Vater war früh gestorben, und als Halbwaise hatte ich es nicht leicht in dem kleinen sizilianischen Bergdorf, aus dem ich stamme. Aber eines Tages kam ein Fremder in unseren Ort, ein Wanderer, der bald wie ein Heiliger verehrt wurde, weil er über die Gabe verfügte, Krankheiten zu heilen. Er bemühte sich sehr um mich, und bald erfuhr ich, daß er nicht zufällig in unsere Gegend gekommen war. Er hatte lange nach mir gesucht, nach Luzifers Sohn. Auch er war der Sohn eines gefallenen Engels, einer von Luzifers Gefährten, und er lehrte mich alles, was ich wissen mußte. Leider starb er viel zu früh. Aber ihm verdanke ich das Wissen darum, daß nicht die weltlichen Güter zählen, sondern nur die himmlische Macht Luzifers.«
»Luzifers *höllische* Macht wäre angebrachter«, erwiderte Lucius unbeeindruckt. »Trotz all der schönen Worte, die wir gerade gehört haben, haltet ihr, du und dein Sohn, euch für Luzifers Vollstrecker und gedenkt, weltliche Macht auszuüben.«
»Fabio und ich sind die Nachfahren Luzifers. Wenn er

Macht über die Menschheit erlangt, ist seine Macht selbstverständlich auch die unsrige. Wer sonst als wir sollte dazu auserkoren sein, zwischen Engeln und Menschen zu vermitteln? Auch ihr könnt daran teilhaben, du und dein Sohn. Noch habt ihr die Wahl, noch könnt ihr auf die richtige Seite wechseln.«

Er gab einem der Ordensoffiziere einen Wink. Der Mann ging zu einem kleinen Tisch, der an einer der Felswände stand, und kehrte mit etwas zurück, das er über seine ausgestreckten Arme gelegt hatte. Als er in den Lichtschein einer Lampe trat, erkannte Enrico, daß es zwei schwarze Gewänder waren, ähnlich denen, die Tommasio und sein Sohn angelegt hatten.

»Hüllt euch in unsere Gewänder, und schließt euch unserem Glauben an!« forderte Tommasio. »Betet mit uns zum wahren Herrscher der Welt!«

»Luzifer anbeten? Das ist grotesk!« empörte sich Lucius. »Niemals werde ich mich darauf einlassen! Ich trage bereits das passende Gewand, und ich trage es mit Stolz und Respekt.«

»Für mich siehst du eher aus wie ein armer Sünder«, entgegnete Tommasio. »Sieh dich doch an, *Heiliger Vater!*«

Tatsächlich befand sich das Äußere von Lucius – wie auch das von Enrico – nach der wilden Flucht durch die Berge in einem beklagenswerten Zustand. Das vormals weiße Papstgewand hatte einen fleckigen Grauton angenommen und war an mehreren Stellen eingerissen. Auf den braunen Schuhen, die sonst tadellos glänzten, lag eine dicke Schmutzschicht, und die weiße Kopfbedeckung hatte Lucius irgendwo in den Bergen verloren. Haupthaar und Gesicht waren mit Blut und Dreck verkrustet. Nur das Kruzifix, das an einer goldenen Kette vor seiner Brust hing, glänzte wie immer und stand in einem seltsamen Kontrast zu seiner ramponierten Erscheinung.

»Ich bin auch nur ein armer Sünder, wie alle Menschen es sind, abhängig von der Gnade Gottes«, sagte Lucius ruhig. »Daß ich in diesem Wissen lebe und handele, unterscheidet mich von dir, Sohn Luzifers. Du hast von deinem Ahnherrn die Arroganz geerbt, die ihn zum Widerstand gegen Gott verleitete und letztlich zu seinem Sturz führte. Traurig, daß seine Söhne in all den Jahrtausenden nichts dazugelernt haben.«

»Traurig sind allein dein Anblick und deine Einstellung«, entgegnete Tommasio brüsk und wandte sich an Enrico. »Zeigst du mehr Einsicht als dein verbohrter Vater? Willst du deine Lumpen gegen das Gewand eines Priesters des Lichts tauschen?«

Enrico sah nicht Tommasio an, als er antwortete, sondern Lucius.

»Mein Weg ist derselbe wie der meines Vaters!«

»Dann sei es so«, sagte Tommasio und veranlaßte den Ordensoffizier, die Gewänder wieder auf den Tisch zu legen. »Ihr habt eure Wahl getroffen, aber glaubt nicht, das könnte etwas an meinen Plänen ändern. Die Macht, die in euch steckt, wird meinem Sohn und mir helfen, das Engelsfeuer zu entfachen. Bald werden Luzifer und seine Getreuen aus der Verbannung erlöst sein und über ihr Königreich herrschen!«

54

BORGO DEL LAGO

Lautes Brummen und Knattern erfüllte den nächtlichen Himmel, als die Polizeihubschrauber wie ein Schwarm riesiger Raubvögel auf der Suche nach Beute über dem kleinen Dorf erschienen.
Borgo del Lago lag am Hang eines dichtbewaldeten Berges und ließ Alexander, der aus dem Führungshubschrauber in die Tiefe blickte, mit seinen hohen Mauern an eine mittelalterliche Festung denken. In der Nähe lag der namensgebende See von halbmondförmigem Zuschnitt.
An seinem Ufer erstreckte sich ein freies Gelände, das durch wohl eilig herbeigeschaffte Scheinwerfer und die Lichter im Halbkreis aufgestellter Autos beleuchtet wurde: der provisorische Landeplatz, auf dem bereits ein Hubschrauber stand.
Einer nach dem anderen setzten die auf Ciampino gestarteten Helikopter auf. Als erster sprang Prioletta nach draußen, ihm folgte Alexander, der dem durch seine Prothese behinderten Donati beim Aussteigen half.

Vor dem bereits gelandeten Hubschrauber erwartete sie Capitano DelBene, den Alexander sofort mit Fragen bestürmte: »Wo ist Elena? Geht es ihr gut?«
»Die Signorina und die beiden anderen sind im Dorf, im Haus des Bürgermeisters«, antwortete der GIS-Offizier. »Ich bringe Sie hin.«
DelBene, Alexander, Donati und Prioletta quetschten sich in den Alfa Romeo des Bürgermeisters, der sie das kurze Stück zu seinem Haus chauffierte. Dort saßen Elena, Roland Kübler und ein Mann, der zu Alexanders Überraschung eine schwarze Totus-Tuus-Uniform trug, um einen Tisch und aßen dampfende Spaghetti, die die Dame des Hauses zubereitet hatte.
Elena hier sitzen und essen zu sehen war eine große Erleichterung für Alexander. Und noch leichter wurde ihm ums Herz, als er sie sagen hörte, es gehe ihr gut.
Für eine ausgedehnte Begrüßung blieb keine Zeit. Elena, Kübler und der andere Mann, den sie Francesco nannten, erzählten in knappen Worten von dem Tal mit dem Felsentempel und von ihrer Flucht, womit sie den kurzen Lagebericht ergänzten, den DelBene während der Fahrt ins Dorf gegeben hatte.
Prioletta schüttelte den Kopf. »Engel und Luzifer, das geht über meinen Verstand. Wenn das wahr wäre, wie sollten wir mit unseren Waffen dagegen angehen?«
»Das verlangt niemand von Ihnen, Maggiore«, sagte Donati. »Wenn ich alles richtig verstanden habe, dann haben Papst Lucius und sein Sohn es auf sich genommen, das Schlimmste zu verhüten. Wir müssen sie dabei unterstützen, so gut wir eben können. Engel können Sie mit Ihren Waffen nicht erschießen, wohl aber Menschen, die eine gefährliche Macht

beschwören wollen. Brechen wir also auf zu diesem seltsamen Tempel der Ahnen! Ich habe nicht den leisesten Zweifel, daß das auch der Ort ist, von dem wir das Signal empfangen.«
»Darf ich mich mit meinen Männern anschließen?« fragte DelBene. »Es ist bereits ein Ambulanzhubschrauber auf dem Weg hierher; für die drei ist also gesorgt.«
»Ich habe keine Einwände«, antwortete Prioletta. »Nach allem, was ich gehört habe, denke ich, wir können jeden Mann brauchen.«
»Einverstanden«, sagte auch Donati.
Als Alexander sich zum Gehen wenden wollte, sprang Elena auf und hielt ihn fest.
»Du willst mit?«
Er zeigte auf die Kevlar-Schutzweste, die er ebenso wie Donati trug. »Meinst du, die habe ich angezogen, weil ich sie so schick finde?«
»Aber du bist kein Polizist! Warum willst du dich in Gefahr begeben?«
»Um unserem Freund Enrico zu helfen. Und um den Machenschaften von Totus Tuus ein für allemal ein Ende zu bereiten. Dieser Orden treibt sein Unwesen schon viel zu lange. Vergiß nicht, daß mein Vater einst der Ordensgeneral war. Ich fühle eine Art familiärer Verpflichtung, dabei zu sein.«
»Paß aber gut auf dich auf, Alex!«
Er nickte und angelte unter Weste und Jacke nach dem Pooh-Bären, den er seit seinem Besuch in Elenas Wohnung bei sich trug.
»Hier, der wollte unbedingt bei dir sein. Er hat uns schon einmal geholfen, erinnerst du dich?«

»Wie könnte ich das vergessen?«
Sie nahm den Bären an sich und strich zärtlich über sein Fell. Es war ein friedliches Bild, das Alexander noch vor sich sah, als die Hubschrauber starteten und Kurs nahmen auf den Tempel der Ahnen.

55

Im Tempel der Ahnen

Die Wachen umstellten Enrico und Lucius und bedrohten sie mit ihren Maschinenpistolen, als rechneten sie tatsächlich mit einem körperlichen Angriff.
Enrico dachte an das, was zwei Jahre zuvor am Monte Cervialto geschehen war, an Vanessas Mut, als sie in den Tod sprang und Kardinal Lavagnino mit sich riß. Etwas Ähnliches würde hier nicht gelingen. Aber das hatten sein Vater und er auch nicht vor. Sie wollten Tommasio Lampada mit seinen eigenen Waffen schlagen, mit der Macht der Engel, die jedem von ihnen innewohnte, wenn auch in unterschiedlicher Ausprägung.
Und doch war ihm Vanessa in bestimmter Hinsicht ein Vorbild: Sie hatte ihr Leben hingegeben, um das Böse zu besiegen.
Obwohl er seinen Entschluß gefaßt hatte, spürte er erneut jene tiefe Trauer, die ihn schon ein paar Stunden zuvor befallen hatte, in den Bergen, als sein Vater ihm deutlich machte, welchen Weg sie zu gehen hatten.

Es war keine Angst. Enrico fürchtete sich nicht vor dem Unbekannten, vor dem, was gemeinhin nebulös als Jenseits bezeichnet wurde. Er hatte Vertrauen in seinen Vater und in Gott.

Aber er hätte gern noch so viele Orte auf dieser Welt gesehen, so viele Dinge getan, zu einem geliebten Menschen Worte gesagt, die für immer unausgesprochen bleiben würden.

Um all das trauerte er – und um jede Stunde seines Lebens, in der er sich nicht bewußt gewesen war, was es bedeutete zu leben, zu atmen, ein Mensch zu sein.

Du bringst ein Opfer, ein großes Opfer, Enrico. Das gibt dir das Recht zu trauern. Aber denk daran, daß durch dein Opfer alle anderen gerettet werden, auch Menschen, die dir nahestehen. Sie und ihre Nachfahren können nur in Freiheit leben, wenn du stark bist. Darüber solltest du glücklich sein, und das Glück wird die Trauer überwinden.

Enrico zuckte zusammen wie unter einem Hieb. Niemand hatte diese Worte laut ausgesprochen. Sie waren in seinem Kopf, ähnlich den vielen Stimmen, die er bislang verdrängt hatte, die aber stärker und stärker wurden.

Jene Stimme aber, die eben zu ihm gesprochen und so gewiß und tröstlich geklungen hatte, war um ein vielfaches deutlicher gewesen.

Sein Blick fiel, wie von einer unsichtbaren Kraft geleitet, auf einen großen Steinengel, den, wie alle anderen Figuren auch, das, was sich vor zweitausend Jahren hier ereignet hatte, nicht unbeschadet gelassen hatte. Der linke Flügel fehlte zur Hälfte, und der linke Arm war gleich unterhalb der Schulter abgebrochen.

Obwohl von Menschenhand aus Stein gehauen, erschien der

Engel ihm lebendig. Vielleicht lag es an den Augen, die sich zu bewegen und ihren Blick auf ihn zu richten schienen.
Aber das war wohl nur eine optische Täuschung, hervorgerufen durch einen chaotisch flackernden Scheinwerfer. Oder sollte er glauben, daß sein Urahn, der Erzengel Uriel, zu ihm gesprochen hatte?
Vor ihnen, am Rand des großen Schlunds, standen Tommasio und sein Sohn, und beide breiteten wie auf ein geheimes Kommando die Arme aus. Ihre ledernen Schwingen entfalteten sich, und es sah aus, als wollten sich zwei Riesenfledermäuse in den Abgrund stürzen.
»Luzifer, erhabener Engelsfürst, Träger des Lichts, Ahnherr unseres Geschlechts, Herrscher über das irdische Reich, wir rufen Dich und die Deinen«, sprach Tommasio mit weihevoller Stimme. »Vier Engelssöhne haben sich versammelt, und ihre Kraft soll die Deine sein. Fahre in uns, und nähre Dich von unserer Macht, bis Du stark genug bist, Dein Licht über uns leuchten zu lassen!«
Alle sahen abwartend zu dem schwarzen Schlund, und Enrico begann schon zu glauben, Tommasios Worte seien ungehört verhallt.
Quälend langsam verstrichen die Sekunden, wurden zu Minuten, und nichts geschah. Reichte die Kraft der versammelten Engelssöhne nicht aus, um die gefallenen Engel aus ihrem unfreiwilligen Schlaf zu erwecken? Vielleicht brauchten Enrico und Lucius doch nicht bis zum Äußersten zu gehen!
Tommasio wiederholte seine Anrufung, und danach veränderte sich binnen weniger Augenblicke alles. Der Boden unter ihren Füßen schien zu erzittern, und aus dem Schlund stieg etwas Gewaltiges, Mächtiges nach oben. Etwas, das,

gleich einer Druckwelle, alle Menschen in dem Felsendom zu Boden warf.

Enrico spürte die fremde Macht, und jetzt fürchtete er sich. Fürchtete sich davor, den Kopf zu heben und dorthin zu schauen, wo der Schlund war – und das, was Jahrtausende hindurch in ihm geschlafen hatte.

56

IN DEN UMBRISCHEN BERGEN

Da vorn muß es sein!« rief der Kopilot und zeigte, die Karte auf den Knien, ins Dunkel des felsigen Geländes, wo sich schemenhaft die Umrisse eines Berges in den Nachthimmel reckten.
Major Prioletta, der hinter ihm saß, spähte durch ein Nachtfernglas nach draußen.
»Nichts zu sehen, aber das war auch nicht zu erwarten. Sie werden kaum ein Leuchtfeuer für uns anzünden, und wenn sie ihr Lager tatsächlich durch eine spezielle Plane getarnt haben, werden wir von hier oben gar nichts sehen können, schon gar nicht bei Nacht.« Der Kommandant des GIS-Einsatzkommandos sah Donati an. »Landen können wir hier nicht, das Gelände ist zu unwegsam. Ich schlage vor, wir setzen einen Spähtrupp ab, der das Gebiet erkundet. Bei positiver Rückmeldung springt das gesamte Kommando ab und greift an.«
Donati nickte und klopfte ihm auf die Schulter. »Sie haben jetzt den Befehl, Maggiore.«

Prioletta griff zum Funkgerät und erteilte Capitano DelBene den Einsatzbefehl.

Erregung wallte in Alexander auf, als er sah, wie ein Hubschrauber tiefer ging, bis er keine zwei Meter mehr über dem Boden schwebte. Ein Carabiniere sprang heraus, rollte sich geschickt über die Schulter ab und suchte hinter dem nächsten größeren Felsen Schutz, um seine Kameraden zu decken. Einer nach dem anderen folgte, bis alle zwölf Mann von DelBenes Einheit abgesetzt waren und der Hubschrauber wieder höherstieg.

Die Carabinieri, die in ihren Nomex-Overalls mit den Kapuzen, Nachtsichtbrillen und ABC-Schutzmasken etwas von Gestalten aus einem Science-fiction-Film hatten, gingen in Zweierteams vor. Sie waren keine zwanzig Meter weit vorgedrungen, da durchstießen Flammenzungen die Finsternis.

DelBenes Männer gingen in Deckung, aber einer war nicht schnell genug. Die feindlichen Kugeln erwischten ihn, während er geduckt vorwärts lief, und stoppten ihn mitten in der Bewegung. Er blieb stehen, schwankte und stürzte seitlich zu Boden.

»Einsatz für alle!« brüllte Prioletta ins Funkmikrophon. »Angriff nach eigenem Ermessen!«

Die nächsten ein, zwei Minuten erlebte Alexander als einziges Chaos, wenn es in Wahrheit auch ein organisierter und hundertmal erprobter Ablauf war. In bereits vor dem Start festgelegter Reihenfolge gingen die Hubschrauber tiefer, und die GIS-Männer sprangen auf dieselbe Weise ab wie DelBenes Team. Alexander und Donati warteten, bis alle anderen draußen waren, um sie nicht zu behindern.

Dann trat Alexander an die offene Seitentür des Helikopters und drehte sich zu Donati um. »Kommst du mit, Stelvio?«

»Auf jeden Fall, auch wenn ich keine Ahnung habe, wie ich das mit meinem Aluminiumbein anstellen soll.«

Alexander grinste. »Aluminium ist leicht. Ich werde dich einfach auffangen.«

Dann sprang er. Das Training, das er bei der Schweizergarde absolviert hatte, zahlte sich auch jetzt noch aus. Nahezu perfekt rollte er sich ab; die kleine Prellung, die er sich an der linken Schulter zuzog, war unerheblich.

Als er wieder auf den Beinen stand, kam ihm auch schon Donati entgegen, für den die Sache ohne Alexanders Hilfe nicht so glimpflich abgelaufen wäre. Er wäre womöglich auf einen spitzen Felsen gestürzt, hätte Alexander ihn nicht abgefangen.

»Ich habe doch gesagt, daß ich dich auffange. Wir sollten mit der Nummer im Zirkus auftreten.«

»Nach meiner Pensionierung«, sagte Donati und versuchte, wie auch Alexander, sich einen Überblick zu verschaffen.

Das Gelände rings um sie her war voller Carabinieri, insgesamt sechzig Mann, die sich zu eingespielten Paaren zusammenfanden. Links von Alexander und Donati hockte Prioletta, neigte sich zu dem Mikrophon, das am Kragen seines Overalls befestigt war, und bellte mit wegen der Schutzmaske dumpfer Stimme: »Phase eins: Licht!«

Aus vier tragbaren Granatwerfern wurden Leuchtgranaten abgefeuert, die das Gebiet in tagähnliches Licht tauchten. Jetzt erkannte man deutlich den Gitterzaun mit dem ramponierten Tor, das nach dem Ausbruch der Gefangenen nur notdürftig instand gesetzt worden war. Dahinter Fahrzeuge, Zelte und bewaffnete Männer.

»Phase zwei: Feuer!«

Wieder spuckten die Granatwerfer Geschosse aus, diesmal

Sprenggranaten, die in der Nähe des Gitterzauns explodierten. Einige der Ordenssoldaten, die sich in der Nähe des Zauns aufhielten, wurden durch die Luft gewirbelt. Splitter flogen durch die Nacht und durchschlugen klirrend die Scheiben der geparkten Fahrzeuge.
»Phase drei: Rauch!«
Nun schossen die GIS-Männer Rauchgranaten ab, und binnen Sekunden legte sich ein schützender Rauchvorhang vor die Carabinieri.
»Phase vier: Zugriff!«
Prolettas Männer stürmten vor, durchdrangen den Rauchschleier und feuerten mit ihren Beretta-Maschinenpistolen auf jeden, der Widerstand leistete oder auch nur den Anschein erweckte, das vorzuhaben.
Alexander und Donati legten ihre Schutzmasken an und folgten den Carabinieri durch den Rauchschleier. Trotz seiner Behinderung gelang es Donati, den Anschluß nicht zu verlieren. Zehn Jahre mit der Prothese hatten ihn gelehrt, sich so effektiv wie möglich zu bewegen, auch wenn sein ungleichmäßiger Schritt immer auffiel.
Jenseits des Rauchvorhangs sah Alexander, daß die Carabinieri die Oberhand gewonnen hatten. Nur noch vereinzelt flackerte Widerstand auf, und die vordersten GIS-Männer machten sich bereit, in die Höhle einzudringen, die, wie sie von Elena und den beiden anderen Flüchtlingen wußten, zum sogenannten Tempel der Ahnen führte.

57

Im Tempel der Ahnen

Sieh mich an und erkenne, daß ich nicht böse bin!
Das war jetzt eine andere Stimme in Enricos Kopf. Ebenso deutlich wie die, die ihm Trost zugesprochen hatte. Die neue Stimme drängte, aber es war ein sanftes Drängen, fast einschmeichelnd.
Wie unter Zwang hob Enrico, der noch am Boden lag, den Kopf und blickte zu dem Schlund, der, eben noch dunkel, jetzt von einem weißen, klaren Licht erhellt wurde. In diesem Licht erkannte er eine schlanke Gestalt mit einem ebenmäßigen, milde lächelnden Gesicht.
Sie sah aus wie die Statue eines jungen Mannes, geschaffen von einem Bildhauer, der in seinem Streben nach Makellosigkeit etwas zu weit gegangen war. Nein, kein Mann, sondern ein Engel, korrigierte Enrico sich, als er die silbrig glänzenden Flügel bemerkte.
Die Gestalt im Licht war keine Statue, sondern etwas Lebendiges. Sie hob den rechten Arm und winkte Enrico mit einer fließenden Bewegung zu sich heran. Er stand auf und

schwankte, fühlte sich seltsam schwach. Ihm war, als flösse die Lebenskraft aus ihm heraus. Vorsichtig setzte er einen Fuß vor den anderen und bewegte sich auf das Licht zu. Nur unterschwellig registrierte er, daß sein Fuß nicht mehr schmerzte.

Plötzlich packte eine Hand seinen rechten Unterschenkel und hielt ihn fest. Enrico sah hinunter und blickte in das besorgte Gesicht seines am Boden kauernden Vaters.

»Du darfst nicht weitergehen, Enrico! Luzifer darf keine Gewalt über dich erlangen!«

Enrico hatte Mühe, einen klaren Gedanken zu fassen. Die vielen Stimmen in seinem Kopf, die lauter und lauter schrien! Und diese seltsame Kraftlosigkeit, die von Sekunde zu Sekunde zunahm.

»Wieso Luzifer?« fragte er matt. »Ist es nicht Uriel, der zu mir spricht?«

»Uriel?« Entsetzen malte sich auf dem Gesicht seines Vaters. »Welches Bild gaukelt der Dämon dir vor, Enrico? Sieh doch hin! Erkennst du nicht seine schreckliche Gestalt?«

Enrico blickte zu dem makellosen Engel, der aus weißem, strahlendem Licht zu bestehen schien. Je länger er ihn ansah, desto stärker veränderten sich Gestalt und Gesicht, und aus dem reinen Licht wurden wild lodernde Flammen.

Das Engelsfeuer!

Narben, wie von zahlreichen Kämpfen, bedeckten den eben noch glatten Leib. Die Hände mit den schlanken Fingern verwandelten sich in Klauen. Aus den gefiederten Flügeln wurden lederne Schwingen, ähnlich den künstlichen, die Tommasio und sein Sohn trugen. Das ebenmäßige Gesicht verformte sich, wies plötzlich Verwerfungen und Beulen auf, wurde zu einer Fratze, so grauenhaft, daß Enrico sich abwandte. Aber nun wußte er, daß er dem Bösen ins Antlitz geschaut hatte.

Mit dieser Erkenntnis stand auch alles andere wieder deutlich vor ihm. Er erinnerte sich an das, was vor zwei Jahrtausenden an diesem Ort geschehen war. Damals hatte Larth versucht, mit Larthis und Vels Hilfe das Engelsfeuer zu entfachen. Larthi und Vel hatten so getan, als ließen sie sich auf seinen Plan ein. Aber in dem Augenblick, als das Licht sich über dem Schlund manifestierte und feste Gestalt annehmen wollte, hatten sie ihre ganz Kraft darauf gerichtet, Larth in Flammen aufgehen zu lassen, so wie Larth es mit seinem Vater getan hatte. Larth hatte Feuer gefangen, und dem, was aus der Tiefe aufstieg, hatte die Kraft gefehlt, eine feste Form anzunehmen. Es hatte sich gewehrt, die Erde hatte gebebt, und die steinernen Geflügelten waren beschädigt worden, aber dann war das vorher so helle Leuchten erloschen, und die Erde hatte Ruhe gegeben. Larths Anhänger waren so verwirrt gewesen, daß sie Vel und Larthi nicht daran gehindert hatten, den Tempel der Ahnen zu verlassen.

Diesmal war Luzifer schon einen Schritt weiter, war im Begriff, Materie zu werden. Dazu benutzte er die Kraft der vier Engelssöhne, saugte sie, wie ein Vampir, in sich auf.

Enrico und Lucius hatten sich vorgenommen, die Gefahr, die vom Tempel der Ahnen ausging, endgültig zu bannen. Dazu mußten sie einen Schritt weitergehen als Vel und Larthi, mußten den letzten Schritt wagen, den ein Mensch tun kann.

Lärm aus dem Höhlengang lenkte alle ab, und einer der Wächter schrie: »Wir werden angegriffen!«

Ein neuer Gedanke kam Enrico. War es vielleicht nicht nötig, den letzten Schritt zu tun? Konnten Tommasio und

sein Sohn mit Hilfe derer, die da in den Tempel eindrangen, vernichtet werden?
Er sah seinen Vater an und wußte, daß dies nicht der richtige Weg war. Irgendwann, vielleicht in zwanzig, zweihundert oder zweitausend Jahren, würde wieder ein Anhänger Luzifers an dieser Stelle stehen und das Böse beschwören. Nein, es mußte zu Ende gebracht werden, bevor sie zu schwach wurden. Sie konnten nicht sicher sein, ob sich ihr Vorhaben verwirklichen ließ, aber sie mußten es versuchen!
Enrico erinnerte sich der Worte seines Vaters: *Von einem Kampf der Engelsfürsten ist die Rede und davon, daß sich der wahre Engelsfürst als Sieger erweisen wird.*
Es war an der Zeit, dem wahren Engelsfürsten, Uriel, zum Sieg zu verhelfen!
Sein Vater und er nahmen einander bei der Hand und konzentrierten sich mit aller Kraft auf die Nachfahren Luzifers. Sie selbst spürten ein starkes inneres Brennen. Um wie viel stärker mußte es bei den beiden Schwarzgewandeten sein?
Zuerst fing Fabio Pallottino Feuer, rasend schnell erfaßte es seinen ganzen Körper. Enrico und Lucius sahen noch das Entsetzen auf Tommasios Gesicht, dann stand auch der in Flammen.
Er breitete die Arme aus, als wolle er Luzifer um Hilfe anflehen, und sah aus wie ein entflammtes Kreuz. Sekunden später waren sein Sohn und er schon verglüht, nur Asche war von ihnen übrig.
Das fratzenhafte Haupt inmitten des Engelsfeuers öffnete sein Maul, und ein Schrei, wie ihn kein Wesen von dieser Welt ausstoßen konnte, hallte durch den Felsendom. Enrico spürte den unbändigen Zorn, der seinem Vater und ihm entgegenschlug.

Er war schwach, sammelte aber noch einmal Kräfte, als Lucius ihn in die Arme schloß. Vater und Sohn blickten nicht zum Engelsfeuer, sondern zu dem Engel aus Stein, in dem sie Uriel zu erkennen glaubten, den Engelsfürsten.
Sie riefen ihren Ahnherrn um Beistand an, während sie sich selbst entzündeten. Das Feuer sprang auf das gräßliche Wesen über, und Luzifer saugte nicht die erhoffte Kraft von Vater und Sohn in sich auf, sondern deren Tod. Enrico spürte keinen Schmerz, sondern nur Zufriedenheit, als mit seinem Vater und ihm auch der gefallene Engel erlosch.

5. TAG
Sonntag, 16. Oktober

Epilog

Rom

Alexander saß neben Elenas Krankenbett in der Policlinico Umberto I. und verfolgte gemeinsam mit ihr die Sondersendung zum Tod von Papst Lucius IV. Die Untersuchung hatte ergeben, daß weder Elena noch das Ungeborene bei den zurückliegenden Ereignissen Schaden genommen hatte, und so waren Alexander und sie zumindest in dieser Hinsicht beruhigt.

Die Fakten, die der TV-Reporter, der sich vor der Kulisse der Peterskirche aufgestellt hatte, vermittelte, waren größtenteils richtig, wenn auch unvollständig. Der Heilige Stuhl und die italienische Regierung waren sich sehr schnell darüber einig geworden, daß nur Bruchstücke der Wahrheit an die Öffentlichkeit gelangen sollten. Eine Panik sollte ebenso vermieden werden wie ein Ansturm Sensationshungriger auf den Tempel der Ahnen.

»Noch immer sind die genauen Umstände, die zum Tod von Papst Lucius geführt haben, nicht bekannt«, verkündete der Reporter wahrheitsgemäß. »Wir wissen nur, daß die Überreste des verbotenen Ordens Totus Tuus den Heiligen Vater in ihre Gewalt gebracht und in die umbrischen Berge verschleppt hatten. Dort ist bei einer großangelegten Befreiungsaktion durch eine Spezialeinheit der Carabinieri nicht nur der Anführer des Ordens ums Leben gekommen, sondern auch Lucius IV. Die Carabinieri erlitten nur geringe Verluste. Man spricht von einem Toten und sechs Verwundeten. Hier stellt sich die Frage, ob die Carabinieri weniger auf ihr eigenes Leben als auf das von Papst Lucius hätten achten sollen. Interessanterweise ...«

Alexander schnappte sich die Fernbedienung und stellte den Ton aus. »Eine infame Unterstellung, die der Holzkopf da verbreitet. Ich habe gesehen, wie tapfer Prioletta, DelBene und ihre Männer gekämpft haben. Jederzeit hätten sie ihr Leben hingegeben, um Lucius zu retten. Aber sie hatten keine Gelegenheit dazu. Ich glaube ...«

»Was?«

»Ich glaube, Lucius und Enrico sind freiwillig in den Tod gegangen.«

Elena stützte sich auf den Ellbogen und richtete sich ein Stück auf.

»Was hast du in der Höhle gesehen, Alexander? Du hast es mir nicht erzählt.«

»Niemand darf es je erfahren.«

»Das gilt doch wohl nicht für mich!«

Er sah sie an und dachte daran, was sie alles im Zusammenhang mit Totus Tuus durchgemacht hatte, nicht nur in den vergangenen Tagen, sondern fast ihr Leben lang.

»Nein, für dich gilt das nicht. Aber du wirst enttäuscht sein, denn viel haben wir nicht gesehen. Es ging alles so schnell, und es war so unglaublich, daß es mir schon Augenblicke später wie ein Hirngespinst vorkam. Am schlimmsten war vielleicht dieser Schrei, der durch die Höhle hallte; das war eine gewaltige Stimme, die nichts Menschliches an sich hatte.«

Er berichtete von dem Feuer, das aus dem Schlund emporgezüngelt war, und von der unirdisch häßlichen Gestalt, die sie darin gesehen hatten. Bei diesem Anblick war er wie festgewachsen stehengeblieben. Dann erst hatte er Enrico und Lucius bemerkt und in Flammen aufgehen sehen. Und seltsam, es hatte ausgesehen, als lächelten die beiden dabei. Augenblicklich war das tanzende Feuer erloschen.

Dafür hatte die Erde gewackelt. Die Carabinieri hatten nach draußen gedrängt, weil sie befürchten mußten, in der Höhle verschüttet zu werden. Aber nur die großen Steinengel waren zusammengestürzt und ihre Trümmer in den Schlund gerollt, obwohl der Boden im Felsendom gar nicht abschüssig war. Das alles hatte keine halbe Minute gedauert, dann war Stille eingekehrt in die Höhle. Es war, als hätten die Steinengel den Schlund mit ihren Leibern versiegelt.

Die Höhle und die ganze Umgegend waren derzeit Sperrgebiet und würden es wohl auch auf unabsehbare Zeit bleiben. Wissenschaftler mehrerer Generationen würden dort, so vermutete Alexander, Material für ihre Arbeit finden.

Elena sank in ihr Kissen zurück und drückte den Pooh-Bären an sich, den Alexander ihr in Borgo del Lago gegeben hatte. »Du hast recht, Alex, Enrico ist freiwillig in den Tod gegangen, beide, sein Vater und er. Das hatten sie schon beschlossen, als wir uns getrennt haben. Und sie haben es für uns alle getan. Hoffen wir, daß durch ihr Opfer die gefallenen Engel endgültig besiegt sind.«

»Zweifelst du daran?«

»Ich weiß nicht recht. Immerhin gab es die Theorie, daß mehrere Orte existieren, die den verbannten Engeln als Kerker dienen. Allerdings haben Enrico und sein Vater den Tempel der Ahnen für das Zentrum der bösen Macht gehalten. Also besteht tatsächlich Hoffnung, daß nie mehr jemand versuchen kann, das Engelsfeuer zu entfachen.«
Auf dem Fernsehschirm erschien Papst Custos, und Alexander stellte den Ton wieder an. Es wirkte fast wie die allsonntägliche Routine, denn es war die Zeit des Angelus, zu der die Päpste jeden Sonntag zum gemeinsamen Gebet mit den Gläubigen auf einen Balkon des Apostolischen Palastes traten. Diesmal war es, wie in früheren Zeiten, nur ein Papst, und er sprach in warmen Worten von seinem verstorbenen Amtsbruder.
»Viele Fragen werden jetzt an die Kirche gestellt«, sagte Custos. »Ich gestehe freimütig, daß ich die Antworten selbst noch nicht weiß. Wird es, wie in den vergangenen zwei Jahren, wieder zwei Päpste geben? Einen, der stärker die traditionelle Seite der Kirche vertritt, und einen, der sie mit frischen Gedanken weiter ins neue Jahrtausend hineinführt? Ich kann es nicht sagen, weil ich nicht derjenige bin, der das zu entscheiden hat. Ich werde die Kardinäle unserer heiligen Kirche zusammenrufen, damit sie darüber beschließen. Aber eins ist gewiß, meine Brüder und Schwestern: Lucius IV. starb für seinen Glauben, für Gott, für den Sieg des Guten, für uns alle. Deshalb laßt uns für ihn beten!«
Alexander stellte den Fernseher leiser und sah Elena an.
»Wie geht es dem oder der Kleinen?«
»Im dritten Monat spürt man noch nichts, Alex. Übrigens wird es ein Er, das habe ich dir doch schon gesagt. Wäre es dir recht, wenn wir ihn Enrico nennen?«

Alexander nickte. »Ich hätte dich dasselbe gefragt.«
Für eine Weile herrschte Schweigen. Beide lauschten dem Gebet des Papstes und dachten an Enrico und seinen Vater. Als Custos endete, sagte Elena: »Ich weiß zwar noch nicht genau, was wir bringen dürfen und was nicht, aber das wird eine Riesenstory für den *Messagero*. Die Krönung wäre natürlich, wenn wir Emilio Pettis geheimnisvollen Informanten im Vatikan ausfindig machen könnten.«
»Da habe ich wenig Hoffnung. In dieser Beziehung hat Emilio sich als Vollblutjournalist erwiesen; er hat seine Quelle bis in den Tod hinein gedeckt.«
»Auch so wird es eine irre Geschichte. Schreiben wir sie gemeinsam, Alex?«
Er schüttelte den Kopf. »Ich glaube, ich war nie so ein richtig guter Journalist. Jedesmal, wenn du mich wegen eines Stücks kritisiert hast, hatte das seine Berechtigung. Ich wollte es nur nicht wahrhaben. Wenn ich in diesem Beruf bleibe, fange ich womöglich auch noch an, irgendwelche Marienstatuen mit Ochsenblut zu bepinseln. Aber deine Texte werde ich mit großem Interesse lesen, schließlich kann man den *Messagero* auch in der Schweiz kaufen.«
»In der Schweiz? Was soll das heißen?«
»Meine Zeit in Rom ist zu Ende, Elena. Ich bin kein Schweizergardist mehr, und ich bin auch kein guter Vatikanist. Und privat, nun, das habe ich gründlich vergeigt. Aber ich muß ja irgendwie Geld verdienen. Ich schätze, in ungefähr sechs Monaten wirst du auf regelmäßige Unterhaltszahlungen warten. Als Polizist wäre ich vielleicht nicht schlecht. Stelvio hat mir schon mehrmals angeboten, für ihn zu arbeiten.«
»Dann nimm das Angebot an!«
»Nein, das werde ich nicht tun. Als ich nach Rom kam, da-

mals, als junger Gardist, war es ein großes Abenteuer für mich. Jetzt ist es ein Ort voller trauriger Erinnerungen – an meinen Vater, meinen Onkel Heinrich, meine Tante Juliette. Und an Enrico. So viele, die gestorben sind. Ich möchte nicht ständig damit leben. Und auch nicht mit dem Gedanken an uns, was hätte sein können, wenn ich nicht …« Er brach ab und sagte nach einer kurzen Pause: »Es ist einfach besser so, Elena, glaub mir! Ehemalige Gardisten sind in der Schweiz bei Polizei und Sicherheitsunternehmen sehr gefragt. Vielleicht mache ich noch Karriere, wer weiß? Sobald ich dort eine Adresse habe, werde ich dich benachrichtigen.« Er stand auf, wie um sich zu verabschieden. »Gibt es sonst noch etwas zu klären?«
»Allerdings«, sagte Elena mit einem Nachdruck, der ihn überraschte. »Willst du etwa eine Wohnung suchen, ohne daß ich dabei mitreden darf?«
»Mitreden? Aber warum?«
»Jetzt hör mir mal zu, Alexander Rosin! Ich bin in einem Heim aufgewachsen, und diese Erfahrung gönne ich keinem Kind. Ein Kind sollte bei seinen Eltern sein, am besten bei beiden. Außerdem stelle ich mir die Schweiz für die Zeit meines Mutterschaftsurlaubs ganz reizvoll vor. Seen, Berge, Kühe, frische Milch und frische Luft, halt alles, was ein Kind so braucht. Aber ich habe gehört, Ausländer dürfen nicht so ohne weiteres in der Schweiz leben. Stimmt das?«
»Ja, aber …«
»Dann ist die Sache klar«, fuhr Elena fort. »Du wirst mich gefälligst einbürgern, damit der kleine Enrico bei Mutter *und* Vater aufwachsen kann.«
»Einbürgern?«
Sie streckte die Arme aus und zog ihn zu sich heran. »Ihr

Schweizer seid manchmal ein wenig schwer von Begriff, kann das sein? Wie nennt ihr es denn, wenn ein Mann aus der Mutter seines Kindes eine ehrbare Frau macht?«
Glücklich sagte Alexander, bevor er Elena küßte: »Wir nennen es heiraten.«

Nachbemerkungen des Autors

Nach »Engelspapst« und »Engelsfluch« ist »Engelsfürst« mein dritter Roman über die Abenteuer des (ehemaligen) Schweizergardisten Alexander Rosin und der Vatikanjournalistin Elena Vida. Der richtige Zeitpunkt also, um allen, die meine Vatikangeschichten mit Interesse verfolgt und mir teilweise auch wertvolle Anregungen vermittelt haben, meinen Dank auszusprechen. Einige möchte ich namentlich erwähnen.
Zunächst meinen Agenten Roman Hocke und seine Frau Andrea, warmherzige und gastfreundliche Menschen, wie man sie selten findet; Rom und Italien ohne sie kann ich mir gar nicht vorstellen. Ein überaus freundlicher Herr in Italien, Angelo Ciofi, hat nicht Zeit noch Mühen gescheut, um mich mit der etruskischen Kultur vertraut zu machen. Ständige Begleiterin sowohl meiner Recherchereisen als auch des literarischen Schaffensprozesses ist meine Frau Corinna, deren Rat mir wertvoll ist wie kein anderer.
Einen wichtigen Anstoß für den Auftakt des dritten Romans gab mir mein Kollege Richard E. Marks, indem er mich auf den Gedanken brachte, Enrico Schreiber ins Kloster zu schicken. Louise Kämmerer schließlich entdeckte einen real

existierenden Artikel, der als Vorlage für die *Päpste im Weltall* gedient hat.

Was die unglaublichen Fälle von Selbstverbrennungen betrifft, die Bruno Spadone anführt: Sie alle und andere mehr sind in der einschlägigen Literatur zu finden. Was diese Vorfälle ausgelöst hat, ist meines Wissens bis heute nicht geklärt.

Auch diesmal eine Anmerkung zum Orden Totus Tuus. Der ist ein Produkt meiner Phantasie und steht in keinerlei Zusammenhang mit real existierenden oder existiert habenden Organisationen dieses oder ähnlichen Namens. Was nicht heißen soll, daß es – auch im Dunstkreis der katholischen Kirche – keine religiösen Vereinigungen gäbe, deren Aktivitäten bedenklich sind.

Das Institut für die religiösen Werke, kurz IOR (Istituto per le Opere di Religione) oder einfach Vatikanbank genannt, möge mir nachsehen, daß ich aus seinen Büchern einfach fünf Millionen Euro verschwinden ließ. Es muß allerdings gesagt werden, daß die Vatikanbank in der Vergangenheit durchaus in undurchsichtige Geschäfte verstrickt gewesen ist. Im Roman habe ich die Strukturen und Aufgaben des IOR und der Präfektur für die wirtschaftlichen Angelegenheiten des Heiligen Stuhls etwas vereinfacht geschildert, um nicht zu tief in die verwaltungstechnischen Details zu gehen.

Ein paar abschließende Worte noch zur Schweizergarde und zur Vigilanza. Man darf sich nicht wundern, daß im Vatikan zwei Wachorganisationen nebeneinander bestehen und sich teilweise überschneidende Aufgaben wahrnehmen. Bis 1970/71, als sie von Papst Paul VI. aufgelöst wurden, gab es dort auch noch die Ehrengarde, die Palatingarde und die Päpstliche Gendarmerie.

Der Begriff des Gendarms hat sich bis heute im allgemeinen

Sprachgebrauch für die Angehörigen der Vigilanza erhalten. Tatsächlich sind nach der Auflösung der Gendarmerie viele Gendarmen in den Dienst der damals neu geschaffenen Vigilanza übernommen worden, die auf dem Gebiet des Vatikanstaats als Staats-, Justiz- und Verkehrspolizei dient. Als Reaktion auf den Anschlag vom 11. September 2001 wurde der Generalinspektor der Vigilanza durch ein von Papst Johannes Paul II. erlassenes und 2002 in Kraft getretenes Gesetz zum Leiter eines neu geschaffenen Sicherheitskomitees ernannt, um die Sicherheit und den Zivilschutz im Vatikan zu stärken.

Die Schweizergarde ist zunächst einmal mit dem Personenschutz für den Papst betraut, weiterhin mit der Bewachung des Apostolischen Palastes und der Eingänge zum Vatikan. Wenn nach dem Tod eines Papstes die Kardinäle zur Wahl eines Nachfolgers zusammenkommen, obliegt der Schutz des Konklaves ebenfalls den Schweizern. Ihre prunkvollen Gewänder legen die Gardisten an, wenn sie zusätzlich protokollarische Aufgaben erfüllen.

Zwischen der altehrwürdigen Schweizergarde, die seit fünfhundert Jahren in päpstlichen Diensten steht, und der vergleichsweise jungen Vigilanza herrscht eine lebhafte Konkurrenz, was in den Hinterzimmern der vatikanischen Macht immer wieder zu Gerangel um Kompetenzen und Einfluß führt. Ein deutliches Zeichen dafür, daß im Vatikan neben den religiösen und kirchlichen Fragen auch weltliche Dinge eine große Rolle spielen.

Jörg Kastner
www.kastners-welten.de

Jörg Kastner
Engelsfluch

Thriller

Nach der Rettung des Engelspapstes kommt es zur Spaltung der katholischen Kirche, und in Neapel residiert der Gegenpapst Lucius. Nur wenige kennen sein Geheimnis: Er ist ein Nachkomme des Erzengels Uriel. Doch warum hat ihn dann nicht der Zorn Gottes getroffen wie die anderen Engelserben? Elena verfolgt Lucius' Spur zurück in die Toskana, wo er einst als wundertätiger Priester wirkte – und wo sie auf weitere Menschen mit magischen Fähigkeiten stößt. Alexander dagegen wird in Rom festgehalten, weil dort Mitglieder der Glaubenskongregation auf geheimnisvolle und grausame Weise ermordet werden …

Wenn auch Sie Elenas Spur folgen wollen,
dann lesen Sie hier weiter:

Knaur Taschenbuch Verlag

Leseprobe

aus

Jörg Kastner
Engelsfluch

Roman

erschienen bei

Knaur Taschenbuch

Rom, Donnerstag, 17. September

Und so ist heute das vielleicht größte Unglück über die katholische Kirche hereingebrochen, das man sich überhaupt vorstellen kann. Eine Ungeheuerlichkeit, wie sie seit vielen Jahrhunderten nicht mehr vorgekommen ist. Wenn wir den Begriff Schisma hören, denken wir an das Mittelalter und an Avignon. Aber ab heute hat das Wort eine neue, ganz aktuelle Bedeutung. Die katholische Kirche ist nicht mehr das, was sie bis gestern noch war. Sie hat sich in zwei eigenständige Kirchen aufgespalten!«
Giovanni Dottesio saß gebannt vor dem Fernseher. Das Glas Rotwein und der Teller, auf dem ein mit Schinken und Rucola belegtes Weißbrot lag, standen unberührt auf dem Tisch. Wie es seine Gewohnheit war, hatte er beim Hinsetzen nach der Fernbedienung gegriffen und den Apparat angeschaltet, um sich die Abendnachrichten anzusehen. Er hatte nichts Besonderes erwartet, nur die üblichen Katastrophen. Ein

abgestürztes Flugzeug hier, eine Massenkarambolage dort und irgendwo auf der Welt ein schlimmes Bombenattentat – all die Ereignisse, die im einundzwanzigsten Jahrhundert normal waren und bei denen dennoch die Betroffenen, selbst wenn sie nicht gläubig waren, ihre Zweifel an Gott anmeldeten. Stirnrunzelnd hatte Dottesio zur Kenntnis genommen, daß statt der gewohnten Nachrichtensendung ein Sonderbericht lief. Mitten auf dem Petersplatz stand ein Reporter im offenen Mantel und sprach so hastig ins Mikrophon, als befürchte er, mit den aktuellen Ereignissen nicht Schritt halten zu können.

»Noch liegt uns keine Bestätigung aus dem Vatikan zu dieser Meldung vor. Aber die Presseerklärung seitens der neu gegründeten« – der Reporter zog mit der linken Hand einen Zettel hervor und warf einen kurzen Blick darauf – »*Heiligen Kirche des Wahren Glaubens* läßt keinen Zweifel aufkommen. Teile der Kirche, die vom kleinen Dorfpfarrer mit seiner Gemeinde bis hin zu einflußreichen Kardinälen reichen, haben sich vom Vatikan, vom Papst, losgesagt. Im Vatikan scheint man davon selbst überrascht, wie die Aufregung rund um mich herum zeigt.«

Die Kamera zoomte zurück und präsentierte Dutzende von Fahrzeugen, zivile Limousinen und Taxis, die vor den Toren des Vatikans kirchliche Würdenträger ausspuckten. Männer in Soutanen und in dunklen Anzügen mit weißem Römerkragen durften nach kurzer Kontrolle durch die Wachtposten der Schweizergarde passieren und eilten fast im Laufschritt weiter. Dottesio erkannte einige der Gesichter, die nur kurz in die Kamera blickten, weil die Kardinäle und ihre Begleiter zu einem Kommentar nicht bereit und vielleicht auch nicht befugt waren. Kein Zweifel, die Häupter der Kirche strömten im Zentrum des Katholizismus zusammen. Ein Auftrieb, wie er ihn sonst allenfalls von der Wahl eines neuen Papstes gewohnt war. Natürlich hatte ein kleiner Pfarrer aus Trastevere mit den hohen kirchlichen Würdenträgern kaum etwas zu schaffen. Aber Dottesio kannte sie noch aus seiner Zeit im Vatikan.

Auf dem Fernsehschirm erschien wieder der Reporter. »Noch ist nicht klar, wie der Vatikan auf das Schisma reagieren wird. Es sieht nicht so aus, als würde sich hier in den nächsten Minuten etwas tun. Aber natürlich bleiben wir für Sie vor Ort und am Ball. Ich gebe jetzt erst einmal zurück ins Studio zu Norina.«

Norina trug zu ihrer dunkelroten Löwenmähne ein grünes Kostüm, das nicht so recht mit dem gelben Hintergrund des Fernsehstudios harmonieren wollte. Der Titel der Sondersendung wurde am unteren Bildrand eingeblendet: »Krise im Vatikan – die Kirche ist gespalten.« Die Moderatorin lächelte, als habe der Reporter soeben drei Tage Sonnenschein angekündigt, und sagte: »Roberto wird uns auf dem laufenden halten. Sobald sich im Vatikan etwas Wichtiges ereignet, schalten wir sofort zu ihm. Zunächst aber will ich die überraschende Entwicklung einer Kirchenspaltung mit zwei Gästen erörtern, deren Kompetenz in Sachen Vatikan und Kirche niemand bestreiten kann.«

Die beiden Gäste wurden eingeblendet, ein Mann und eine Frau, beide noch jung an Jahren. Dottesio erkannte sie, sobald er ihre Gesichter sah. Kein Wunder, waren ihre Bilder doch einige Monate zuvor durch die römische Presse gegangen wie sonst nur die von Fernseh- oder Fußballstars. Die beiden waren in das verwickelt gewesen, was ein Vatikanist in einem Zeitungskommentar als die größte Krise bezeichnet hatte, die der katholischen Kirche in der Neuzeit widerfahren war. Damit hatte der Vatikanjournalist zweifellos recht gehabt – jedenfalls bis heute.

Als Norina ihre Gäste vorstellte, hörte Dottesio nur mit einem Ohr hin. Seine Erinnerung trug ihn zurück zu jenem unglaublichen Ereignis Anfang Mai, das die Medien als »Gardemord« bezeichnet hatten. Damals waren der Kommandant der Schweizergarde und seine Frau in ihrer Wohnung mitten im Vatikan ermordet worden. Als Mörder galt ein junger Gardist, dessen Leiche man ebenfalls in der Wohnung des Ehepaars fand. Man nahm an, daß der Gardist, ein gewisser Marcel Danegger, seinen Vorgesetzten aufgrund dienstlicher Differenzen getötet und sich dann selbst gerichtet hatte. Die Frau des Ermordeten hatte sterben müssen, weil sie zufällig anwesend war. So weit die offizielle Version, die der Vatikan damals an die Öffentlichkeit gab. Die Kirche hatte kein Interesse an einem Skandal, war doch erst kurz zuvor ein neuer Papst, Custos, gewählt worden, dessen unorthodoxe Ansichten und Angewohnheiten schon für genug unliebsames Medieninteresse sorgten.

Aber schnell wurde klar, daß der angebliche Mörder Danegger auch nur ein Opfer war und daß etwas ganz anderes, Größeres und Fürchterlicheres, hinter dem dreifachen Mord steckte. Aufgeklärt hatten das der Neffe des ermordeten Gardekommandanten, der Schweizergardist Alexander Rosin, und die Vatikanjournalistin Elena Vida. Und diese beiden saßen jetzt im Fernsehstudio bei der ewig lächelnden Norina.

Noch immer liefen Giovanni Dottesio Schauer über den Rücken, wenn er an die Enthüllungen dachte, die im Frühsommer nicht nur Rom und den Vatikan, sondern die gesamte Christenheit erschüttert hatten. Selbst für ihn als Geistlichen war all das nur schwer zu verstehen, wie sollte es da erst den vielen Gläubigen in aller Welt gehen? Er griff zum Rotweinglas und nahm einen kräftigen Schluck, den er ein wenig hastig hinunterkippte. Der leicht süßliche Geschmack des Weins und die Wärme, die der Alkohol in ihm verbreitete, beruhigten seine angespannten Nerven etwas. Er stellte das Glas ab, lehnte sich auf dem abgewetzten Stuhl zurück und schloß die Augen, um seine Gedanken zu ordnen.

Hinter dem Gardemord hatte eine Geheimgesellschaft gesteckt – oder zwei, was verwirrender, aber genauer war. Da hatte es den sogenannten *Zirkel der Zwölf* gegeben, dem jeweils zwölf Schweizergardisten angehörten. Sie wachten über ein Geheimnis, das man die *Wahre Ähnlichkeit Christi* nannte. Das war ein Smaragd, auf dem das wahre Abbild Jesu Christi zu sehen war. Eines doppelten Messias! Denn mit dem Smaragd verbunden war das Geheimnis, daß Jesus gar nicht am Kreuz gestorben, sondern nur in einen Scheintod verfallen war. Seine Freunde hatten ihn heimlich zur Küste gebracht, von wo er per Schiff übers Meer reiste, nach Gallien. Der angeblich auferstandene Erlöser war in Wahrheit der Zwillingsbruder des Herrn, Judah Toma, der die Legende von der Auferstehung benutzte, um eine neue Religion zu begründen.

Als hätte all dies noch nicht gereicht, um die katholische Kirche in ihren Grundfesten zu erschüttern, hatte sich Papst Custos auch noch als Nachfahre des geretteten Jesus ent-

puppt. Die wunderbaren Heilkräfte, über die der Heilige Vater verfügte, verliehen dieser Behauptung einiges Gewicht.
Verflochten mit dem *Zirkel der Zwölf* war die mächtige katholische Organisation *Totus Tuus* gewesen. Dieser erzkonservative Orden tat alles, um die althergebrachte Lehre und damit seinen eigenen Einfluß zu erhalten. Seine Mitglieder gingen sogar so weit, den Gardekommandanten umzubringen, der nicht länger das Geheimnis hüten, sondern mit dem neuen Papst zusammenarbeiten und die Kirche in ein neues, aufgeklärteres Zeitalter führen wollte. Der Heilige Vater selbst sollte von *Totus Tuus* ermordet werden, aber das Attentat war gescheitert und die Verschwörung aufgeflogen. Als Anführer der Geheimgesellschaft hatte sich niemand anderer als der Bruder des ermordeten Gardekommandanten entpuppt, der totgeglaubte Exgardekommandant Markus Rosin.
Mehr als einmal hatte Dottesio sich gefragt, welche Überwindung es Alexander Rosin gekostet haben mochte, sich gegen seinen eigenen Vater zu stellen.
Ein Geräusch, das sich wie eine zuschlagende Tür anhörte, ließ Dottesio zusammenfahren. Er öffnete die Augen und sah sich um, aber er war allein. Natürlich war er das. Lucilla, seine Haushälterin, hatte heute ihren freien Abend. Sie war zusammen mit ihrem Mann Alberto, dem Kirchendiener, zu ihrem Vater nach Viterbo gefahren.
Im Fernsehen wandte sich Norina an Alexander Rosin: »Signor Rosin, Sie haben einen guten Einblick in das Innenleben des Vatikans. Bis vor kurzem noch haben Sie der Schweizergarde angehört. Nach den Ereignissen, die mit der Ermordung Ihres Onkels und Ihrer Tante zusammenhän-

gen, sind Sie vorzeitig aus dem Dienst ausgeschieden. Jetzt arbeiten Sie als Vatikanjournalist zusammen mit Signorina Vida beim ›Messagero di Roma‹ und ...«

Rosin fiel ihr ins Wort: »Sagen wir besser, ich unterstütze Elena bei ihrer Arbeit ein wenig. Sie ist die erfahrene Journalistin. Ich fange gerade erst an, in diesen Beruf hineinzuschnuppern.«

Dottesio fand Gefallen an dem Ernst und der Aufrichtigkeit, mit der Rosin die Moderatorin korrigierte, und er betrachtete den jungen Mann genauer. Das Gesicht, über dem sich rotbraunes, lockiges Haar ringelte, besaß feste Züge und wurde von einem markanten Kinn beherrscht. Geradlinigkeit und ein fester Wille sprachen aus diesem Gesicht. Und während der Ereignisse im Mai hatte Rosin bewiesen, daß er über diese Charaktereigenschaften verfügte.

Norina erholte sich von ihrer Irritation über die Unterbrechung und sprach Rosin direkt darauf an, ob er einen Zusammenhang zwischen der Kirchenspaltung und den Vorfällen sehe, die mit der Ermordung seines Onkels und dem fehlgeschlagenen Attentat auf den Papst in Verbindung standen.

Rosin nahm sich die Zeit, kurz zu überlegen, bevor er antwortete: »Bevor wir nichts Genaueres über die Motive derjenigen wissen, die sich zur sogenannten *Heiligen Kirche des Wahren Glaubens* zusammengefunden haben, läßt sich darüber kaum etwas Konkretes sagen.«

»Aber der Name *Heilige Kirche des Wahren Glaubens* legt doch nahe, daß die Gründer dieser Kirche mit dem neuen, aufklärerischen Kurs von Papst Custos nicht einverstanden sind«, insistierte die Moderatorin.

»Das sehe ich auch so. Die Häupter der neuen Kirche werden aus ihrer Sicht schon gute Gründe haben, sonst hätten sie solch ein Projekt nicht unternommen.«

Zwar lächelte Norina noch immer, aber ihren zuckenden Mundwinkeln sah Dottesio den Unwillen darüber an, daß ihr Gast sich zu keinen Spekulationen verleiten ließ. »Sie glauben also nicht an einen direkten Zusammenhang zwischen der neuen Kirche und *Totus Tuus*, Signor Rosin?«

»Ich kann einen solchen Zusammenhang nicht ausschließen, aber ihn zum jetzigen Zeitpunkt auch nicht bejahen.«

Norina beugte sich zu Rosin vor und sah aus wie ein rotmähniger Löwe, der zum Sprung auf sein Opfer ansetzt. »Es könnte doch sein, daß Ihr Vater Ihnen etwas über so einen Zusammenhang verraten hat. Stimmt es nicht, daß Sie Ihren Vater erst vor zwei Tagen besucht haben?«

Dottesio erinnerte sich, daß Markus Rosin bei einer bewaffneten nächtlichen Auseinandersetzung in den unterirdischen Gängen des Vatikans, über die nur wenig an die Öffentlichkeit gedrungen war, sein Augenlicht verloren hatte. Der Vatikan, der als eigenständiger Staat auch über eine eigene Justiz verfügte, hatte Markus Rosin zu lebenslanger Haft verurteilt. Jetzt saß das ehemalige Oberhaupt von *Totus Tuus* wie einige andere Anführer der Verschwörung im neuen vatikanischen Gefängnis ein.

»Ja, ich war bei meinem Vater«, beantwortete Rosin die Frage.

»Und hat er Ihnen gegenüber eine Andeutung gemacht, was es mit der neuen Kirche auf sich haben könnte?«

»Nein. Wenn er etwas davon weiß, hat er es mir gegenüber nicht erwähnt.«

»Worüber hat er dann mit Ihnen gesprochen?«

Rosin blickte die Moderatorin ernst an. »Wir haben nur über

Privates gesprochen, und darüber möchte ich in der Öffentlichkeit nicht reden.«

Leicht pikiert wandte sich Norina an Elena Vida und bat sie um eine Einschätzung. Während die Vatikanistin zu einer Antwort ansetzte, wurde Dottesio durch neuerlichen Lärm aufgeschreckt. Kam das aus der Sakristei? Einen Moment zögerte er und blickte zum Telefon, überlegte, ob er die Polizei anrufen solle. In den vergangenen sechs Wochen war zweimal in die Sakristei eingebrochen worden, wobei allerdings lediglich ein paar vernachlässigenswerte Sachschäden entstanden waren. Bei den Tätern hatte es sich offenbar um Jugendliche gehandelt, vielleicht Drogensüchtige, die gehofft hatten, Dottesio würde die Klingelbeutel samt Spenden offen herumliegen lassen. Dottesio hatte daraufhin kurz überlegt, die Kirche, durch die die Einbrecher vermutlich gekommen waren, nur noch zu bestimmten Zeiten zu öffnen, wenn der Kirchendiener anwesend war, um aufzupassen. Aber er hatte sich dagegen entschieden. Ein Gotteshaus hatte nach seiner Vorstellung für jedermann offen zu sein, von morgens bis abends.

Jetzt war wieder alles ruhig. Schlug vielleicht irgendwo ein Fensterladen im Wind? Wenn er wegen so etwas die Polizei rief, machte er sich nur lächerlich. Dottesio gab sich einen Ruck und ging in die Sakristei. Nein, die Fensterläden waren geschlossen. Durch ihre Ritzen fiel genügend Licht, um den Raum in einen ungewissen Dämmer zu tauchen. Die Schränke und der große Tisch in der Mitte hatten im Zwielicht verwischte Konturen, als gehörten sie nicht ganz zu dieser Welt. Am Ende des Raums, wo der schmale Durchgang zur Kirche war, glaubte Dottesio, eine Bewegung wahrzunehmen.

»Ist da jemand?« fragte er vorsichtig, als könne er mit einer zu lauten Stimme einen ungebetenen Gast verschrecken.

Er erhielt keine Antwort und ging langsam zum Durchgang. Erleichtert stellte er fest, daß er allein hier war. Vielleicht hatte ihn der Bericht über die Kirchenspaltung zu sehr aufgewühlt, und er sah deshalb Gespenster. Er entschloß sich, noch einen kurzen Blick in die Kirche zu werfen und dann schnell in seine Wohnung zurückzukehren, vor den Fernseher. Er wollte nichts verpassen, falls es Neuigkeiten zu dem ungeheuerlichen Vorgang der Kirchenspaltung gab, vielleicht gar eine erste Stellungnahme aus dem Vatikan.

Aus dem Halbdunkel der Kirche kam ihm ein kalter Luftzug entgegen, der ihn frösteln ließ, obwohl dieser September Rom mit sommerlichen Temperaturen beglückte. Kirchen waren fast immer kalt und dunkel, und zum ersten Mal in seiner langen Laufbahn als katholischer Geistlicher fragte er sich, warum das so war. Brauchte das göttliche Mysterium den diffusen Schleier des Halbdunkels, und war das Frösteln notwendig, um den Menschen Respekt einzuflößen? Wenn die Menschen, um die es ging, wirklich gläubig waren, sollte das eigentlich unnötig sein. Während er sich solchen abstrakten Überlegungen hingab, betrat er das Kirchenschiff, wo ungefähr zwei Dutzend Opferkerzen still vor sich hin flackerten. Niemand war hier, um zu beten, was ihn nicht verwunderte. Vermutlich saß ganz Rom vor dem Fernseher. Auch Dottesio wollte sich die Sondersendung weiter ansehen. Doch als er sich zur Sakristei umwandte, sah er sich etwas Fremdem gegenüber. Ein Schatten, dunkler noch als die Dämmerung in der Kirche, kam über Dottesio und riß ihn in die absolute Finsternis.

Sandrina Ciglio wunderte sich über die wenigen Menschen, denen sie begegnete, während sie mit schleppenden Schritten durch die alten Gassen von Trastevere ging. Je länger sie unterwegs war, desto weniger Menschen begegnete sie. Dabei war dieser Septemberabend wie geschaffen dafür, auf den Balkons und vor den Haustüren zu sitzen und sich über Gott und die Welt und vor allem über die jüngsten Steuererhöhungen zu unterhalten. Sie war eine alte Frau, aber sie konnte sich nicht erinnern, die engen Gassen, in denen sich die Menschen normalerweise drängelten, jemals so leer gesehen zu haben. Als sie an einer Bar vorüberkam, bemerkte sie durch das große Fenster mit der Werbeaufschrift »New York Caffè«, daß sich die Menschen dort um den Fernseher scharten. Sie konnte nicht erkennen, was für ein Programm lief, aber vermutlich war es ein wichtiges Fußballspiel von Lazio oder AS Roma. Was sonst konnte die Römer davon abhalten, diesen lauen Sommerabend an der frischen Luft zu genießen?
Sandrina hatte sich kein Fußballspiel mehr angesehen, seit ihr Mann Ernesto vor acht Jahren gestorben war, und so kümmerte sie sich nicht weiter um den Auflauf in der Bar. Sie war lange am Tiber spazierengegangen und hatte dann Ernestos Grab besucht, wie sie es jeden Abend tat. Jetzt spürte sie, wie ihre alten Beine zu schmerzen begannen. Aber sie wollte nicht in ihre kleine Wohnung an der Piazza Mastai heimkehren, ohne für Ernesto eine Kerze angezündet zu haben. Auch das war eine tägliche Gewohnheit – jedenfalls war es zu einer solchen geworden. Anfangs hatte es ihr wie die Besuche auf dem Friedhof geholfen, über den Verlust hinwegzukommen. Jetzt waren es Rituale, die zu ihrem Leben gehörten wie das Rosinenbrötchen zum Frühstück oder der

sonntägliche Besuch bei ihrer Tochter Arietta und deren Familie.

Die kleine Kirche Santo Stefano in Trastevere tauchte erst im letzten Augenblick vor ihr auf. Fast gänzlich von großen, wuchtigen Wohnhäusern umgeben, gewährte nur ein winziger Vorplatz den freien Blick auf das Gotteshaus. Es war außerhalb Trasteveres kaum bekannt, und darüber war Sandrina auch ganz froh. Die Touristen sollten sich lieber die berühmte Santa Maria in Trastevere ansehen, dann blieb Sandrina beim Beten wenigstens ungestört. Hier in Santo Stefano hatte sie Ernesto vor vierundvierzig Jahren geheiratet, hier hatte sie ihre Tochter getauft und um Ernesto geweint. Hier wollte sie seiner in Ruhe gedenken, bis sie endlich neben ihm auf dem Friedhof lag.

Während sie langsam auf das dunkle Kirchenportal zuschritt, dachte sie an Pfarrer Dottesio. Als er vor fünf Jahren die Gemeinde übernahm, hatten sich die Menschen hier gewundert. Es hieß, der Pfarrer habe eine bedeutende Stellung im Vatikan gehabt. Wie konnte es dann sein, daß er in eine so kleine Kirche geschickt wurde? Die Leute munkelten von einer Strafversetzung und davon, daß Dottesio es bestimmt nicht lange hier aushalten würde. Aber er hatte sich in das neue Umfeld eingefügt, war bescheiden und immer höflich, und inzwischen betrachteten die alteingesessenen Gemeindemitglieder ihn fast als einen der Ihren.

Nur schwer ließ sich die knarrende Kirchentür öffnen, jedenfalls für eine alte Frau. Noch während Sandrina die rechte Hand ins Weihwasserbecken tauchte, um sich zu bekreuzigen, fiel die Tür hinter ihr wieder zu. Sandrina war von Kälte und Dunkelheit umfangen. Der Weihrauchgeruch kitzelte ihre Nase, und ihr Niesen hallte im Kirchenschiff überlaut wider. Hatte sie jemanden beim Gebet gestört? Als ihre Augen sich an den Halbdämmer der Kirche gewöhnt hatten, stellte sie erleichtert fest, daß sie allein war. Natürlich, der Fußball!

Sie ging zwischen den alten Holzbänken entlang und blickte zum Opferstock, wo die kleinen Kerzen flackerten. Es gab auch größere Kerzen, aber von denen brannten nur wenige. Sie kosteten fünfzig statt zwanzig Cent. Sandrina beschloß, heute eine große Kerze zu nehmen. Wenn sie schon mit schmerzenden Füßen herkam, sollte Ernesto auch etwas davon haben. Ihr Geldstück fiel mit einem hellen Geräusch in den Opferstock. Sie nahm eine Kerze, entzündete sie und stellte sie direkt unter die Füße der großen Statue des heiligen Stephanus, der wegen seines Bekenntnisses zu Jesus Christus gesteinigt worden war. Sie blickte zu dem Erzmärtyrer auf, und er schien ihr aufmunternd zuzublinzeln. Natürlich war das nur ein Reflex des unsteten Kerzenlichts, das in der zugigen Kirche keine Ruhe finden konnte.

Trotzdem freute sich Sandrina darüber und ging die paar Schritte in Richtung Altar, um unter dem gewaltigen hölzernen Kruzifix mit der mannshohen Jesusfigur ihr Bittgebet zu sprechen. Den Blick ehrfürchtig gesenkt, fiel sie unter dem Heiland auf die Knie und begann im Flüsterton das Vaterunser zu sprechen, wie sie es schon als kleines Kind von ihrer Großmutter gelernt hatte.

Als sie etwas Feuchtes auf ihrer linken Wange spürte, erschrak sie. Mit einem leichten Plitschen fiel vor ihr etwas auf die steinernen Stufen zum Altarraum. Ein Tropfen. Rot. Unwillkürlich fuhr ihre rechte Hand zur linken Wange, und sie

berührte vorsichtig mit dem Zeigefinger die feuchte Stelle. Zögernd hielt sie sich den Finger vor das Gesicht und betrachtete die Kuppe. Sie war rot. Blutrot.
Sandrinas Erschrecken wuchs, und gleichzeitig mischte sich ein unheimlicher Gedanke darunter – der Gedanke an ein Wunder. Die Figur des Erlösers über ihr blutete!
Aber als sie den Kopf in den Nacken legte und nach oben blickte, erkannte sie ihren Irrtum. Nicht der Heiland hing am Kreuz, sondern ein Mann im dunklen Anzug und mit weißem Römerkragen. Ein Geistlicher. Ans Kreuz genagelt wie zweitausend Jahre vor ihm Jesus Christus, hing dort Pfarrer Dottesio und starrte Sandrina aus weit aufgerissenen Augen an.

»Gekreuzigt, sagst du, wie Jesus? Und wir sollen hin? Aber was ist mit dem Vatikan? Du hast gesagt, nach unserem Auftritt im Fernsehen sollen wir ... Ah, Emilio ... verstehe. Aber wieso kann Emilio das nicht übernehmen, und wir fahren wie vorgesehen ... Gut, na schön, wir fahren hin.«
Mit einem unwilligen Seufzer ließ Elena Vida das Handy sinken und legte es achtlos in die kleine Ablage des winzigen Autos. Ihre grünen Augen funkelten zornig wie die eines erregten Raubtiers. Alexander Rosin auf dem Beifahrersitz kannte seine Freundin gut genug, um zu wissen, daß mit ihr in diesem Augenblick nicht gut Kirschen essen war.
»Was ist los?« fragte er vorsichtig. »Haben die Großmächte aus Versehen ihr gesamtes Atombombenpotential in die Luft gejagt, oder ist nur weltweit die Pest ausgebrochen?«
Normalerweise hätte das gereicht, um Elena zumindest ein kleines Schmunzeln zu entlocken, aber mit geradezu verbis-

senem Gesichtsausdruck fädelte sie den Fiat 500 in den Straßenverkehr ein und setzte den linken Blinker.

»Geradeaus kommen wir schneller zum Vatikan«, sagte Alexander.

»Wir fahren nicht zum Vatikan.«

»Wer sagt das?«

»Laura.«

In diesen zwei Silben ließ Elena so viel Zorn mitschwingen, als sei Laura Monicini, die neue Chefredakteurin des »Messagero di Roma«, der Teufel in Person. Dabei hatten sich die beiden Frauen immer gut verstanden. Alexander hatte den Eindruck, als sei Laura in den zwei Monaten, seit sie zusammenarbeiteten, für Elena so etwas wie eine mütterliche Freundin geworden, vielleicht ein Ersatz für die Mutter, die Elena nie gehabt hatte.

»Wenn du dich ein wenig beruhigt hast, könntest du mir in ganzen Sätzen Aufschluß geben«, schlug Alexander vor.

»Oder soll ich dich mit blöden Fragen quälen wie diese Fernsehkuh eben?«

Er blickte über die Schulter nach hinten, wo das Fernsehstudio gerade aus dem Sichtfeld verschwand. Mit Schaudern dachte er an den Auftritt vor laufenden Kameras und schwor sich, sich nicht so schnell wieder auf etwas Derartiges einzulassen. Die Ereignisse um Papst Custos und die *Wahre Ähnlichkeit Christi* waren noch zu frisch. Da war es wohl unvermeidbar, daß die Journalisten ihn immer wieder auf seinen Vater ansprachen. Und das war ein Thema, über das er für kein Honorar der Welt gesprochen hätte, schon gar nicht für die mickrige Aufwandsentschädigung, die es für den Fernsehauftritt von eben gab. Laura hatte ihn und Elena

dazu verdonnert, weil sie meinte, das sei eine gute Werbung für den »Messagero«. Alexander glaubte allerdings nicht, daß zur Zeit irgendeine Zeitung in Rom Werbung benötigte: Angesichts der Hiobsbotschaft von der Kirchenspaltung würden die Kioskbesitzer ihre Blätter morgen schneller verkauft haben, als sie *buon giorno* sagen konnten. Vielleicht, überlegte Alexander, war er einfach zu empfindlich. Immerhin war er jetzt selbst ein Journalist – oder versuchte zumindest, einer zu werden. Sollte er da nicht Verständnis aufbringen für die berufliche Neugier seiner Kollegen? Aber es war eine Sache, die Fragen zu stellen, und eine ganz andere, die Antworten zu geben.
Nachdem Elena an der Kreuzung abgebogen war, sagte sie: »Unser lieber Kollege Emilio Petti hält im Vatikan die Stellung, während wir in Trastevere nach einem ermordeten Priester sehen.«
»Ein Mord an einem Priester, ausgerechnet heute?«
»Das hat Laura auch gesagt. Sie meint, jeder auch noch so kleine oder unwahrscheinliche Zusammenhang zwischen dem Mord und der Kirchenspaltung gäbe eine prima Schlagzeile ab.«
Alexander grinste. »Allmählich beginne ich zu verstehen, was man mit Sensationsjournalismus meint.« Er wurde schnell wieder ernst. »Du hast zu Laura etwas von ›gekreuzigt‹ gesagt. Was hast du damit gemeint?«
»Laura sagte, man habe den ermordeten Priester an das Kruzifix seiner eigenen Kirche genagelt. So hat man ihn gefunden.«
»Das scheint in der Tat eine Schlagzeile wert zu sein. Trotzdem wäre ich jetzt lieber im Vatikan.«

Nun war es Elena, die grinste. »Der Journalist denkt, und die Chefredakteurin lenkt. Das, mein Lieber, ist die erste Lektion, die du als Mitglied unserer Zunft zu lernen hast.«
Sie kamen gut voran. Die Straßen waren längst nicht so vollgestopft wie an anderen Tagen um diese Zeit. Wer jetzt nicht wegmußte, saß zu Hause vor dem Fernseher und verfolgte auf einem der vielen Kanäle, die ihr Programm geändert hatten, eine Sondersendung zum Schisma. Dank ihrer hervorragenden Ortskenntnis lenkte Elena den Fiat zielsicher durch die engen Straßen Trasteveres, bis es plötzlich nicht mehr weiterging. Mehrere Fahrzeuge, darunter Streifenwagen der Carabinieri und der Polizia Municipale, der Stadtpolizei, versperrten die Straße. Zwischen den Fahrzeugen drängten sich die Menschen auf Fahrbahn und Gehweg. Die uniformierten Polizisten hatten Mühe, die aufgebrachte Menge im Zaum zu halten.
»Hier in Trastevere scheinen die Leute nicht vor dem Fernseher zu hocken und gebannt auf Neuigkeiten aus dem Vatikan zu warten«, sagte Alexander, als Elena den Fiat neben einem blau-weißen Wagen der Stadtpolizei abstellte.
»Kein Wunder, wenn man bedenkt, daß gerade ihr Pfarrer gekreuzigt wurde.«
Alexander und Elena kämpften sich durch die Menge und konnten dank ihrer Presseausweise durch die Sperrkette der Uniformierten schlüpfen. Auf dem kleinen Platz vor der Kirche standen einträchtig ein Ambulanz- und ein Leichenwagen nebeneinander, als wollten sie sich den Leichnam teilen. Die letzten Strahlen der sinkenden Sonne, die noch über die umliegenden Hausdächer fielen, wurden vom bunten Glas der Kirchenfenster reflektiert, und das Licht blendete

Alexander für einen Augenblick. Als er wieder sehen konnte, stand vor ihm ein wahrer Schrank von Carabiniere, ein Angehöriger der Motorradstaffel, der durch seinen dunkel glänzenden Helm noch martialischer wirkte. Die ausgebreiteten Arme des Polizisten waren für Elena und Alexander wie eine Mauer.

»Durchgang verboten«, verkündete die Schwarzenegger-Version eines italienischen Polizisten.

»Presse«, entgegnete Elena und zückte ihren Ausweis.

»Das spielt keine Rolle.« Der Carabiniere blieb standhaft. »Ich habe meine Anweisungen.«

»Wer hat Ihnen diese Anweisung gegeben?« fauchte Elena.

»Commissario Donati!«

Die Antwort kam nicht von dem Carabiniere, sondern von Alexander. Er hatte es laut gerufen und winkte dem grauhaarigen Mann zu, den er im geöffneten Kirchenportal erspäht hatte. Als Donati ihn und Elena bemerkte, gab er dem Carabiniere einen Wink, die beiden durchzulassen.

»Ich habe doch gesagt, Presse!« bemerkte Elena spitz zu dem Motorradpolizisten, bevor sie sich an ihm vorbeidrängte. Zusammen mit Alexander ging sie zu Donati, der sich gerade von einer jungen Frau verabschiedete. Er begrüßte seine alten Bekannten knapp und blickte dann seiner Gesprächspartnerin hinterher. »Das ist meine junge Kollegin Micaela, Micaela Mancori. Sehr talentiert. Ich habe sie gebeten, sich unter den Leuten ein wenig umzuhören. Und wie ich sehe, ist der ›Messagero‹ auch schon vor Ort. Dabei dachte ich, sämtliche Journalisten Roms treten sich zur Stunde die Füße im Vatikan platt.«

»Wir nicht«, erwiderte Alexander mit säuerlicher Miene.

»Unsere Chefredakteurin hält einen gekreuzigten Priester für interessanter als eine gespaltene Kirche.«

Donati zog die Brauen hoch. »Sie sind erstaunlich gut informiert. Da hat doch nicht jemand heimlich den Polizeifunk abgehört?«

»Von uns beiden war es keiner«, versicherte Alexander augenzwinkernd. »Wir sind beide katholisch. Was hat es nun mit diesem toten Priester auf sich? Und wie kommt es, daß ausgerechnet Sie mit diesem Fall betraut wurden?«

»Seit der Sache im Vatikan damals gelte ich bei unserer Polizeiführung als Spezialist für alles Klerikale, und ein gekreuzigter Priester fällt nun mal in diesen Bereich.«

»Also stimmt das mit der Kreuzigung?« hakte Elena nach.

»Ja, es stimmt. Eine alte Frau kam in die Kirche, um zu beten. Als sie den toten Pfarrer sah, rannte sie schreiend nach draußen. Sie steht noch immer unter Schock. Zum Glück lief die Frau zwei Touristen in die Arme, die sich um sie kümmerten und die Polizei alarmierten.«

»Touristen bei Santo Stefano in Trastevere, wie ungewöhnlich«, wunderte Elena sich.

»Zwei beinharte Romfanatiker, die von der Kirche in irgendeinem obskuren Reiseführer gelesen haben«, erläuterte Donati. »Ein deutsches Schriftstellerehepaar, das sich hier auf Bildungs- oder Recherchereise befindet. Aber sonst völlig harmlos. Sicherheitshalber habe ich die beiden dennoch zum Verhör bringen lassen. Vielleicht haben sie etwas Verdächtiges bemerkt, vielleicht sogar die Täter gesehen. Der Mord muß sich ereignet haben, kurz bevor Signora Ciglio die Kirche betrat.«

»Signora Ciglio?« fragte Alexander.

»Die alte Frau, die den Toten entdeckt hat.«

»Hat sie die Mörder gesehen?«

»Vermutlich nicht, aber ganz genau können wir das noch nicht sagen. Der Schock war zu groß. Es ist kaum ein vernünftiger Satz aus ihr herauszubringen. Jetzt haben die Ärzte sie erst mal in den Klauen.«

Elena brannte eine Frage auf der Zunge, und sie ließ den Commissario kaum ausreden. »Woher wissen Sie, daß es mehrere Täter waren, wenn es bislang keinen Augenzeugen gibt?«

»Kommen Sie mit!« lautete die lakonische Antwort.

Donati wandte sich um und ging mit steifen, ungelenken Schritten in die Kirche. Seit vor acht Jahren eine Mafiabombe in Mailand seine Frau und seine beiden Kinder getötet hatte, war Donatis Leben nicht mehr dasselbe. Der gefürchtete Mafiajäger war zwar mit dem Leben davongekommen, aber die Bombe hatte sein linkes Bein unter dem Knie zerfetzt. Mit einer Prothese hatte er wieder zu gehen gelernt, und die Polizei setzte ihn nun vornehmlich zu Unterrichtszwecken und für Sonderaufgaben ein. Vor drei Monaten hatte er sich für Alexander und Elena als unschätzbare Hilfe erwiesen. Er hatte auf der Seite von Papst Custos gestanden und geholfen, alle Anschläge auf den neuen Papst und sein Pontifikat abzuwehren.

Das große Kruzifix im Altarraum der Kirche war blutverschmiert. Mit all dem Blut sah die geschnitzte Jesusfigur aus, als sei sie eben gekreuzigt worden, und ihre Augen unter der Dornenkrone blickten traurig auf die Menschen zu ihren Füßen herab. Aber nicht der hölzerne Heiland war der frisch Gekreuzigte, sondern der Mann im schwarzen Priesteranzug, der rücklings auf dem Boden lag und von einem Polizeiarzt untersucht wurde. Alexander bemerkte die blutigen Hände und Füße, wo die Nägel durch die Gliedmaßen getrieben worden waren.

»Jetzt verstehe ich«, sagte er. »Ein Mann allein kann den Toten unmöglich an das Kreuz geschlagen haben. Es müssen mehrere gewesen sein. Mindestens einer hat den Toten festgehalten, während ein anderer den Hammer schwang. Das heißt, falls der Priester da schon tot war.«

Der Arzt blickte zu ihnen auf. »Das war er. Natürlich kann ich zum gegenwärtigen Zeitpunkt noch nichts Definitives sagen, aber bislang habe ich folgendes Bild gewonnen: Erst wurde der Priester niedergeschlagen, worauf eine frische Wunde am Kopf hindeutet. Vermutlich war er bewußtlos. Jedenfalls hat man ihn erstickt und dann, als er bereits tot war, ans Kreuz genagelt.«

»Also war die Kreuzigung weder eine Folter noch der Akt des Mordes«, überlegte Alexander laut. »Trotzdem haben sich die Mörder erhebliche Mühe gemacht. In der Zeit, die sie benötigten, um dem Toten Schuhe und Strümpfe auszuziehen, ihn ans Kreuz zu schlagen und dieses wieder an seinen Platz zu bringen, hätten sie von einem zufälligen Kirchenbesucher entdeckt werden können. Damit stellt sich die Frage, was den Mördern an der Kreuzigung so wichtig war.«

Donati lächelte. »Sehr gut, Signor Rosin. Mein Unterricht scheint sich bezahlt zu machen. Vielleicht hätten Sie zur Polizei gehen sollen anstatt zur Zeitung.«

»Es gab gute Gründe, die für die Zeitung sprachen«, sagte Alexander und legte einen Arm um Elena.

»Keine Frage«, stimmte ihm Donati zu und blickte zum

Kruzifix. »Die Mafia hat verschiedene Rituale entwickelt, nach denen Leichen aufgefunden werden. Es sind Botschaften für die Hinterbliebenen, häufig Warnungen. Ich vermute, die Kreuzigung hat einen vergleichbaren Hintergrund.«

»Aber welchen?« fragte Elena, während sie ihre Fotokamera aus der Umhängetasche zog.

»Das«, antwortete Donati gedehnt, »sollten wir herausfinden.«

Auch Sie wollen herausfinden,
wer oder was hinter dieser Kreuzigung steht?
Dann lesen Sie:

Engelsfluch

von Jörg Kastner

Knaur Taschenbuch Verlag